"十一五"国家科技支撑计划项目
"防护林体系空间配置与结构优化技术研究"（2006BAD03A02）
林业公益性行业科研专项
"典型区域森林生态系统健康维护与经营技术研究"（200804022）　　资助出版
国际科技合作项目
"北京密云水库水源保护林营建关键技术研究与示范"（2006DFA01780）

参加编写人员名单（按姓氏拼音排序）

陈丽华　　樊登星　　范志平　　冯仲科

葛剑平　　龚固堂　　贾国栋　　康博文

刘建军　　慕长龙　　牛健植　　宋思铭

王春玲　　杨永辉　　余新晓　　查同刚

张振明　　张志强

防护林体系空间配置与结构优化技术

余新晓　张志强　范志平　慕长龙　等　著
刘建军　葛剑平　杨永辉　张振明

科学出版社

北　京

内 容 简 介

　　本书运用生态学、地统计学、土地利用/覆被变化等理论，以华北土石山区、西北黄土高原、东北农牧交错区、长江上游等典型防护林建设区为重点研究对象，着重研究防护林空间配置与结构优化技术，提出以水土资源高效合理利用为基础的防护林体系高效空间布局技术、小流域防护林对位配置技术和林分结构定向及其生态功能高效维护技术，为我国防护林体系建设工程提供科技支撑，为改善流域和区域生态环境及建立国土生态安全体系提供必需的技术保障。

　　本书可供水土保持学、林学、生态学、水文学、环境科学、地理学等专业的研究、管理人员及高等院校相关专业的师生参考。

图书在版编目 (CIP) 数据

防护林体系空间配置与结构优化技术/余新晓等著 . —北京：科学出版社，2011

（防护林体系理论与技术丛书）

ISBN 978-7-03-030405-6

Ⅰ.①防⋯　Ⅱ.①余⋯　Ⅲ.①防护林-研究　Ⅳ.①S727.2

中国版本图书馆 CIP 数据核字（2011）第 032232 号

责任编辑：朱　丽　王国华 / 责任校对：包志虹
责任印制：钱玉芬 / 封面设计：耕者设计工作室

科 学 出 版 社 出版
北京东黄城根北街16号
邮政编码：100717
http://www.sciencep.com

双 青 印 刷 厂 印刷

科学出版社发行　各地新华书店经销

*

2011年3月第 一 版　　开本：787×1092　1/16
2011年3月第一次印刷　　印张：19 1/4
印数：1—1 200　　　　　字数：425 000

定价：72.00 元

（如有印装质量问题，我社负责调换）

序

20 世纪后半期以来，在世界人口剧增和经济高速发展的过程中，人类赖以生存的生态环境发生了巨大的变化。全球性和区域性的生态环境问题不断加剧，如全球变暖、水资源短缺、水环境污染、土地退化与沙漠化、森林资源退化、生物多样性丧失等全球规模的环境问题越来越严重，所有这些变化均对当前生态系统的健康与安全构成了极大的威胁。在人类面对保护环境与发展经济中越来越多的两难境地的情况下，人们逐渐意识到自身赖以生存和发展的生态系统的重要性。因此，针对生态系统的各种研究也不断展开，如何正确地对生态、环境和资源危机做出必要的响应，已经成为当代生态学、环境学和资源科学研究的主题。

生态系统研究系列著作是余新晓教授及其科研团队多年研究成果的总结，是在国家科技支撑计划项目、北京市重大科技计划项目、国家林业局科技项目和国际科技合作等项目的支撑下完成的。该系列著作研究结果依托国家林业局首都圈森林生态系统定位观测研究站（CFERN）为主要研究平台，内容充实、观点新颖鲜明，解决了当前生态系统研究中一些重要科学问题，填补了目前该领域研究中的一些空白。余新晓教授始终坚持生态系统领域研究，以一丝不苟的工作态度和坚持不懈的科研精神，在这一领域不断前进，取得了显著的成果，此系列著作可略见一斑。

该系列著作从不同的尺度深入探讨了森林生态系统的结构和功能、流域森林景观格局的优化、森林生态系统评价、监测、预警等问题，并以北京山区典型流域为研究对象，分别对防护林体系植被类型进行了水平和垂直对位配置。该系列著作的内容均为生态系统领域热点问题，引领了该学科的发展方向，其不仅在理论框架、知识集成方面做了很多开创性的工作，而且吸收了国内外先进的研究方法，在推动生态系统关键技术研究方面进行了有益的探索，对我国进行生态系统管理研究起到了积极的推动作用，必将为我国生态环境建设提供一定的理论指导和技术支持。

书犹药也。该系列著作的出版是一剂良药问世，不仅为生态学、环境学、地理学、资源科学等学科的科研和教学工作者提供有益的参考，也是我国水土保持、林业等生态环境建设工作者的一部好的参考书。希望此书可以解答相关科研人员和工作者心中的疑惑，重现祖国的青山绿水。是以为序。

中国工程院院士

李文华

2010 年 3 月

前　言

环境与发展是当今人类社会面临的两大主题，良好的生态环境是人类生存和社会经济发展的基础。如何解决全球生态环境问题和实现可持续发展，是目前国际社会探讨的热点。森林植被的恢复和重建是生态林业的主题，也是维护和调节生态平衡的核心，森林的可持续经营是 21 世纪社会经济可持续发展的基石，森林的环境功能是人类现代文明的重要抉择。

防护林是以发挥防护功能为主要目的，在一定地域上营造的或现有的具有一定规格和结构的人工林或天然林，主要包括水源涵养林，水土保护林，防风固沙林，农田、牧场防护林，护岸林，护路林等。目前，我国的防护林主要为人工林，随着天然林保护工程的实施，将有大面积的天然林逐渐划定为防护林。防护林作为一种改善小气候、防御灾害性天气、防风固沙、保水固土、净化大气、减少污染的有力措施，已引起各国对多功能多效益的防护林营造的重视。防护林体系是根据防护地区的自然和生产特点及对防护作用的要求，将有关林种有机地结合起来，以达到最佳防护效益，进一步改善防护地区环境的防护林整体布局。防护林体系是我国广大地区林业建设的核心，是生态环境建设的重要组成部分。防护林体系建设越来越受到全社会的关注和重视。生态、经济、社会三大系统的协调发展是防护林体系建设的基础，为了控制生态环境的恶化，合理开发利用自然资源，解决社会经济发展与环境保护之间日益加剧的矛盾，使防护林体系充分发挥其综合效益，迫切需要探求一种能使生态环境与社会经济协调发展的防护林体系建设模式和途径。

关君蔚院士在 20 世纪 70 年代总结提出了中国防护林体系的三级分类体系，标志着我国的防护林研究进入体系研究阶段。1978 年以来我国陆续开展了三北防护林体系、长江上中游防护林体系、沿海防护林体系等林业生态工程建设，对我国生态环境的根本好转有着十分重要的意义。当前，我国林业生态建设的战略目标已从形成区域防护林体系为目的，转为形成全国的生态防护与国土保安体系。

防护林体系空间配置是关乎防护林工程建设区生态环境改善、水资源合理配置、粮食安全等方面的重大技术问题，防护林体系结构是直接影响防护林防护效益发挥的关键因素，防护林营建的最主要目标就是调控其结构使之尽可能保持最优。本书针对华北土石山区、西北黄土高原、东北典型农牧交错区及长江上游的区域特点，构建的防护林体系技术模式，其可直接用于指导区域林业生态环境建设，充分发挥区域防护林的水源涵养、水土保持、防洪减灾等作用，对于我国三北及长江上游地区区域生态系统的稳定性提高、生态环境改善、水资源合理配置、增加森林植被、减少水土流失、减轻自然灾害、保障农业可持续发展、提高生态安全有着巨大的作用。

本书是在"十一五"国家科技支撑计划课题"防护林体系空间配置与结构化优化技术研究"的成果基础上整理而成的，依托已经启动的我国重点林业生态工程，根据我国林业生态工程建设对防护林营造的技术需求及自然地理、经济、社会状况，以华北土石山区、西北黄土高原、东北农牧交错区、长江上游等典型防护林建设区为重点研究对象，着重研究防护林空间配置与结构优化技术，提出以水土资源高效合理利用为基础的防护林体系高效空间布局技术、小流域防护林对位配置技术和林分结构定向及其生态功能高效维护技术，为我国防护林体系建设工程提供全面、先进、可行的科技支撑体系，为改善流域和区域生态环境及建立国土生态安全体系提供必需的技术保障。集成国内外先进技术，进行集中试验示范，完善形成防护林培育与经营的成套技术，对于提高我国防护林经营管理水平、保障都市水资源安全、有效增加森林植被资源、提高防护林体系生态环境服务功能具有重要意义。

本书得以出版，是课题组全体成员 5 年来辛勤劳动的结果。在研究过程中，课题组全体研究人员密切配合，相互支持，圆满地完成了研究任务，从野外调查，到研究成果的整理，倾注了大量的心血。借此机会，对这些无私奉献的有名和无名英雄表示诚挚的谢意，并对在本书出版过程中给予支持的单位和专家们表示衷心的感谢！

由于编写人员水平和时间有限，书中难免存在错误和不足之处，敬请读者批评指正！

余新晓

2010 年 10 月于北京

目 录

Contents

第1章 研究背景

1.1 研究的目的与意义

我国在防护林体系方面开展过大量的研究,包括立地条件划分和适地适树、防护林体系效益评价、水土保持林稳定林分结构设计技术研究与示范等诸多方面。在防护林树种选择和多树种的混交方式,乔、灌、草相结合的林分配置技术和模式等方面取得了大量的研究成果,形成了一些具有我国特色和自主知识产权的防护林建设技术规程与技术标准,这些研究成果和技术标准规程为我国在不同自然地理区域开展防护林体系建设提供了强有力的支撑。然而,由于防护林体系建设范围广阔、技术复杂、影响因素多样,尽管在相关领域进行了有益的探索,但目前仍缺乏防护林体系空间配置和结构优化技术支撑,未能建立因害设防的体系格局,导致防护林体系空间布局与结构配置不尽合理,生态功能发挥不够充分,区域生态林业工程整体生态作用不强;另外,防护林建设规模与生态耗水、生态用水定量不协调,水土资源利用效率不合理,结构设计方面的决策支持系统缺乏以生态与水文过程为基础的科学支撑。这些防护林体系建设普遍存在的共性技术问题,已经成为制约我国生态林业工程建设的技术瓶颈。

在防护林体系空间配置与结构优化技术研究中,如何构建中尺度流域(或区域)防护林体系空间布局、空间数量配置关系和防护林林种搭配关系,以构建稳定高效的防护林体系空间结构,是该研究急需解决的关键问题。为此,在水土资源空间分异特征分析,生态用水定量诊断、确定的基础上,研究防护林体系布局与水土资源承载力之间的关系,以及防护林体系空间结构与生态功能之间的关系,建立以水土资源承载力和生态用水量相协调的防护林体系空间布局,提出以防护林体系功能整体优化为目标的空间配置与结构优化技术,才能根本解决这一问题。目前,防护林体系稳定性差、效益低下,是由防护林体系空间结构与土地承载力、生态用水量不协调、宏观布局不合理所致。因此,本研究解决防护林体系在空间上合理有序配置,分析水土资源承载力,使防护林体系空间布局与水土资源承载力、生态用水量相协调,真正解决防护林体系数量结构和功能高效发挥的问题。

在小流域(或小区域)尺度上,防护林体系结构优化的关键和难点在于防护林林种与微地形地貌、土壤环境、水分环境等立地条件与水土环境空间特征的准确对位配置,以及适宜防护林体系覆盖率的确定。具体来说,要分析小流域(或小区域)水土环境和立地条件的空间异质性、土壤侵蚀和水文生态过程的空间分布特征,识别提取侵蚀易发单元与侵蚀控制单元,建立防护林体系空间特征与生态过程关联分析模式、防护林体系空间结构与蒸发散空间分布相关评价模式,以及防护林空间结构动态对径流和蒸发散影响评价技术,确定防护林体系适宜覆盖率,在此基础上研究提出结构有序和稳定高效的防护林体系空间对位配置技术。

从林分尺度来分析，防护林结构方面存在的主要问题是：树种单一、结构层次简单、林分密度与土壤水分承载力和土壤养分承载力不协调等，从而导致防护林稳定性低下，防护林功能不高。因此，以防护稳定性维系和功能维护为目标，如何改造林分结构，进行仿拟自然的防护林林分结构优化调整技术、不同阶段的防护林最优结构动态调控技术研究，成为结构优化技术研究中的一个主要难点。为了攻克这项关键技术，要从水分承载力和土壤养分承载力入手，依据林分的水分利用效率、养分利用效率与林分生产力之间的关系，通过结构分析（如树种组成、密度、盖度、生物量、叶面积指数等）、功能评价（如侵蚀能量耗散、水分利用效率、碳固定、径流调节等）、生态用水定量（如水量平衡、耗水特征等）和植被演替方向，进行合理密度、复层林分结构设计，并对现有低效、衰退防护林林分进行更新改造，提出防护林向健康、高效、多功能发展的定向调控技术与功能维护技术。

本书依托已经启动的我国重点林业生态工程，根据我国林业生态工程建设对防护林营造的技术需求及自然地理、经济、社会状况，以华北土石山区、黄土高原、东北农牧交错区、长江上游等典型防护林建设区为重点研究对象，着重研究防护林空间配置与结构优化技术，提出以水土资源高效合理利用为基础的防护林体系高效空间布局技术、小流域防护林对位配置技术和林分结构定向及其生态功能高效维护技术，为我国防护林体系建设工程提供全面、先进、可行的科技支撑体系，为改善流域和区域生态环境及建立国土生态安全体系提供必需的技术保障。

1.2　研究内容

1.2.1　华北土石山区防护林体系空间配置与结构优化技术研究

针对华北土石山区水资源短缺、土壤瘠薄等关键区域环境问题，根据该区防护林营造的技术需要及自然地理、经济、社会状况，以华北土石山区的潮白河流域典型防护林为研究对象，研究防护林与水资源承载力相适应的防护林体系布局、空间配置模式以及林分结构定向调控技术，提出华北土石山区水资源高效利用调控技术，解决华北土石山区土壤和气候双重干旱、水资源短缺和水资源利用率低等问题，为华北土石山区防护林体系建设工程提供全面、先进、可行的科技支撑体系，为改善区域生态环境提供必需的技术保障。

1. 中尺度流域防护林体系空间布局与水资源高效利用技术

对北京山区流域土地利用（森林植被）变化、流域的景观格局演变及驱动力以及土地植被变化对径流泥沙的影响进行分析，依据流域景观格局和水资源分析，优化布局流域防护林的林种和亚林种。通过典型流域（潮白河流域）分析森林植被结构的变化和土地利用变化对径流泥沙的影响，在此基础上提出流域土地利用格局优化和防护林建设对流域水资源效应的分析，并提出中尺度流域防护林体系格局调控技术。

2．小流域尺度上防护林体系对位配置技术

在以水源涵养、防止土壤侵蚀和改善水质 3 个方面为目标的基础上，以不同功能为主导相应森林覆盖率的平均值作为适宜覆盖率。经人工网络模拟，提出典型流域防护林体系对位配置模式。根据防护林体系空间配置调整的目标和原则以及对其调整要素的研究，提出防护林体系水平空间配置调整的基本流程。通过趋势典型对应分析（detrended canonical correspondence analysis，DCCA）和保护生物多样性的地理学方法（a geographic approach to protect biologic diversity，GAP）分析等，提出潮关西沟防护林体系植被对位配置方案。

3．防护林林分结构定向及其生态功能高效维护技术

分析防护林优势树种群落结构，使用多水平贝叶斯模型建立防护林体系结构模型和防护林体系功能模型，主要为树高-胸径模型、枝条基径模型、枝条长度模型、树冠轮廓模型、森林水文生态模型、土壤保育模型、生物多样性保护模型。建立防护林体系结构三维指数和综合功能指数，最终实现防护林体系结构与功能的耦合模型。建立多元地位指数模型及地位指数分布图和主要优势树种密度动态变化模型，根据结构与功能耦合模型提出该区适宜的植被结构类型。提出防护林体系最优结构设计技术、防护林体系结构调控技术、低功能防护林的高效维护技术等技术。

1.2.2　西北黄土高原防护林体系空间配置与结构优化技术研究

针对我国黄土高原地区水土流失严重和水资源短缺等关键生态问题，通过研究不同树种水分生产力、不同植被生态系统生态用水与生态水分生产力、不同森林生态系统对坡面水分循环与土壤侵蚀的影响、小流域土地利用与植被变化对流域水分泥沙过程的影响、中尺度流域防护林景观动态变化与流域水文过程、流域产水量、流域洪峰过程、流域土壤侵蚀和流域泥沙输移的影响，建立中尺度流域防护林体系空间结构变化与流域生态用水生态环境功能效率评价技术，提出防护林体系空间布局与水资源高效利用技术，提出与水资源承载力相适宜的流域防护林生态系统结构优化构建技术，小流域防护林体系空间对位配置技术、林分结构定向优化以及功能提高技术，为黄土高原林业生态工程提供技术支撑。

1．防护林体系空间布局与水资源高效利用技术研究

通过对流域防护林体系景观格局分析，提出防护林体系动态模拟技术；通过研究流域水分循环与水量转化关系，采用基于物理过程水文生态模拟技术手段，提出不同防护林林种生态需水和生态用水规律及评价技术；确定与流域水资源承载力相适应的防护林体系建设模式；与水文生态模拟手段相结合，提出防护林体系水资源高效利用的景观配置模式与技术；在此基础上，提出防护林建设模式及水资源高效利用协同调控技术和配置方案。

2. 防护林体系对位配置技术研究

分析小流域防护林体系空间结构与流域侵蚀空间分布定量关系、防护林体系空间结构与水分利用空间格局的定量关系、防护林空间结构与流域生物生产力（最大防护功能）空间分布对应关系、防护林体系水土资源利用效率空间和时程分配规律，从而构建小流域适宜防护林体系覆盖率确定技术和防护林体系空间结构优化与调控技术。

3. 防护林林分结构定向调控及其生态功能高效维护技术研究

在林分尺度上，通过不同的防护林植被类型径流小区水文泥沙观测、林分树种组成及耗水规律、林分结构与生物生产力动态模拟技术，从土壤侵蚀控制、生态用水优化、固碳、生物多样性维护和林分功能与结构稳定的角度，提出不同防护林林分生态服务功能模拟与评价技术；提出从树种组成、层次结构、合理密度等关键因子构成的林分功能体的动态调控和维护技术。

1.2.3　东北农牧交错区防护林体系空间配置与结构优化技术研究

针对东北农牧交错区生态环境脆弱、风蚀干旱灾害频繁的主要问题，通过研究创建以防护林体系空间配置、结构优化与防护效能高效发挥为目标的结构调控理论与技术体系，实现防护林经营管理理论创新与技术集成创新，丰富和发展了防护林生态学理论与技术，为防护林工程建设提供了科技支撑。

1. 防护林生态系统关键生态过程及其机理

根据不同植被类型的土壤养分循环过程与特征分析，以樟子松疏林草地型草牧场防护林建设为主，构建稳定的群落结构。分析养分有效性对水分环境变化的响应，建立基于多因素的乔、灌、草多维立体结构的草牧场防护林合理配置模式和技术，建立防护林林带三维立体空气动力结构模型。

2. 农林牧耦合系统土地利用/覆被变化与防护林体系对位配置技术

以典型流域为对象，结合遥感图像进行了防护林调查，分析农林牧典型复合生态系统防护林分布格局与空间异质性特征。在对流域土地资源、防护林调查分析的基础上，研究防护林配置模式。利用 GIS 的空间分析和统计功能，结合景观格局分析，以农林牧系统耦合形成的典型复合生态系统类型为单元，研究不同类型生态系统之间的耦合关系，揭示复合生态系统脆弱性、敏感性、空间异质性特征，据此研究提出与土地合理利用相适应的防护林体系空间布局及其合理配置方案。

3. 基于水资源空间分异特征与生态用水防护林体系空间布局技术

根据研究区域内的典型生态系统类型，结合遥感数据进行数据解译和地面调查，划分半流动沙地生态系统、农田生态系统、草地生态系统、疏林草地生态系统、人工林生态系统、落叶阔叶残遗森林生态系统等景观类型及其面积。以降水与蒸发为依据，确立防护林适宜覆盖率。从水量平衡角度出发，提出防护林合理经营密度与降水资源高效利用技术和东北农牧交错区防护林体系空间布局与合理配置技术。

4. 防护林林分结构定向调控及其生态功能高效维护技术

以树种的蒸腾耗水规律、水量平衡为基础，提出草牧场防护林树种组成、层次结构、合理密度等关键因子和生态服务功能评价指标及不同阶段定向调控目标。提出低效防护林改造与定向调控及其生态功能高效维护技术，乔、灌、草立体结构的草牧场防护林林分结构优化模式，以土壤水分/养分合理调控为核心的草牧场防护林生态系统管理技术和草牧场防护林水分/养分联动型林分结构调控技术。

1.2.4 长江上游防护林体系空间配置与结构优化技术研究

针对长江上游洪涝灾害等主要问题，以提高水土资源高效利用和防护林体系生态高效性为目标，通过防护林体系空间结构与水土资源承载关系研究，提出防护林体系空间配置与水资源高效利用技术、防护林体系结构优化调控技术，为长江上游防护林工程建设提供科技支撑。

1. 长江上游防护林体系空间配置与水资源高效利用技术研究

以长江上游的中尺度平通河流域为单元，针对该区人口密集、降水丰富、暴雨多等特点，从生态系统水循环和植被需水角度，通过 GIS，分析防护林景观格局和特征以及水资源和土地资源利用特点；分析不同时期河川径流特征和特点，及其与森林植被的动态关系，建立水文模型；研究该区土地利用结构、经济发展、生态保护与水资源承载的关系模型，提出水资源合理配置的技术和模式、与土地资源承载力相适应的防护林建设模式及水资源高效利用调控技术、防护林体系与流域水资源高效利用相适应的空间配置方案。

2. 小流域尺度防护林体系对位配置技术研究

以长江上游小流域为单元，针对该区农林交错、人均土地资源少等特点，采用"3S"技术，模拟、预测和定量分析川中丘陵区官司河小流域土壤、地形、土地利用的空间格局，探讨各林分结构特征和空间配置格局特点及其蓄水保土功能影响，研究适宜该流域的防护林体系数量结构和覆盖率，确定最优防护林体系植被类型组成；分析流域内不同地形部位的分布特征、立地条件、径流和侵蚀特点，探讨不同空间部位与防护林类型的关系，筛选出适宜防护林林种配置和林分类型，研究最优的防护林体系结构类型，提出防护林体系对位配置技术，以提高水土资源合理利用的效率。

3. 长江上游防护林结构定向调控及其生态功能高效维护技术研究

在林分尺度上，以川中丘陵区柏木林、桤柏混交林、松林、经济林等和盆北次生阔叶林为对象，通过流域内不同地块的林分结构与功能调查分析，研究不同类型防护林防护成熟内涵界定与防护林生长阶段划分方法，定量确定不同防护林类型的各防护时间阶段所达到的最大生态服务功能及状态；研究确定川中丘陵区典型防护林和盆北山地次生防护林的树种组成、层次结构、林分密度等关键因子和生态服务功能评价指标，确定不同阶段定向调控目标，提出各阶段的防护林最优结构动态调控技术；通过天然林林分、高效防护林林分、低效防护林林分的结构与生态功能比较分析，研究长江上游现有防护林仿自然的防护林林分改造与结构优化调整技术。

1. 2. 5　生态经济型防护林体系空间配置与结构优化技术研究

紧紧围绕我国现代林业建立林业生态体系和产业体系的战略目标任务，结合林业重点生态工程技术需求，针对我国生态经济型防护林经济树种缺乏，布局、结构不尽合理，经济效能不高的问题，以黄土高原和华北土石山区等典型区域为对象，水土资源高效利用和生态经济效益为核心，着重研究生态经济型防护林体系优良经济植物材料筛选、应用技术，林分空间配置与结构优化技术，残次防护林经济功能定向培育、调控技术，提出生态经济型防护林体系的整体构建与整体功能维护提高综合集成技术，为我国生态经济型防护林工程建设提供共性关键技术保障，以促进实现防护林生态服务功能和经济效能持续提高与稳定发挥的最终目标。

1. 特种生态经济功能型植物材料的选择及其建群潜能研究

以不同经济功能为目标，通过野外调查、栽培试验和室内分析，以及特种经济植物生物学特性、经济价值等研究，建立不同利用方向特种经济植物材料评价指标体系，通过对优良乡土、引进生态经济植物材料的评价选优，确定区域性生态经济防护林骨干植物品种及其建群潜能。

2. 拟自然、高效、稳定生态经济型防护林结构设计与对位配置技术研究

从经济植物的生物学特性和生态学特性出发，以生态位为基础，主要研究优良典型的生态经济型防护林结构模式、高效的生态经济型防护林精准结构，提出仿拟自然的高效、稳定生态经济型防护林结构设计技术；从流域环境容量出发，主要研究流域空间水土资源的分异规律及其环境承载力、生态经济防护林对位配置技术以及与流域环境承载力相适应的高效配置方案。

3. 低效、残次防护林经济功能导向性调控技术研究

以生态和经济效益为目标，借鉴近自然林经营理论和技术，主要研究低效、衰退、残次生态经济型防护林诊断技术、功能导向性结构调控技术和健康持续经营技术。

1. 2. 6　典型流域防护林空间配置与结构优化辅助设计决策支持系统研制

根据我国林业生态工程建设对防护林营造的技术需要及区域气候、土壤、立地等特

点，选择黄土高原的泾河流域和海河流域为重点研究对象，在三个尺度（区域-流域-林分）上，开发基于生态水文过程模拟的具有空间显式功能的决策支持系统。通过智能决策系统，帮助防护林建造者、土地管理者、政策和规划制定者进行适宜防护林类型、树种的空间配置决策，为我国北方防护林体系建设提供先进、可行的决策支持，为改善区域和流域生态环境及建立国土生态安全体系提供必需的技术保障。

1. 区域尺度防护林空间配置信息数据的收集和分析处理技术

根据森林普查和遥感信息，依靠人工神经网络等现代分析手段进行遥感信息的分类处理，研究不同森林类型、不同林种在区域尺度上的空间分布及动态变化，发展实用的防护林空间动态变化分析技术。

2. 中尺度流域防护林空间配置与结构优化智能决策系统研制

依据遥感信息建立区域尺度上叶面积指数与防护林类型的关系；根据立地条件对防护林水热分布影响的物理机制，研究防护林生产力与气候、立地的数量影响关系，以叶面积指数为主要指标，建立基于水文及生态过程模拟的决策支持模型，利用森林标准地及遥感信息，对模型的可靠性进行验证、调整；增加防护林结构设计专家知识库，借鉴现有专家知识，建立以水文及生态过程模拟和专家知识为基础的防护林空间配置与结构优化智能决策系统。

3. 防护林林分结构优化设计智能决策信息系统研制

收集北方主要防护林林种搭配模式在不同立地条件下的生长、发育及结构动态变化规律；引进并发展国外模拟林分内部结构、生长过程的动态模拟模型；建立防护林结构优化及管理的动态分析系统。

4. 防护林空间配置与结构优化智能决策支持系统的可视化开发技术

整合现有成熟的决策系统，如最小均方误差（least mean square，LMS）、森林植被模拟器（forest vegetation simulator，FVS）等，在 GIS 平台上开发空间显式、重视地理空间分析功能的开发，建立分模块式的决策支持系统。通过用户和专家的参与进行智能决策，使决策过程科学化、智能化、综合化，并选择典型流域进行运行测试。

1.3　研究技术方案

围绕研究区域土壤侵蚀严重、水资源短缺、干旱风灾频繁、洪涝灾害严重等关键的生态环境问题，以提高水土资源合理利用为核心，以防护林关键生态过程为基础，采用定位观测与面上研究相结合的方法，研究其空间配置与结构优化技术，实现防护林生态环境服务功能持续提高与稳定发挥的最终目标。总体研究技术方案如图 1-1所示。

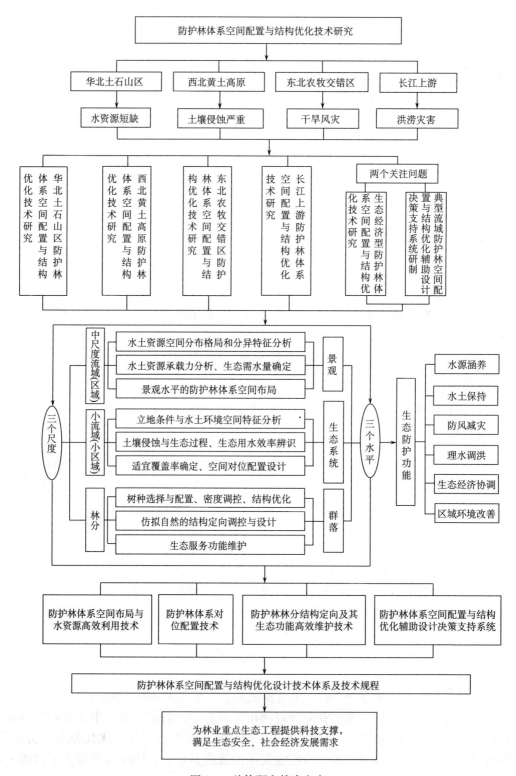

图 1-1 总体研究技术方案

第2章　华北土石山区防护林体系空间配置与结构优化技术

2.1　华北土石山区概况

2.1.1　华北土石山区基本情况

1. 区位典型性

华北土石山区（图2-1）主要分布在太行山脉的永定河上游、漳卫河上游、滹沱河和大清河流域山区及燕山山脉的滦河、潮白河流域山区，面积为8.92万km²，其中水土流失面积占50％左右。该区的特点是石多土少，由于土层薄，裸岩多，坡度陡，沟底比降大，遇暴雨经常形成突发性"山洪"，冲毁村庄，埋压农田，淤塞河道，危害十分严重。

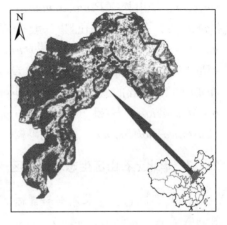

图2-1　华北土石山区位示意图

2. 自然环境典型性

1）地质地貌

华北土石山区地质、气候的复杂性导致了多种多样的地貌类型，这种地貌类型决定着水热条件的再分配和物质的迁移，为土地利用的多样性创造了条件。花岗片麻岩类山区深山区基岩裸露，坡陡，风化层薄，基岩碎块常形成崩塌；山前区属深变质，表层疏松，颗粒粗，透水性好，细沟发育，易于侵蚀。碳酸岩类山地土层浅薄，基岩裸露。土石质山地丘陵中覆被轻度侵蚀区，分布在土层较厚、植被盖度相对较高的地区。由于人类活动频繁，土层较厚处多已垦殖。

2）土壤

华北土石山区的地带性土壤为褐土，并有棕壤、山地草甸土及浅色草甸土等分布，由花岗岩、石灰岩、片麻岩、砂页岩等基岩及黄土母质发育而成。山地褐土常与棕壤呈复区分布，山地褐土多干旱贫瘠，尤其是阳坡和山前地带的粗骨性褐土，造林难度很大。在黄土母质上发育的褐土，土质疏松，植被稀少，侵蚀严重，立地条件很差。

3）气候

该区主要为暖温带，春季多风少雨，夏季炎热多雨，冬季寒冷干燥。年降水量一般为400～700mm，70％左右的降水集中在7～9月。一般年平均气温在4～140℃，无霜期为100～200d。

4）水文

华北土石山区多年平均降水量为 535mm，是我国东部沿海降水最少的地区，多年降水量年际变化较大。年蒸发量为 850～1000mm，干旱指数介于 1.5～3.0。地表径流沿太行山、燕山山脉有一个径流深大于 100mm 的高值区，太行山、燕山的背风坡，径流深比迎风坡明显减少，多年平均径流深为 25～50mm，平原区多年平均径流深 10～50mm，径流多年变化幅度比降水更大，径流变差系数为 0.19～1.44。

5）植被

华北土石山区的植被主要为暖温带落叶阔叶林，树种类型丰富，如麻栎（*Quercus acutissima*）、栓皮栎（*Quercus riabilis*）、槲栎（*Quercus entata*）、辽东栎（*Quercus liaotungensis*）、蒙古栎（*Quercus mongolica*）、白桦（*Betula platyphylla*）、山杨（*Populus pekingensis*）等。此外为针叶纯林和针阔混交林，针叶树有油松（*Pinus tabulaeformis*）、华山松（*Pinus armadnii*）、白皮松（*Pinus bungeana*）和侧柏（*Platycladus orientalis*）等。低山丘陵一般分布为灌草丛，主要植物有荆条（*Vitex negundo* var. *heterophylla*）、酸枣（*Zizyphus jujuba*）、黄背草（*Themeda japonica*）、白头翁（*Pulsatilla chinensis*）、小红菊（*Dendranthema chanetii*）等。山间盆地及沟谷地带分布有人工栽培的杨（*Populus pekingensis*）、榆（*Ulmus japonica*）、槐（*Robinia pseudoacacia*）、核桃（*Juglans regia*）、花椒（*Zanthoxylum bungeanum*）、板栗（*Castanea mollissima*）及其他果树。

2.1.2 华北土石山区生态功能分区

1. 指导思想、基本原则和目标

1）指导思想

为了贯彻科学发展观，树立生态文明的观念，运用生态学原理，以协调人与自然的关系、协调生态保护与经济社会发展关系、增强生态支撑能力、促进经济社会可持续发展为目标，在充分认识区域生态系统结构、过程及生态服务功能空间分异规律的基础上，划分生态功能区。

2）基本原则

（1）主导功能原则。生态功能的确定以生态系统的主导服务功能为主。在具有多种生态服务功能的地域，以生态调节功能优先；在具有多种生态调节功能的地域，以主导调节功能优先。

（2）区域相关性原则。在区划过程中，综合考虑流域上下游的关系、区域间生态功能的互补作用，根据保障区域、流域与国家生态安全的要求，分析和确定区域的主导生态功能。

（3）协调原则。生态功能区的确定要与国家主体功能区规划、重大经济技术政策、社会发展规划、经济发展规划和其他各种专项规划相衔接。

（4）分级区划原则。生态功能区划应该从满足国家经济社会发展和生态保护工作宏观管理的需要出发，进行大尺度范围划分。省级生态功能区划应该与生态功能区划相衔接，在区划尺度上应该更能满足省域经济社会发展和生态保护工作微观管理的需要。

3）目标

（1）分析不同区域的生态系统类型、生态问题、生态敏感性和生态系统服务功能类型及其空间分布特征，提出生态功能区划方案，明确各类生态功能区的主导生态服务功能以及生态保护目标，划定对国家和区域生态安全起关键作用的重要生态功能区域。

（2）按综合生态系统管理思想，改变按要素管理生态系统的传统模式，分析各重要生态功能区的主要生态问题，分别提出生态保护主要方向。

（3）以生态功能区划为基础，指导区域生态保护与生态建设、产业布局、资源利用和经济社会发展规划，协调社会经济发展和生态保护的关系。

2. 区划方法与依据

生态功能区划是在生态现状调查、生态敏感性与生态服务功能评价的基础上，分析其空间分布规律，确定不同区域的生态功能，提出生态功能区划方案。

3. 华北土石山区生态分区概述

华北土石山区位于我国北部，主要包括北京市、天津市、河北省、山西省、内蒙古自治区五个省（自治区、直辖市），各省（自治区、直辖市）的自然生态环境特点介绍如下：

1）北京山区自然生态环境特点

北京山区的地势特征是西北高、东南低，过渡急剧。山区面积占北京市总面积的62%，最高峰灵山海拔 2303m，地貌类型分为侵蚀构造地貌（山地）和剥蚀构造地貌（丘陵台地）。属暖温带半湿润季风型大陆性气候，四季分明，气温的水平分布规律由东南向西北递减。年平均降水量为 600mm，共形成大清河、永定河、北运河、潮白河、蓟运河五大水系。土壤共划分为 7 大类、17 亚类；主要土壤类型为山地草甸土、山地棕壤、褐土和潮土。地带性植被类型为落叶阔叶林，兼有温带针叶林。受地形的影响及长期人类活动的干扰，发育有针叶林、落叶阔叶林、落叶阔叶灌丛、灌草丛、草甸五种植被类型。

2）河北山区自然生态环境特点

河北山区隶属于燕山、太行山山脉，属温带大陆性季风气候，冬季寒冷少雪，春季干旱多风沙，夏季炎热多雨，秋季晴朗寒暖适中。南北温差大，年平均降水量为 350～815mm，降水集中于夏季，降水量地区分布不均，总趋势是东南部多于西北部。土壤共分 21 个土类，62 个亚类，218 个土属，619 个土种，类型随地形、气候、植被等条件变化。根据大地貌单元，可以分为高原植被、山地丘陵植被和山麓 3 个植被带区。各种高等植物 2800 多种。河流众多，其中外流河流域面积占全省总面积 93.8%，内陆河流域面积占 6.2%。

3）内蒙古山区自然生态环境特点

内蒙古地形条件复杂，地势起伏明显，主要有山地、丘陵、高平原、平原等地貌单元构成。境内东部的大兴安岭、中部的阴山山脉和西部的走廊北山、贺兰山呈弧带状构成外援山地，受海陆分布和地形条件的影响，全区气候要素形成东北—西南走向的弧带状分布。从东到西跨越了温带湿润区、半湿润区、半干旱区、干旱区和极端干旱区5个气候区。年平均降水量为263mm，占全国的31.3%。主要土壤类型有黑土、黑钙土、栗钙土、棕钙土、灰钙土、灰漠土、灰棕漠土、褐土，以及山地上发育的灰白色森林土、灰色森林土、灰棕壤、棕壤和灰褐土等。

4）山西山区自然生态环境特点

山西山多平原少，在地势上属于我国阶梯状地势的第二级阶梯，东西部分别是太行山和吕梁山山脉，黄土分布广泛。按全国气候区划，分属中温带、暖温带气候区。总的气候特点是：冬季较长、寒冷干燥；夏季高温、降雨集中；春秋短促，春季多风，秋季温和。光能资源丰富，全省总辐射量为481.4～598.7kJ/cm²，仅次于青藏高原和西北地区，是我国光能资源的高值区。年平均温度较同纬度的河北平原低，在−4.1～13.0℃，年日温差大，呈自北向南，自平原盆地向高原递减。降水量受地形的影响很大，除少数高山外，年降水量在400～650mm，整体上看降水量从东南向西北递减；从局部看山地多于盆地平原、迎风坡多于背风坡；降水量随山地高度增加而增加。山西动植物资源丰富，已知的野生植物共有2749种，野生动物有430余种，长期以来，由于受到人类活动的干扰，生物适宜生存的环境日趋缩小，物种灭绝速率加快。

5）天津山区自然生态环境特点

天津市地势北高南低，山区主要包括中低山和丘陵两种类型，中低山分布于蓟县北部，燕山山脉南侧，面积为306.7km²，山体由石灰岩、页岩、白云岩、花岗岩等组成；丘陵分布于南侧，面积为228.7km²，多为海拔200m左右的缓丘。受地形影响形成地带性土壤与非地带性土壤并存，而以非地带土壤为主的分布势态。土壤分为山地棕土壤、褐土、潮土、沼泽土、水稻土及滨海盐土。天津市属暖温带半湿润季风气候类型，四季分明，春秋短，冬夏长。年平均温度为12℃，年降水量为500～800mm，天津素有"九河下梢"之称，河网密布、洼淀众多，流经境内的一级河道19条，二级河道79条。植被区系以华北成分为主，草本植物多于木本植物。植被区系主要由暖温带落叶阔叶林组成，混有温带针叶林和次生草灌丛。全市共有1200多种植物，占全国的3.87%，隶属于150余科，近600属（国家林业局，2003）。

2.1.3　华北土石山区生态与环境问题

1. 水资源短缺

华北土石山区多年平均地表水资源量为216亿m³，地下水资源量为235亿m³，水资源总量为370亿m³。区域人均当地水资源量只有276m³，亩均水资源只有213m³，只相当于全国平均的12%。在维持良好生态条件下，区域水资源多年平均可利用量235亿m³，可利用率为63%。其中，地表水可利用量110亿m³，可利用率为51%；地下水可利用量184亿m³（部分与地表水重复）。

2. 土壤瘠薄与风沙危害并存

风沙天气主要是扬沙、浮尘和沙尘暴三种，它们无论从时间分布上，还是来源上都有很大差异。据 1961～2000 年各种风沙天气和大风日数的统计显示，风沙可以出现在任何一个月份，而且不是均匀分布，一般来说，春季风沙最多，其次是冬季，夏季和秋季最少。春季出现的风沙天气以扬沙为主，浮尘次之，沙尘暴较为少见。

3. 防护林体系空间配置和结构不合理

防护林是协调人与自然关系的一种系统，在涵养水源、保持水土、防风固沙、维护生态平衡、减少自然灾害、保障和促进工农业生产的发展以及为人类创造良好的生存环境方面具有重要的意义。华北土石山区防护林建设，既保护水源区以维护该区饮用水安全，又防止泥石流及其他形式的土壤侵蚀危害人类生命及生产安全，同时华北土石山区北京山区的防护林体系作为首都北京的绿色屏障，在防沙治沙和提供优质生态服务功能等方面具有更重要的意义。

2.1.4　华北土石山区防护林体系

1. 防护林体系概括、建设历史现状

1) 防护林概念及其分类

《中华人民共和国森林法》中防护林的定义为以防护为主要目的的森林、林木和灌木丛，包括水源涵养林，水土保护林，防风固沙林，农田、牧场防护林，护岸林，护路林。王礼先等（2000）从森林多种防护功能的角度，提出以防护为主要目的的森林称为防护林，它是指为了利用森林的防风固沙、保持水土、涵养水源、保护农田、改造自然、维护生态平衡等各种有益性能而栽培的人工林。根据防护对象不同，又可以分为水土保持林、水源涵养林、农田防护林、防风固沙林、护路护岸林等。姜凤岐等（2003）从防护林的防与护的角度充实了防护的具体内涵，指出防护林是利用森林能够影响环境的生态功能，保护生态脆弱地区的土地资源、农牧业生产、建筑设施和人居环境等免遭或减轻自然灾害及不利环境因素的威胁和危害，而专门培育的森林类型。目前，我国的防护林主要为人工林，随着天然林保护工程的实施，将有大面积的天然林逐渐划定为防护林。防护林就其表现的外表形态来分，可以分为两种形式：一是带状形式，如农田防护林带、护路护岸林带等；二是片状林分，如水土保持林、防风固沙林、海岸防护林、水源涵养林、保健林、风景林等（姜凤岐等，2003）。

防护林体系是根据防护地区的自然条件和发展生产的特点以及对防护作用的要求，将有关林种有机地结合起来，从而更有成效地发挥其最大的防护作用，促进被防护的农林牧作物高产稳产，并进一步改善防护地区的自然面貌，这样一种各防护林林种有机的总体布局称为防护林体系（向开馥，1991）。关君蔚先生在 20 世纪 70 年代总结提出了中国防护林体系的三级分类体系，标志我国的防护林研究进入体系研究阶段（关君蔚，1998）。防护林体系建设可以理解为林业生态工程的同义词或主体，即在一个自然景观地带内，依据不同的防护目的和地貌类型而营造的各种人工防护林和原有的天然林（姜凤岐等，2003）。

2) 森林覆盖率

森林覆盖率是指一个地区的森林面积占该地区总土地面积的百分比。它既是森林资

源的计量指标，又是制定林业发展、经营方针的基本依据。目前森林覆盖率的研究有两个比较通用的概念：一个是最佳森林覆盖率，即一个国家或地区所拥有的森林，既能满足人们对木材和林副产品的需要，又能达到人们对生态效益和社会效益的要求，使之形成一个较稳定的生态环境，这样的森林覆盖率称为最佳森林覆盖率；另一个是合理森林覆盖率，即在一定的历史时期内，一个国家或地区，从人们对森林所需求的直接效益（经济效益）和间接效益（生态和社会效益）出发，能够在自然、经济与技术条件允许的范围内所达到的森林覆盖率称为合理森林覆盖率（郭忠升，1996）。此外，还有一些学者从森林的功能和效益出发，定义了有效森林覆盖率、工程覆盖率、综合覆盖指数（熊野威，1998）等概念，从而丰富了森林覆盖率的内涵。

3) 防护林群落结构

(1) 群落结构。在一定地段上，以乔木和其他木本植物为主体，并包括该地段上所有植物、动物、微生物等生物成分，所形成的一个有规律的组合就是森林群落（李俊清等，2006）。森林群落是其各种生物及其所在环境长时间相互作用的产物，同时在空间和时间上不断发生着变化。群落的结构是指群落内各种生物在空间和时间上的配置状况。森林群落除具有一定的种类组成外，还具有一系列结构特点，包括形态结构、生态结构（孙儒泳等，1993）。群落结构的主要特征表现在种类组成、外貌和生活型的组成、垂直结构、水平结构以及外貌和结构的季节与昼夜的变化。结构是群落显而易见的一个重要特征，每个群落类型都具有其相对固定的结构，结构反映了群落对环境的适应、动态和机能，进而有助于群落的分类，群落的类型不同，其结构也不同（李博等，2000）。

(2) 林木空间分布格局。空间格局的概念是复杂的（Begon et al.，1996）。Fowler 在 1976 年给出了一个格局的定义：格局是一种规则形式或次序。Dale（1999）认为空间格局是在空间上的一些点、植物或其他生物体的排列，或一些生物体的斑块。空间格局也可以理解为物体在一定时间点上或时间段内在空间上表现出的特定组织形式。

种群空间分布格局是指某一种群个体在其生存空间内相对静止的散布形式，即种群个体在水平空间的配置状况或分布状态，它反映了种群个体在水平空间上彼此间的相互关系，是种群的重要属性之一，是种的生物学特性对其所生存的环境条件在特定时期的适应和选择的结果，空间格局的阐明无论在理论研究上还是在实践应用上均有重要意义（刘健和陈平留，1996；孙伟中和赵士洞，1997）。林分中林木的分布格局反映了初始格局、微环境、气候、光照和竞争植物等条件的历史和环境综合作用的结果。

(3) 森林的空间结构。林分结构一直是人们研究的重点问题，但林分结构没有一个统一的概念。李毅（1994）认为林分结构是指林分中树种、株数、胸径、树高等因子的分布状况；陈东来和秦淑英（1994）指出林分结构是指林分所包含的树种及林木大小值分布；孟宪宇（1995）指出，不论是人工林还是天然林，在未遭受严重干扰的情况下，林分内部许多特征因子，如直径、树高、形数、材积、材种、树冠以及复层异龄混交林中的林层、年龄和树种组成等，都具有一定的分布状态，而且表现出较为稳定的结构规律性，称为林分结构规律；胡文力等（2003）认为林分结构是指一个林分或整个森林经营单位的树种、株数、年龄、径级及林层等构成的类型。笔者认为林分结构的概念为：林分结构是指一个林分的树种组成、个体数、直径分布、年龄分布、树高分布和空间配置。

林分的空间结构是指林木的分布格局及其属性在空间上的排列方式，即林木之间的树种、大小、分布等空间关系，是与林木空间位置有关的林分结构（惠刚盈和克劳斯·冯佳多，2003）。森林的空间结构反映了森林群落内物种的空间关系，空间结构是森林的重要特征，即使是具有相同频率分布的林分也可能具有不同的空间结构，从而表现出不同的生态稳定性。物种的不同组成及其在空间分布的不同格局构成了森林的空间结构，森林空间结构决定了树木之间的竞争势及其空间生态位，它在很大程度上决定了林分的稳定性、发展的可能性和经营空间大小（惠刚盈和克劳斯·冯佳多，2003）。

按照现代森林经理学的观点，林分空间结构可以从以下 3 个方面加以描述：①林木个体在水平方向上的分布形式，又称为树种的空间分布格局；②树种的空间隔离程度，又称为林分树种组成和空间配置情况；③林木个体大小分化程度，又称为树种的生长优势程度（惠刚盈和克劳斯·冯佳多，2003；安慧君和张韬，2004）。

（4）生活型及生活型谱的概念。生活型是生物对外界环境适应的外部表现形式，同一生活型的生物，不但体态相似，而且在适应特点上也是相似的（孙儒泳等，1993）。丹麦生态学家 Raunkiaer 和 Christen（1934）选择休眠芽在不良季节的着生位置作为划分生活型的标准，将陆生植物划分为高位芽植物、地上芽植物、地面芽植物、隐芽植物和一年生植物五类生活型。对某个地区或某个植物群落内各类生活型进行统计，所形成生活型数量对比关系称为生活型谱。通过生活型谱可以分析一定地区或每一植物群落中植物与生境的关系。

4）防护林体系研究历史

已有不少国家正在广泛地开展防护林的营造和研究工作，从世界范围内看，人们自觉营造防护林的历史约始于 19 世纪初或中叶。国外不少国家广泛地开展防护林的营造和研究工作，其中历史较久、规模较大、有计划地营造防护林的有前苏联、美国和丹麦等国家，其他国家如加拿大、英国、法国、瑞士、意大利、德国、日本、奥地利、阿根廷等许多国家也做了大量的研究工作。

我国自 1978 年"三北"防护林体系建设以来，提出了防护林体系的概念，推动和提高了防护林体系建设的发展和质量。"六五"至"八五"期间在黄土高原等地系统全面开展立地类型划分、适地适树研究和中间试验及防护林建设模式研究，结合生产实际的生态经济型防护林体系模式，进一步拓宽了防护林体系建设的研究道路，为林业生态工程建设提供了理论指导和示范。

目前，防护林的建设不是单纯的营造农田防护林，而是把单一作用的林种组成一个互相作用、互相依存、互相制约的具有特定功能的有机整体。在防护林体系的具体措施布局与配置上，我国提出了以小流域或区域为单元，按照地貌部位，因害设防，分别采用生物措施和工程措施进行治理。梁峁顶营造防护林，25°以下缓坡地逐步修梯田或发展经济林，部分地区实行草田轮作，对于暂时不能退耕的缓坡耕地和陡坡地，采取水平沟种植、垄沟种植等水土保持耕作措施和农林复合经营方式。陡坡种植牧草和灌木。沟谷坡营造以乔灌草结合为主的水土保持林，在一些重点治理的流域，配合水保工程措施，从而形成完整的防护林系。

2. 防护林体系建设中存在主要科技问题

（1）防护林工程建设质量不高，效益难以得到有效发挥；

（2）中幼林抚育、低产林改造等营林任务逐年加重；

（3）不按《造林技术规程》的有关要求进行设计；

（4）档案管理不规范；

（5）"三北"工程造林的科技含量还比较低；

（6）造林与抚育、管护脱节；

（7）造林树种比较单一，树种结构不尽合理；

（8）造林资金短缺。

2.2　中尺度流域防护林体系空间布局与水资源高效利用技术

2.2.1　潮白河流域土地利用/防护林格局变化分析

在应用3S技术对流域土地利用变化进行分析的基础上，采用主成分分析方法定量分析流域土地变化的驱动力，确定驱动力之间的定量关系和作用的大小，为合理有效地规划区域社会经济的发展，优化生态环境，协调经济、环境发展提供理论及实践指导（田奇凡等，1994）。

1. 流域空间格局分析

整体来看，流域内83.4%的面积为中山、低山丘陵。林地和草地是山区的两大基质，耕地是平原区的主要基质。

从潮白河流域1972~2008年的土地利用（表2-1）变化来看：随着城市化的进展，人类活动对自然的干扰日益加剧，耕地、城镇用地、草地、森林面积等变化显著，流域一直以林地和草地为景观类型主体，占总流域面积的百分比分别为75.88%、74.15%、78.47%、81.49%；其中林地和草地在1987~2000年变化较大，林地面积增加210 343hm²，草地面积减少145 437hm²。

表2-1　潮白河流域各年份景观类型面积及面积百分比

地类	1972年 面积/hm²	百分比/%	1987年 面积/hm²	百分比/%	2000年 面积/hm²	百分比/%	2008年 面积/hm²	百分比/%
阔叶林	180 473.31	12.01	189 035.73	12.58	337 570.23	22.47	371 882.56	24.75
针叶林	102 308.23	6.81	129 984.02	8.65	129 876.85	8.64	115 716.27	7.70
混交林	69 228.12	4.61	77 962.29	5.19	144 033.61	9.58	198 610.11	13.22
灌木林	177 338.69	11.8	170 687.54	11.36	194 449.95	12.94	199 402.59	13.27
其他林地	137 589.21	9.16	135 326.80	9.01	107 408.72	7.16	92 483.42	6.16

地类	1972 年		1987 年		2000 年		2008 年	
	面积/hm²	百分比/%	面积/hm²	百分比/%	面积/hm²	百分比/%	面积/hm²	百分比/%
林地合计	666 937.56	44.39	702 996.36	46.79	913 339.36	60.79	978 094.95	65.10
草地	473 121.51	31.49	411 070.32	27.36	265 633.16	17.68	246 251.55	16.39
耕地	278 854.72	18.56	304 095.88	20.24	242 194.94	16.12	189 909.68	12.64
建设用地	9164.94	0.61	9465.43	0.63	10 667.39	0.71	19 531.85	1.30
其他土地	32 002.19	2.13	31 250.96	2.08	30 800.23	2.05	31 100.72	2.07
水域	42 369.09	2.82	43 571.05	2.90	39 814.92	2.65	37 561.25	2.50
合计	1 502 450	100.00	1 502 450	100.00	1 502 450	100.00	1 502 450	100.00

2. 土地利用类型转移矩阵分析

由表 2-2 至表 2-4 可以看出，1972～1987 年，林地、草地、耕地这三种景观类型之间的相互转换强度较大；建设用地、水域、其他土地相对稳定，保持不变较高。1987～2000 年、2000～2008 年，潮白河流域景观类型间转化强度较弱，林地保持不变比例较高，一方面因为该流域自然条件决定了该流域的主要景观类型是林地；另一方面也与国家制定的相关水源防护、森林保护等政策有关，建设用地主要包括分布相对固定的城镇用地与农村居民点，所以未变比例较大。

潮白河流域土地利用变化规律可以简单地总结为耕地、草地及其他土地向林地转换，另外耕地转变为草地和建设用地也是其动态变化表现。

3. 土地利用变化驱动力分析

1) 流域森林景观格局变化驱动力因子选取

从流域土地利用变化的时空结构演变来看，自然因子影响相对稳定，社会经济活动是景观格局变化的主要原因，因此本研究在进行驱动力的主成分分析时，自然因子仅选取最具代表性的年平均气温（X_1）、年降雨量（X_2）两个，更加注重选取社会经济统计数据。本研究社会经济统计数据来源于 1975～2005 年赤城县统计年鉴、丰宁满族自治区统计年鉴，以及 1990～2005 年怀柔区统计年鉴、延庆县统计年鉴、密云县统计年鉴。1975～1990 年由于潮白河流域的北京地区社会经济统计数据缺乏，采用赤城县和丰宁满族自治区社会经济统计数据的均值，1990～2005 年根据各县区占研究区面积比重为权重因子，取各县区社会经济统计数据的均值进行统计分析。根据各县区统计年鉴数据，综合考虑流域景观格局变化的影响关系，选取 17 个社会经济指标：总人口（X_3）、农业人口（X_4）、人口自然增长率（X_5）、国民生产总值（X_6）、第一产业生产总值（X_7）、第二产业生产总值（X_8）、第三产业生产总值（X_9）、种植业产值（X_{10}）、林业产值（X_{11}）、牧业产值（X_{12}）、渔业产值（X_{13}）、财政收入（X_{14}）、农民人均年纯收入（X_{15}）、固定资产投资总额（X_{16}）、粮食社会总产量（X_{17}）、用电总量（X_{18}）、公路总长度（X_{19}）。

表 2-2 潮白河流域 1972~1987 年景观类型转移矩阵

第一阶段＼第二阶段	阔叶林	针叶林	混交林	灌木林	其他林地	草地	耕地	建设用地	其他土地	水域	全流域
阔叶林	104 139.78	4423.43	6351.60	2344.04	2381.85	47 788.23	21 436.65	75.61	94.51	0.00	180 473.31
针叶林	2937.63	69 125.5	4315.46	3938.51	987.87	26 477.79	22 084.25	51.99	64.99	0.00	102 308.23
混交林	2748.35	3170.64	38 920.05	754.58	1571.47	13 374.88	8632.74	20.76	34.61	0.00	69 228.12
灌木林	6667.93	4468.93	4096.52	82 196.48	5054.15	56 482.38	17 787.07	106.40	88.66	0.00	177 338.69
其他林地	4334.06	1953.76	4017.60	6026.40	59 920.1	37 548.09	23 500.23	110.07	68.79	110.07	137 589.21
草地	91 075.89	11 212.98	62 546.66	16 890.43	14 146.33	156 953.4	118 564.14	503.68	494.65	709.68	473 121.51
耕地	27 104.67	44 756.18	34 522.21	9090.66	14 639.87	75 816.54	71 665.39	615.38	206.82	446.16	278 854.72
建设用地	0.00	0.00	417.01	0.00	487.57	108.9	112.62	7979.98	58.96	0.00	9164.94
其他土地	105.60	89.60	92.80	0.00	544.03	358.18	240.92	58.94	29 337.47	1175.11	32 002.19
水域	0.00	0.00	224.55	444.87	688.44	327.83	208.19	0.00	793.04	40 838.75	42 369.09
全流域	189 035.73	129 984.02	77 962.29	170 687.54	135 326.8	411 070.32	304 095.88	9465.43	31 250.96	43 571.05	1 502 450

表 2-3　潮白河流域 1987~2000 年景观类型转移矩阵

第二阶段 ＼ 第三阶段	阔叶林	针叶林	混交林	灌木林	其他林地	草地	耕地	建设用地	其他土地	水域	全流域
阔叶林	155 519.69	6729.67	6748.57	7240.07	1417.76	9962.18	1285.44	113.42	18.90	0.00	189 035.73
针叶林	9436.83	91 183.79	14 714.19	6616.18	987.87	5862.28	1104.86	77.99	0.00	0.00	129 984.02
混交林	1535.85	288.46	71 351.09	1629.41	210.49	2502.59	366.42	77.96	0.00	0.00	77 962.29
灌木林	7663.87	3669.78	6264.23	140 271.02	5325.45	4864.59	2287.21	307.23	34.13	0.00	170 687.54
其他林地	17 984.93	2327.62	5304.81	13 979.25	87 353.45	5927.31	2056.96	392.44	0.00	0.00	135 326.80
草地	87 105.80	14 140.82	63 633.69	10 564.51	12 249.9	197 843.83	24 746.43	341.13	328.85	123.32	411 070.32
耕地	6683.78	2968.12	3942.85	190.54	3876.88	20 581.7	207 997.82	1499.43	243.27	486.55	304 095.88
建设用地	0.00	0.00	0.00	0.00	126.64	387.29	522.5	8312.28	117.12	0.00	9465.43
其他土地	90.62	84.38	109.39	0.00	84.39	333.92	248.23	103.66	28 075.44	2122.43	31 250.96
水域	104.58	104.58	422.64	0.00	688.44	691.66	2512.37	0.00	1965.26	37 082.62	43 571.05
全流域	337 570.23	129 876.85	144 033.61	194 449.95	107 408.72	265 633.16	242 194.94	10 667.39	30 800.23	39 814.92	1 502 450

表 2-4 潮白河流域 2000～2008 年景观类型转移矩阵

第三阶段＼第四阶段	阔叶林	针叶林	混交林	灌木林	其他林地	草地	耕地	建设用地	其他土地	水域	全流域
阔叶林	290 976.37	3585.47	13 058.37	7838.29	1840.33	16 591.68	2984.01	355.67	340.04	0.00	337 570.23
针叶林	5414.47	97 682.24	11 883.57	6688.36	1013.04	5688.61	1285.78	116.88	103.90	0.00	129 876.85
混交林	2635.83	1253.09	126 064.42	6216.05	388.89	4594.67	2635.81	144.03	100.82	0.00	144 033.61
灌木林	8828.05	2644.52	4064.01	162 015.69	5211.25	8886.36	2469.51	38.89	291.67	0.00	194 449.95
其他林地	15 444.09	1847.43	7364.21	12 431.12	65 531.44	3512.26	1095.57	75.19	107.41	0.00	107 408.72
草地	31 045.07	6061.71	28 128.38	3586.94	4831.69	184 764.95	3970.65	2818.76	265.63	159.38	265 633.16
耕地	17 249.53	2541.39	7706.02	626.14	12 801.08	21 240.5	173 721.64	5751.61	217.96	339.07	242 194.94
建设用地	0.00	0.00	0.00	0.00	107.74	125.88	268.82	10 141.49	23.46	0.00	10 667.39
其他土地	40.28	0.00	0.00	0.00	110.64	181.72	24.64	89.32	29 041.54	1312.09	30 800.23
水域	248.91	100.42	341.13	0.00	647.32	664.91	1453.24	0.00	608.28	35 750.71	39 814.92
全流域	371 882.56	115 716.27	198 610.11	199 402.59	92 483.42	246 251.55	189 909.68	19 531.85	31 100.72	37 561.25	1 502 450

表 2-5 相关系数矩阵

指标	X_1	X_2	X_3	X_4	X_5	X_6	X_7	X_8	X_9	X_{10}	X_{11}	X_{12}	X_{13}	X_{14}	X_{15}	X_{16}	X_{17}	X_{18}	X_{19}
X_1	1.000																		
X_2	−0.552	1.000																	
X_3	0.329	0.288	1.000																
X_4	0.331	0.190	0.935	1.000															
X_5	0.467	0.286	0.841	0.964	1.000														
X_6	0.206	0.346	0.872	0.936	−0.722	1.000													
X_7	0.317	0.089	−0.779	0.917	0.933	−0.693	1.000												
X_8	0.421	0.492	0.959	−0.903	0.977	−0.750	0.910	1.000											
X_9	0.488	0.433	0.842	−0.929	0.928	−0.662	0.959	0.881	1.000										
X_{10}	0.437	0.581	0.911	−0.904	−0.980	0.601	0.959	0.939	0.818	1.000									
X_{11}	0.136	0.660	−0.931	0.866	0.932	−0.889	0.882	0.943	0.964	0.786	1.000								
X_{12}	0.492	0.267	0.870	−0.783	0.944	−0.934	0.886	0.972	0.926	0.986	0.929	1.000							
X_{13}	0.319	0.118	0.898	−0.826	−0.863	0.723	0.828	0.942	0.905	0.946	0.915	0.815	1.000						
X_{14}	0.246	0.132	0.947	−0.917	−0.982	−0.604	0.837	0.918	0.828	0.965	0.927	0.967	0.983	1.000					
X_{15}	0.318	0.553	0.927	−0.825	0.921	0.739	0.855	0.884	0.986	0.941	0.925	0.936	0.836	0.968	1.000				
X_{16}	0.663	0.347	−0.905	−0.908	−0.968	−0.624	0.935	−0.864	−0.983	−0.984	−0.883	−0.989	−0.872	0.985	0.939	1.000			
X_{17}	0.506	0.602	0.883	0.915	0.804	0.835	−0.917	0.875	0.978	0.892	0.875	0.912	0.945	−0.889	−0.901	−0.828	1.000		
X_{18}	0.582	0.499	−0.987	−0.955	0.982	−0.712	0.926	0.894	0.882	0.954	0.856	0.876	0.957	0.987	0.976	0.963	−0.919	1.000	
X_{19}	0.421	0.487	0.745	−0.720	0.519	−0.513	0.732	0.678	0.864	0.590	0.783	0.662	0.427	0.388	0.558	0.527	−0.342	0.472	1.000

2）潮白河流域土地利用变化驱动力分析

应用统计数据处理分析软件对社会经济数据进行计算可以得出相关系数矩阵、特征值、主成分贡献率和累计贡献率。从相关系数矩阵（表2-5）可以看到17个影响因子中存在着不同程度的相关性。按照主成分分析的要求，一般选取累计贡献率达70%～90%的特征值对应的主成分即可。由于前三个主成分累计贡献率已达93%以上，用它们足以代表原始因子的绝大部分信息，因此该研究选取第一主成分、第二主成分、第三主成分（表2-6）。

表2-6　特征值、贡献率和累积贡献率

主成分	初始特征值			旋转后的提取因子负荷		
	特征值	方差贡献率/%	累计方差贡献率/%	特征值	方差贡献率/%	累计方差贡献率/%
1	12.556	83.528	83.528	9.463	57.668	57.668
2	2.386	9.729	93.257	4.627	25.003	82.671
3	0.436	3.587	96.844	1.362	12.585	95.256

主成分负荷量是主成分与变量之间的相关关系，第一主成分与X_6（国民生产总值）、X_{10}（种植业产值）、X_{14}（财政收入）、X_{15}（农民人均年纯收入）有较大的正相关；第二主成分与X_{18}（用电总量）有较大的正相关；第三主成分与X_8（第二产业生产总值）有较大正相关。

潮白河驱动力因素主要与经济发展程度因子有较大相关，如国民生产总值、种植业产值、财政收入、农民人均年纯收入、用电总量、第二产业生产总值等。经济发展驱动土地利用变化的背后，是政策的合理引导（如退耕还林、京津风沙源治理工程、水源保护林工程等）。

2.2.2　潮白河流域水文特征动态分析——以潮河流域为例

1. 流域降水量的计算方法

利用Arc Info空间分析模块中的直线距离函数可以测量每一栅格单元到最近雨量站的直线距离，分配函数可以在最邻近分析的基础上识别哪些单元归属于哪一个雨量站，从而可以作出泰森多边形，并推求出各雨量站的控制权重。潮河流域共有15个雨量站。

2. 流域年降水和年径流的变化

1961～2000年，潮河流域多年平均年降水量为509.9mm，最小值为341.04mm，发生在1997年，最大值为973.99mm，发生在1973年。径流数据取1961～2000年下会站实测径流值，流域多年平均径流深为54.51mm，最小值为10.92mm，发生在2000年，最大值为164.63mm，发生在1973年。最大年降水量为多年平均值的1.9倍，而最大年径流相当于多年平均值的36.5倍。

年降水量的年际变化趋势为微弱减少，相对于降水而言，年径流序列虽然无明显的下降趋势，但年际间的波动相当明显。由此可见，潮河流域年径流和年降水的变化和波动趋势不一致，这在一定程度上说明，降水并非影响径流变化的唯一因素，非降水因素扰动了降水-径流关系。

3. 流域月降水和月径流的变化

潮河流域 1 月降水量最少（1.5mm），也是年际降水量波动最大的月份；7 月降水量最多（157.92mm），也是年际降水量波动最小的月份。从逐月降水量的分配来看，5～10 月为雨季，降水量占全年降水量的 92.8%，11 月至次年 4 月为旱季，降水量仅为全年降水量的 7.2%，而 7 月和 8 月降水最为集中。

2.2.3　潮白河流域防护林体系建设土地利用格局优化

1. 灰参数线性规划

1）数学模型建立

本研究为以潮白河流域 10 种景观类型为目标函数的变量，即：X_1，阔叶林；X_2，针叶林；X_3，混交林；X_4，灌木林；X_5，其他林地；X_6，草地；X_7，耕地；X_8，建设用地；X_9，其他土地；X_{10}，水域。

2）约束条件的建立

潮白河流域确定了 7 个约束条件，分别为：Ⅰ景观类型总面积约束；Ⅱ粮食产量需求约束；Ⅲ生态环境约束；Ⅳ森林生态系统服务功能要求；Ⅴ社会经济发展约束；Ⅵ水资源约束；Ⅶ数学模型要求约束。

3）确定效益系数

（1）确定各类景观类型的效益相对权益系数。采用专家打分法确定各景观类型的效益权重，各景观类型的效益权重构成效益权重集 W_i（$i=1, 2, 3, \cdots, 10$）=（0.1404，0.1001，0.0579，0.1469，0.0171，0.0227，0.1582，0.2015，0.0079，0.1473）。

（2）确定效益系数 C。选用耕地效益，即每公顷耕地产出效益来确定常数 C，然后乘以各地的相对权数求得相应的单位面积上的产出效益，即价值向量 C_j（$j=1, 2, \cdots, 6$）。本研究潮白河流域取每公顷耕地的产出效益为 3675 元，则

$$C = 3675/0.1582 = 23\ 230.09$$

故 C_j=（3261.50，2325.33，1345.02，3412.50，397.23，527.32，3675，4680.86，183.52，3421.79）。

所以模型的目标函数为

$$f(X) = 3261.50X_1 + 2325.33X_2 + 1345.02X_3 + 3412.50X_4 + 397.23X_5 + 527.32X_6$$
$$+ 3675X_7 + 4680.86X_8 + 183.52X_9 + 3421.79X_{10}$$

2. 潮白河流域景观优化方案

综合表 2-7 四个优化方案与 2008 年潮白河流域景观类型结构比较分析发现：

（1）优化方案的建设用地面积都远大于后者，这说明随着社会经济的发展，建设用地大量增加，生态服务价值仍可大大提高，改善生态环境与经济发展并非是相互制约的关系。

（2）优化方案林地面积都远大于后者，草地和其他土地面积减少幅度很大，因此，要想促进潮白河流域生态服务功能和经济发展协调发展，应该从其他土地类型和草地类型的改造着手。

表 2-7　潮白河流域灰色线性规划的优化方案比较

各景观要素	2008 年	方案 1	方案 2	方案 3	方案 4
阔叶林/hm²	371 882.56	513 236.92	411 070.32	412 723.01	448 781.82
针叶林/hm²	115 716.27	79 329.36	139 277.12	98 861.21	109 979.34
混交林/hm²	198 610.11	381 922.79	274 497.62	273 596.14	336 999.53
灌木林/hm²	199 402.59	140 929.81	195 769.24	169 626.60	152 047.94
其他林地/hm²	92 483.42	32 452.92	58 144.81	66 859.03	51 984.77
草地/hm²	246 251.55	90 147	105 171.50	180 294	120 196
耕地/hm²	189 909.68	195 318.50	192 313.60	192 313.6	190 811.15
建设用地/hm²	19 531.85	22 536.75	75 122.50	58 595.55	30 049
其他土地/hm²	31 100.72	9014.70	10 517.15	7512.25	22 536.75
水域/hm²	37 561.25	37 561.25	40 566.15	42 068.6	39 063.70
森林生态系统服务功能价值/万元	647 754.28	854 299.44	761 687.78	736 391.53	798 364.92
经济价值/万元	351 954.28	386 667.60	397 877.24	377 022.78	375 499.59
总价值/万元	999 708.56	1 240 967.04	1 159 565.02	1 113 414.31	1 173 864.51

灰色线性规划根据给定的约束条件，给出一组潮白河流域景观结构优化方案，其中第一种方案的总价值最大，是潮白河流域最为理想化的景观结构优化方案。

然而由于灰色线性规划系统只是根据给定的约束条件进行数量型优化，仅能进行非空间限制因素定量化模拟，不能加入景观类型相互转换的空间限制。在实际应用中，需要对景观类型空间转换的限制因子进行充分设计，本研究在灰色线性规划给出的数量化优化方案基础上，进一步应用 Clue-s 模型以土地供需平衡原则，利用其空间分析模块对 4 种优化方案进行选取和空间配置。

3. Clue-s 模型空间配置优化方案

将景观类型图、各驱动因子图转化为栅格格式，栅格大小为 30m×30m。Clue-s 模型驱动因子选择分为两类：一类是静态驱动因子；另一类是动态驱动因子。

潮白河流域静态驱动因子选取地形地貌约束因子：高程、坡度。动态驱动因子引入第 5 章经过主成分分析的 6 个主要驱动因子：国民生产总值、种植业产值、财政收入、农民人均年纯收入、用电总量、第二产业生产总值。

1）Logistic 回归分析

运用 Logistic 回归公式，对每一栅格可能出现的景观类型的概率进行诊断。将阔叶林、针叶林、混交林、灌木林、其他林地、草地、耕地、建设用地、其他土地、水域与高程（T_1）、坡度（T_2）、国民生产总值（T_3）、种植业产值（T_4）、财政收入（T_5）、农民人均年纯收入（T_6）、用电总量（T_7）、第二产业生产总值（T_8）8 种驱动力进行分析，得出每种驱动力的 β 值。

对 Logistic 回归进行 ROC 检验，阔叶林、针叶林、混交林、灌木林、其他林地、草地、耕地、建设用地、其他土地、水域的预测精度分别是 0.928、0.910、0.873、0.798、0.895、0.934、0.907、0.892、0.838、0.775，各景观类型的拟合精度较高。

2）景观类型转化的转化规则和稳定性设置

基于潮白河流域景观类型变化规律和景观类型的需求确定不同景观类型之间的转换规则。表 2-8 中行表示转出景观类型，列表示转入景观类型，"1"表示两种景观类型之间可以转换，"0"表示不可以转换。

表 2-8　潮白河流域不同景观类型之间的转化规则

地类	阔叶林	针叶林	混交林	灌木林	其他林地	草地	耕地	建设用地	其他土地	水域
阔叶林	1	1	1	1	1	0	1	1	0	0
针叶林	1	1	1	1	1	0	1	1	0	0
混交林	1	1	1	1	1	0	1	1	0	0
灌木林	1	1	1	1	1	1	1	1	0	0
其他林地	1	1	1	1	1	1	1	1	0	1
草地	1	1	1	1	1	1	1	1	1	0
耕地	0	0	0	0	0	0	0	0	0	0
建设用地	0	0	0	0	0	0	0	1	0	0
其他土地	1	1	1	1	1	1	1	1	1	1
水域	0	0	0	0	0	0	0	0	0	1

景观类型的稳定性（ELAS 参数的值）是指在一定时期内，研究区内某种景观类型可能转化为其他土地利用类型的难易程度。它与景观类型变化的可逆性有关。

不同景观类型的稳定性可以由模型参数 ELAS 定义出以下 3 种情况：①对于一般不会转变的景观类型，ELAS 设为 1；②对于极易变化的景观类型，ELAS 设为 0，模型将不对其转化做任何限制；③对于发生转化的难易程度介于以上两种极端情况之间的景观类型，ELAS 设为大于 0 小于 1 的某一值。

3）景观优化方案空间配置

Clue-s 模型根据总概率 TPROP 的大小对土地利用需求进行空间分配，这种分配是通过多次迭代实现的。优先配置效益最大化的第一方案，Clue-s 模型未能响应，说明方案 1 不能满足 Clue-s 设定的限定条件。对效益第二优的方案 4（表 2-9）进行模拟，得到潮白河流域景观优化方案空间配置图（图 2-2）。

表 2-9　潮白河流域景观优化配置方案的景观要素面积情况表

景观类型	阔叶林	针叶林	混交林	灌木林	其他林地	草地	耕地	建设用地	其他土地	水域
面积/hm²	448 781.82	109 979.34	336 999.53	152 047.94	51 984.77	120 196	190 811.15	30 049	22 536.75	39 063.70
增加百分率/%	29.87	7.32	22.43	10.12	3.46	8	12.7	2	1.5	2.6

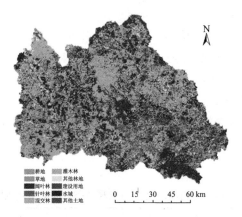

图 2-2　Clue-s 模型选取并配置的潮白河流域景观优化配置方案

潮白河流域景观最优配置方案森林生态系统服务功能价值和经济价值总和为 1 173 864.51 万元，比 2008 年增长 174 155.95 万元（或 17.42%）；与现阶段潮白河流域景观类型现状相比，优化配置后的潮白河流域阔叶林、混交林面积大幅度增加，针叶林、灌木林、其他林地均有不同程度的减少；草地面积减少较多，耕地、水域、其他土地变化程度不大，建设用地增加 50% 以上。

2.2.4　防护林体系建设对流域水资源效应情景分析——以潮河流域为例

1. 土地覆被情景的建立

1）坡地土地覆被状况

为了计算坡度背景下的土地覆被面积，该研究利用 DEM（30m×30m）栅格数据，借助于 ArcInfo 8.3 的 Spatial analyst 模块中 Slope 函数，将 DEM 数据生成坡度数据，并将坡度等级划分为整数类 14 个。平均坡度为 14.7°，其中，15° 以上的缓坡地占流域总面积的 19.6%，25° 以上陡坡地占流域总面积的 1.54%，其余为平原。

潮河流域 2000 年分布在 25° 以上陡坡地上的耕地面积仅为 504.58hm²，占流域耕地总面积的 0.45%，占流域总面积的 0.09%，可退耕面积非常小。分布在 15° 以上缓坡地上的耕地面积为 4668.96hm²，占缓坡地耕地面积的 41.32%，占流域总面积的 0.87%。由此可见 2000 年分布在 15° 以上缓坡地上的耕地在耕地总数中占有相当的比例。

2）主河道两侧土地覆被状况

借助 ArcInfo 8.3 的 Hydrology analysis 模块从 30m×30m 的栅格数据中提取潮河水系，并利用 Buffer 命令生成缓冲带，与 2000 年土地覆被 Coverage 数据叠加。求得潮河主河道两侧 3km 缓冲带、5km 缓冲带内耕地、林地、草地等主要土地覆被类型的面积（表 2-10）。

表 2-10　主河道 3km 和 5km 缓冲带内土地覆被面积

缓冲带类型	缓冲带面积/hm²	占流域总面积比例/%	土地覆被类型	各种土地类型占流域总面积比例/%	占流域相应土地类型总面积比例/%
3km 缓冲带	231 575.35	43.37	耕地	11.73	60.40
			林地	21.95	38.39
			草地	8.41	59.82
5km 缓冲带	344 803.96	64.57	耕地	15.81	81.35
			林地	36.12	63.19
			草地	11.17	79.47

3）土地覆被情景

根据上述对坡地和主河道两侧土地覆被状况的分析，以及理论和实际相结合的原则，建立 10 种土地覆被情景，其中 $S_1 \sim S_6$ 为根据实际设定的情景，$S_7 \sim S_{10}$ 是根据流域三期土地覆被变化所反映的林地和草地相互间转化强烈的特点设定的理论情景。

2. 不同土地覆被情景的年径流模拟

对表 2-11 的模拟和计算结果进行分析，可以得出以下结论：

（1）S_1 和 S_2 的模拟结果显示。流域 15°以上缓坡地退耕还林情景下，年径流仅减少了 0.05 亿 m³，占流域多年平均径流的 1.71%；退耕还草情景下，年径流与实际覆被下年径流几乎无差异。这是由于该流域 15°以上可退耕面积仅占流域面积的 0.87%，其作用对水资源总量的影响很小。

（2）S_3 和 S_4 的模拟结果显示。主河道两侧 3~5km 范围内退耕还林情景会使年径流减少 0.08 亿 m³，占流域多年平均径流的 3.03%；退耕还草情景对年径流几乎无影响。由此可见，虽然该区域退耕面积占到流域总面积的 20.95%，但退耕还林还草并不会对年径流产生显著影响。

表 2-11　土地覆被情景下的模拟年径流

土地覆被情景	情景模拟值/亿 m³	与实际覆被情景下模拟年径流的差值/亿 m³	差值占流域多年平均径流的百分率/%
S_1	2.20	−0.05	−1.71
S_2	2.25	0.00	0.03
S_3	2.23	−0.08	−3.03
S_4	2.32	−0.01	−0.35
S_5	2.07	−0.24	−8.51
S_6	2.49	0.09	3.13
S_7	2.19	−0.11	−3.96
S_8	1.95	−0.30	−10.73
S_9	2.55	0.17	6.19
S_{10}	3.47	0.90	31.95

（3）S_5 和 S_6 的模拟结果显示。流域内全部退耕还林会使年径流减少 0.24 亿 m^3；全部退耕还草会使年径流增加 0.09 亿 m^3。由此可见，与多年平均状况相比，流域的退耕还林情景至多会使流域水资源总量减少 8.51%，而退耕还草情景至多会增加 3.13% 的水资源总量。

2.2.5　中尺度流域防护林体系格局调控技术——以红门川流域为例

降水数据采用了平水年降水量（2004 年降水量为 572.6mm，具体分配见表 2-12）。在消除降水对径流的影响后，分析防护林空间配置变化对产流量的影响，从而综合比较防护林不同配置下水源涵养功能方面的差异性。本研究从流量和径流深两个方面研究不同情境下的产流差异，见表 2-12 和表 2-13。

表 2-12　不同情景下（方案）流量比较

月份	月平均流量/(m^3/s)															
	无林地	30%	50%			60%			70%			80%			100%
			方案1	方案2	方案3	方案1	方案2	方案3	方案1	方案2	方案3	方案1	方案2	方案3	
1	0.00	0.00	0.00	0.00	0.00	0.00	0.00	0.00	0.00	0.00	0.00	0.00	0.00	0.00	0.00
2	0.00	0.00	0.00	0.00	0.00	0.00	0.00	0.00	0.00	0.00	0.00	0.00	0.00	0.00	0.02
3	0.00	0.00	0.00	0.00	0.00	0.00	0.00	0.00	0.00	0.00	0.00	0.00	0.00	0.00	0.00
4	0.04	0.02	0.01	0.01	0.02	0.01	0.01	0.01	0.01	0.01	0.01	0.00	0.01	0.01	0.01
5	0.07	0.01	0.01	0.01	0.03	0.01	0.01	0.01	0.01	0.01	0.01	0.00	0.01	0.01	0.01
6	0.32	0.29	0.23	0.23	0.24	0.19	0.20	0.20	0.15	0.15	0.16	0.15	0.15	0.15	0.17
7	0.45	0.39	0.31	0.31	0.32	0.26	0.28	0.28	0.23	0.23	0.24	0.22	0.22	0.22	0.23
8	0.89	0.81	0.72	0.74	0.77	0.69	0.70	0.72	0.65	0.64	0.65	0.64	0.64	0.64	0.63
9	0.38	0.32	0.27	0.28	0.28	0.25	0.26	0.26	0.27	0.27	0.27	0.27	0.27	0.27	0.22
10	0.12	0.05	0.01	0.01	0.02	0.01	0.01	0.01	0.02	0.01	0.01	0.01	0.01	0.00	0.00
11	0.00	0.00	0.00	0.00	0.00	0.00	0.00	0.00	0.01	0.01	0.01	0.01	0.01	0.01	0.02
12	0.00	0.00	0.00	0.00	0.00	0.00	0.00	0.00	0.01	0.01	0.01	0.01	0.01	0.01	0.01

表 2-13　不同情景下（方案）径流深比较

月份	径流深/mm															
	无林地	30%	50%			60%			70%			80%			100%
			方案1	方案2	方案3	方案1	方案2	方案3	方案1	方案2	方案3	方案1	方案2	方案3	
1	0.00	0.00	0.00	0.00	0.00	0.00	0.00	0.00	0.00	0.00	0.00	0.00	0.00	0.00	0.03
2	0.00	0.02	0.04	0.04	0.05	0.02	0.02	0.03	0.03	0.03	0.04	0.04	0.05	0.05	0.33
3	0.01	0.00	0.01	0.00	0.00	0.01	0.02	0.02	0.03	0.02	0.03	0.02	0.03	0.03	0.00
4	0.89	0.32	0.16	0.22	0.40	0.12	0.13	0.14	0.09	0.09	0.10	0.09	0.09	0.09	0.10
5	1.39	0.26	0.20	0.30	0.56	0.11	0.14	0.15	0.11	0.11	0.11	0.10	0.12	0.13	0.13

续表

月份	径流深/mm														
	无林地	30%	50%			60%			70%			80%			100%
			方案1	方案2	方案3	方案1	方案2	方案3	方案1	方案2	方案3	方案1	方案2	方案3	
6	6.54	5.87	4.71	4.87	4.93	4.02	4.15	4.15	3.19	3.13	3.32	3.06	3.07	3.06	3.50
7	9.47	8.21	6.40	6.47	6.68	5.46	5.76	5.82	4.88	4.69	4.93	4.61	4.62	4.68	4.75
8	18.66	16.87	15.14	15.42	16.09	14.51	14.63	15.03	13.67	13.40	13.70	13.40	13.43	13.41	13.26
9	7.70	6.54	5.61	5.86	5.96	5.21	5.48	5.53	5.66	5.55	5.62	5.57	5.57	5.57	4.50
10	2.58	1.09	0.13	0.26	0.47	0.10	0.16	0.17	0.46	0.55	0.57	0.52	0.56	0.57	0.04
11	0.01	0.02	0.08	0.10	0.32	0.04	0.04	0.08	0.29	0.28	0.29	0.29	0.29	0.30	0.44
12	0.01	0.01	0.02	0.03	0.03	0.01	0.00	0.02	0.10	0.10	0.11	0.12	0.12	0.12	0.18
合计	47.25	39.21	32.50	33.60	35.53	29.61	30.54	31.13	28.53	27.96	28.82	27.82	27.95	28.00	27.26

1）森林覆盖率对产流的影响

比较平水年不同森林覆盖率下的平均流量和径流深，得到表 2-14 和图 2-3、图 2-4。

表 2-14　平水年不同森林覆被下的平均流量、径流深变化统计表

项目	全流域无林地	森林覆盖率30%		森林覆盖率50%		森林覆盖率60%		森林覆盖率70%		森林覆盖率80%		森林覆盖率100%	
		平均流量/(m³/s)或径流深/mm	减少率/%	平均流量/(m³/s)或径流深/mm	减少率/%	平均流量/(m³/s)或径流深/mm	减少率/%	平均流量/(m³/s)或径流深/mm	减少率/%	平均流量/(m³/s)或径流深/mm	减少率/%	平均流量/(m³/s)或径流深/mm	减少率/%
平均流量	0.70 m³/s	0.64	8.57	0.56	21.88	0.49	37.50	0.45	51.02	0.43	60.00	0.42	65.12
径流深	47.25 mm	39.21	17.00	32.50	37.60	29.61	54.27	28.53	63.23	27.82	68.09	27.26	71.82

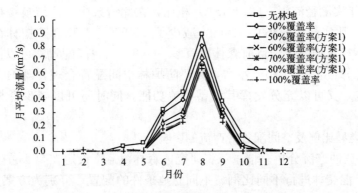

图 2-3　不同森林覆盖率下流域月平均流量对比

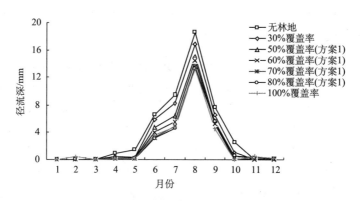

图 2-4　不同森林覆盖率下流域径流深对比

模拟结果表明，平水年的最大径流产生在 8 月，这与实测径流相符合。平均流量、径流深均随着植被覆盖率的增加而减少。表 2-14 是森林覆盖率变化的统计结果（情景三至情景六中数据均采用方案 1 的模拟值）。图 2-3 反映了不同森林覆盖率下的平均流量变化情况。流域内无林地时平均流量为 0.7m³/s，森林覆盖率为 30% 时平均流量为 0.64m³/s，森林覆盖率为 50% 时平均流量为 0.56m³/s，森林覆盖率为 60% 时平均流量为 0.49m³/s，森林覆盖率为 70% 时平均流量为 0.45m³/s，森林覆盖率为 80% 时平均流量为 0.44m³/s，当森林覆盖率达到 100% 时平均流量为 0.42m³/s。

图 2-4 反映了不同森林覆盖下的径流深变化情况。从表 2-14 的统计中可以看出，当森林覆盖率分别增加为 30%、50%、60%、70%、80% 和 100% 时，相对于裸地，平均流量分别减少了 8.57%、21.88%、37.5%、51.02%、60.00% 和 65.12%；径流深分别减少了 17%、37.6%、54.27%、63.23%、68.09% 和 71.82%，与平均流量的减少率基本相符。由此可见，森林植被具有明显的减少径流的作用。

同时可以看出，在森林覆盖率为 0%～30% 的过程中，无论是平均流量还是径流深减少的幅度都达到最大。而在森林覆盖率为 70%～80% 甚至 100% 的过程中，研究区产流量虽然也在减少，但是减少的幅度明显减缓。

与 2004 年实测径流深（29.14mm）相比，在此情景中，流域模拟得到的产流量为 28.53mm，比实测径流小 0.61mm，减少了 2.09%，意味着防护林在情景五的空间配置下调蓄径流能力优于目前森林覆盖率 76.48% 的空间配置。可以认为，红门川流域的合理森林覆盖率为 70% 左右，只要防护林空间配置合理，既不会对当地居民生活产生影响，又可以充分发挥其调蓄径流功能，同时还可以减少森林数量和生态用水量。

2）森林类型比例及空间配置对产流的影响

（1）情景三的产流分析。情景三将研究区森林覆盖率设定在 50% 左右，并对针叶林、阔叶林、混交林进行不同比例、不同立地条件的配置，分别为方案 1、方案 2 和方案 3。

由图 2-5、图 2-6 可以看出，在 50% 森林覆盖率下，流域产流集中在 6～9 月，最大

月平均流量和径流深均出现在 8 月。三种方案下的 8 月平均流量差异不大，分别为
$0.72 \mathrm{m}^3/\mathrm{s}$、$0.74 \mathrm{m}^3/\mathrm{s}$ 和 $0.77 \mathrm{m}^3/\mathrm{s}$；而 径 流 深 分 别 为 32.50mm、33.60mm 和
35.53mm。相互比较可以发现，方案 1 下防护林调蓄径流的功能更好些。进一步统计
不同方案中森林类型比例，得到表 2-15。

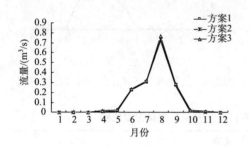
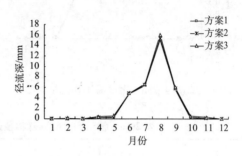

图 2-5　情景三不同方案的月平均流量对比　　　图 2-6　情景三不同方案的月径流深对比

表 2-15　情景三（50%森林覆盖率）不同方案防护林配置比例

森林类型	方案 1		方案 2		方案 3	
	面积/hm²	比例/%	面积/hm²	比例/%	面积/hm²	比例/%
针叶林	1835.72	28.65	1993.14	31.14	2953.66	46.14
阔叶林	3308.26	51.63	2290.17	35.78	1032.74	16.13
混交林	1263.32	19.72	2117.17	33.08	2415.69	37.73
灌木林	0.00	0.00	0.00	0.00	0.00	0.00
合计	6407.30	100.00	6400.48	100.00	6402.09	100.00

由表 2-15 可以看出，三种方案防护林的总面积相差不大，不同森林类型面积不同。
三种方案中的阔叶林依次减少，针叶林和混交林依次增加，都没有配置灌木林。

阔叶林主要配置在缓坡地和斜坡地，以土层深厚、阳坡为宜。在方案 1 中配置最
多，所以其产流最少，这与前章得到的模拟结果——阔叶林调蓄径流能力最好相一致。
混交林要求的立地条件相对阔叶林要宽松，主要在斜坡和立地条件好的陡坡上生长。针
叶林适应能力较强，在陡坡地也可以栽种。

（2）情景四产流分析。情景四将研究区森林覆盖率设定在 60% 左右，并对针叶林、
阔叶林、混交林和灌木林进行不同比例、不同立地条件的配置，分别为方案 1、方案 2
和方案 3。

由图 2-7、图 2-8 可以看出，在 60% 森林覆盖率下，流域产流集中在 6～9 月，最大
月平均流量和径流深均出现在 8 月。三种方案下的 8 月平均流量差异不大，分别为
$0.69 \mathrm{m}^3/\mathrm{s}$、$0.70 \mathrm{m}^3/\mathrm{s}$ 和 $0.72 \mathrm{m}^3/\mathrm{s}$；而 径 流 深 分 别 为 29.61mm、30.54mm 和
31.13mm。相互比较可以发现，方案 1 下防护林调蓄径流的功能更好些。进一步统计
不同方案中森林类型比例，得到表 2-16。

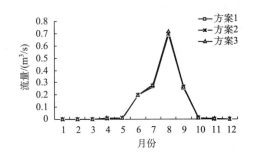

图 2-7　情景四不同方案的月平均流量对比

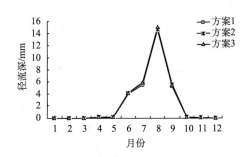

图 2-8　情景四下不同方案的月径流深对比

表 2-16　情景四（60%森林覆盖率）不同方案防护林配置比例

森林类型	方案 1		方案 2		方案 3	
	面积/hm²	比例/%	面积/hm²	比例/%	面积/hm²	比例/%
针叶林	893.92	11.60	1924.44	25.05	3447.84	44.89
阔叶林	2266.62	29.43	2262.97	29.46	2340.69	30.47
混交林	2636.37	34.23	1601.12	20.85	0	0.00
灌木林	1906.1	24.74	1892.21	24.64	1892.16	24.64
合计	7703.01	100.00	7680.74	100.00	7680.69	100.00

由表 2-16 可以看出，三种方案防护林的总面积相差不大，不同森林类型面积不同。方案 1 中混交林面积最大，占防护林面积的 34.23%，阔叶林占 29.43%，灌木林占 24.74%，针叶林占 11.60%。方案 2 中阔叶林面积占 29.46%，针叶林 25.05%，灌木林 24.64%，混交林 20.85%。方案 3 中针叶林占 44.89%，阔叶林 30.47%，灌木林 24.64%。

方案 1 与方案 2 中阔叶林面积相同，导致其产流不同的主要是混交林的面积及其空间配置。这说明混交林调蓄径流的功能也是不错的。

2.3　小流域防护林体系对位配置技术

2.3.1　小流域防护林体系格局变化的水文生态响应分析

1. 防护林体系格局动态变化分析

马尔可夫过程是一种特殊的随机运动过程。如果随机过程 $X(n)$ 在时刻 $t+1$ 状态的概率分布只与时刻 t 的状态有关，而与 t 以前的状态无关，则称随机过程 $X(n)$ 为一个马尔可夫链。在 t 时刻它处于状态 X_i，在 $t+1$ 时刻，它将以概率 P_{ij} 处于状态 X_j，而转移概率 P_{ij} 则反映了各种随机因素的影响。

马尔可夫预测模型表达为

$$S^n = S^0 \cdot P^n$$

$$\tag{2-1}$$

式中：S^0——事件的初始状态；

　　　P^n——n 步转移概率矩阵；

　　　S^n——预测结果。

三个流域在研究时段内，土地利用均发生了很大变化，为了描述各土地利用类型之间的转换状况，利用 GIS 的空间分析功能计算出该时段的土地利用类型的转移矩阵（表 2-17）。

表 2-17　2000～2005 年半城子水库流域土地利用变化转移矩阵

2000 年＼2005 年	阔叶林	针叶林	灌木林	混交林	其他土地	水域	农田	全流域
阔叶林	1049.55	345.58	86.79	123.29	1.87	2.62	13.01	1622.71
针叶林	155.63	1835.93	38.38	162.21	0.64	0.92	33.89	2227.60
灌木林	53.53	82.04	448.19	64.77	0.02	0.00	37.61	686.17
混交林	310.08	290.17	157.98	1146.83	0.05	0.00	19.72	1924.83
其他土地	0.94	0.92	3.02	3.31	5.40	0.00	0.00	13.58
水域	4.57	13.96	0.06	1.97	1.62	41.95	5.21	69.33
农田	17.07	5.46	2.08	8.32	0.00	0.29	32.56	65.78
全流域	1591.36	2574.06	736.49	1510.70	9.60	45.78	142.00	6610.00

2. 流域水文生态响应分析——以半城子水库流域为例

1）2005 年内模拟结果统计分析

以半城子水库流域 2005 年的土地利用为基础，进行流域水文生态响应分析，结果见表 2-18 和图 2-9。

表 2-18　2005 年模拟结果月统计表

月份	降水量/mm	流量/(m³/s)	径流深/mm	产流量/万 m³
1	0.00	0.000	0.00	0.00
2	11.60	0.000	0.00	0.00
3	0.00	0.000	0.00	0.00
4	25.80	0.006	2.·26	14.96
5	109.40	0.044	17.25	114.02
6	92.40	0.027	10.60	70.07
7	101.30	0.073	28.50	188.39
8	209.90	0.128	50.30	332.48
9	23.90	0.052	20.30	134.18
10	2.10	0.000	0.00	0.00
11	0.00	0.000	0.00	0.00
12	0.00	0.000	0.00	0.00

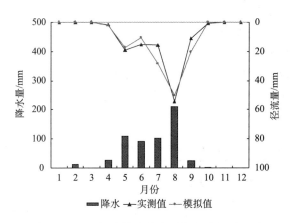

图 2-9　2005 年流域内降水量与径流量对比图

2) 不同森林植被水文生态响应分析

2005 年半城子水库流域内不同植被类型水文响应结果如表 2-19 和图 2-10 所示。

表 2-19　2005 年不同森林植被条件下的流量统计表

森林植被类型	面积/hm²	产流量/万 m³	所占比例/％
阔叶林	1596.31	182.61	21.38
针叶林	2585.63	224.71	26.31
灌木林	678.83	268.53	31.44
混交林	1545.92	178.25	20.87

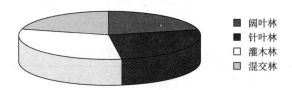

阔叶林
针叶林
灌木林
混交林

图 2-10　2005 年不同森林植被条件下的产流量统计图（单位：万 m³）

从表 2-19 和图 2-10 可以看出，2005 年的森林植被类型以针叶林为主，面积为 2585.63hm²，占总面积的 43.12％，其次为阔叶林＞混交林＞灌木林。不同的森林植被类型上，以灌木林产生的水量最大，为 268.53 万 m³，占总百分比的 31.44％。混交林的产水量最小，为 178.25 万 m³，占总百分比的 20.37％。

2.3.2　防护林体系不同防护功能最佳森林覆盖率分析

1. 以水源涵养为目标的森林覆盖率

北京山区最为常见、最基本的，也是危害最为严重的侵蚀类型是水利侵蚀，产生水利侵蚀的原动力是降水因子（图 2-11）。

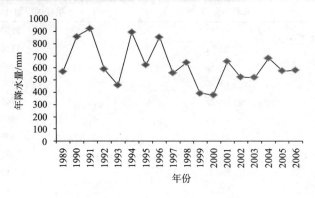

图 2-11　密云县降水量年际变化图

设 S_t 为流域或区域总面积，P 为历年一日出现频率较大的降水量，S_f 为防护面积，$S_f=S_t-S$（如道路、居民点面积、工矿、农田、水体等），W 为森林土壤饱和蓄水量，W 值因林分不同而不同，则该流域或区域林分最大降水量 P 所需的森林面积 A_f 为

$$A_f=\frac{P\times S_f}{W} \tag{2-2}$$

相应的森林覆盖率为

$$F=\frac{A_f}{S_t}\times100\%=\frac{P\times S_f}{W\times S_t}\times100\% \tag{2-3}$$

在计算以水源涵养为目标的最佳森林覆盖率时，以 1989～2006 年的最大降水量，即 153.0mm 的暴雨量作为 P 值，以集水区总面积为 S_t，以林业用地面积作为防护面积 S_f。以目前水源保护林林地土壤饱和蓄水量现状，能够蓄留历年一日出现频率较大暴雨量（153.0mm）时的适宜森林覆盖率分别为：土门西沟流域为 57.61%，潮关西沟流域为 58.89%，半城子水库流域为 68.63%。

2. 以防止土壤侵蚀为目标的森林覆盖率

根据实测资料和"八五"和"九五"期间对典型流域和全区水源保护林实测数据（于志民和王礼先，1999），结合高成德和田晓瑞（2005）在该区的研究成果可知，森林覆盖率与土壤侵蚀有着密切的关系（表 2-20）。

表 2-20　森林覆盖率与土壤侵蚀模数的关系

序号	森林覆盖率/%	土壤侵蚀模数/[t/(km² · a)]
1	16.55	2490
2	20.5	2110
3	23.12	1950
4	25.42	1720
5	31.88	1465

序号	森林覆盖率/%	土壤侵蚀模数/[t/(km² · a)]
6	35.25	1250
7	38.51	1110
8	40.38	980
9	42.76	820
10	45.27	700
11	49.64	660
12	52.33	630
13	56.94	600
14	59.01	580
15	61.7	570
16	63.15	560
17	65.2	550
18	69.54	540

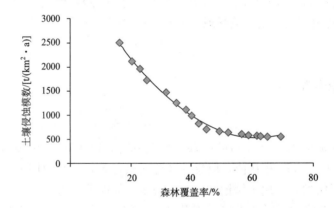

图 2-12　森林覆盖率与土壤侵蚀模数的关系

根据图 2-12 中数据趋势，采用二次多项式进行趋势线拟合，趋势线方程为

$$M = 0.9231F^2 - 114.79F + 4107.1 \qquad (2\text{-}4)$$

式中：M——土壤侵蚀模数，单位 t/(km² · a)；

F——森林覆盖率，单位%。

由于 $R^2 = 0.9736$，因此认为方程能够较好地反映土壤侵蚀模数与森林覆盖率的关系。因为趋势线方程二阶导数大于零，所以方程有极小值，对趋势线方程求一阶导数，且令其等于零，则此时的森林覆盖率为土壤侵蚀模数为极小值时的相应值，即以防止土壤侵蚀为目标的最佳森林覆盖率。则

$$M' = 1.8462F - 114.79 \qquad (2\text{-}5)$$

令 $M' = 0$，则

$$F \approx 62.18$$

式中：M——土壤侵蚀模数，单位 t/(km² · a)；

F——森林覆盖率，单位%。

M'——M 对 F 的一阶导数。

即土壤侵蚀模数为极小值的森林覆盖率约为 62.18%，这也就是以防止土壤侵蚀为目标的最佳森林覆盖率。

3. 以改善水质为目标的森林覆盖率

利用 1986～2005 年的森林覆盖率（Y）、pH（X_1）、氯化物（X_2）、溶解氧（X_3）、氨氮（X_4）、硝酸盐氮（X_5）、亚硝酸盐氮（X_6）的数据进行典型相关分析。分析结果如表 2-21 所示。

表 2-21　森林覆盖率与水质因子的典型相关分析

指标	Y	X_1	X_2	X_3	X_4	X_5	X_6
Y	1	0.293	0.938 **	-0.667 **	0.238	0.763 **	0.674 **
X_1	0.293	1	0.380	0.025	0.062	0.061	0.023 313
X_2	0.938 **	0.380	1	-0.646 **	0.241	0.674 **	0.603 **
X_3	-0.667 **	0.025	-0.646 **	1	-0.245	-0.695 **	-0.279
X_4	0.238	0.062	0.241	-0.245	1	0.270	0.145
X_5	0.763 **	0.061	0.674 **	-0.695 **	0.270	1	0.433
X_6	0.674 **	0.107	0.603 **	-0.279	0.145	0.433	1

** 为差异极显著。

由典型相关分析可知，森林覆盖率（Y）与氯化物（X_2）、溶解氧（X_3）、硝酸盐氮（X_5）、亚硝酸盐氮（X_6）之间有相关关系，均呈极显著水平，其中森林覆盖率（Y）与氯化物（X_2）的相关性最大，相关系数为 0.938；森林覆盖率（Y）与溶解氧（X_3）的相关性最小，相关系数为 -0.667。

以林覆盖率（Y）为因变量，氯化物（X_2）、溶解氧（X_3）、硝酸盐氮（X_5）、亚硝酸盐氮（X_6）为自变量进行逐步回归分析，选用系统默认值：F 统计量的显著性概率 Sig.=0.05，变量将被引入回归方程；Sig.=0.10，变量将被移出回归方程。得到两个回归方程：

$$Y = -0.289 + 0.069X_2 \tag{2-6}$$

其中，$R=0.938$，$R^2=0.880$，调整后的 $R^2=0.873$，$F=131.767$，显著水平 $P=0.000$。

$$Y = -0.352 + 0.057X_2 + 0.086X_5 \tag{2-7}$$

其中，$R=0.955$，$R^2=0.911$，调整后的 $R^2=0.901$，$F=87.430$，显著水平 $P=0.000$。

由回归分析知，森林覆盖率（Y）对水质的影响主要是对氯化物（X_2）和硝酸盐氮（X_5）的含量有影响。

2.3.3 防护林体系不同防护功能对位配置模式——以潮关西沟流域为例

1. 潮关西沟人工植被类型预测

以潮关西沟流域人工植被类型为预测样本（18个），带入训练好的 BP 人工神经网络，模型预测结果如表 2-22 所示，模型对流域人工植被类型进行了大幅调整，植被类型变化显著，即若模拟天然次生林的植被类型，该区应以混交林为主体，阔叶林和灌木林次之。

表 2-22 潮关西沟流域人工植被类型预测结果

编号	海拔 /m	坡向	坡度 /(°)	坡位	裸岩率 /%	土壤名称	土壤厚度 /cm	土壤质地	大地类	预测
1	500	北	30	全坡	0	褐土	25	壤土	针叶林	阔叶林
2	330	东南	35	全坡	0	褐土	20	壤土	针叶林	针叶林
3	300	北	35	全坡	0	褐土	25	壤土	针叶林	混交林
4	260	东北	30	全坡	0	褐土	20	壤土	混交林	混交林
5	580	北	30	全坡	5	褐土	20	壤土	阔叶林	灌木林
6	370	东北	25	下坡位	0	褐土	20	壤土	混交林	阔叶林
7	450	西	30	全坡	0	褐土	20	壤土	混交林	混交林
8	460	南	25	全坡	0	褐土	15	砂壤土	混交林	阔叶林
9	450	西	30	全坡	0	褐土	20	壤土	混交林	混交林
10	450	南	30	全坡	0	褐土	30	壤土	混交林	混交林
11	530	西南	30	全坡	0	褐土	20	壤土	针叶林	混交林
12	330	北	30	全坡	0	褐土	20	壤土	混交林	混交林
13	230	北	30	全坡	0	褐土	20	壤土	针叶林	混交林
14	380	东南	15	下坡位	0	褐土	30	砂壤土	混交林	针叶林
15	340	南	0	平地	0	褐土	40	壤土	混交林	混交林
16	410	东南	15	下坡位	0	风砂土	51	砂土	阔叶林	阔叶林
17	650	南	30	全坡	0	褐土	15	砂土	混交林	混交林
18	500	西南	30	全坡	0	褐土	15	砂土	混交林	针叶林

2. 潮关西沟植被类型配置结果

经模拟后，潮关西沟流域防护林体系植被类型结果为针叶林 44.5hm²、阔叶林 235.6hm²，混交林 638.4hm²，灌木林 275.7hm²。其中，针叶林减幅最大，为 73.29%，阔叶林增幅最大，为 38.92%（图 2-13）。

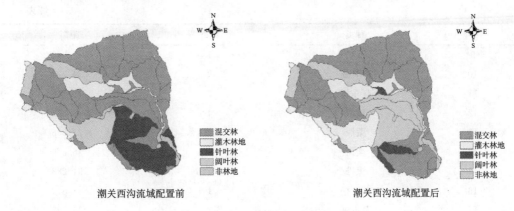

图 2-13　潮关西沟流域植被配置对比图

2.3.4　小流域防护林体系对位配置技术——以潮关西沟流域为例

1. 防护林植被对位配置分析——以乔木层为例

侧柏、臭椿、刺槐、杜梨、油松、栾树、落叶松、山杏分布在中低海拔，并且分布范围比较窄。而北京丁香、鹅耳枥、白蜡、臭檀、椴树、黑桦、胡桃楸、平榛、山榆分布在中海拔，分布范围也比较窄。糠椴、蒙椴、辽东栎、元宝槭分布在中高海拔，分布范围比较广。以辽东栎、蒙古栎在海拔上的分布范围最广。这说明在海拔梯度上，辽东栎、蒙古栎的适应性最强，可以分布的地区最广泛；次之为糠椴、蒙椴、元宝槭；而侧柏、臭椿、落叶松、山杏可以在中低海拔分布；北京丁香、鹅耳枥、白蜡、臭檀、椴树、黑桦、胡桃楸、平榛、山榆仅适合在中海拔区域分布。在考虑比较适合的植被时，会优先考虑适应性最广、分布最广的植被来替代适应性比较差的植被。

1）海拔梯度上的聚类分析

在海拔梯度上，尝试将乔木树种聚类为 2、3、4、5 种。在分为 2 个和 3 个组群时，聚类结果相异性不大，而在分为 5 个组群时，又太过分散。而在分为 4 个组群时，相异性和分散度都比较好，所以最终在海拔梯度上，乔木树种被分为 4 个组群（表 2-23）。

表 2-23　海拔梯度上的乔木分组

序号	种类	组群	距离
1	白蜡	4	77.926
2	北京丁香	4	67.953
3	侧柏	3	56.300
4	臭椿	1	17.652
5	臭檀	4	77.926
6	刺槐	3	56.300
7	杜梨	1	26.649
8	椴树	4	63.648

序号	种类	组群	距离
9	油松	1	103.091
10	鹅耳枥	2	54.222
11	辽东栎	2	10.268
12	糠椴	4	119.505
13	蒙椴	4	27.006
14	栾树	1	26.649
15	黑桦	4	31.283
16	落叶松	1	91.812
17	蒙古栎	2	45.583
18	平榛	4	31.283
19	胡桃楸	4	11.040
20	山杏	1	26.649
21	元宝槭	4	117.731
22	山榆	4	11.040

2) 全 N 梯度上的聚类分析

在全 N 上，尝试对乔木树种进行 2 个、3 个、4 个、5 个、6 个组群的划分。在分为 2 个和 3 个、4 个组群时，聚类结果相异性不大，在分为 6 个组群时，又太过分散。而在分为 5 个组群时，相异性和分散度都比较好，所以最终在海拔梯度上，乔木树种被分为 5 个组群。

在全 N 的 5 个梯度上。第一个组群的树种有白蜡、臭檀、鹅耳枥、黑桦、平榛、胡桃楸、元宝槭、山榆；第二个组群的物种有北京丁香、椴树、辽东栎、蒙椴、落叶松、蒙古栎；第三个组群的树种有糠椴、栾树；第四个组群的树种有侧柏、臭椿、刺槐、杜梨、山杏；第五个组群的树种有油松。

3) 坡度梯度上的聚类分析

由表 2-24 可知，在坡度梯度上，乔木层建群种被分为 3 个组群。第一个组群的乔木种集中分布在坡度为 47°～48°的区域，第二个组群的乔木种集中分布在坡度 35°～41°的区域，第三个组群的乔木种集中分布在坡度 5°～36°的区域。第一个组群和第二个组群的乔木种比较适合生长在比较陡的坡上，第二个组群的乔木种生长区域的坡度比第一个组群的略缓一些；第三个组群的乔木种从缓坡到陡坡都有分布，适应性比较强。

表 2-24 坡度梯度上的聚类分析

类型	组 群		
	1	2	3
最小值	47	35	5
最大值	48	41	36

在坡度梯度上，第一个梯度上的物种有：白蜡、臭檀、鹅耳枥、落叶松；在第二个梯度上的物种有：北京丁香、侧柏、杜梨、椴树、油松、辽东栎、糠椴、蒙椴、栾树、黑桦、蒙古栎、平榛、胡桃楸、山杏、元宝槭、山榆；第三个梯度上的物种有臭椿、刺槐。第二个坡度梯度上的物种最为丰富。根据每个组群的环境阈值可知，在这些乔木种中，白蜡、臭檀、鹅耳枥、落叶松分布的坡度最陡，北京丁香、侧柏、杜梨、椴树、油松、辽东栎、糠椴、蒙椴、栾树、黑桦、蒙古栎、平榛、胡桃楸、山杏、元宝槭、山榆分布在坡度比较陡的坡上，而臭椿和刺槐从缓坡到陡坡都有分布，在坡度梯度上，分布范围最广。

4) 水分梯度上的聚类分析

在水分梯度上，乔木层建群种被分为 3 个组群：第一个组群的乔木种集中分布在土壤水分含量为 0.1217~0.136 的区域；第二个组群的乔木种集中分布在土壤水分含量为 0.228~0.252 的区域；第三个组群的乔木种集中分布在土壤水分含量为 0.107~0.322 的区域。第一个组群分布在土壤水分含量比较低的区域，第二个组群集中分布在土壤水分含量偏高的区域，在水分梯度上，分布范围都比较窄，第三个组群的乔木种，在土壤水分含量偏低到偏高的区域都有分布，在土壤含水量梯度上分布范围最广，适应性最好。

5) 综合变量上的聚类分析

在综合变量上，第一组群的物种有臭椿、杜梨、栾树、山杏；第二个组群的物种有鹅耳枥、辽东栎、蒙古栎；第三个组群的物种有侧柏、刺槐、油松；第四个组群的物种有白蜡、北京丁香、臭檀、椴树、蒙椴、黑桦、平榛、胡桃楸、山榆；第五个组群的物种有糠椴、元宝槭。

2. 防护林植被现状分布与理论分布差异分析——以乔木层为例

因为各个小班的主要环境因子分布并不均一，大部分小班在主要环境因子分布变量上分为几个梯度，所以在分析小班理论植被分布时，按照各环境梯度所占面积大小，按顺序将最佳适应树种罗列出来。

在研究区的 46 个小班中，目前主要树种分布与理论分布比较相符的有 15 个小班；大部分相符的有 4 个小班；小部分相符的有 8 个小班；完全不相符的有 19 个小班。

根据各小班乔木层建群种现状与理论分布相符的程度，将 46 个小班分为 4 类：①相符，不需要优化；②大部分相符，小部分需要优化；③小部分相符，大部分需要优化；④完全不相符，需要整体优化。

2.4　林分尺度防护林结构定向调控
及其生态功能高效维护技术

2.4.1　防护林生态系统结构与功能关系

1. 防护林结构三维指数

1) 防护林结构三维褶皱指数

本研究采用 R 软件作为平台，使用插入形心的逐点插入算法，实现了空间三角网

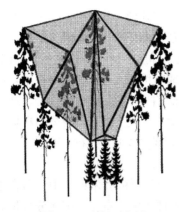

图 2-14　空间三角网

（x，y，z）（图 2-14）。在本研究中，空间三角网中，x 为样方内林木的横坐标，y 为样方内林木的纵坐标，z 为林木的胸径或树高。森林生态系统结构指数实质上反映了森林水平和垂直方向结构的复杂程度。该指数越大，说明森林生态系统结构越稳定，反之，则森林生态系统结构越不稳定。

从表 2-25 可以看出，在 30 块样地中，森林生态系统结构指数 9 号样地辽东栎林最大，为（FSI-DBH）13.568 43、（FSI-H）11.372 99，27 号样地刺槐林最小，为（FSI-DBH）1.378 968、（FSI-H）1.264 818。这说明在研究的 30 块样地中，9 号样地辽东栎林结构较稳定，27 号样地刺槐林稳定性相对较差。从生成的三角网可以看出，9 号样地分布较为密集，27 号样地分布较为稀疏（图 2-15）。从样地树高分布和胸径分布（状况可以看出：9 号样地共有 9 种植被类型，伴生树种占 43%，树高和胸径分别在 2.1～17.8m、0.3～30.3cm 均有分布（表 2-26）。该样地无论从水平方向还是垂直方向来看，层次较复杂，物种较多。27 号样地共有 8 种植被类型，伴生树种占 33%，树高和胸径分别主要分布在 2.0～8.0m、5.0～25cm（表 2-27）。该样地无论从水平还是垂直层次来看，层次较为简单，物种较少。

表 2-25　森林生态系统结构指数表

样地号	植被类型	结构指数	结构指数	结构指数排序	结构指数排序
1	油松	6.348 181	5.974 859	9	9
2	黑桦	4.598 679	4.605 28	19	19
3	侧柏	5.901 344	5.370 181	12	13
4	黄栌	6.773 498	6.161 59	7	7
5	栓皮栎	2.591 615	2.559 876	25	25
6	油松	3.306 537	3.211 807	21	21
7	油松	4.059 547	3.665 682	20	20
8	刺槐	5.741 351	5.408 052	14	12
9	辽东栎	13.568 43	11.372 99	1	1
10	油松	9.654 563	9.223 443	2	3
11	落叶松	6.994 369	7.389 062	5	5
12	侧柏	5.676 803	5.009 327	16	16
13	山杨	5.781 198	5.332 001	13	14
14	经济林	5.725 077	5.050 166	15	15
15	油松	2.927 86	3.103 273	23	23
16	槲树	5.077 153	4.885 291	18	18
17	侧柏	2.499 942	2.504 842	27	27
18	栓皮栎	2.924 926	2.896 758	24	24
19	栓皮栎	1.841 339	1.953 994	29	29
20	槲树	6.008 574	5.529 858	11	11

续表

样地号	植被类型	结构指数	结构指数	结构指数排序	结构指数排序
21	核桃楸	2.505 608	2.505 676	26	26
22	落叶松	6.759 683	6.039 492	8	8
23	黑桦	5.093 276	4.929 842	17	17
24	蒙古栎	6.875 155	6.200 976	6	6
25	椴×桦	7.720 136	7.434 555	4	4
26	槲树	3.006 501	3.178 612	22	22
27	刺槐	1.378 968	1.264 818	30	30
28	刺槐	6.244 503	5.852 251	10	10
29	刺槐	9.316 367	11.233 82	3	2
30	杂木林	2.405 744	2.327 998	28	28

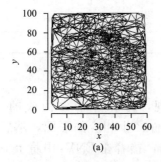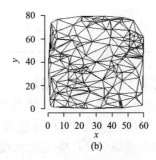

图 2-15　9 号和 27 号样地三角网

(a) 9 号样地三角网；(b) 27 号样地三角网

表 2-26　9 号样地树高分布表

树种类型 \ 树高分级/m（株数）	(0, 2]	(2, 4]	(4, 6]	(6, 8]	(8, 10]	(10, 12]	(12, 14]	(14, 16]	(16, 18]	合计
油松	0	5	1	9	4	0	0	0	0	19
栎类	0	154	143	231	99	68	32	17	6	750
山杨	0	2	0	0	0	0	0	0	0	2
榆树	0	3	2	0	0	2	0	0	0	7
山杏	0	76	10	14	1	0	0	0	0	101
核桃楸	0	1	2	0	0	0	0	0	2	5
桑树	0	1	1	0	0	0	0	0	0	2
白蜡	0	358	67	16	3	4	0	1	0	449
桦树	0	2	0	0	0	0	0	0	0	2
合计	0	602	226	270	107	74	32	18	8	1337

表 2-27　27 号样地树高分布表

树种类型 \ 株数 \ 树高分级/m	(0, 2]	(2, 4]	(4, 6]	(6, 8]	(8, 10]	(10, 12]	(12, 14]	合计
刺槐	0	8	25	47	46	8	3	137
侧柏	0	13	16	2	0	0	0	31
黄栌	0	2	1	2	0	0	0	5
山杏	1	0	0	0	0	0	0	1
桑树	0	0	3	1	0	0	0	4
山桃	0	1	0	0	0	0	0	1
臭椿	0	4	9	10	0	0	0	23
白蜡	0	0	1	0	1	0	0	2
合计	1	28	55	62	47	8	3	204

2) 防护林结构三维空间信息指数

本研究中数据处理通过 R 软件实现，将森林指数构成的三个指标胸径（DBH）、树高（H）、冠幅（S）通过 R 软件产生相应的彩图，然后将产生的彩图在 Photoshop 中转换成 TIFF 格式的灰度图，接着在 ENVI 中将上一步中产生的三幅灰度图进行融合，产生一副新的 24 位 TIFF 格式的彩图，再在 Photoshop 中将上一步中产生的彩图转换成灰度图，最后在 ENVI 进行统计并得到最终结果。具体流程如图 2-16 所示。

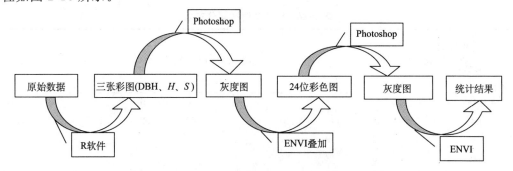

图 2-16　防护林结构三维空间信息指数计算流程图

FSI 值越大表明森林生态系统结构越稳定，从表 2-28 中可以看出 9 号样地 FSI 值为 27.48%，为最大值，说明相对来说其结构也最稳定；27 号样地 FSI 值为 11.26%，为最小值，说明其结构在这 30 块样地中相对来说是最不稳定的（表 2-29）。

表 2-28 9 号样地胸径分布

树种类型 \ 胸径分级/m (株数)	(0, 5]	(5, 10]	(10, 15]	(15, 20]	(20, 25]	(25, 30]	(30, 35]
油松	2	6	9	2	0	0	0
栎类	151	168	272	121	32	5	1
山杨	2	0	0	0	0	0	0
榆树	5	0	2	0	0	0	0
山杏	67	31	3	0	0	0	0
核桃楸	2	1	0	0	1	1	0
桑树	1	1	0	0	0	0	0
白蜡	401	41	5	2	0	0	0
桦树	2	0	0	0	0	0	0

表 2-29 27 号样地胸径分布

树种类型 \ 胸径分级/m (株数)	(0, 5]	(5, 10]	(10, 15]	(15, 20]	(20, 25]	(25, 30]
刺槐	2	27	73	30	4	1
侧柏	5	24	2	0	0	0
黄栌	0	5	0	0	0	0
山杏	1	0	0	0	0	0
桑树	0	3	1	0	0	0
山桃	0	1	0	0	0	0
臭椿	0	19	3	1	0	0
白蜡	0	2	0	0	0	0

2. 防护林综合功能指数

本研究所选取的森林生态系统功能主要有以下 16 个指标：x_1 为乔木最大截留量，单位为 mm；x_2 为灌木最大截留量，单位为 mm；x_3 为枯落物最大持水量，单位为 g/kg；x_4 为土壤入渗速率，单位为 mm/min；x_5 为土壤全氮，单位为 g/kg；x_6 为土壤全磷，单位为 g/kg；x_7 为土壤有机质，单位为 g/kg；x_8 为土壤有机碳，单位为 g/kg；x_9 为土壤侵蚀量，单位为 g；x_{10} 为径流量，单位为 g；x_{11} 为乔木物种丰富度；x_{12} 为乔木物种多样性；x_{13} 为灌木物种丰富度；x_{14} 为灌木物种多样性；x_{15} 为草本物种丰富度；x_{16} 为草本物种多样性。

根据主成分综合模型，将以上 16 种指标数据进行标准化处理，并进行相关性分析。这 16 个指标之间并没有存在显著的相关性。主成分个数提取原则为主成分对应的特征值大于 1 的前 m 个主成分。提取 6 个主成分，即 $m=6$，可知提取 6 个主成分是可以基本反映全部指标的信息。用主成分载荷矩阵中的数据除以主成分相对应的特征值再求平方根便得到两个主成分中每个指标所对应的系数（表 2-30）。

表 2-30 相关系数矩阵

指标	x_1	x_2	x_3	x_4	x_5	x_6	x_7	x_8	x_9	x_{10}	x_{11}	x_{12}	x_{13}	x_{14}	x_{15}	x_{16}
x_1	1.000															
x_2	-0.009	1.000														
x_3	-0.140	0.088	1.000													
x_4	-0.345	0.044	-0.069	1.000												
x_5	-0.062	-0.224	0.023	0.042	1.000											
x_6	-0.006	-0.262	-0.182	0.016	0.386	1.000										
x_7	-0.143	-0.307	0.196	0.031	0.847	0.292	1.000									
x_8	-0.110	-0.034	-0.010	-0.019	0.626	0.205	0.738	1.000								
x_9	-0.187	-0.049	-0.209	0.117	-0.119	-0.235	-0.304	-0.202	1.000							
x_{10}	-0.112	-0.118	0.147	-0.071	0.066	0.032	0.128	-0.129	-0.048	1.000						
x_{11}	-0.193	0.046	0.021	0.083	0.339	-0.077	0.463	0.482	0.190	0.171	1.000					
x_{12}	-0.158	0.154	0.110	-0.101	0.203	-0.047	0.185	0.195	0.051	-0.078	0.338	1.000				
x_{13}	0.041	0.280	0.336	-0.145	0.149	0.034	0.037	0.355	0.319	-0.339	0.336	0.006	1.000			
x_{14}	0.076	0.132	-0.121	-0.139	0.138	-0.117	0.158	0.246	-0.019	-0.127	-0.023	0.102	0.242	1.000		
x_{15}	0.094	0.084	0.264	-0.261	0.324	0.187	0.425	0.534	-0.287	0.186	0.209	0.228	0.181	0.165	1.000	
x_{16}	-0.030	0.015	0.302	-0.006	0.151	0.139	0.231	-0.012	-0.192	0.187	0.091	0.284	-0.470	0.065	0.152	1.000

以每个主成分所对应的特征值占所提取主成分总的特征值之和的比例作为权重计算主成分综合模型，即可得到森林功能主成分综合模型。

3. 防护林结构与功能耦合模型

任何生态系统都是作为一个相对独立的整体存在于特定的环境之中的，系统内的各要素构成了一个生态学的有机整体，即生态系统具有生态学的整体性。生态系统整体的结构和功能不同于其单元的结构与功能，也不是各单元结构的堆积与功能的叠加。生态系统的各个组成单元仅是作为整体的一个特定部分而存在的，当把它从整体中剥离出来时，它将损失其原来的特性、性质和意义（于贵瑞，1991）。也就是说，将森林生态系统各功能独立出来所建立的单项功能与结构模型在一定程度上并不能完全反映其生态学特性。因此，有必要建立森林生态系统结构和各项功能耦合的整体模型。

本节试图通过前文所建立的森林生态系统结构指数与各功能之间建立的模型森林生态系统结构指数（FSI-DBH）与密度、建群种比率模型，求得森林生态系统结构与功能耦合模型。根据结构指数（FSI-DBH）与密度、建群种比率模型［式（2-8）］和结构指数（FSI-DBH）与各项功能模型［式（2-9）］：

$$y = 2055.65 + 0.86x_1 + 1.18x_2 \qquad (2\text{-}8)$$

$$y = 1346.63 + 2.96x_1 - 3.08x_2 + 0.40x_3 + 1.71x_4 - 2.79x_5 - 0.65x_6 + 0.12x_7$$
$$+ 0.01x_8 - 0.64x_9 + 0.06x_{10} + 0.59x_{11} - 0.0059x_{12} - 2.53x_{13} + 0.13x_{14}$$
$$+ 2.36x_{15} - 0.17x_{16} \qquad (2\text{-}9)$$

联合式（2-8）、式（2-9），得

$$0.86y_1 + 1.18y_2 = -709.4 + 2.96x_1 - 3.08x_2 + 0.40x_3 + 1.71x_4 - 2.79x_5$$
$$- 0.65x_6 + 0.12x_7 + 0.01x_8 - 0.64x_9 + 0.06x_{10} + 0.59x_{11}$$
$$- 0.0059x_{12} - 2.53x_{13} + 0.13x_{14} + 2.36x_{15} - 0.17x_{16} \qquad (2\text{-}10)$$

同理根据结构指数（FSI-H）与密度、建群种比率模型［式（2-11）］和结构指数（FSI-H）与功能模型［式（2-12）］：

$$y = 2039.93 + 0.93x_1 + 2.44x_2 \qquad (2\text{-}11)$$

$$y = 1111.56 + 2.59x_1 - 3.68x_2 + 0.5x_3 + 2.14x_4 - 3.01x_5 + 0.18x_6 + 0.11x_7$$
$$+ 0.05x_8 - 0.38x_9 + 0.12x_{10} + 2.01x_{11} - 0.005x_{12} - 2.13x_{13} + 0.09x_{14}$$
$$+ 1.45x_{15} - 0.19x_{16} \qquad (2\text{-}12)$$

联合式（2-12）、式（2-13），得

$$0.93y_1 + 2.44y_2 = -928.37 + 2.59x_1 - 3.68x_2 + 0.5x_3 + 2.14x_4 - 3.01x_5$$
$$+ 0.18x_6 + 0.11x_7 + 0.05x_8 - 0.38x_9 + 0.12x_{10} + 2.01x_{11}$$
$$- 0.005x_{12} - 2.13x_{13} + 0.09x_{14} + 1.45x_{15} - 0.19x_{16} \qquad (2\text{-}13)$$

2.4.2　防护林体系适宜植被结构类型

1. 不同目标导向的防护林结构与功能优化

1）最优密度

根据线性规划方法，以森林生态系统综合功能最大为目标函数，分别以乔木最大截留量、灌木最大截留量、枯落物最大持水量、土壤入渗速率、土壤养分、水土保持、物种多样性为其约束条件，将其转化为以下线性规划问题：

$$\max y = 145.16x_1 - 560.06x_2 + 0.84x_3 + 4.77x_4 - 282.11x_5 + 362.64x_6 + 10.94x_7$$
$$- 6.01x_8 - 183.94x_9 + 0.01x_{10} + 46.03x_{11} + 47.42x_{12} + 217.50x_{13}$$
$$- 0.01x_{14} + 170.61x_{15} - 18.06x_{16} \tag{2-14}$$

$$\text{s. t.} \begin{cases} 145.16x_1 - 560.06x_2 \geqslant 2.00 \\ 0.84x_3 \geqslant 651 \\ 4.77x_4 \geqslant 8.99 \\ -282.11x_5 + 362.64x_6 + 10.94x_7 - 6.01x_8 \geqslant 16.38 \\ -183.94x_9 + 0.01x_{10} \leqslant 1400 \\ 46.03x_{11} + 47.42x_{12} + 217.50x_{13} - 0.01x_{14} + 170.61x_{15} - 18.06x_{16} \geqslant 12.52 \end{cases}$$
$$\tag{2-15}$$

最后我们得到最优基本可行解为 $x^* = (2.6, 0.65, 800, 2.1, 4.1, 2.8, 28, 20, 0.01, 900, 5, 0.8, 4, 2, 2, 0.12)^T$，最优目标值为 $z^* = 2212$。

将最优可行解和最优目标值代入密度与功能模型，可以得到北京山区最优的密度为 1100 株/hm²。

2) 最优建群种比率

同理，以森林生态系统综合功能最大为目标函数，分别以乔木最大截留量、灌木最大截留量、枯落物最大持水量、土壤入渗速率、土壤养分、水土保持、物种多样性为其约束条件，将其转化为以下线性规划问题：

$$\max y = -3.05x_1 + 3.37x_2 + 4.16x_3 + 1.49x_4 - 1.16x_5 - 3.18x_6 + 3.32x_7 + 4.40x_8$$
$$- 2.18x_9 + 1.56x_{10} - 2.00x_{11} - 1.16x_{12} + 7.95x_{13} - 5.17x_{14}$$
$$- 1.81x_{15} - 6.77x_{16} \tag{2-16}$$

$$\text{s. t.} \begin{cases} -3.05x_1 + 3.37x_2 \geqslant 2.00 \\ 4.16x_3 \geqslant 651 \\ 1.49x_4 \geqslant 8.99 \\ -1.16x_5 - 3.18x_6 + 3.32x_7 + 4.40x_8 \geqslant 16.38 \\ -2.18x_9 + 1.56x_{10} \leqslant 1400 \\ -2.00x_{11} - 1.16x_{12} + 7.95x_{13} - 5.17x_{14} - 1.81x_{15} - 6.77x_{16} \geqslant 12.52 \end{cases}$$
$$\tag{2-17}$$

最后得到最优基本可行解为 $x^* = (1, 1.5, 300, 7.5, 5.6, 3.02, 8, 5, 2.13, 80, 20, 1.01, 10, 2, 3, 1.25)^T$，最优目标值为 $z^* = 1427.89$。

将最优可行解和最优目标值代入建群种比率与功能模型，可以得到北京山区最优的建群种比率为 0.65。

3) 最优结构指数（FSI-DBH）——以综合功能为目标函数

以森林生态系统综合功能最大为目标函数，分别以乔木最大截留量、灌木最大截留量、枯落物最大持水量、土壤入渗速率、土壤养分、水土保持、物种多样性为其约束条件，将其转化为以下线性规划问题：

$$\max y = 2.96x_1 - 3.08x_2 + 0.40x_3 + 1.71x_4 - 2.79x_5 - 0.65x_6 + 0.12x_7 + 0.01x_8$$
$$- 0.64x_9 + 0.06x_{10} + 0.59x_{11} - 0.01x_{12} - 2.53x_{13} + 0.13x_{14} + 2.36x_{15}$$
$$- 0.17x_{16} \tag{2-18}$$

$$\text{s. t.} \begin{cases} 2.96x_1 - 3.08x_2 \geqslant 2.00 \\ 0.40x_3 \geqslant 651 \\ 1.71x_4 \geqslant 8.99 \\ -2.79x_5 - 0.65x_6 + 0.12x_7 + 0.01x_8 \geqslant 16.38 \\ -0.64x_9 + 0.06x_{10} \leqslant 1400 \\ 0.59x_{11} - 0.0059x_{12} - 2.53x_{13} + 0.13x_{14} + 2.36x_{15} - 0.17x_{16} \geqslant 12.52 \end{cases}$$

$$\tag{2-19}$$

最后得到最优基本可行解为 $x^* = (1.5, 0.5, 3000, 7.5, 0.15, 0.37, 135, 90,$ $0.12, 965, 18, 1.2, 6, 5, 30, 1.45)^{\mathrm{T}}$，最优目标值为 $z^* = 1356.60$。

将最优可行解和最优目标值代入结构指数（FSI-DBH）与功能模型，可以得到北京山区最优的结构指数（FSI-DBH）为 10。

4）最优结构指数（FSI-H）——以综合功能为目标函数

以森林生态系统综合功能最大为目标函数，分别以乔木最大截留量、灌木最大截留量、枯落物最大持水量、土壤入渗速率、土壤养分、水土保持、物种多样性为其约束条件，将其转化为以下线性规划问题：

$$\min y = 2.59x_1 - 3.68x_2 + 0.50x_3 + 2.14x_4 - 3.01x_5 + 0.18x_6 + 0.11x_7$$
$$+ 0.05x_8 - 0.38x_9 + 0.12x_{10} + 2.01x_{11} - 0.01x_{12} - 2.13x_{13}$$
$$+ 0.09x_{14} + 1.45x_{15} - 0.38x_{16} \tag{2-20}$$

$$\text{s. t.} \begin{cases} 2.59x_1 - 3.68x_2 \geqslant 2.00 \\ 0.40x_3 \geqslant 651 \\ 1.71x_4 \geqslant 8.99 \\ -3.01x_5 + 0.18x_6 + 0.11x_7 + 0.05x_8 \geqslant 16.38 \\ -0.38x_9 + 0.12x_{10} \leqslant 1400 \\ 2.01x_{11} - 0.005x_{12} - 2.13x_{13} + 0.09x_{14} + 1.45x_{15} - 0.19x_{16} \geqslant 12.52 \end{cases}$$

$$\tag{2-21}$$

最后得到最优基本可行解为 $x^* = (1.98, 0.65, 2067, 4.57, 1.04, 2.1, 138,$ $85, 1.05, 267, 120.85, 16, 1.34, 25, 0.97)^{\mathrm{T}}$，最优目标值为 $z^* = 1120.4$。

将最优可行解和最优目标值代入结构指数（FSI-H）与功能模型，可以得到北京山区最优的结构指数（FSI-H）为 9。

5）最优结构指数（FSI-DBH）——以密度和建群种比率为目标函数

以密度和建群种比率最大为目标函数，分别以乔木最大截留量、灌木最大截留量、枯落物最大持水量、土壤入渗速率为其约束条件，将其转化为以下线性规划问题：

$$\max y = 0.86x_1 + 1.18x_2 \tag{2-22}$$

$$\text{s. t.} \begin{cases} 0.86x_1 \geqslant 1000 \\ 1.18x_2 \geqslant 0.50 \end{cases} \tag{2-23}$$

最后得到最优目标可行解为 $x^* = (1200，0.70)^{\mathrm{T}}$，最优目标值为 $z^* = 1032.83$。

将最优可行解和最优目标值代入结构指数（FSI-DBH）与功能模型，可以得到北京山区最优的结构指数（FSI-DBH）为 10。

6）最优结构指数（FSI-H）——以密度和建群种比率为目标函数

以密度和建群种比率最大为目标函数，分别以乔木最大截留量、灌木最大截留量、枯落物最大持水量、土壤入渗速率为其约束条件，将其转化为以下线性规划问题：

$$\max y = 0.93x_1 + 2.44x_2 \tag{2-24}$$

$$\text{s. t.} \begin{cases} 0.93x_1 \geqslant 1000 \\ 2.44x_2 \geqslant 0.50 \end{cases} \tag{2-25}$$

最后得到最优目标可行解为 $x^* = (1100，0.60)^{\mathrm{T}}$，最优目标值为 $z^* = 1024.46$。

将最优可行解和最优目标值代入结构指数（FSI-H）与功能模型，可以得到北京山区最优的结构指数（FSI-H）为 9。

7）最优功能指数（FI）

以森林生态系统综合功能最大为目标函数，分别以乔木最大截留量、灌木最大截留量、枯落物最大持水量、水土保持、物种多样性为其约束条件，将其转化为以下线性规划问题：

$$\begin{aligned} \max y = {}& 0.01x_1 + 0.05x_2 + 0.03x_3 + 0.01x_4 - 0.04x_5 + 0.03x_6 - 0.05x_7 \\ & + 0.14x_8 - 0.25x_9 + 0.02x_{10} + 0.04x_{11} - 0.02x_{12} - 0.07x_{13} \\ & + 0.09x_{14} - 0.05x_{15} - 0.05x_{16} \end{aligned} \tag{2-26}$$

$$\text{s. t.} \begin{cases} 0.01x_1 + 0.05x_2 \geqslant 0.0017 \\ 0.03x_3 \geqslant 86.31 \\ -0.04x_5 + 0.03x_6 \leqslant 0.003 \\ 0.04x_{11} - 0.02x_{12} - 0.07x_{13} + 0.09x_{14} - 0.05x_{15} - 0.05x_{16} \leqslant 0.13 \end{cases} \tag{2-27}$$

最后得到最优目标可行解为 $x^* = (0.14，0.08，2894，6.23，1.34，3.12，7，9，0.02，0.32，12，0.12，3，4.75，5，0.38)^{\mathrm{T}}$，最优目标值为 $z^* = 87.85$。

2. 适宜植被类型

根据以上防护林体系结构与功能优化过程，以森林生态系统综合功能最大为目标，可以得到最优化三维结构指数（FSI-DBH）为 10，三维结构指数（FSI-H）为 9，密度为 1100～1200 株/hm²，建群种比率为 0.6～0.7，大小比为 0.51，角尺度为 0.50，功能综合指数为 87.85。

从设定的样地中可知，当三维结构指数（FSI-DBH）约为 10、三维结构指数（FSI-H）约为 9 时，该区域主要的植被类型为两类：一类为栎类，灌木主要种类有荆条、三裂绣线菊、小叶鼠李、胡枝子、毛花绣线菊、雀儿舌头等，草本层发育良好，平均盖度为 60%，草本主要种类有华北风毛菊、铁苋菜、蒙古蒿、细叶薹草、大油芒、蓝刺头—把伞、篦苞风毛菊等；二为油松，灌木层主要种类有荆条、孩儿拳头、葎叶蛇葡萄、三裂绣线菊、胡枝子、小叶鼠李、酸枣等，草本层主要种类有细叶薹草、大油芒、苔草、蓝萼香茶菜、黄精、华北风毛菊、茜草、穿山龙等。

因此，结合最优的防护林三维结构指数可知，该区域适宜的植被类型为辽东栎×油松×荆条。

2.4.3　最优林分结构调控模式与设计技术

1. 防护林最优结构设计

1）防护林抗旱乔木灌木树种选择技术

本研究通过对单株林木、典型林分的试验研究，应用不同的方法，从不同空间尺度上回答该集水区主要造林的耗水量问题。通过水源涵养林耗水的定量研究，旨在为水资源有限的情况下选择低耗水树种进行植被恢复和实现水量平衡下的北京市密云水库水源涵养林木培育提供依据，同时为森林耗水问题的定量研究探索一种新的研究方法和一条新的途径。

（1）不同树种单株耗水量的试验结果分析。由表 2-31 和表 2-32 可知，各树种各日均、月均耗水量的排序变化很大，单株潜在蒸腾耗水趋势是在 7 月、8 月较高，在 9 月较低。总的来说，油松、臭椿、荆条的蒸腾耗水较低，而刺槐、杨树、侧柏较高。侧柏在 7 月、8 月耗水量较大，杨树在 7 月、8 月最高，油松在各月耗水变化不大，刺槐各月的蒸腾耗水均较高。为了能够从总体上对各树种蒸腾耗水做一排序，若将各树种各月的排序序号作为得分值，则一年中得分值之和较低者为平均蒸腾耗水较高者。这样，各树种蒸腾耗水的大小依次为：刺槐＞杨树＞侧柏＞臭椿＞油松＞荆条。

表 2-31　6 种树木日平均耗水量

时间		日平均耗水量/kg					
		油松	侧柏	刺槐	臭椿	杨树	荆条
2002	7 月份	0.408	0.510	0.612	0.306	0.561	0.204
	8 月份	0.357	0.408	0.561	0.306	0.459	0.153
	9 月份	0.255	0.306	0.457	0.306	0.408	0.102
2003	7 月份	0.413	0.506	0.617	0.303	0.571	0.207
	8 月份	0.372	0.404	0.564	0.309	0.451	0.160
	9 月份	0.268	0.303	0.457	0.309	0.421	0.102

表 2-32　6 种树木月耗水量

时间		日平均耗水量/kg					
		油松	侧柏	刺槐	臭椿	杨树	荆条
2002	7 月份	3.829	4.667	5.632	3.781	5.179	1.914
	8 月份	8.534	1.161	14.716	9.751	12.463	5.666
	9 月份	3.666	6.009	8.665	4.659	7.255	2.266
2003	7 月份	4.058	4.879	5.569	4.249	5.512	2.107
	8 月份	8.826	13.345	14.089	8.873	11.168	5.316
	9 月份	4.488	6.768	8.806	5.116	8.012	3.004

（2）单株耗水与土壤含水量的相关性分析。经过 70 多天控制灌水后，对蒸腾作用进行测定，可以看出：蒸腾耗水直接受土壤水分的制约，特别是 7 月份和 8 月份两者呈明显的正相关关系，9 月份两者不再呈明显的正相关关系（表 2-33）。采用 8 月份中气候条件相近 3d 的桶栽控水试验测定值，研究了不同土壤水分条件下刺槐耗水量的变化，拟合的二次回归方程曲线说明，土壤水分在土壤持水量的 20% 以上，林木的蒸腾耗水量与土壤含水量呈显著的正相关（表 2-34）。

表 2-33　6 种树木的土壤日平均含水量

时间		油松/%	侧柏/%	刺槐/%	臭椿/%	杨树/%	荆条/%
2002	7 月份	24	24.7	20.6	19.9	18.8	27.4
	8 月份	26.6	24.4	20	16	16.1	25.3
	9 月份	27.2	21.9	18.8	15	12.6	18.3
2003	7 月份	24.24	20.25	16.12	17.76	17.27	25.59
	8 月份	25.16	19.42	18.65	20.59	25.54	24.48
	9 月份	24.52	19.45	18.58	19.79	27.89	29.32

表 2-34　不同土壤水分条件下的刺槐蒸腾耗水量模型

土壤水分/%	模型	参数				
		a	b	c	r	$r_{0.01}$
20~26	$y=a+bx+cx^2$	13.612	−0.381	0.002	0.764	0.514
27~34	$y=a+bx+cx^2$	−4.732	0.1523	0.003	0.966	0.386

（3）单株耗水量与水势的相关性分析。叶片水势的测定：采用美国产 HR33T 露点水势仪测定。从被测树冠上部东、南、西、北 4 个方位剪取小枝，立即装入密封聚乙烯塑料袋中。在叶片中部剪截 2~3mm 长的小段，置于露点水势仪样品室中，对叶片水势进行测定。土壤水分状况的测定：前一天傍晚 18：00 在离两株选择木干基 0.5m 处埋置土壤水分传感器，埋设深度依次为 10cm、25cm、70cm，与露点水势仪相连，测定各层土壤水势。

油松、刺槐林地土壤水势状况的变化规律：试验期内油松林地各层土壤水势差异很大，对照 50cm 土层土壤水势最高，30cm 土层次之，表层土壤水势最低。刺槐林地土壤水势与土壤水分对照相比，灌水后各层土壤水势发生明显变化，水分由表层向中层入渗，表层土壤水势下降，中层土壤水势迅速上升，并与表层土壤水势趋同；由于连日的入渗、地表蒸发和林木蒸腾耗水，表层土壤水势开始连日大幅度下降，中层土壤水势较为稳定，但在后期也开始表现出下降的趋势。由此可以看出：灌水后各层土壤水势的变化规律，是水分下渗与水分利用损耗矛盾双方协同作用的结果。

油松、刺槐林土壤叶水势的时空变化规律：各层土壤水势自深层至表层逐渐提高，深层水分一部分经根系和叶片蒸腾进入大气，另一部分扩散至地表经蒸发进入大气。土壤（表层）水势与叶片水势的相关系数对照为 0.70，叶片水势主要受土壤水分状况的控制和支配，土壤水增加后叶片水势与土壤水势之间的相关性提高。

为了进一步探讨树木耗水与植物水分之间的关系，从而了解不同树种对于水分的生理反应机理，试验对刺槐和油松的叶水势，用相关性分析研究了林木耗水和叶水势之间的关系。结果表明：林木的耗水率与叶水势呈正相关，且随着叶水势的下降呈指数下降，不同树种的曲线变化趋势和快慢略有差异，见图 2-17。

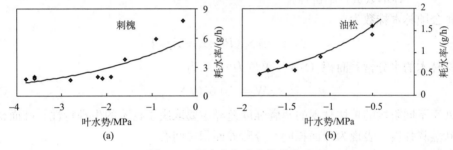

图 2-17　耗水率与叶水势的关系

对试验数据进行回归拟合得到方程 $Q=ae^{bx}$，其中参数 a 和 b 的差异表明了树种树木耗水率（单位：g/h）之间的差别。当叶水势趋于饱和（$x \to 0$）时，$Q=a$，即 a 是该树种叶水势最大值所对应的耗水率；而方程中的 b 值大小则反映了曲线下降的快慢，也就是林木耗水率对于叶片水势下降的灵敏程度。

通过以上的分析，以耗水率为指标进行排序，则各树种的耗水量由小到大的顺序为：荆条、油松、臭椿、侧柏、杨树、刺槐。这一结果与在水充足的条件下各树种耗水的日平均值排序基本相同。这说明在同一水势条件下，荆条和油松比其他 4 个树种更具有低耗水特性。以上结果说明在同一水势条件下，油松更具低耗水特性，其中油松的蒸腾速率表现为对叶水势下降十分敏感，从机理上属于典型的高水势延迟脱水耐旱树种，而刺槐树种属于高耗水树种，以上分析都将为抗旱节水型树种的选择提供理论依据。韩蕊莲等（1994）用补充消耗水量的方法对 6 种黄土高原适生树种苗木的实际耗水量进行了研究，将杨树和刺槐列入高耗水树种，而油松为低耗水树种。与本研究的结果相比，对乔木树种来说，两者结论一致。

2) 合理林分密度的确定技术

确定林分密度的基础是降水资源环境容量，所谓降水资源环境容量是指在无灌溉条件以及无地下水补充土壤水分的干旱、半干旱地区，在维持区域生态平衡及水量平衡的前提下，一定的降水资源所能容纳的树木种类及其数量，这个数量体现在林分结构上就是某一树种在不同发育阶段的林分密度或单位面积林地上所能容纳的最大林木株数。

根据林木供水耗水水量平衡原理，在一定的降水资源供给条件下，无灌溉经营林分密度应该遵循以下水量平衡方程，即从水量平均来讲，林分耗水应该小于或等于林地可供水量。

林分密度公式为

$$(P-E-R)A \times 10^{-3} = T \times N \tag{2-28}$$

式中：P——降水量，单位 mm；

　　　R——径流量，单位 mm；

　　　A——林分面积，单位 m²；

　　　T——单株林木蒸腾需水量，单位 m³；

　　　N——林木数量，单位株。

每公顷林木株数为

$$N \leqslant 10 \times (P-E-R)/T \tag{2-29}$$

则单株林木的水分营养面积（SW，单位为 m²）为

$$SW = 10\,000/N \tag{2-30}$$

处于不同阶段的单株林木的蒸腾强度差异主要取决于树木的生理特性、叶面积总量和单叶蒸腾强度，表现为叶面积同水分营养面积之间有

$$A_1 \leqslant (P-E-R)/(T_1 \times N) \tag{2-31}$$

式中：A_1——单株叶面积，单位 m²；

　　　T_1——平均单叶蒸腾强度，单位 kg/m²。

油松林在林龄为 30 年时，密度可以达到 1170～1560 株/hm²，但到了林龄为 31a 时，密度可以在 1095～1455 株/hm²，可见随林龄的增加林分密度下降很快，因此当林龄增加时可以适当进行卫生伐和间伐，以此来控制林分密度，使其达到适宜的密度标准。因为 30 年生的油松林就能起到良好的水源保护功能，因此，确定林分密度时以 30 林龄的密度为参照，建议油松密度为 900～1050 株/hm²，考虑到造林成活率问题，造林的初植密度可定为 1500 株/hm² 左右。

刺槐林在林龄为 15 年时，密度可以达到 3405～4545 株/hm²，但到了林龄为 20 年时，密度为 1950～2610 株/hm²，可见随着林龄的增加林分密度下降得比油松更快，因此随着林龄增加，刺槐林林分密度应小于油松林的林分密度，使其达到适宜密度标准。因为 20 年生的刺槐林就能起到良好的水源保护作用，因此，确定林分密度时以 20 林龄的密度为参照，建议刺槐密度为 750～900 株/hm²，考虑到造林成活率问题，造林的初植密度也可以暂定为 1500 株/hm² 左右。

3) 适宜林分层次结构确定技术

林下灌木草本层是对林冠层各种功能的延续和补充，进一步加强和完善了林冠层的三大水文作用功能。因为林下灌木草本层距离地面更近，对雨水动能的削减作用更强，大大降低了雨水对地表的击溅能力，从而保护土壤自然结构免遭破坏，起到了防止土壤侵蚀的作用。

枯枝落叶层是林分层次结构地上和地下层次的过渡带，是对雨水削能和截留的最后一个层次。枯枝落叶层是由森林凋落物集聚在土壤表面的特殊层次，是森林生态系统的重要组成部分。它结构疏松，具有良好的透水性和持水性，在降雨过程中起缓冲器的作用，一方面它吸收一部分降雨；另一方面它可以防止雨滴直接击溅地表土壤，增加地表水力糙度，降低流速，过滤泥沙，维持林地土壤入渗和稳渗速率，促使地表径流变为地下径流，林下降雨在这里进行了又一次分配。

根据对该区水源保护林的调查和观测，一些林分如经济林林下几乎没有灌木草本层和枯落物层，因此，土壤侵蚀严重。此项技术目的是通过合理设计层次结构，从而使林分各层次结构充分发挥各自功能，使得森林生态系统水源涵养和水土保持综合功能达到优化。

采用专家评分赋值法对林分层次结构进行量化，确立了林分结构的 5 个等级。利用实际观测资料对林地产沙量与林分层次结构分值之间的关系进行线性回归，得出层次结构与林地土壤侵蚀程度的相关关系，进而得到林分适宜的层次结构模式。

在根系土壤层，林分根系对土壤的改良作用，使其通气性良好，微生物生化作用旺盛，有良好的吸水和透水性能，同时根系的固持作用，进一步提高了土壤的抗蚀性能。它的水源保护功能主要体现在蓄水能力上，因前面已有论述，在此不再赘述。

为了对林分层次结构进行量化研究，我们采用专家评分赋值法对林分的层次结构分成五个等级来进行评分，分值分别为 1、3、5、7、9，评分依据如下：

1——单层的乔木或灌木，几乎无枯枝落叶层；

3——单层的乔木或灌木，盖度大于 50%，有良好的枯落层（厚度大于 1cm）；

5——乔灌或灌草双层，上层盖度大于 50%，下层盖度为 10%～30%，稍有枯枝落叶层；

7——乔灌或灌草双层，上层盖度大于 50%，下层盖度为 30%～50%，有良好的枯落层（厚度大于 1cm）；

9——乔灌草多层次，各层盖度均大于 50%，有良好的枯落层（厚度大于 1cm）。

然后，采用与确定郁闭度同样的方法，利用其观测资料，对具有不同层次的林分产沙量平均值进行无量纲化，结果见表 2-35。

对林地产沙量与林分层次结构分值之间的关系进行线性回归，可得

$$W = -26.406x + 327.04 \qquad (2-32)$$

因为 $R^2 = 0.9504$，说明林地产沙量与林分层次结构分值之间有密切的线性关系，因其斜率为负值，即林地产沙量随着林分层次结构分值的增加而减少。由此可见，林分层次结构与林分防止土壤侵蚀作用密切线性相关。也就是说，在林分层次结构的得分

表 2-35　林分层次结构分值对应的林分产沙量值（单位：kg）

林分层次结构分值	1	3	5	7	9
林分产沙量	315.4	253.8	188.2	124.3	110.7
林分层次结构分值	1	3	5	7	9
林分产沙量	311.2	246.1	176.5	120.7	107.8
林分层次结构分值	1	3	5	7	9
林分产沙量	323.1	235.3	169.7	135.4	117.6
林分层次结构分值	1	3	5	7	9
林分产沙量	308.3	228.9	210.7	117.8	98.6

最大为 9 时，林地的产沙量最小，因此，水源涵养林的林分层次结构为乔灌草多层次，各层盖度均大于 50%，有良好的枯落层（厚度大于 1cm）时，具有良好的防止土壤侵蚀的功能。并且这种多层次林分的枯落层分解后，具有强大的吸持水能力和维持林地土壤的强大入渗能力，有增强林分涵养水源的作用。

2. 防护林结构调控技术

1) 空间结构最优化的防护林结构调控技术

本研究提出了人工防护林现阶段结构调整目标为：以"育"为主、以抚育采伐为辅，提高林分单位面积蓄积量，严格按照采伐量小于生长量的原则，采取低强度的抚育采伐措施，调整林分树种组成、林木分布格局和竞争关系，经过 3～5 个经营周期，初步建立防护林的目标结构，使林分空间结构趋于合理，提高防护林的水源涵养、水土保持等功能。

(1) 防护林经营的基本原则。结合北京地区的地理特点、气候特点及植被特点，制定如下防护林经营与改造应遵循的原则：①保持和提高防护林的水源涵养、水土保持、调节气候、净化水质、减洪及抵御旱涝灾害等生态效益，兼顾生态效益、社会效益和经济效益的协调发展，发挥防护林的综合效益；②因地制宜、适地适树的原则；③遵循生态有益性的原则；④遵循连续覆盖的原则；⑤遵循结构合理性的原则。

(2) 采伐木的选择。采伐木的选择应该根据林分的结构和功能总体评价和单木的评价综合分析，首先确定保留木，再确定采伐木。

保留对象包括：①濒危种；②顶级树种具有生长势强、培育价值高、防护效能强的所有林木；③其他主要阔叶树种或乡土树种具有生长势强、培育价值高、防护效能强的中大径木；④林缘木、林界木和孤木林。

抚育采伐对象包括：①除濒危种以外的所有病腐木、断梢木、特别弯曲木、不具有培育价值的林木。②挤压或妨碍上述顶级树种和濒危种保留木生长的其他树种林木，尽量使保留木的竞争树大小比数不大于 0.25。③挤压或妨碍具有生长势强、培育价值高、防护效能高的其他阔叶树种或乡土树种中大径木（胸径至少达到林分平均直径的林木）生长发育的林木，尽量使采伐后保留木最近 4 株相邻木的角尺度不大于 0.5（即 4 株相邻木不挤在一个角或同一侧）。为了提高混交度和物种多样性，优先抚育采伐与保留木同种的林木。④对复层林要根据林木生物学特征，注意各林层的合理分布。

（3）林木水平分布格局的调整。林木分布格局是林分空间结构的一个重要方面，格局的研究或调整是群落空间行为研究或调整的基础（惠刚盈和克劳斯·冯佳多，2003）。

西山林场油松林为 20 世纪 60 年代初期营造的人工林，植苗造林，初植密度较大，属于水源涵养林，由于西山林场经营管理水平较高，经过多次抚育间伐，现在林分密度为 673 株/hm²，林分密度较小。油松林林分平均角尺度（$\overline{W}$）为 0.514，根据角尺度判别标准，林木水平分布格局为随机分布，格局中聚集分布和均匀分布的结构单元的比例均衡，林木分布格局符合稳定群落的格局特点，因此经营的重点不在于格局调整。

（4）树种组成的调整。世界各国根据各自的自然地理条件和生产实践，对树种选择和混交方式进行了研究，研究成果和实验结果表明，按不同的立地条件慎重选择抗性强、适应性广、寿命长、水源效益和经济效益高的乡土树种为主，实行乔、灌、草合理配置，针叶树和阔叶树种混交，而且混交林比纯林具有更高的水源效益。调整林分的树种组成时，应该参照地带性植被的树种组成和配置，根据林分的不同情况确定经营措施。

西山林场样地内，乔木层共有 10 个树种，油松的树种优势度明显，以油松为建群种，其他树种全部为阔叶树，从林分每公顷断面积比例看，油松林的树种组成式为：9油松＋黄栌—构树—槲栎—杨树—国槐—槲树—桑—榆—栾树，针叶树和阔叶树的株数和断面积比例均为 9∶1。油松在该林分内占有绝对优势，其他阔叶树种较少，林分平均混交度仅为 0.170，林分混交状况很差，因此，西山林场油松林树种组成的调节主要任务是调节混交度，调整的方向应该是增加阔叶树种及其比例，扩大混交。采用混交度确定采伐木时，应将混交度取值为 0、0.25 的单木作为调整对象，但由于在油松林的空间结构单元中，混交度 $M_i=0$ 和 $M_i=0.25$（即零度混交和弱度混交）的个体株数比例占总株数的 83%，本研究只对混交度 $M_i=0$ 的个体进行调整。零度混交个体较多，占林分总株数比例的 65%，显然，调整该林分的混交程度应分阶段进行，由于该林分密度相对较小，应采用弱度择伐，择伐强度控制在林分蓄积（或总株数）的 10% 范围内。

（5）竞争关系的调整。在林分内由于树木生长不断扩大所占用的空间而使林分结构发生变化，而林分的生长空间是有限的，于是树木之间展开了争取生长空间的竞争，竞争的结果会导致一些树木死亡，一些树木勉强维持生存，还有一些树木得到更大的生长空间。林木竞争关系调节必须依托于操作性强的量化指标，林木大小比数可直接应用于竞争关系的调整。

本研究采用林木大小比数，对顶级树种（或乡土树种）或主要伴生树种来进行竞争关系的调整。调整应该以减小目的树种的大小比数、减少竞争压力、为目的树种创造适生的营养空间为原则，最大限度地使其不受到相邻竞争木的挤压。调整应尽量使经营对象的竞争大小比数不大于 0.25（即使保留木处于优势地位或不受到挤压威胁）。

西山林场油松林中，油松种群的大小比数分布均匀，优势木和亚优势木主要是油松，其他阔叶树大小比数均较大，针对树种而言，油松的竞争优势明显。林分竞争调整方向应该是扩大阔叶树的营养空间，减小其竞争压力，最大限度地使其不受到相邻竞争木的挤压。由于阔叶树的大小比数均较大，需要分阶段进行调整，促进阔叶树的生长，通过现有林调整和补植等措施，最终将油松纯林改造为油松和阔叶树混交林。

（6）优化效果评价。经营效果评价分别从干扰强度、立木覆盖度、林木水平分布格局、稀有种无损率、林分混交度、种内和种间竞争、树种组成、直径分布、树种优势度等方面进行评价。

①干扰强度。西山林场油松人工林林分密度为 673 株/hm²，经过抚育间伐共确定采伐木 54 株，经营后林分密度为 620 株/hm²，按林木株数计算，间伐强度为 8.02%。调整前林分总蓄积量为 46.322m³/hm²，采伐活立木蓄积量为 3.961m³/hm²，按活立木蓄积量计算，间伐强度为 8.55%。本次调整间伐强度较小，符合北京市地方标准《山区生态公益林抚育技术规程》中规定的间伐强度要求，属于轻度干扰。采伐木包括活立木 53 株，枯立木 1 株。西山林场油松林的结构调整，围绕经营目的，采伐木主要是油松，只采伐了 2 株黄栌濒死木，为阔叶树的生长创造了条件。采伐后林分郁闭度大于0.6，符合连续覆盖原则，保证了油松林防护功能的正常发挥。

②林木水平分布格局。结构调整前林分平均角尺度（$\overline{W}$）为 0.514，调整后林分平均角尺度（$\overline{W}$）为 0.508（图 2-18），落在 [0.475，0.517] 的范围之内，由此可知，油松林结构调整前后的林木水平分布格局都为随机分布。

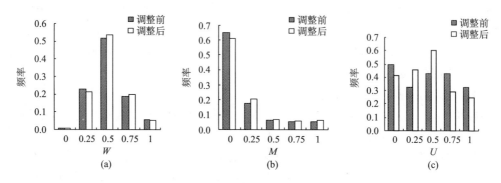

图 2-18　油松林经营前后角尺度（a）、混交度（b）、大小比数（c）分布图

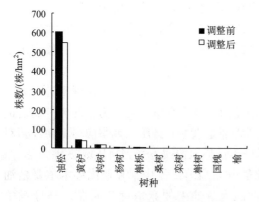

图 2-19　油松林经营前后树种株数变化

③稀有种的无损率。西山林场油松乔木层共有 10 个树种，林分结构调整中，林分的所有树种都得到了保留，因此，稀有种的无损率为 100%。

④树种组成评价。本次结构调整所有树种都得到了保留，乔木树种种类没有变化（图 2-19）。建群种油松的密度变化最大，结构调整前，油松密度为 599 株/hm²，占全林分总株数的 89.00%，结构调整后，油松的密度为 548 株/hm²，占全林分调整后的

株数的 88.39％，油松的株数比例还占有很大优势。结构调整前后，油松的密度减少了 9.31％，结构调整减小了油松种群的密度。在结构调整前，黄栌为 43 株/hm²，调整后为 41 株/hm²，黄栌的密度变化较小。该林分其他阔叶树种的株数没有变化。结构调整前后，针叶树明显减少，阔叶树种的数量基本保持不变，针阔比例减小，但变化幅度不大。油松的株数减少，但油松还是该群落的主要优势种，也是建群种，油松具有明显的优势。

⑤直径分布。西山林场油松人工林经营前后林分直径分布见图 2-20。由图可知，西山林场油松林经营后，林分直径分布规律变化趋势与经营前基本保持不变，各径级内的个体株数均有所减少，但经营没有造成直径分布规律的改变。

⑥混交度。油松林结构调整前的林分平均混交度为 0.169，结构调整后林分平均混交度为 0.189，林分平均混交度增大。此次调节林分混交时，仅对油松混交度等级 $M_i=0$ 的个体进行了调整，即除黄栌濒死木，只采伐了处于零度混交的油松个体。可知：对于空间结构单元而言，零度混交的比例有

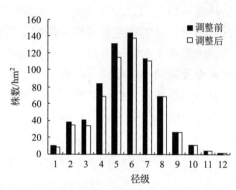

图 2-20　油松林经营前后林分直径分布
横坐标以胸径（DBH）2cm 为步长划分 1 个径级，起测胸径为 5cm，即 4cm<DBH≤6cm 为径级 1，6cm<DBH≤8cm 为径级 2，依次类推，下同

明显的减少，经过抚育间伐后，零度混交个体占总株数的比例由 65.0％下降为 61.0％，其他混交度等级的个体均有不同程度的增加，弱度混交的个体增加幅度最大，说明了此次抚育间伐对混交度的调节效果明显。

西山林场油松人工林结构调整前后，除油松外的其他树种的混交度变化不大，混交度均保持在较高的水平上，黄栌种群的混交度最小，但也大于 0.77，说明抚育间伐对其他阔叶树种混交度的影响不大，各树种的平均混交度没有减小。

⑦竞争关系评价。本次经营降低了其他阔叶树种的竞争压力，提高了阔叶树种的竞争能力和树种的优势程度，在一定程度上增加了阔叶树种的营养空间，为其生长创造了条件。林分调整前后，大小比数分布规律变化明显，油松优势木比例减少，导致了林分整体优势木的比例减小，亚优势木和中庸木的分布频率增加，劣态和绝对劣态的林木比例明显减少，经营后林分树种分化更趋于合理。在经营过程中，抚育前后不同树种的大小比数比林分整体大小比数更有意义，本次经营伐除了 10 株油松，目的是减小椴栎、椴树、黄栌等阔叶树种的大小比数，增加其营养空间和竞争能力，调整了阔叶树种和油松之间的空间关系，为阔叶树的生长创造了适宜的空间环境。

⑧水源涵养功能分析。通过抚育间伐，可以使林分的生长量保持在平稳的高的水平上，并可获得比原始林更高的林分蓄积量，蓄积量可表征森林防护效能的大小。森林结构调整的同时，可以实现森林的多种功能，理论基础为群落结构决定功能。

本次经营的目的是调节油松林的空间结构，主要经营目的是通过树种组成、竞争关系的调整，增加椴栎、椴树、黄栌等阔叶树种的营养空间，通过空间结构的优化，为阔

叶树的生长创造适宜的空间环境，减少阔叶树的竞争压力，促进阔叶树的生长，通过阔叶树种的天然更新和人工补植等措施，努力将油松纯林经营为针阔混交林。异龄、复层的针阔混交林的水源保护功能比油松纯林的功能高，能实现结构合理、功能高效的防护林经营目标。

2）生态功能最优化的防护林结构调控技术

（1）防护林生态功能分析。依据林业行业标准《中国森林生态系统服务功能观测与评估规范》（LY/T 1721—2008）及实际情况，本研究主要对生态水文、固碳制氧、积累营养物质、滞尘和生物多样性保护 5 项森林生态功能进行分析。

①生态水文功能。森林生态水文功能主要表现在森林具有调节径流量、削减洪峰、净化水质及减缓土壤侵蚀等功能。

森林植被的最大截留降水能力，通常认为是能达到的最大截留量，与叶面积指数及叶表面持水能力等有关，所以森林截留能力与森林叶面积指数呈线性相关，即

$$Y_{截留} = LA_{林乔} \cdot a + LA_{林灌草} \cdot b \qquad (2\text{-}33)$$

式中：$Y_{截留}$——某森林的单位面积截留能力，单位 mm/a；

$LA_{林乔}$——某森林的林冠层叶面积指数，无量纲；

$LA_{林灌草}$——某森林林下灌草的叶面积指数，无量纲；

a、b——某乔木叶面积、林下灌草叶面积和最大截留量的转化系数，无量纲。

联合油松、华北落叶松冠层和林下灌草植被叶面积指数与立地指数、林龄、密度之间的关系模型，得到油松、华北落叶松人工林截留功能分别为

油松：

$$Y_{油截留} = (0.2317SI + 7.9919)[1 - \exp(-0.1030SD^{0.7784} \cdot t)]^{-0.3173SH+7.0004} \cdot a$$
$$+ (0.2399SI + 3.1234)[1 - \exp(-0.0957SD^{0.7343} \cdot t)]^{-1.0508SH+21.6702} \cdot b$$
$$(2\text{-}34)$$

华北落叶松：

$$Y_{落截留} = (3.5223SI^{0.4509}) \cdot [1 - \exp(-0.0879SD^{0.7360} \cdot t)]^{-0.0756SH+2.8510} \cdot a$$
$$+ (0.2435SI + 3.0827)[1 - \exp(-0.0796SD^{0.7792} \cdot t)]^{-0.4392SH+10.1812} \cdot b$$
$$(2\text{-}35)$$

式中：$Y_{油截留}$、$Y_{落截留}$——油松林和落叶松林的截留能力，单位 mm/a；

a、b——叶面积和最大截留量的转化系数，无量纲；

SI——立地指数，无量纲；

SD——林分密度，单位 10^3 株/hm²；

t——林龄，单位 a。

②固碳释氧功能。森林是地球生物圈的支柱，植物通过光合作用吸收空气中的二氧化碳，利用太阳能生成糖类，同时释放出氧气。由光合作用方程式可知，植物利用28.3kJ 的太阳能，吸收 264g 二氧化碳和 108g H_2O，产生 180g 葡萄糖和 192g 氧气，再以 180g 葡萄糖转化为 162g 多糖（纤维素或淀粉）。其化学反应方程式为

$$CO_2 \ (264g) \ + H_2O \ (108g) \longrightarrow C_6H_{12}O_6(180g) + O_2(192g) \tag{2-36}$$
$$\downarrow$$
$$(C_6H_{10}O_5)_n(162g)$$

由式（2-36）可知，森林固定二氧化碳和释放氧气和其生产力（即产生的干物质）成正比：

$$Y_{固碳} = B_年 \cdot c \tag{2-37}$$

$$Y_{释氧} = B_年 \cdot d \tag{2-38}$$

$$Y_{固碳释氧} = Y_{固碳} + Y_{释氧} = B_年 \cdot c + B_年 \cdot d = B_年 \cdot (c+d) \tag{2-39}$$

式中：$Y_{固碳}$——某森林的单位面积固碳能力，单位 $t/(hm^2 \cdot a)$；

$\quad\quad Y_{释氧}$——某森林的单位面积释氧能力，单位 $t/(hm^2 \cdot a)$；

$\quad\quad c$，d——林分净生产力与固碳量、释氧量的转化系数，无量纲；

$\quad\quad B_年$——森林净生产力，单位 $t/(hm^2 \cdot a)$。

联合油松、华北落叶松林分净生产力与立地指数、林龄、密度之间的关系模型，得到油松、华北落叶松人工林固碳释氧功能分别为

油松：

$$Y_{油固碳释氧} = (26.7976SI - 72.7073)[1 - \exp(-0.0604SD^{0.2753} \cdot t)]^{-0.1184SH+7.1953}(c+d)$$
$$- (26.7976SI - 72.7073)\{1 - \exp[-0.0604SD^{0.2753} \cdot (t-1)]\}^{-0.1184SH+7.1953}$$
$$\cdot (c+d) \tag{2-40}$$

华北落叶松：

$$Y_{落固碳释氧} = (29.4821SI - 100.37)[1 - \exp(-0.0447SD^{0.3744} \cdot t)]^{3.1161}(c+d)$$
$$- (29.4821SI - 100.37)\{1 - \exp[-0.0447SD^{0.3744} \cdot (t-1)]\}^{3.1161}$$
$$\cdot (c+d) \tag{2-41}$$

式中：$Y_{油固碳释氧}$、$Y_{落固碳释氧}$——油松林和落叶松林的固碳释氧功能，单位 $t/(hm^2 \cdot a)$；

$\quad\quad c$，d——林分净生产力与固碳量、释氧量的转化系数，无量纲；

$\quad\quad SI$——立地指数，无量纲；

$\quad\quad SD$——林分密度，单位 10^3 株$/hm^2$；

$\quad\quad t$——林龄，单位 a。

③积累营养物质功能。参与森林生态系统营养元素物质循环的种类很多，其中最多的元素有有机质、氮、磷、钾。在假定各器官营养成分的含量是定值的情况下，森林积累各营养物质功能和其净生产力成正比，即

$$Y_{氮} = B_年 \cdot e \tag{2-42}$$

$$Y_{磷} = B_年 \cdot f \tag{2-43}$$

$$Y_{钾} = B_年 \cdot g \tag{2-44}$$

$$Y_{营养} = B_年 \cdot (e+f+g+L) \tag{2-45}$$

式中：$Y_{氮}$、$Y_{磷}$、$Y_{钾}$、$Y_{营养}$——单位面积某森林的积累氮、磷、钾及营养物质总和的功能，单位 $t/(hm^2 \cdot a)$；

$B_{年}$——森林净生产力，单位 $t/(hm^2 \cdot a)$；

e、f、g——林木氮、磷、钾等的元素含量，单位%。

联合油松、华北落叶松林分净生产力与立地指数、林龄、密度之间的关系模型，得到油松、华北落叶松人工林积累营养物质功能分别为

油松：

$$
\begin{aligned}
Y_{油营养} &= (26.7976SI - 72.7073)[1 - \exp(-0.0604SD^{0.2753} \cdot t)]^{-0.1184SI+7.1953} \\
&\quad \cdot (e+f+g+\cdots) - (26.7976SI - 72.7073) \\
&\quad \cdot \{1 - \exp[-0.0604SD^{0.2753} \cdot (t-1)]\}^{-0.1184SI+7.1953}(e+f+g+\cdots)
\end{aligned}
$$

$$(2\text{-}46)$$

华北落叶松：

$$
\begin{aligned}
Y_{落营养} &= (29.4821SI - 100.37)[1 - \exp(-0.0447SD^{0.3744} \cdot t)]^{-3.1161}(e+f+g+\cdots) \\
&\quad - (29.4821SI - 100.37)\{1 - \exp[-0.0447SD^{0.3744} \cdot (t-1)]\}^{-3.1161} \\
&\quad \cdot (e+f+g+\cdots)
\end{aligned}
$$

$$(2\text{-}47)$$

式中：$Y_{油营养}$、$Y_{落营养}$——油松林和落叶松林的积累营养物质功能，单位 $t/(hm^2 \cdot a)$；

e、f、g——林木氮、磷、钾等的元素含量，单位%；

SI——立地指数，无量纲；

SD——林分密度，单位 10^3 株$/hm^2$；

t——林龄，单位 a。

④净化环境功能。净化大气环境功能是指森林生态系统通过吸收、过滤、阻隔、分解等过程将大气中的有毒物质（如 SO_2、氟化物、氮氧化物、粉尘、重金属等）降解和净化，降低噪声，并提供负离子、萜烯类物质（如芬多精）等的功能。由于森林吸收 SO_2、氟化物、氮氧化物、重金属、降低噪声等功能不易测定，且其吸收能力和大气、土壤中污染物的含量及污染源的远近有较大的关系，因此本书未对其进行研究，只对森林的滞尘能力进行了分析。

由于起吸附、滞留、黏着粉尘作用的主要是树木的叶子，因此森林的滞尘能力和冠层的叶面积指数成正比，即

$$
Y_{滞尘} = LA_{林叶} \cdot h \tag{2-48}
$$

式中：$Y_{滞尘}$——某森林的单位面积滞尘能力，单位 $t/(hm^2 \cdot a)$；

h——叶面积和滞尘能力的转换系数，无量纲；

$LA_{林叶}$——森林林冠叶面积指数，无量纲。

联合油松、华北落叶松冠层和林下灌草植被叶面积指数与立地指数、林龄、密度之间的关系模型，得到油松、华北落叶松人工林滞尘功能分别为

油松：

$$
Y_{油滞尘} = (0.2317SI + 7.9919)[1 - \exp(-0.1030SD^{0.7784} \cdot t)]^{-0.3173SI+7.0004} \cdot h
$$

$$(2\text{-}49)$$

华北落叶松：

$$Y_{落滞尘} = (3.5223SI^{0.4509})[1 - \exp(-0.0879SD^{0.7360} \cdot t)]^{-0.0756SH+2.8510} \cdot h \quad (2\text{-}50)$$

式中：$Y_{油滞尘}$、$Y_{落滞尘}$——油松林和落叶松林的滞尘能力，单位 t/(hm^2 · a)；

　　　h——叶面积和滞尘能力的转换系数，无量纲；

　　　SI——立地指数，无量纲；

　　　SD——林分密度，单位 10^3 株/hm^2；

　　　t——林龄，单位 a。

⑤ 生物多样性保护功能。本研究认为森林保育生物多样性功能可以用林下植被多样性（单位面积林下植被物种丰富度）表示，即

$$Y_{生} = N_{林下植被} \quad (2\text{-}51)$$

式中：$Y_{生}$——森林的保育物种多样性功能；

　　　$N_{林下植被}$——森林每平方米林下植被的平均物种数。

联合油松、华北落叶松林分林下植被物种多样性与立地指数、林龄、密度之间的关系模型，得到油松、华北落叶松人工林生物多样性保护功能分别为

油松：

$$Y_{油生} = 1.8168SI^{0.9232}\{1.1652 - [1 - \exp(-0.1370SD^{0.6073} \cdot t)]^{-11.7825SH+191.8581}\}$$
$$(2\text{-}52)$$

华北落叶松：

$$Y_{落生} = 2.0175SI^{0.8291}\{1.1206 - [1 - \exp(-0.1121SD^{0.6941} \cdot t)]^{-1.0770SH+41.0177}\}$$
$$(2\text{-}53)$$

式中：$Y_{油生}$、$Y_{落生}$——油松林和落叶松林的生物多样性保护功能；

　　　SI——立地指数，无量纲；

　　　SD——林分密度，单位 10^3 株/hm^2；

　　　t——林龄，单位 a。

（2）综合森林生态功能指数的提出。由于不同的生态功能具有不同的单位，如森林截留指森林植被截留能力的大小，单位为 mm/a；而固碳释氧指森林固定二氧化碳及释放氧气的能力，单位为 t/(hm^2 · a)；生物多样性指林下植被每平方米物种数，其单位为种，所以不能直接对各功能进行相加。因此，本研究组建无量纲的综合森林生态功能指数（comprehensive ecological function index，CEFI），此指数以各功能为自变量。

$$CEFI = A \cdot \frac{Y_{截留}}{Y_{截留(MAX)}} + B \cdot \frac{Y_{固碳释氧}}{Y_{固碳释氧(MAX)}} + C \cdot \frac{Y_{营养}}{Y_{营养(MAX)}} + D \cdot \frac{Y_{滞尘}}{Y_{滞尘(MAX)}} + E \cdot \frac{Y_{生}}{Y_{生(MAX)}}$$
$$(2\text{-}54)$$

其中　　　　　　　　　　　　$A + B + C + D + E = 1$

式中：CEFI——综合森林生态功能指数；

　　　A、B、C、D、E——各功能对综合森林生态功能指数的贡献系数；

　　　$Y_{截留(MAX)}$、$Y_{固碳释氧(MAX)}$、$Y_{营养(MAX)}$、$Y_{滞尘(MAX)}$、$Y_{生(MAX)}$——在给定的立地指数和林龄下，截留及保育土壤、固碳释氧、营养物质积累、滞尘、生物多样性保护功能在一定林分密度范围内随密度变化的极大值。

根据林种或者具体情况确定各功能对综合森林生态功能指数的贡献系数（A、B、C、D、E）。

$$
\begin{aligned}
\text{CEFI} = {} & A \cdot \frac{Y_{\text{截留}}}{Y_{\text{截留(MAX)}}} + B \cdot \frac{Y_{\text{固碳释氧}}}{Y_{\text{固碳释氧(MAX)}}} + C \cdot \frac{Y_{\text{营养}}}{Y_{\text{营养(MAX)}}} + D \cdot \frac{Y_{\text{滞尘}}}{Y_{\text{滞尘(MAX)}}} + E \cdot \frac{Y_{\text{生}}}{Y_{\text{生(MAX)}}} \\
= {} & A \cdot \frac{a \cdot \text{LA}_{\text{林乔}} + b \cdot \text{LA}_{\text{林灌草}}}{(a \cdot \text{LA}_{\text{林乔}} + b \cdot \text{LA}_{\text{林灌草}})_{\text{(MAX)}}} + B \cdot \frac{(c+d) \cdot B_{\text{年}}}{(c+d) \cdot B_{\text{年(MAX)}}} \\
& + C \cdot \frac{(e+f+g+L) \cdot B_{\text{年}}}{(e+f+g+L) \cdot B_{\text{年(MAX)}}} + D \cdot \frac{h \cdot \text{LA}_{\text{林叶}}}{h \cdot \text{LA}_{\text{林叶(MAX)}}} + E \cdot \frac{N_{\text{林下植被}}}{N_{\text{林下植被(MAX)}}} \\
= {} & A \cdot \frac{\text{LA}_{\text{林乔}} + \text{LA}_{\text{林灌草}}}{(\text{LA}_{\text{林乔}} + \text{LA}_{\text{林灌草}})_{\text{(MAX)}}} + B \cdot \frac{B_{\text{年}}}{B_{\text{年(MAX)}}} + C \cdot \frac{B_{\text{年}}}{B_{\text{年(MAX)}}} + D \cdot \frac{\text{LA}_{\text{林叶}}}{\text{LA}_{\text{林叶(MAX)}}} \\
& + E \cdot \frac{N_{\text{林下植被}}}{N_{\text{林下植被(MAX)}}} \\
= {} & A \cdot \frac{\text{LA}_{\text{林乔}} + \text{LA}_{\text{林灌草}}}{(\text{LA}_{\text{林乔}} + \text{LA}_{\text{林灌草}})_{\text{(MAX)}}} + (B+C) \cdot \frac{B_{\text{年}}}{B_{\text{年(MAX)}}} + D \cdot \frac{\text{LA}_{\text{林乔}}}{\text{LA}_{\text{林乔(MAX)}}} \\
& + E \cdot \frac{N_{\text{林下植被}}}{N_{\text{林下植被(MAX)}}}
\end{aligned}
$$

$$
\begin{aligned}
\text{CEFI} = {} & A \cdot \frac{\text{LA}_{\text{林乔}} + \text{LA}_{\text{林灌草}}}{(\text{LA}_{\text{林乔}} + \text{LA}_{\text{林灌草}})_{\text{(MAX)}}} + (B+C) \cdot \frac{B_{\text{年}}}{B_{\text{年(MAX)}}} + D \cdot \frac{\text{LA}_{\text{林乔}}}{\text{LA}_{\text{林乔(MAX)}}} \\
& + E \cdot \frac{N_{\text{林下植被}}}{N_{\text{林下植被(MAX)}}}
\end{aligned} \tag{2-55}
$$

给定立地指数和林龄的林分综合森林生态功能指数（CEFI）是关于乔木冠层叶面积指数、灌草叶面积指数、森林净生产力及林下植被物种多样性的函数；而这些指标在给定立地指数和林龄情况下都是关于林分密度的一元函数，所以在给定立地指数和林龄情况下综合森林生态功能指数（CEFI）是关于林分密度的一元函数。

（3）不同生态功能目标导向的最优密度求解方法。为了兼顾综合生态功能和主导生态功能，在给定立地指数和林龄的情况下，可以根据需要先求得森林生态系统综合功能指数达到其极大值的某百分比时的密度范围，在此范围中选取主导生态功能达到最大时的密度；对于主导生态功能特别重要的森林，也可以先求得其主导生态功能达到其极大值的某百分比时的密度范围，在此范围中选取森林生态系统综合功能指数最大时的密度。

$$
\begin{cases}
\dfrac{\text{CEFI}}{\text{CEFI}_{\text{(MAX)}}} \geqslant K \\[2mm]
Y_{\text{主导生态功能}} \longrightarrow \text{MAX}'
\end{cases} \tag{2-56}
$$

$$
\begin{cases}
\dfrac{Y_{\text{主导生态功能}}}{Y_{\text{主导生态功能(MAX)}}} \geqslant K \\[2mm]
\text{CEFI} \longrightarrow \text{MAX}'
\end{cases} \tag{2-57}
$$

式中：K——设定的综合生态功能指数或主导生态功能指数达到其极大值的百分比。

对式（2-56）或式（2-57）求解，即可得到生态功能最优的林分密度。

（4）林分密度动态规划调整。

①调整原则。

对油松、落叶松的间伐应该在非生长季进行；间伐应该按照"留优去劣、留强去弱"的原则，伐除枯倒木、濒死木以及被压木，对于过密的林分，还可以考虑适量伐除部分中等木。保留油松、落叶松天然更新的实生幼树及不影响生长的灌木、藤蔓与草本，尽量保留天然侵入的其他树种；保留树冠上有鸟巢的、树干上或树下有小动物巢穴的树木；尽可能地保留林窗自然植被。

②调整方法。

通过计算得到各林分的最优密度，对于现实密度接近最优密度的林分，可以以 5～8 年为间伐调整周期，分别制定各调整周期的适宜密度范围。

对于现实密度大于最优密度的林分，应该对其实施间伐等干预措施。以现有林分为基础，以 4～6 年为间伐调整周期，分别计算出调查时及各调整周期调整后的最优密度，以现有林分密度为基础，通过 2～3 个调整周期的调整，使其达到功能最优密度范围。对于现实密度与最优密度差距较大的林分，应该选用 3～5 年为间伐调整周期进行调整，通过 3～4 个调整周期的调整，使其达到功能最优密度。每次间伐强度不超过总株数的40%，每次伐后保留郁闭度不小于 0.5。

对于现实密度小于理论最优密度范围的林分，应该对其主要实施补植、人工促进天然更新等干预措施。对第一次间伐后的林分，根据林分内林隙的大小与分布特点，采用均匀补植或局部补植的方式补植其他树种，较小林隙宜补植蒙古栎、五角枫、元宝枫等耐阴树种，较大林隙可以补植白桦、山杨等阳性树种，使补植后形成不同树种镶嵌分布的混交群落，使其最终形成近自然的复层异龄混交结构。

(5) 单项功能对综合森林生态功能指数的贡献系数确定。郭浩等（2008）以林业行业标准《森林生态系统服务功能评估规范》（LY/T 1721—2008）为基础，对中国油松的涵养水源、保育土壤、固碳制氧、积累营养物质、净化大气环境、保护生物多样性 6 项功能进行了评估。把"十五"期间各生态功能物质量转化为价值量，得到涵养水源、保育土壤、固碳制氧、积累营养物质、净化环境、保护生物多样性 6 项功能价值贡献系数依次为 29%、7%、26%、3%、10%、25%，其中滞尘占净化环境价值量比例的 90%以上，所以可以认定其研究结果为生态水文、固碳释氧、积累营养物质、净化环境、保护生物多样性 5 种功能。本书所研究的森林生态水文功能源于林冠层和林下植被的叶面积截留量，植被截留既起到涵养水源的目的也起到保育土壤的目的，所以可以认为其为涵养水源和保育土壤的综合指标，即生态水文、固碳释氧、积累营养物质、净化环境、保护生物多样性价值贡献系数依次为 36%、26%、3%、10%、25%。

不同主导功能森林应该有不同的贡献系数，如以水土保持为主导功能的水土保持林，其式（3-20）中水文生态功能的贡献系数 A 值应该较其他主导功能森林大；以碳汇为主导功能的碳汇林其 B 值应较其他主导功能森林大；以生物多样性保护为主导功能的森林其 E 值应较其他主导功能森林大。为了突出某森林主导功能的重要性，本研究将各功能贡献系数乘以 85%，并对森林的各主导功能贡献系数加 15%，如以固碳释氧为主导功能的森林，其生态水文、固碳释氧、积累营养物质、净化环境、保护生物多样性 5 项生态功能贡献系数依次为 36%×85%、26%×85%＋15%、3%×85%、

10%×85%和25%×85%，即分别为30.60%、37.10%、2.55%、8.5%和21.25%。

（6）林分最优密度的计算。将各标准地的林龄和优势树高分别代入式中，求得各标准地立地指数，结果见表2-36。

表2-36　各标准地计算结果

指标		标准地1	标准地2	标准地3	标准地4
林龄/a		36	29	25	17
树高/m		12.9	8.8	12.1	8.9
立地指数		11.10	9.07	14.02	14.49
主导功能		固碳释氧	水土保持	保育物种	固碳释氧
各功能贡献系数	A	0.3060	0.4560	0.3060	0.3060
	B	0.3710	0.2210	0.2210	0.3710
	C	0.0255	0.0255	0.0255	0.0255
	D	0.0850	0.0850	0.0850	0.0850
	E	0.2125	0.2125	0.3625	0.2125
CFEI(MAX)		0.9307	0.9190	0.8921	0.8732
CFEI(MAX)时密度/(10^3 株/hm^2)		0.72	0.98	0.80	2.36
密度范围（97%×CFEI(MAX)）/(10^3 株/hm^2)		0.62～0.90	0.74～1.32	0.58～1.08	1.46～3.00
$Y_{主导功能(MAX)}$时密度/(10^3 株/hm^2)		1.24	1.04	0.50	3.00
最优密度/(10^3 株/hm^2)		0.90	1.04	0.58	3.00
最优密度时$Y_{主导功能}$/$Y_{主导功能(MAX)}$		0.9841	1.0000	0.9942	1.0000
CFEI/CFEI(MAX)		0.9700	0.9988	0.9700	0.9986

结果分析：

1号标准地和4号标准地所在林分定位为以固碳为主导的森林类型，可以得到A、B、C、D、E五个单项功能贡献系数分别为0.3060、0.3710、0.0255、0.0850和0.2125。1号标准地综合森林生态功能极大值出现在720株/hm^2，达到极大值97%的密度范围为620～900株/hm^2，在此范围内固碳释氧功能随密度的增加单调递增，所以1号标准地调查时的生态功能最优密度为900株/hm^2，在此密度下CFEI/CFEI(MAX)值为0.9700，$Y_{固碳释氧}$/$Y_{固碳释氧(MAX)}$值为0.9841。

4号标准地综合森林生态功能极大值出现在3000株/hm^2，达到极大值97%的密度范围为1460～3000株/hm^2，在此范围内固碳释氧功能随密度的增加单调递增，考虑到17龄的华北落叶松正处于生长的高峰期，较大的密度可以促进其自然整枝，以长成较好干材，所以4号标准地调查时的生态功能最优密度为3000株/hm^2，在此密度下CFEI/CFEI(MAX)值为0.9986，$Y_{固碳释氧}$/$Y_{固碳释氧(MAX)}$值为1.0000。

2号标准地所在林分定位为以水土保持为主导的森林类型，可得到A、B、C、D、E五个单项功能贡献系数分别为0.4560、0.2210、0.0255、0.0850和0.2125。2号标准地林分综合森林生态功能极大值出现在1040株/hm^2，达到极大值97%的密度范围为

$740 \sim 1320$ 株/hm²，在此密度范围内，其截留能力随密度增大先增加后减小，最大值出现在 1040 株/hm²，所以 2 号标准地调查时的生态功能最优密度为 1040 株/hm²，在此密度下 CFEI/CFEI$_{(MAX)}$ 值为 0.9988，$Y_{截留}/Y_{截留(MAX)}$ 值为 1.0000。

　　3 号标准地所在林分定位为以保护物种多样性为主导的森林类型，可得到 A、B、C、D、E 五个单项功能贡献系数分别为 0.3060、0.2210、0.0255、0.0850 和 0.3625。3 号标准地综合森林生态功能极大值出现在 800 株/hm²，达到极大值 97% 的密度范围为 $580 \sim 1080$ 株/hm²，在此范围内保护物种多样性功能随密度的增加单调递减，所以 3 号标准地调查时的生态功能最优密度为 580 株/hm²，在此密度下 CFEI/CFEI$_{(MAX)}$ 值为 0.9700，$Y_{生}/Y_{生(MAX)}$ 值为 0.9942。

第3章 西北黄土高原防护林体系空间配置与结构优化技术研究

3.1 区域划分及防护林研究概况

3.1.1 黄土区的界定与植被分区

1. 黄土高原地区空间分布范围

黄土高原水土流失严重。区域内黄土堆积厚度平均为 30～60m，堆积厚度有明显的区域变化：由北向东南先由薄变厚，再从厚变薄，呈条带状分布。黄土高原地区空间分布范围大致为：太行山以西、日月山—贺兰山以东、秦岭以北、阴山以南。地理位置为东经 $100°45'$～$114°33'$，北纬 $33°43'$～$41°16'$，土地总面积为 623 777km²，约占全国的 6.58%。总体来看，黄土高原区域行政区域包括山西省和宁夏回族自治区全部，陕西省秦岭以北的关中、陕北地区，甘肃省乌鞘岭以东的陇中、陇东地区，青海省青藏高原的青东地区，内蒙古自治区阴山以南的蒙东南地区，以及河南省郑州以西的豫西地区。

2. 黄土高原植被地带性分布

黄土高原植被分布主要受水热条件与黄土地貌的影响，其中以降水量和坡向影响为主。在半湿润、半干旱和干旱气候的影响下，该地区植被水平分布呈现一定的规律，大致由东南向西北依次出现落叶阔叶林地带、草原地带和荒漠地带。

1) 暖温带落叶阔叶林带

该地带分布于黄土高原的东南部，是我国暖温带落叶阔叶林区域的一部分。区域夏季炎热多雨，冬季严寒干燥，年平均温度为 7.5～13.5℃，年均降水量为 550～600mm。区域内森林植被的建群种主要为栎属的辽东栎、栓皮栎、锐齿栎等，松属的油松、华山松、白皮松等，以及桦木属白桦、杨属山杨、小叶杨、槭属茶东槭、五角枫、柳属柳、侧柏属侧柏等组成的落叶阔叶林。由于该区地域广阔，南北水热条件温度差异较大，该区可以分为暖温带南部落叶栎林亚地带和暖温带北部落叶栎林亚地带。

2) 温带草原地带

该地带东南接暖温带落叶阔叶林地带，西北接库布齐沙漠，西行与贺兰山分水岭相连一线，西南连东阿拉善荒漠的东南缘。区域内植物区系特点为：喜暖的亚洲中部草原成分在植被组成中起主导作用，以长茅草、短花针茅为主要代表；喜暖的东亚区系成分，特别是其中一些耐旱成分占较大比例。在植物区系组成中具有特殊意义的草原优势成分是长茅草、艾蒿、铁杆蒿、白羊草、百里香等。区域植被盖度很小，植株矮小。从东南向西北，区域气候的大陆性逐渐增强，干旱性加剧，植被依次出现森林草原、典型草原、荒漠草原，也就是森林草原亚地带、典型草原亚地带和荒漠草原亚地带。

3）温带荒漠地带

该地带位于黄土高原西北边缘，呈间断分布，北部的东南接草原地带，西北达区界，南部的东南接草原地带，西北抵区界。

3.1.2　黄土区植被建设面临的关键生态问题

水分限制是黄土高原区植被建设所面临的关键生态问题。区域内植被地带性分布规律整体体现了水分对于区域植被恢复的限制特征。

从降水资源看，区域降水分布总的趋势是由东南向西北逐渐减少，多年平均降水量等值线自东南部的 750mm 左右递减至西北部的 150mm 左右，大致呈西南—东北向分布。降水量季节分布不均，夏季降水集中，6～8 月降水量占年降水量的 50%，9～11 月份降水量占全年降水量的 20%～30%，而 12 月至次年 5 月降水量仅占全年降水量的 13%～20%。

区域内多年平均径流深 71.1mm，不及全国平均径流深的 1/3；区域内径流地域分配不均，其中三门峡至花园口径流深多年平均为 156.9mm，兰州以上次之，为 156.4mm，而兰州至河口镇区间最少，只有 9.1mm。加之下垫面的影响，更加剧了区域水资源空间分布的差异性。

从土壤水资源看，黄土高原虽然土层深厚、多孔，土壤水赋存条件良好，2m 土层土壤水库的有效库容高达 1785 亿 m^3；但与此同时，由于大陆性气候特征的影响和强烈的土壤蒸发性能的影响，土壤常处于水分亏缺状态。人工林的参与，大大强化了土壤水分的消耗过程，土壤水分亏缺明显增强。其中，部分试验区刺槐林和柠条林中 2m 土层土壤水分亏缺量大于 200mm 的年份占 50%。土壤干燥化的持续发展会导致植物生长衰退，使天然植被发生逆向掩体。因此，水分限制问题是黄土高原区域植被建设的关键限制性因素。

3.1.3　西北黄土高原防护林体系建设要解决的主要科技问题

1. 实现植被重建与保护和自然修复的有效结合

以往植被建设方式中主要注重人工林建设，对天然植被的自然修复和保护等重视不够。由于水分限制因子等诸多影响，加之强烈的空间异质性使得局地仍然出现低产林、小老树等问题，而且人工植被的建设并不能保证其生态防护功能的有效发挥，加之天然植被的破坏与日俱增，黄土高原区域生态环境整体并未得到根本性改观。因此，通过西北黄土高原防护林体系建设，应实现植被重建与保护和自然修复的有效结合，促进区域防护林体系侵蚀防治功能的有效发挥。

2. 实现区域生物多样性的有效提高

黄土高原区域植被建设中要注重"适地适树"的应用，并同时保证区域生物多样性。乡土树种虽然表现有相对较强的生态适宜性，但过度地依赖乡土树种对于生态恢复具有一定的局限性。乡土树种并非均适宜成林，营造单一人工刺槐林或油松林等并不符合恢复生态学所强调的生物多样性理论以及异质性理论。防护林体系建设应该以植物群落结构原理为基础，林分树种选择及空间搭配时有必要引入混交树种、营建具有复层结构的防护林空间配置结构；并有必要保留林带、河岸植被带等作为基本特征，以保证景观的连通性，促进区域防护林体系生物多样性的发展。

3. 实现植被生态效益、经济效益和社会效益的有效结合

黄土高原生态环境脆弱，破坏严重，呈现日益恶化的趋势。同时，该区域经济发展滞后，农民生活困难。因此，黄土高原区域防护林体系建设应该坚持生态效益、经济效益相结合的原则，充分发挥植被所具有的资源和环境两方面属性的作用，通过调整不同植被类型的比例关系，发展经济林果业和草地畜牧业，并解决农村燃料问题，一方面可以改善生态环境、减沙区域侵蚀产沙，另一方面还可以促进当地经济、社会发展，改善农民生活水平，最终实现防护林体系建设生态效益、经济效益和社会效益的有效结合。

3.2 中尺度流域防护林体系空间配置及水资源高效利用技术

3.2.1 清水河流域土地利用的时空变化

1. 土地利用变化

1）土地利用空间转移特征

运用地图代数法求得两期土地利用转移矩阵：

$$M_i = N^k \times 10 - N^{k+1} \tag{3-1}$$

式中：M_i——代表土地利用类型转移代码；

N^k——代表前一时期的土地利用情况；

N^{k+1}——代表后一时期的土地利用情况。

从 2000～2007 年的土地利用转移矩阵（表 3-1）和转移概率矩阵（表 3-2）可以看出，阔叶林有 17.62% 转为灌木，8.68% 转为针叶林，2.06% 转为草地，0.02% 转为农地和园地，而草地、灌木和针叶林也是阔叶林的主要增加来源，且转出面积大于转入面积，总面积减少；针叶林主要向阔叶林和灌木林转变，分别占 6.60% 和 2.73%，而针叶林的增加量主要来源于阔叶林、草地和灌木，分别为 10.361km²、1.20km² 和0.46km²，总面积增加；草地有 22.16% 转为灌木，5.92% 转为阔叶林，4.89% 转为农地，0.88% 转为园地，0.86% 转为针叶林，而阔叶林、灌木和农地是草地增加的主要来源，草地总面积减少，大量转变成灌木；灌木有 11% 转为草地，5.45% 转为农地，2.13% 转为园地，1.20% 转为阔叶林，灌木的主要来源是草地 31.06km²、阔叶林21.04km²、农地 0.82km²、针叶林 0.51km² 和园地 0.27km²，增加的面积多于变为其他类型的面积，总面积增加；园地中 8.52% 转为农地，14.21% 转为草地，9.47% 转为灌木，而灌木、农地和草地是园地的主要来源，各有 2.73km²、2.11km² 和 1.23km²转为园地，合计总面积增大；农地主要转为草地 12% 和园地 10.01%，还有 3.91% 转

为灌木，农地主要来源是灌木和草地，分别为 6.99km² 和 6.86km²，其次是园地 0.24km² 和阔叶林 0.01km² 转为农地；居民区有 0.78％变成灌木，1.56％变成草地，1.56％变成农地，同时有 1.01km² 草地、0.55km² 灌木和 0.08km² 农地变成居民区，总面积增加。整个流域在 2000～2007 年土地利用类型总的转移趋势为：阔叶林→针叶林，园地→灌木林、农地、草地，草地→灌木林、阔叶林，灌木林→阔叶林、草地，农地→灌木林、草地、园地，居民区←（草地、农地、灌木林）。

表 3-1　2000～2007 年土地利用转移矩阵（单位：km²）

2000 年 ＼ 2007 年	阔叶林	针叶林	草地	灌木林	园地	农地	居民区
阔叶林	85.54	10.36	2.46	21.04	0.01	0.01	0.00
针叶林	1.24	17.03	0.03	0.51	0.00	0.00	0.00
草地	8.30	1.20	90.49	31.06	1.23	6.86	1.01
灌木林	1.54	0.46	14.09	101.81	2.73	6.99	0.55
园地	0.00	0.00	0.40	0.27	1.92	0.24	0.01
农地	0.01	0.00	2.52	0.82	2.11	15.48	0.08
居民区	0.00	0.00	0.03	0.01	0.00	0.03	1.66

表 3-2　2000～2007 年土地利用转移概率矩阵（单位：km²）

2000 年 ＼ 2007 年	阔叶林	针叶林	草地	灌木林	园地	农地	居民区
阔叶林	71.62	8.68	2.06	17.62	0.01	0.01	0.00
针叶林	6.60	90.55	0.14	2.73	0.00	0.00	0.00
草地	5.92	0.86	64.57	22.16	0.88	4.89	0.72
灌木林	1.20	0.36	11.00	79.43	2.13	5.45	0.43
园地	0.00	0.00	14.21	9.47	7.24	8.52	0.47
农地	0.06	0.00	12.00	3.91	10.01	73.61	0.39
居民区	0.00	0.00	1.56	0.78	0.00	1.56	95.95

2）不同坡向土地利用的变化

根据图 3-1 的坡向分异结果，结合清水河流域坡向特点，将坡向按平地、阴坡和阳坡三个等级进行分析。居民地、园地和农地三种类型的坡向分布规律相似，平地占的比例大，分别为 73％、61.7％和 65.3％，阳坡所占的比例明显高于阴坡，尤其是园地，清水河流域内果园主要有苹果、桃、杏、梨等，对日照条件要求较高，决定其分布坡向主要是阳坡。

草地在平地和阳坡的面积比例明显高于阴坡，根据野外实际调查的情况，草地和灌木林分布的区域大致一致，在低海拔山区阳坡分布的以草地为主，阴坡分布的以灌木为主。

针叶林、阔叶林和灌木林在三个坡度等级中的比例分布大致相当，阳坡比阴坡高 10％左右。由于整个流域中阳坡面积的绝对值远大于阴坡面积，因此针叶林、阔叶林实

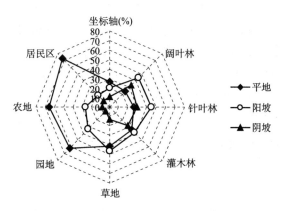

图 3-1　土地利用随坡向梯度的分布频率

际分布是阴坡面积大于阳坡面积，在高海拔山区，乔木林主要分布于沟谷或是梁、峁坡的阴坡，灌木则分布于阳坡。

3）不同坡度下土地利用的变化

图 3-2 是不同土地利用类型随坡度梯度分布的频率，由于 0°～5°的坡度占的比例很高，因此各地类在 0°～5°所占比例用主坐标表示，5°以上的各级坡度的地类频率用次坐标表示。

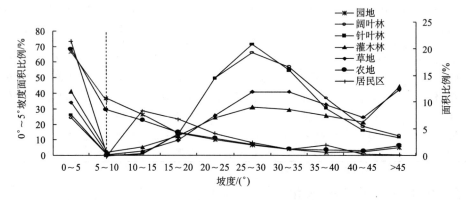

图 3-2　不同土地利用随坡度梯度的分布频率

农地和园地的坡度分布曲线是一致的，小于 25°的范围内面积比例在 90％以上，在 25°以下随着坡度的增加，面积比例下降。动力学、重力学和农业生产实践证明：坡度 15°以下为缓坡地，动力和重力作用相对较小，水流运动较缓，水土流失不太强烈，是条件较好的农业区；15°～25°为斜坡地，水土流失相对严重，只能勉强进行农作，是农业上限区；25°以上为陡坡地，侵蚀强烈，水土流失严重，土壤贫瘠，不宜耕作，应当退耕还林（Foody and Boyd，1999）。由于选用的地类图为 2007 年，是退耕还林后 8 年的结果，因此农地大于 25°以上的面积很小，但由于流域内分布着有零散的居民，有些居民开挖窑洞和居住地附近小块农地，坡度高于 25°。

　　针叶林和阔叶林主要分布在 20°～40° 的坡度范围内，占面积比例的 80% 以上，坡度较陡的阔叶林主要是原有的天然林分布在梁、峁的阴坡，而坡度较缓地区的阔叶林主要为人工林，多种植于阴坡和沟谷地带；针叶林中更能适应贫瘠环境的侧柏分布在坡度较陡的坡面上，油松人工林多分布于坡度较缓的梁、峁坡。

　　灌木林和草地在每一个坡度级都有分布，除 0°～5° 外，大于 25° 以上的占到 50% 左右，尤其是在大于 45° 以上的坡度上也有大于 10% 的分布。清水河流域的灌木林和草地都是自然景观，是在乔木林被破坏后，自然恢复形成的次生景观类型。

　　2. 土地利用的景观格局动态分析

　　1986～2000 年，清水河流域植被景观地带的斑块数目从 1341 块减少为 1011 块（表 3-3），斑块平均面积扩大，原因是过去的许多小拼块相互连通变成大拼块，面积加权平均形状因子减小，反映出景观的破碎度降低，景观异质性减弱，斑块间的平均邻近指数增大，也说明同类型斑块间邻近度增加，景观连接性好，破碎化指数方面，2000 年度散布并列指标减小蔓延度值增大，都说明斑块破碎程度降低；2000～2007 年，斑块数从 1011 增加到 1124 个，面积加权平均形状因子增大，平均邻近度指数明显下降，说明拼块的空间分布变得离散，彼此间相距更远，散布并列指数增大蔓延度指数减小表明景观要素的分散、破碎度增大，三年度相比，1986 年斑块数最多，为 1341 个，2000 年斑块数最少，为 1011 个，且 2000 年的斑块平均面积最大，面积加权平均形状因子最小，都说明 2000 年斑块成片面积较大，景观连通性较好，到 2007 年破碎度有所增大。香农多样性指数（SHDI）表示景观中斑块的多度和异质性，1986～2007 年香农多样性指数变大说明景观向着多样化发展，景观异质性增加，香农均匀度指数（SHEI）从 1986 年的 0.75 到 2007 年的 0.81 呈现一直增加的趋势，说明了各种类型斑块在景观中的分布向着均匀化方向演变，原有的优势景观类型优势度降低。

表 3-3　流域多年景观级别指数

年份	Num P	LPI	MPS	MPI	AWMSI	IJI	CONTAG	SHDI	SHEI
1986	1341	38.83	32.26	251.04	16.52	57.1	41.02	1.47	0.75
2000	1011	25.15	42.81	298.25	8.62	56.7	42.04	1.52	0.78
2007	1124	27.84	38.51	219.36	11.33	60.4	38.82	1.56	0.81

　　注：景观总面积不变，Num P 为斑块个数；LPI 为最大斑块所占景观面积的比例；MPS 为拼块平均大小；MPI 为平均邻近指数；AWMSI 为面积加权的平均形状因子；IJI 为散布与并列指数；CONTAG 为蔓延度指数。

3.2.2　清水河流域气候变化的水文响应

　　1. 气候因素的水文响应

　　对黄土高原区进行水文特征变化的气候响应分析十分必要，有利于更加深入地研究和预测该地区水资源的变化。

1）气温的趋势性变化分析

由图 3-3 可见，平均气温的 MK 检验曲线 C_1 1960～1993 年在 90％的置信区间内波动，MK 的平均值为 0.537，C_1 从 1993 年开始出现上升的变化趋势，于 2001 年超出 95％的置信区间，表现出显著上升趋势，2003 年超出 99％的置信区间，呈现极显著的上升趋势。这表明清水河流域平均气温有上升趋势，其与徐宗学和和宛琳（2005）对黄河流域 78 个站点年平均气温研究结果一致，也与全球变暖的趋势相符。MK 趋势曲线 C_1 和 C_2 的交点位于 1996 年和 1997 年之间，结合滑动 t 检验和表 3-10 跃变参数分析，平均温度的突变点在 1997 年。

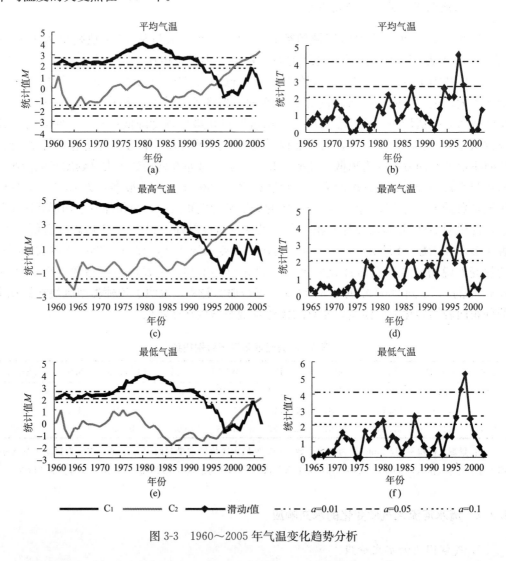

图 3-3　1960～2005 年气温变化趋势分析

最高气温的 MK 检验曲线 C_1 在 1960～1990 年除去 1963 年和 1964 年其余均在 90％的置信区间内波动，MK 的平均值为 0.46，C_1 从 1990 年开始出现上升的变化趋势，于 1996 年超出 95％的置信区间，表现出显著上升趋势，1999 年超出 99％的置信区间，呈现极显著的上升趋势，表明清水河流域最高气温有极显著上升趋势，MK 趋势曲线 C_1 和 C_2 的交点位于 1993 年和 1995 年之间，并且位于 95％的置信区间内，滑动 t 检验在 1994 年、1995 年和 1997 年超过了 95％的置信区间，跃变参数 1994 年、1995 年和 1996 年、1997 年出现跃变信号，因此最高温度的突变点在 1994 年。

2）潜在蒸发散的趋势性变化分析

由图 3-4 可见，潜在蒸发散的 MK 检验曲线 C_1 在 1960～1993 年在 90％的置信区间内波动，MK 的平均值为 0.551，C_1 从 1993 年开始出现上升的变化趋势，于 2001 年超出 90％的置信区间，表现出上升趋势，2004 年超出 99％的置信区间，呈现极显著的上升趋势。MK 趋势曲线 C_1 和 C_2 的交点位于 1996 年和 1999 年之间，结合滑动 t 检验和跃变参数分析，潜在蒸发散的突变点在 1997 年。

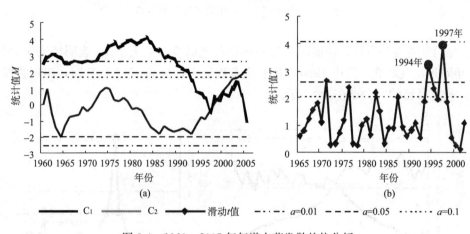

图 3-4　1960～2005 年年潜在蒸发散趋势分析

3）径流的趋势性变化分析

径流量 MK 趋势曲线 C_1 从 1969 年开始有减小的趋势，到 1980 年，MK 的平均值为 -0.97，1980 年后呈现持续减少的趋势，且于 1980 年突破 99％的置信区间，MK 的平均值为 -4.44（图 3-5）。MK 趋势曲线 C_1 和 C_2 的交点位置在 1980～1985 年，位于 90％的置信区间，可初步确定清水河流域径流突变点在 1980～1985 年。用滑动 t 检验法得出：清水河流域 47 年中径流突变发生在 1980 年，其 t 值最大达到 99％显著性水平。结合跃变参数分析，径流在 1979～1981 年和 1994～1997 年的跃变参数大于 1，表明径流在这几个序列年附近出现跃变，其中 1980 年的跃变参数最大，为 2.499（大于 2），出现强跃变。因此，确定径流的突变点在 1980 年。

4）泥沙的趋势性变化分析

输沙量 MK 趋势曲线（图 3-6）C_1 在 1960～1980 年没有明显的变化，MK 的平均值为 -0.34，1980 年后呈现持续减少的趋势，且于 1981 年突破 99％的置信区间，MK 的平均值为 -4.14。MK 趋势曲线 C_1 和 C_2 的交点位置在 1979～1981 年，位于 95％的置信区间，可初步确定清水河流域径流突变点在 1980～1985 年。用滑动 t 检验法得出：清水河流域 47 年中径流突变发生在 1979 年，其 t 值最大，为 7.54，达到 99％显著性

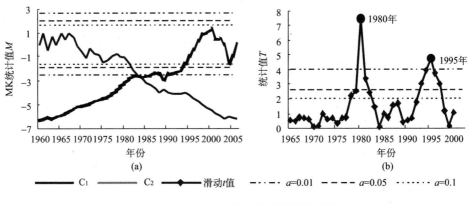

图 3-5　1960～2005 年年均径流趋势分析

水平。结合跃变参数分析，径流在 1979～1982 年的跃变参数大于 1，表明径流在 1979～1982 年附近出现跃变，其中 1980 年的跃变参数最大，为 2.87（大于 2），出现强跃变。因此，确定径流的突变点在 1980 年。

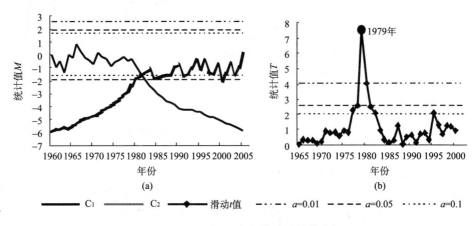

图 3-6　1960～2005 年年输沙量趋势分析

2. 土地利用变化与气候变化对径流量、泥沙影响

1）径流对气候和土地利用变化的响应

从趋势分析上只能定性地分析气候因素和土地利用变化（植被变化）对径流的影响，要从定量的角度确定气候和土地利用变化（植被变化）对径流的影响（杨雨行和韩熙春，1991；张志强等，2006），本研究用水量平衡原理结合实际蒸发量的估算公式，分析气候及土地利用变化（植被变化）对径流的影响及各自的贡献率大小。

根据对径流量趋势的分析，将整个研究时段分为基准段和变化段，模型参数 w 依据 1959 年的土地利用数据来确定，计算结果见表 3-4。这表明径流量的减少气候因素的贡献率为 48.17%，而土地利用的贡献率为 51.83%。土地利用变化中主要是林地变化。

由此可见，清水河流域林地面积的增加是导致径流量减少的原因之一。

表 3-4　清水河流域气候变化及土地利用变化对径流量的影响

时　段	P/mm	E_0/mm	S/mm	ΔQ^{tot}/mm	$\Delta \overline{Q}^{clim}$/%	$\Delta \overline{Q}^{LUCC}$/%
1960～1980 年	552.3	683.65	50.98	−32.29	48.17	51.83
1981～2005 年	528.5	690.17	18.69			

2）泥沙对降水变化和土地利用变化的响应

根据通用土壤流失方程计算降水变化和土地利用变化对输沙量的影响。土地利用依据 1986 年的数据来确定，计算结果见表 3-5。其中，降水因素对输沙量减少的贡献率为 9.89%，而土地利用的贡献率为 90.11%。

表 3-5　清水河流域气候变化及土地利用变化对泥沙量的影响

时　段	P/mm	A/t	S/t	ΔS^{tot}/t	$\Delta \overline{S}^{clim}$/%	$\Delta \overline{S}^{LUCC}$/%	
						工程措施	植被变化
1959～1980 年	552.3	7 395 612	4 899 463	−4 434 143.29	9.89	5.56	84.55
1981～2005 年	528.5	6 957 046	465 319.7				

土地利用变化包括工程措施和植被变化两个方面，由于黄河流域的黄土高原区重力侵蚀十分活跃，为减少水土流失，修建以淤地坝等为主要形式的工程措施对流域内的侵蚀产沙有着重要的影响。在总结 20 世纪 70～80 年代坝系建设经验的基础上，90 年代后期的坝系建设较为科学（徐建华等，2005），所以本研究主要考虑 90 年代建设的淤地坝。清水河流域 1997～1999 年共建了 5 座骨干坝，总控制面积为 32.61km^2，截至 2007 年总拦泥 204.55 万 t，平均每年减少泥沙量为 24.65 万 t（吉县水利局估算）。因此，可以计算出工程措施对输沙量减小的贡献率为 5.56%。植被变化对减少输沙量的贡献率为 84.55%，植被变化中主要是乔木林地的变化，图中 2005 年的乔木林地面积与 1959 年相比增加了 9 倍多，同时灌木林地面积也增加了 19.33%。由此可见，清水河流域林地面积增加是导致输沙量减少的原因之一。

3.2.3　基于分布式水文模型 SWAT 的清水河流域与输沙模拟

1. SWAT 模型的简介

SWAT（Soil and Water Assessment Tool）模型是美国农业部（USDA）农业研究中心（ARS）研制开发的一个具有很强物理机制的、长时段的流域分布式水文模型，主要用于模拟预测不同土地利用及多种土地管理措施对复杂多变的大流域的水文泥沙和化学物质的长期影响。SWAT 模型可以模拟流域内部的多种地理过程，模型由水文（hydrology）、气象（weather）、泥沙（sediment）、土壤温度（soil temperature）、作物生长（crop growth）、养分（nutrient）、农药/杀虫剂（pesticide）和农业管理（agriculture management）8 个组件构成。可以模拟地表径流、入渗、侧流、地下水流、回流、融雪径流、土壤温度、土壤湿度、蒸散发、产沙、输沙、作物生长、养分流失（氮、磷）、流域水质、农药/杀虫剂等多种过程以及多种农业管理措施（耕作、灌溉、施肥、收割、用水调度等）对这些过程的影响。

2. 基于 DEM 的水文参数的提取

1）流域河网的生成

数字水系的提取是划分子流域、获取流域信息、进行水文模拟的前提。SWAT 模型带有"自动流域分隔机"，采用 TORAZ（Topographic Parameterization）软件包（1999 年），进行数字地形分析，得到水流流向、流域分水线，自动生成河网，河道和子流域编码、面积，河网结构的拓扑关系等，流程图如图 3-7 所示。

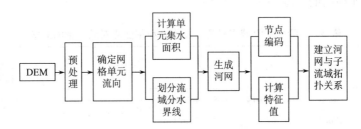

图 3-7　流域水系提取流程图

2）子流域的划分

河网确定后，则以两个河道的交汇点上游最近的格网水流聚集地作为流域的出口，河道交汇点和格网水流聚集点在生成流域河网时已经进行了标注，沿确定的格网水流聚集点分辨沿着上游河道计算集水区面积就可以划分出每个子流域。子流域数目是根据定义限制亚流域最小集水面积的阈值来决定的，给出的阈值越大，划分的子流域数目也越少。根据研究流域的实际面积，将清水河流域子流域划分时的集水区面积域值控制在 800hm²，最终将研究区划分为 29 个子流域，具体如图 3-8 所示。

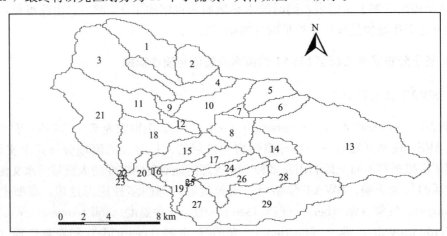

图 3-8　清水河流域子流域划分

3. 参数的灵敏性分析

本研究模型参数灵敏度分析采用清水河流域 1981～2005 年的实测径流和输沙数据。应用模型提供的 LH-OAT 灵敏度分析方法，对影响径流和泥沙模拟结果的参数因子进行灵敏度分析，辨析出对径流和泥沙两者影响模拟精度都重要的参数的灵敏度值，结果见表 3-6。

表 3-6　重要参数灵敏度值

参数	径　流			泥　沙		
	重要性序	灵敏度值	灵敏度等级	重要性序	灵敏度值	灵敏度等级
CN2	1	2.4500	IV	1	5.4700	IV
SOL_WC	2	0.7190	III	8	0.4350	III
SOL_Z	3	0.5170	III	7	0.5150	III
ESCO	4	0.4450	III	6	0.6790	III
CANMX	5	0.4130	III	14	0.2900	III
SOL_K	6	0.3930	III	20	0.1250	II
SLOPE	7	0.3840	III	5	1.0400	IV
ALPHA_BF	10	0.0394	I	13	0.3110	III
CH_K2	14	0.0108	I	11	0.3500	III
EPCO	17	0.0027	I	—	—	—
SURLAG	16	0.0031	I	4	1.1000	IV
CH_N	18	0.0016	I	19	0.2010	III
SPCON	—	—	—	2	3.2300	IV
USLE_P	—	—	—	9	0.4030	III
USLE_C	—	—	—	10	0.3980	III

从径流和泥沙两者的角度分析：SCS 径流曲线系数（CN2）对径流泥沙的影响都是显著的、最敏感的因子；土壤深度（SOL_Z）、土壤可利用水量（SOL_WC）、土壤蒸发补偿系数（ESCO）和最大覆盖度（CANMX）对径流泥沙的影响都是显著，其中土壤可利用水量（SOL_WC）对径流泥沙的影响呈负相关关系；泥沙输移线性系数（SPCON）、USLE 中水土保持措施因子（USLE_P）和植物覆盖度因子（USLE_C）这三个因子仅对泥沙影响显著，对径流没有影响；平均坡度（SLOPE）和地表径流滞后时间（SURLAG）对泥沙的影响的敏感度等级大于对径流的敏感度等级，说明其对泥沙的敏感性更强。

4. 径流、泥沙模拟与验证

1）径流的模拟与验证的结果分析

参数率定均采用的是 SUFI-2 方法，由图 3-9 和表 3-7 可见校准期（1983～1995 年）的模型效率系数 Ens 为 0.63，模拟年均径流量为 0.296m³/s，比实测平均径流量 0.323m³/s 低 0.027m³/s，相对误差仅为 -9.8%，本次模拟兼顾两者考虑得到校准期 P 为 0.93，R 为 1.66，观测径流和模拟径流的线性回归确定系数 R^2 达到 0.775，且散点都集中分布于 1：1 理论线，表明模型在清水河流域具有良好的适用性。

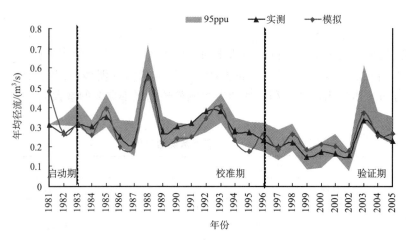

图 3-9　清水河流域年均径流的实测径流与模拟径流比较

表 3-7　径流模拟结果评价

变　量	年均值/(m³/s)		Re/%	R^2	Ens	P	R
	实测值	模拟值					
校准期（1980~1995 年）	0.323	0.296	−9.8	0.775	0.63	0.93	1.66
验证期（1996~2005 年）	0.211	0.248	13.5	0.783	0.59	0.9	2.60

　　校准完成后，用 1996~2005 年的观测径流进行验证，验证期的相对误差 Re 为 13.5%，模型的效率系数 Ens 为 0.59，P 为 0.9，R 为 2.60，实测值与模拟值相关系数 R^2 达到 0.78。可以满足精度要求，因此模型可以用在清水河流域。其中因涉及的年序列较长，考虑到其中植被生长和土地利用的变化，根据解译的 2000 年的土地利用和植被情况，更新了验证期的土地利用和植被数据库。

　　2）泥沙的模拟与验证的结果分析

　　图 3-10 和表 3-8 是泥沙校准期模拟结果，效率系数 Ens 为 0.646，模拟年均输沙量为 47.7 万 t，比实测输沙量 57.5 万 t 低 9.8 万 t，相对误差为 −17.0%，P 为 0.69，R 为 1.33，相关系数 R^2 达到 0.76。验证期相对误差 Re 为 −5.0%，模型效率系数 Ens

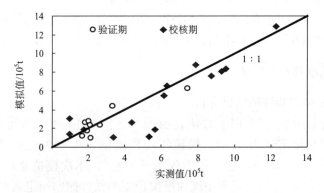

图 3-10　年输沙量模拟值与实测值散点图

为 0.87，P 为 0.8，R 为 1.68，实测值与模拟值相关系数 R^2 达到 0.87，模型模拟产沙的精度较高。同时结合图 3-43 观测值和模拟值的散点图，散点都集中分布于 1∶1 理论线，表明模型在清水河流域具有良好的适用性。

表 3-8　输沙量模拟结果评价

变　量	年均值/t		Re/%	R^2	Ens	P	R
	实测值	模拟值					
校准期（1980～1995 年）	575 375.8	477 776.92	−17.0	0.76	0.64	0.69	1.330
验证期（1996～2005 年）	309 757.6	295 192.69	−5.0	0.78	0.87	0.8	1.680

3）模型结果分析

参数确定以后，运行 SWAT 模型，得到清水河流域不同年份及不同区域的产流产沙结果。以 1983～2005 年 23 年的平均模拟结果为例，分析了研究区径流与泥沙的空间分布特征。

降水量的空间分布没有明显的规律性（图 3-11），整个流域的降水量都在 500mm 以上。整个流域的降水大致可以分为三个区域；多雨区主要分布在海拔稍高的上游地区，多年平均降水量在 550mm 左右，这些地区的植被为整个流域中植被最好的地带，主要为阔叶林、针叶林和灌木林只有少数的草本；少雨区主要分布在流域出口附近，多年平均降水量为 510～520mm，土地利用类型为农地和居民区且海拔相对较低，水量中等的地区主要分布在流域的中部及西北和西南两侧，年均降水量在 530mm 左右，主要地类为灌木和草地。

清水河流域径流的产生，与降水量有一定的相关性，但同时受地形和植被因素影响表现出与降水分布有一定的差异（图 3-12）。流域上游 6 号和 13 号子流域的径流深空间分布与降水量的空间分布一致，即降水量大径流深也随之增大。而位于流域中部的地区，降水量中等但径流量却很小，如果是中部地区植被类型多为农田，蒸发量较大。

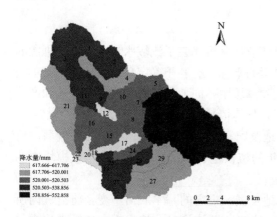

图 3-11　清水河流域多年平均降水量空间分布

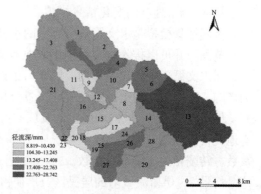

图 3-12　清水河流域多年平均径流深空间分布

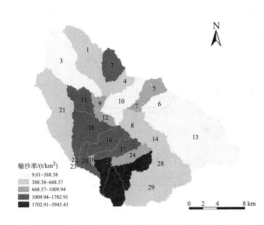

图 3-13　清水河流域多年平均输沙率空间分布

泥沙的空间分布见图 3-13，泥沙与降水和径流的空间分布差异较大，主要表现在下游接近流域出口处，输沙量增加较多，这部分地区主要为农田和草地，而上游植被较好的地区输沙量很小，其受降水和径流影响较大的区域为 26 号和 27 号子流域。由此可见，清水河流域的产沙原因比较复杂，除降水、径流外还受地形和植被的影响。

综合分析，清水河流域的产流和产沙类型多种多样，降水是驱动力之一，降水对径流和泥沙的影响有直接和间接两个方面，直接影响主要表现在坡度较大的地区如 26 号、27 号子流域，间接影响表现在其对植被的影响，清水河流域的植被分布受降水影响很大，大于 550mm 或是接近 550mm 的地区植被多为乔木林，而降水量在 530～550mm 多为灌木和草本，小于 530mm 基本上是草本。而植被分布的差异又对产流和产沙有很大的影响，尤其是输沙的变化，以 13 号为例，降水量大于 550mm，植被为乔木林，但输沙量却很小，仅为流域平均水平的 31%。此外，地形因素起着重要的作用，如 26 号和 27 号子流域为流域中坡度最大的子流域，其径流和输沙都高于其他子流域。

3.2.4　中尺度流域防护林体系空间配置优化与水资源高效利用技术及效益分析

1. 清水河流域防护林体系空间配置情景设计

清水河流域是典型的黄土地区中尺度流域，本章主要针对我国黄土高原地区水土流失严重和水资源短缺等关键的生态环境问题，基于 SWAT 模型对清水河流域径流和产沙规律模拟的基础上，采用情景模拟的方法分析和建立黄土高原区中尺度流域防护林体系最优的空间配置。

1）极端土地利用变化情景模拟

极端情景模拟是水文影响研究中的重要环节，分析代表了流域水文响应单元可能的变动范围，并可以排除水文系统组成中多要素的干扰，有利于确定单一土地利用或单一要素在水文循环中所起的作用。因此为了剔除流域中不同地形、地貌因素对产流和产沙的影响，采用极端的土地利用变化情景分析，具体情景设置如下：

情景 1：保留流域内的居民区及厂矿占地及国家规定的基本农田不变，将流域内所有地类设置为阔叶林地，生长情况同 1986 年的植被生长状况，相应改变植被模块中的参数，转变相关土壤水力参数。

情景 2：保留流域内的居民区及厂矿占地及国家规定的基本农田不变，将流域内所有地类设置为针叶林地，生长情况同 1986 年的植被生长状况，相应改变植被模块中的参数，转变相关土壤水力参数。

　　情景3：保留流域内的居民区及厂矿占地及国家规定的基本农田不变，将流域内所有地类设置为灌木林地，生长情况同1986年的植被生长状况，相应改变植被模块中的参数，转变相关土壤水力参数。

　　情景4：保留流域内的居民区及厂矿占地及国家规定的基本农田不变，将流域内所有地类设置为草地，生长情况同1986年的植被生长状况，相应改变植被模块中的参数，转变相关土壤水力参数。

　　情景5：保留流域内的居民区及厂矿占地及国家规定的基本农田不变，将流域内所有地类设置为园地，生长情况同1986年的植被生长状况，相应改变植被模块中的参数，转变相关土壤水力参数。

　　2）不同森林覆盖率情景模拟

　　森林覆盖率对径流和泥沙的重要影响笔者已在前言中做了描述，为了进一步分析森林覆盖率的增加对径流和输沙的影响，根据生态恢复理论，采用空间配置法逐步增加流域内的林地面积，分析森林覆盖率增加情景下的流域产流和产沙变化。具体的情景如下：

　　情景F1：将流域内所有的灌木林地设置为乔林地，其他土地利用类型不变，生长情况同1986年的植被生长状况，相应改变植被模块中的参数，转变相关土壤水力参数，此时流域内的森林覆盖率达到47.95%。

　　情景F2：将流域内所有草地设置为乔林地，其他土地利用类型不变，生长情况同1986年的植被生长状况，相应改变植被模块中的参数，转变相关土壤水力参数，此时流域内的森林覆盖率达到68.53%。

　　情景F3：将流域内所有的灌木林地、草地、果园设置为乔林地，其他土地利用类型不变，生长情况同1986年的植被生长状况，相应改变植被模块中的参数，转变相关土壤水力参数，此时流域内的森林覆盖率达到89.8%。

　　2. 不同土地利用/覆盖变化情景水文模拟结果

　　1）不同情景下年均径流变化

　　图3-14是不同土地利用变化情景下1983～2005年的年均径流变化，由于情景1阔叶林和情景2针叶林的径流模拟结果非常相近，因此情景2针叶林的模拟结果未予显示。由图可见，极端土地利用模拟年径流变化的趋势是一致的，其Pearson相关系数都在0.9以上。不同土地利用变化对径流的影响主要表现在径流值高低的差异，其高低次序依次为情景3灌木林地＞情景4草地＞情景1阔叶林地＞情景5园地，其中模拟径流最大的为情景3灌木林地，平均值为0.30m³/s，较模拟径流最低的情景5园地的0.20m³/s，高30.8%。灌木林地和草地均使模拟径流增加，增加幅度为24.3%和21.9%，其余的情景都使模拟径流减少，但减小的程度不同，园地的减小率最大为13.99%，针叶林和阔叶林的减小率为6.5%和4.99%，说明园地和乔木林地的水源涵养能力优于其他地类。

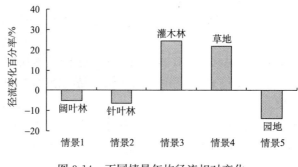

图 3-14　不同情景年均径流相对变化

2）不同情景下年输沙量变化

图 3-15 是不同土地利用变化情景下 1983～2005 年的年输沙量变化。不同土地利用变化对输沙量的影响主要表现在输沙量值高低的差异，其高低次序依次为情景 4 草地＞情景 3 灌木林地＞情景 1 阔叶林地＞情景 5 园地＞情景 2 针叶林地，其中模拟输沙量分为两个区，高值区为情景 4 草地和情景 3 灌木林，低值区为情景 1 阔叶林、情景 2 针叶林和情景 5 园地，其中输沙量最大的草地，平均值为 57.05 万 t，较模拟输沙量最低针叶林的 7.99 万 t 高 85.9%。只有草地使模拟输沙量增加，增加幅度为 25.48%，其余的情景都使模拟输沙量减少，但减小的程度不同，针叶林地的减小率最大，为 82.4%，园地和阔叶林的减小率为 78.4% 和 76.8%，就减沙效果而言，乔木林地的效果最优，灌木林地的次之，草地的效果最差甚至起到相反的作用。

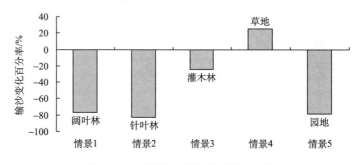

图 3-15　不同情景年输沙量相对变化

3. 流域防护林体系优化空间配置技术的提出

流域的植被空间配置既要考虑到水资源的高效利用，又要兼顾土壤侵蚀的影响。流域中不同坡度、坡位、坡向等地形特征决定了不同土壤水分特征，进而影响植被生长状况以及径流和侵蚀产沙。结合流域不同地类的地形分异特点，以及极端情景和不同森林覆盖率情景模拟中各种不同地类的产流和产沙特点，确定清水河流域最适植被空间配置建立的指导思想为：①坡度较陡地段往往由于土壤水分侧向流动较少、水平地表面吸收降水较少，因而使得土壤干燥，为了防止"小老树"的产生，不宜种植乔木林；②平地或缓坡等土壤侵蚀发生概率相对较少，同时，为了有效地减少流域蒸发散损失、提高流域产水量，平地或缓坡地段以种植灌草为宜；③阴坡土壤水分条件优于阳坡，在其他地形因子相同的情况下，阴坡种植乔木林、灌木林，阳坡种植灌、草和果树；④保持居民区和国家规定的基本农田不变，原有的乔木林地不变。

根据动力学、重力学和农业生产实践：坡度为 6°以下为平缓地，水土流失微弱，原地类主要为农田和居民区，故保持原地类不变；6°～15°为缓坡地，重力和水动力作用加大，水土流失加重，但不太强烈，则针对阴坡、阳坡分别设置为灌木林和草地植被；15°～25°为斜坡地，水土流失更为严重，因此在 15°～20°的阴坡、阳坡设置为针叶林和灌木林，20°～25°的阴坡、阳坡设置为阔叶林和针叶林；25°以上为陡坡地，侵蚀强烈，水土流失严重，土壤贫瘠，不宜耕作，主要以自然恢复为主。情景设置（S）结果见表 3-9。

表 3-9　清水河流域优化植被空间配置情景

类型	坡向	坡度	土地利用/植被类型
目标区	阳坡	<6°	—
		6°～15°	草地
		15°～20°	灌木林
		20°～25°	针叶林
	阴坡	<6°	—
		6°～15°	灌木林
		15°～20°	针叶林
		20°～25°	阔叶林
限制区	全坡	<6°	农田
	全坡	所有坡度	居民区
封禁区	全坡	>25°	—

注：—表示原有植被不变。

3.3　小流域尺度防护林体系对位配置模式

3.3.1　次生植被物种地形响应

1. GAM 拟合模型及检验

借助 Grasp，建立研究流域次生植被物种分布 GAM 模型。由于地形湿度指数与平面曲率显著相关（复相关系数 R^2 达 0.66），为了避免共性影响，模型建立时设置选择以其中的地形湿度指数作为预测变量。从表 3-10 中可以看出，各物种 GAM 拟合模型预测变量具有一定差异。辽东栎、荆条以及悬钩子拟合模型保留了几乎所有测试的预测变量，而绣线菊则仅保留海拔、地形湿度指数（TWI）等变量。方差分析根据式（3-2）

计算，D^2 反映了模型可解释的偏差；ROC 曲线测试则反映了模型敏感度（sensitivity）与特异性（specificity）之间的平衡度，曲线下面积 AUC 独立于特定的临界值，因此，被作为判断模型模拟精度的重要指标，AUC 变化范围为 0.5～1，AUC 越大，则模型模拟精度越高（Fielding and Bell，1997）。

表 3-10　蔡家川流域各预测因子潜在影响作用

物种	海拔 s (Elevation，4)	坡度 s (Slope，4)	地形湿度指数 s (TWI，4)	单宽汇水面积 s (SCA，4)	坡向	坡位指数 SPI
辽东栎 Quercus liaotungensis Koidz	1373.44	16.60	64.27	91.27	202.51	54.96
山杨 Populus davidiana	307.23	21.07	62.24	66.12	239.24	NA
栾树 Koelreuteria paniculata Laxm	101.13	3.50	66.08	79.70	32.29	NA
沙棘 Hippophae rhamnoides Linn.	265.80	NA	NA	49.99	52.84	NA
荆条 Vitex negundo var. heterophylla	172.56	5.68	29.37	22.84	25.42	9.55
虎榛子 Ostryopsis davidiana Decaisne	948.09	54.01	22.41	50.00	68.11	NA
黄栌 Cotinus coggygris var. cinered	325.18	NA	NA	38.65	87.78	6.48
黄刺玫 Rosa xanthina Lindl.	165.58	NA	NA	43.24	94.44	NA
丁香 Syringa oblata	416.38	22.91	75.21	NA	201.59	NA
胡枝子 Lespedeza bicolor Turcz.	186.22	6.11	NA	28.12	NA	NA
杠柳 Periploca sepium Bunge	48.11	11.46	22.17	32.36	13.75	NA
绣线菊 Spiraea salicifolia L.	462.08	NA	35.54	NA	NA	NA
悬钩子 Rubus corchorifolius L. f.	106.05	13.43	19.89	14.42	25.10	3.89

注："NA" 表示值为空或不存在。

$$D^2 = (\text{Null deviance} - \text{Residual deviance}) / \text{Null deviance} \qquad (3-2)$$

式中：D^2——模型可解释的偏差，当 D^2 为 1 时模型可完全解释响应变量；

"Null deviance"——拟合模型仅剩截距时的偏差；

"Residual deviance"——剩余偏差。

2. 物种随地形因子响应变化

表 3-10 为各地形因子对不同物种分布的影响作用。在所有检测物种中海拔显示了其对物种分布模拟预测的潜在重要影响，且不同物种模拟预测中各因子的影响作用表现有不同的排序。其中，辽东栎、山杨、丁香、黄刺玫、悬钩子分布预测除受海拔的绝对影响以外，坡向影响作用也相对较大，其次为单宽汇水面积（SCA）和地形湿度指数（TWI），但二者绝对值较小，而坡位、坡度影响作用最小。栾树、杠柳等物种呈现海拔、单宽汇水面积（SCA）、地形湿度指数（TWI）、坡向等影响作用依次减小的特征，坡度影响作用仍然最小。沙棘、荆条、虎榛子、胡枝子、绣线菊等则整体显示海拔的绝对影响作用。上述各物种地形因子影响作用的差异总体体现了不同生活型植被对生境环境要求的差异。乔木树种以及高大灌木往往水分需求较高，对生境条件要求也更为苛刻，这导致该类物种分布模拟预测时往往主导影响因素较多。

总体来看，黄土高原小流域次生植被物种分布体现了水分限制的空间分异特征：阴坡各物种分布概率较大，且随着海拔的升高而减小。影响该流域次生植被物种空间分布的潜在重要因子为海拔和坡向，而单宽汇水面积（SCA）和地形湿度指数（TWI）虽然是多个多物种响应模型的预测因子，但受高一级尺度海拔的影响，SCA 与 TWI 对物种分布的影响作用较小，最小的是坡度。在流域植被恢复和防护林建设目标区选择及立地条件划分时应首先以海拔和坡向为依据，单宽汇水面积（SCA）和地形湿度指数（TWI）则可以作为次一级立地分类依据，坡度则仅能作为最后一级的分类依据。

3.3.2 土地利用、植被变化对流域水文的影响

1. 年尺度、月尺度流域水文响应研究

图 3-16、图 3-17 分别反映了年尺度和月尺度土地利用、植被变化流域水文响应预测，并借助预测区间（Wang et al.，2009）标识了水文响应变化的显著性，认为当预测值落在预测区间范围外，水文响应变化显著。图 3-16 中 1983 年、1984 年降水较大，土地利用、植被变化后水文响应变化明显，年产水量较土地利用变化前分别减少 34mm 和 8mm。月尺度分析表明：水文响应显著变化也多发生在降水较多月份，土地利用、植被变化引起的月产水量变化范围为 $-5.2 \sim 14.5$mm。经结合降水、潜在蒸发散前期降水等分析，结果表明：当降水量较大（包括前期降水）或当潜在蒸发散与降水比值较小时，土地利用水文响应呈显著变化。

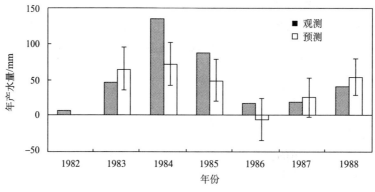

图 3-16　年产水量观测与预测值比较

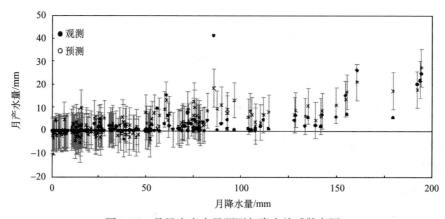

图 3-17　月尺度产水量预测与降水关系散点图

2. 事件尺度流域水文响应研究

图 3-18 表示了不同土地利用与植被类型流域径流系数模拟值和表征地表径流流速模拟值。对比次生林和人工林，次生林径流系数均值为 0.017，而人工林径流系数均值较小，为 0.001，表明人工林对于减少流域次降水产流量具有更大影响力。草地和灌木林地径流系数较高，均值分别为 0.127 和 0.096，而农地则径流系数较低，均值为0.008，认为人工梯田的修建可以解释农地在流域产水过程中所扮演的汇的作用。

从表征地表径流流速看，尽管草地径流系数模拟值较小，但其表征地表径流流速较低，表明草地对于削弱流域土壤侵蚀剪切力从而减小潜在土壤侵蚀影响较大。而灌木林则仍然具有较大的表征地表径流流速，均值为 0.20m/s。人工林虽然出口总产水量较小，但流域汇流较快，表征地表径流流速模拟值较大，均值为 0.18m/s，而次生林和农地表征地表径流流速则均较小，均值分别为 0.07m/s 和 0.05m/s，表明该土地利用与植被类型可有效削弱侵蚀剪切力，从而减小流域突然侵蚀。

图 3-19 反映了随着土地利用变化，各土地利用与植被类型较草地的产水量变化率。同径流系数的估计趋势一致，草地转变为灌木林地，流域次降水产水量增加，而转变为

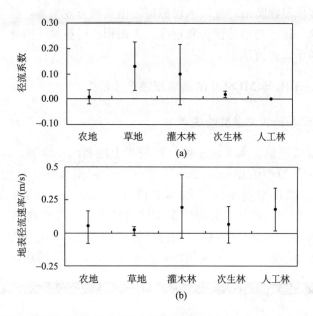

图 3-18 不同土地利用与植被类型表征径流系数 (a) 和地表径流流速 (b) 估计

农地、人工林和次生林，流域次降水产水量显著减少。草地转变为次生林地、人工林地、农地以及灌木林地所模拟产生的 dm 均值分别为−2.34、−3.56、−8.10 和 0.41，这意味着当流域多年平均降水为 579mm，每变化对应土地利用与植被类型面积的 10%，流域年产水量将变化−5mm、−8mm、−18mm 以及 1mm。

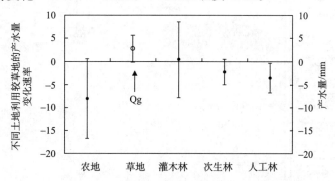

图 3-19 不同土地利用与植被类型变化引起流域产流变化的变化速率估计

总体来看，在面临水资源短缺而土壤侵蚀严重的双重困境下，寻找一种可以有效增加水资源量并有效改善土壤侵蚀状况的措施对于黄土高原生态恢复至关重要。尽管人工林较灌木林具有相对较低的表征地表径流流速，土壤侵蚀剪切力较弱，但人工林面积的增加意味着流域产水量的减少。各种技术措施虽然保证人工林具有一定的存活率，但"小老树"等现象揭示了水分稀缺对于人工林生态水文功能发挥的限制。因此，在黄土高原防护林建设等生态修复过程中，并不能仅依靠大面积的人工林建设。从不同土地利用/植被类型对土壤侵蚀和流域产水量的影响来看，要有效地提高区域植被建设的生态水文功能，实现区域侵蚀防治与流域水资源持续供给的有效平衡，较为切实可行的途径应该是鼓励草地这一植被类型的保护和建设。大面积植树造林等措施的生态水文影响应该给予重视并重新予以评价认识。

3.3.3　基于 MIKESHE 与 MUSLE 的流域侵蚀产沙模拟

1. 流域 MIKESHE 水文模型的建立

收集、调查流域气象、水文、土壤、植被、土地利用、地形、沟道等相关数据信息，根据 MIKESHE 模型数据格式要求整理并建立数据文件。分别建立蔡家川流域 2006 年、2007 年汛期径流观测时序数据文件（＊.dfs0）、气象观测时序数据文件（＊.dfs0）。土壤水分运动特征参数等依据文献资料应用土壤转换函数由土壤粒径分布等计算产生，采用 van Genuchten 模型进行特征函数表达，共建立蔡家川流域 13 个特征剖面土壤水分运动函数，完成土壤属性数据文件（＊.uzs）的建立（图 3-20）。

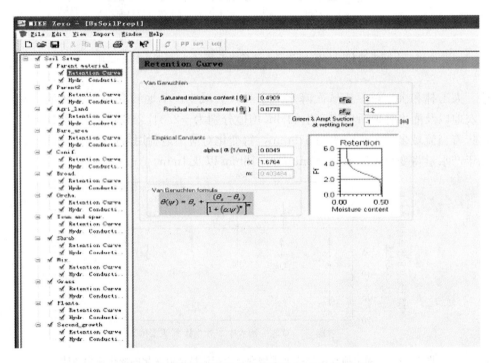

图 3-20　蔡家川流域土壤属性数据文件示意图

野外实地调查，并结合查阅相关文献，设置流域农地、人工林、次生林、针叶林、经济林、混交林、疏林、幼林、灌木林、草地等 10 种地类叶面积（LAI）、根深等信息，建立流域植被生长信息数据文件（＊.etv）。依据流域 DEM，应用软件 HEC GeoRAS，并结合野外实地调查，完成流域沟系及相关断面信息设置，共建立主沟、一级支沟、二级支沟总计 35 条，河道断面 100 余个，完成流域沟道属性数据文件的建立。

2. 蔡家川流域 MIKESHE 水文模型灵敏度测试

灵敏度测试可提供模型校正参数选择等参考信息。采用局部灵敏度分析应用自动校正工具（auto calibration tool）对蔡家川流域 MIKESHE 水文模型进行初步灵敏度测试。测试参数包括蒸发散模拟参数 C_1、C_2、C_3、C_{int}、A_{root}，地表径流模拟参数 M（曼宁系数）、D（最大持水深），不同地类非饱和带土壤饱和导水率（K_s），饱和带土壤水平向和垂向饱和导水率（K_{s_h}、K_{s_v}），地质水文参数 S_t、S_p，以及河道渗透系数（leakage coefficient）。测试结果如表 3-11 所示。灵敏度系数（Si）计算公式如式（3-3）所示。某参数标定灵敏系数（绝对值）与最大值相差 100 倍以上，则该参数较不灵敏。总体来看，表中各模块灵敏度由大到小顺序依次为 UZ、OL、ET、SZ、Channel。SZ 与 Channel 模块中除水平向饱和导水率 Ks_h 以外，其余参数对模型模拟基本无任何影响。这与流域径流过程以场降水径流为主等水文过程特征一致。据此，按不同模块灵敏参数的重要程度选择参数予以模型校正。

表 3-11　蔡家川流域 MIKESHE 水文模型自动校正工具灵敏度分析结果

模　块	参数	灵敏度
蒸发散	C_{int}	-0.059
	C_1	-0.315
	C_2	-0.322
	C_3	-0.011
	A_{root}	-1.11×10^{-1}
地表径流	M	1.64×10^{-1}
	D	-4.46×10^{-1}
非饱和带	K_{s_c}	-9.80×10^{-1}
	K_{s_b}	-4.99
	K_{s_g}	-1.26
	K_{s_s}	-2.20
	K_{s_p}	-1.19
	K_{s_h}	2.83×10^{-3}
	K_{s_v}	0.00
饱和带	S_p	0.00
	S_t	0.00
河道	leakage coefficient	1.03×10^{-4}

$$S_i = \frac{F(\theta_1,\theta_2,\cdots,\theta_i+\Delta\theta_i,\cdots,\theta_n)-F(\theta_1,\theta_2,\cdots,\theta_n)}{\Delta\theta_i} \tag{3-3}$$

式中：$\Delta\theta_i$——参数扰动；

F——灵敏度测试设置目标函数。

3. 蔡家川流域 MIKESHE 水文模型的率定

采用多点位校正检验机制（multi-site）（Refsgaard，1997）、试错法（Zhang et al.，2008）

对蔡家川流域进行模拟校正。其中，根据数据可得性以及流域土地利用特点选择 1 号流域、5 号流域、6 号流域以及 7 号流域作为校正点位，其观测降水、径流应用于模型校正阶段，而 2 号流域作为蔡家川主流域有效地综合反映了各土地利用降水径流响应，因此，应用其观测降水、径流进行模型验证。模型模拟以 2006 年次降水作为降水输入，以规则单元格 100m×100m 离散流域，模拟步长设置 15min。模型经灵敏度分析后对部分模型参数进行参数校正，各模拟参数设置及校正结果如表 3-12 所示。

表 3-12　蔡家川流域 MIKESHE 水文模型校正参数

模型参数	初值	校正值	单位	类型
M	$10\sim30$	—	$m^{1/3}/s$	分布式
D	$1\sim12$	—	mm	分布式
C_{int}	0.05	—	mm	均一值
C_1	0.3	0.1	mm/d	均一值
C_2	0.2	0.35	mm/d	均一值
C_3	20	30	mm/d	均一值
A_{root}	0.25	—	m^{-1}	均一值
$K_{s\_cropland}$	1×10^{-7}	9×10^{-7}	m/s	均一值
$K_{s\_plantation}$	1×10^{-6}	2×10^{-6}	m/s	均一值
$K_{s\_secondary\ forest}$	1×10^{-6}	6.2×10^{-6}	m/s	均一值
$K_{s\_orchard}$	5×10^{-7}	3×10^{-6}	m/s	均一值
K_{s_grass}	3×10^{-7}	8.27×10^{-7}	m/s	均一值
K_{s_shrub}	1×10^{-6}	4×10^{-6}	m/s	均一值
$K_{s\_young.\ forest}$	1×10^{-6}	3.5×10^{-6}	m/s	均一值
K_{s_v}	3×10^{-7}	—	m/s	均一值
K_{s_h}	5×10^{-8}	—	m/s	均一值
S_p	0.5	—	—	均一值
S_t	0.0001	—	m^{-1}	均一值

4. MIKESHE 与 MUSLE 耦合模拟小流域侵蚀产沙空间分布

耦合应用 MIKESHE 与 MUSLE（王盛萍等，2010），选取蔡家川流域 2006 年 8 月 3 日次降水，对流域侵蚀产沙空间分布进行模拟并统计。该日次降水量为 31mm，主沟 2 号量水堰观测径流约为 $10.49m^3/s$，模拟峰值流量为 $12.50m^3/s$，峰值误差为 19.2%，峰现时间模拟误差为 11.1%，其余量水堰（如 5 号堰、6 号堰），该次降水模拟径流 EF 系数分别为 0.53 和 0.69。总体认为该次降水 MIKESHE 模型模拟效果较好。蔡家川流域当前侵蚀产沙主要来自于灌木林地，虽然其面积比例仅约 14%，侵蚀产沙贡献却高达 50%。次生林由于其面积比例较大也表现有一定的侵蚀产沙贡献，侵蚀产沙贡献约占 23%。其余土地利用与植被类型侵蚀产沙贡献相当。

图 3-21 为各土地利用与植被类型次降水侵蚀产沙统计。可以看出，灌木林单位面积侵蚀产沙最大，为 $336t/km^2$；其他的土地利用由于包括有村舍占地、道路等，因此，

其单位面积侵蚀产沙贡献也达 286t/km²；农地侵蚀产沙贡献也较大，为 143t/km²，其余土地利用与植被类型相当。

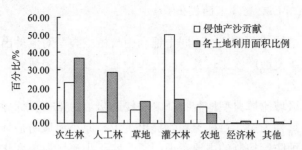

图 3-21　蔡家川流域次降雨（2006 年 8 月 3 日）各土地利用侵蚀产沙统计

上述侵蚀产沙空间分布模拟同时体现了地形、土地利用与植被类型等影响，为了分析流域不同坡度侵蚀产沙特征，以便为流域防护林空间配置技术的提出提供决策依据，设置极端情景进行模拟。其中，极端情景包括次生阔叶林情景（S1 _ Second.）、人工（刺槐）林情景（S2 _ Planta.）、灌木林情景（S3 _ Shrub.）、荒草地情景（S4 _ Grass.）。

空间分析表明，研究流域坡度变化范围为 0°～63.2°，取坡度分布分位数为 5%、15%、25%、40% 对应坡度值，对流域各坡度等级进行统计（图 3-22）。总体来看，蔡家川流域大部分面积区域集中分布在 9.48°～15.8°、15.8°～25.3° 以及 3.16°～9.48° 的坡度等级，其面积比例分别占流域的 38.5%、37.6% 和 32.4%，其余坡度等级（<3.16° 和 25.3°～63.2°）分布比例较小，仅为 2.2% 和 1.0%。坡度等级 25.3°～63.2° 除包含流域极陡坡面，同时还包含流域陡崖、峭壁等面积；而坡度等级 <3.16° 除包含平缓坡外，还包含流域沟道等面积区域。图 3-22 中同时反映了各坡度等级人工林极端情景模拟空间分布统计。可以看出，流域 9.48°～15.8° 坡度等级侵蚀产沙贡献最大，达41.9%；其余两个主要坡度等级侵蚀产沙贡献分别为 32.4% 和 19.2%。而对于 25.3°～63.2° 坡度等级侵蚀产沙贡献模拟仅为 0.62%；而 <3.16° 的坡度级侵蚀产沙贡献也仅为 5.92%。

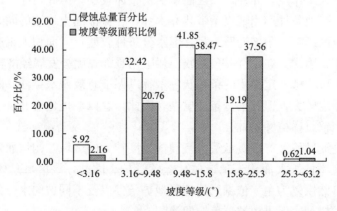

图 3-22　蔡家川流域人工林模拟极端情景各坡度等级侵蚀产沙空间分布统计

3.3.4　小流域尺度防护林对位配置技术及其效益

1. 防护林体系对位配置技术的提出

根据前述潜在植被分布特征、不同土地利用与植被类型对流域出口水文响应影响分析，以及各极端情景侵蚀产沙比较及空间分布特征，参照相关研究，初步提出流域尺度防护林空间配置方案。

结合黄土高原区域流域典型地貌特征，以侵蚀防治为第一目标导向，以最大程度保障流域产水量的持续性为第二目标导向，提出黄土高原小流域防护林空间配置模式。配置时以坡度作为侵蚀防治控制的主要考虑因子；鉴于小流域海拔变化范围相对较小，其对物种分布的影响仍体现为不同区域位置土壤水分不同，配置时仍以坡位和坡向作为物种分布的主要考虑因子。表 3-13 为研究所提出的黄土高原小流域防护林建设对位配置模式。具体阐述如下：

（1）塬面。地势平缓，光照充足，土壤侵蚀产沙贡献较少，因此，不列为侵蚀防治主要对象，可考虑发展果园等经济林，充分利用现有优势条件发展潜在经济。

（2）梁顶。通常地势较平缓，坡度变化范围为 1°～5° 或 8°～10°，光照充足，研究表明，该区域侵蚀强度相对较弱，但面积比例较大，因此侵蚀产沙贡献也具有一定的比例。鉴于该区地形平缓、水分易于入渗，且地形条件便于人工作业，因此，可发展人工林，同时针对该区侵蚀强度相对较弱等特征，应适当复合间种草地，以减少蒸发散损失，进而减少对流域水文水资源的影响。

（3）斜梁坡。流域斜梁坡整体侵蚀产沙贡献较大，地势由缓变陡（10°～35°），且阴坡、阳坡水分条件差异较大，因此，防护林空间对位配置应区别对待。阴坡整体土壤水分条件优于阳坡，能保证乔木树种正常生长。以 25° 为临界坡度，10°～25° 区域侵蚀强度较其陡坡地段（＞25°）要弱，因此，该区域应以乔木林建设为主，适当辅以一定面积的条带状草地，能在一定程度上减少林木蒸发散耗水，从而减少对流域产水量的影响。阴坡 25°～35° 区域侵蚀强度较大，但该区地势较陡，水分入渗条件相对较差，且地势条件较不便于人工作业，此外，该区面积比例整体较小，因此，应考虑以草地建设和恢复为主，依据当地条件适当辅以条带状乔木林，在保证固土护坡的同时，保证对流域水文水资源的负面影响。阳坡光照充足，但水分条件较差，大面积人工造林并不能有效地保证其成活率，因此，在 10°～25° 区域可利用光照资源优势发展经济林。除经济林的梯地建设以外，可稀植一定面积的条带状乔木林以保证有效截水拦沙。阳坡 25°～35° 区域，土壤侵蚀强度较大，但其水分条件更差，因此，宜以草地建设和恢复为主，根据当地条件可以适当辅以稀植乔木林。

（4）沟坡是流域侵蚀产沙贡献最大且侵蚀强度较大的区域。沟坡通常地形陡峭（坡度大于 35°），较不便于大面积人工造林及经营管护。因此，该区域总体宜采取封禁措施，以草地的自然恢复为主，依据局地地形地势条件以及不同坡向水分条件，分别配以适当密度的乔木树种，促进植被群落顺向演替。

（5）沟谷地通常水流冲刷严重。虽然水分条件较好，但是为了减少对流域产水量的影响，不提倡大面积引入乔木树种。为了有效拦水滤沙，应复合间种灌草植被，此外，对于主沟和部分支沟，则还需要配以谷坊等工程措施。

表 3-13 黄土高原小流域防护林建设对位配置模式

区域	坡向	坡度/(°)	植被类型及措施	配置特征
塬面	—	<5	林地	经济林
梁峁	—	<10（梁顶、峁）	林地、草地	林地为主，复合间种草地
	阴坡	10~25（斜梁坡）	林地、草地	林地为主，草地条带状间种
		25~35（斜梁坡）	草地、林地	草地为主，适当辅以条带状乔木林
	阳坡	10~25（斜梁坡）	林地、草地	梯植种植经济林，稀植条带状乔木林
		25~35（斜梁坡）	草地、林地	草地为主，根据当地条件辅以稀植乔木树种
沟沿	—	—	林地	带状种植乔木林
沟坡	阴坡	>35	封禁	草地的自然恢复为主，适当种植乔木树种
	阳坡	>35	封禁	草地的自然恢复为主，适当稀植乔木树种
沟谷	侵蚀冲沟与切沟	—	草地、灌木林	灌草复合间种
	支沟与主沟	—	草地、灌木林；谷坊	灌草复合间种，适当配以谷坊等工程措施

2. 防护林体系对位配置模式的效益

依据上述技术，对蔡家川流域进行防护林对位空间配置，并进行流域侵蚀产沙模拟。图 3-23 为蔡家川流域防护林体系空间配置植被类型分布图。侵蚀产沙模拟结果如图 3-24 所示。按 1：1 输沙率累积各栅格单元获得流域出口侵蚀产沙总量为 417.33t，侵蚀产沙量较当前土地利用减少了 88%。总体来看，除草地以外，次生林和人工林空间配置面积比例均较当前土地利用减少，但次生林、人工林、草地等平均单位面积侵蚀产沙均较原土地利用中对应类型侵蚀产沙少。

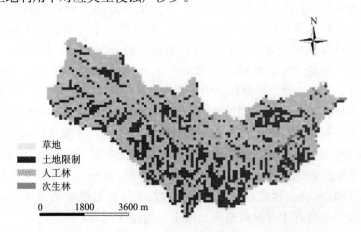

图 3-23 蔡家川流域防护林体系空间配置各植被类型分布

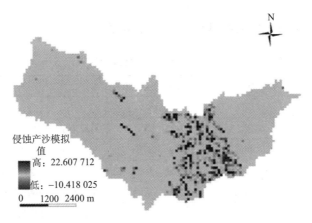

图 3-24　蔡家川流域防护林空间配置次降雨侵蚀产沙模拟

次生林面积比例较原来减少约 8％，但其单位面积侵蚀产沙减少至 6.26t/km²，约减少 90％；人工林较原土地利用面积减少约 13％，但其单位面积侵蚀产沙为 7.28t/km²，减少效益较少，约为 11％；草地较原土地利用面积增加约 42％，但单位面积侵蚀产沙也呈减少趋势，为 10.96t/km²，减沙效益约 79％；而农地、居民占地等土地利用限制面积较原来减少约 5％，但单位面积侵蚀产沙明显减少，减沙效益最大达 92％。

3.4　坡面林分结构调控与生态功能高效维护技术

3.4.1　林分生长状况

1. 林分结构特征与草本植物物种丰富度分析

2008 年 7 月 12～21 日，以设定好的 21 个标准样方为基础，分别进行了乔木、灌木和草本的调查。乔木调查面积为 20m×20m，对每棵乔木分别进行了树高、胸径、冠幅的测定，同时对每棵树还做了坐标定位；在乔木调查样方内，按 5m×5m 的样方对灌木层进行调查，重复 3 次；在同一个 20m×20m 的样方内，按 1m×1m 的规格对草本样方进行调查，重复 5 次。6 种林分中，灌木的密度表现为草灌丛＞油松×刺槐混交林＞次生林＞油松林＞刺槐林和侧柏林，而草本生物量为油松林＞侧柏林＞油松×刺槐混交林＞草灌丛＞刺槐林＞次生林。人工林和次生林相比，在灌木层密度和草本层生物量上并没有表现出明显的差异。为了进一步分析不同防护林分草本植物的差异，我们计算了 6 种林分草本植物的物种丰富度，结果为草灌丛＞油松林＞油松×刺槐混交林＞刺槐林＞次生林（图 3-25）。因此，蔡家川林场的人工林林下植被的密度和物种丰富度均高于次生林，表明现有乔木并没有造成土壤水分的过度消耗。

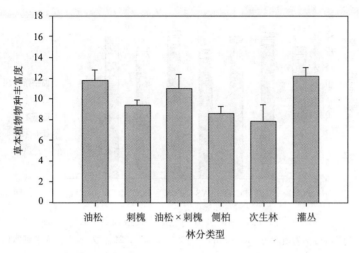

图 3-25　晋西黄土区 6 种主要植被类型林分内草本植物物种丰富度

2. 不同配置林分的生物量及其分配规律

对于人工刺槐林，林分地上部分总生物量表现为 PCH2＞PCH3＞PCH1，即中密度刺槐林（2000 株/hm²）的生物量最大，低密度刺槐林（1300 株/hm²）生物量最小（图 3-26）；对于密度同为 2000 株/hm² 的人工林而言，表现为 PCY＞PCH2＞PCC＞PYS，刺槐油松林生物量最大，而油松纯林生物量最小。在研究的 7 个林分中（玉米农地在土壤理化性质效应时作为对照，这里不进行分析），地上部分生物量表现为 PCY＞PCH2＞CS＞PCH3＞PCH1＞PCC＞PYS，其中人工刺槐油松混交林和中密度刺槐林的生物量达到 45t/hm² 以上，大于该地区天然次生林的生物量。这一结果与众多前期相一致，也支持了该地区适宜的人工林配置为 2000 株/hm² 左右的论断。而高密度、低密度刺槐林、刺槐侧柏混交林以及油松林的生物量小于次生林。

以 15 年生计算，年均生物量介于 3.08～3.7t/hm²，这一研究结果略低于子午岭黄土丘陵区的刺槐林和油松林对应的年均生物量，表明研究地区林分的净初级生产力较低。乔木层生物量总体顺序为 PCH2＞PCY＞PCH3＞PCC＞PYS＞PCH1，人工林乔木层生物量均高于次生林，分别是次生林生物量的 1.54 倍、1.47 倍、1.44 倍、1.33 倍和 1.30 倍。研究林分中，乔木层生物量占地上部总生物量的比例除低密度油松林为85%外，其余人工林均高于 90%，而次生林对应数据为 66.9%。林下灌木和草本的生物量总体顺序是 CS＞PCH1＞PCC＞PCY＞PCH2＞PYS＞PCH3，所有人工林的林下植被生物量远低于次生林，分别是次生林生物量的 43%、26%、24%、21%、16% 和5%。人工林枯落物层生物量也远低于次生林，除低密度刺槐林枯落物层生物量相对较高，到达次生林 50% 外，其余均不到次生林枯落物层生物量的 25%。

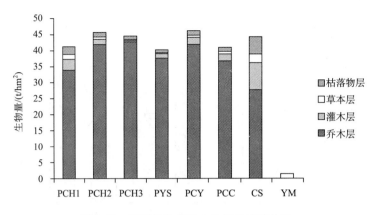

图 3-26　不同林分的地上生物量及其分配

PCH1、PCH2、PCH3 分别为密度为 1300 株/hm²、2000 株/hm²、2200 株/hm² 的人工刺槐林；PYS、PCY、

PCC 分别为密度为 2000 株/hm² 的人工油松林、刺槐油松混交林和刺槐侧柏混交林；CS 为次生林

3.4.2　主要造林树种的耗水规律

1. 林分蒸腾耗水的变化规律

1）蒸腾日变化

由图 3-27 可以看出，刺槐和油松液流受太阳辐射和水气压亏缺（VPD）影响。样木液流在 6：00 时左右启动，日间液流密度最大值出现在中午时分。个体间液流密度最大值的差异非常明显，从最高的 55g H_2O/($cm^{-2} \cdot h$) 到最低的 5g H_2O/($cm^{-2} \cdot h$)，相差 10 倍。不同个体液流启动的时间有差异，胸径较小的树木的液流启动稍晚，下午较早出现明显下降。而胸径较大的树木的液流启动相对较早，结束较晚。

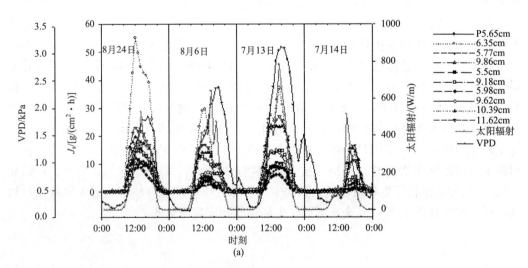

(a)

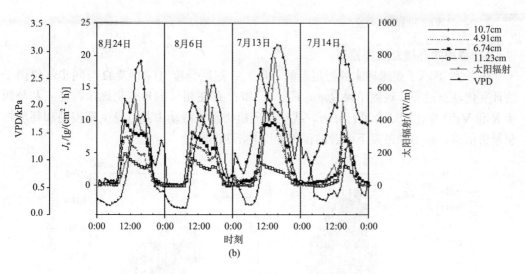

图 3-27　油松（a）和刺槐（b）的日进程变化

2）蒸腾的季节变化规律

刺槐和油松对于季节变化表现出不同的响应方式（图 3-28），随着夏季进入尾声，刺槐蒸腾强度明显下降，并且在逐步进入秋季后，随着落叶的开始蒸腾量不断下降。而油松在渐入秋季（9 月）的总蒸腾量则略高于夏季，未出现明显的下降趋势。

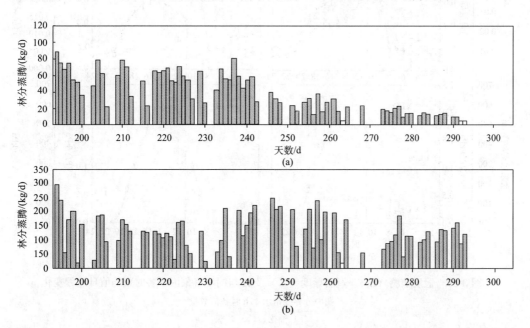

图 3-28　观测季（7 月 11 日至 10 月 31 日）林分中刺槐（a）和油松（b）组分的蒸腾变化

2. 林分蒸腾的环境响应

1）蒸腾的环境及生理控制

图 3-29 展示了观测样木的冠层蒸腾（E_c）、冠层导度（G_c）及 Ω 与同步气象因子的日变化动态过程。观测结果显示，E_c、G_c 和 Ω 存在相似的日变化规律，将三者与同步 R 和 VPD 变化相结合进行分析，我们发现植物蒸腾活动中其自身生理控制和环境控制紧密衔接，在不同条件下两者的作用程度并不相同。

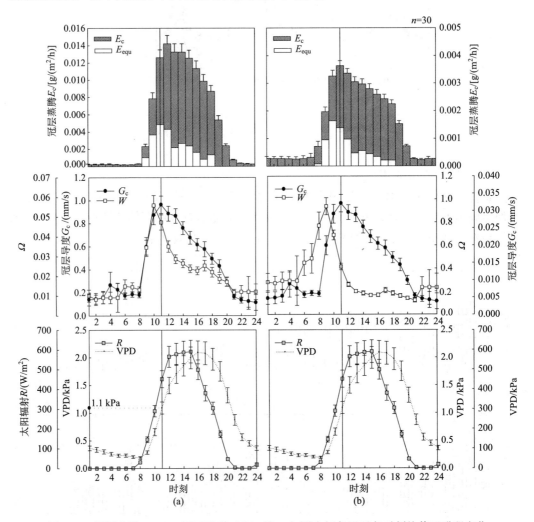

图 3-29　冠层蒸腾（E_c）、冠层导度（G_c）及 Ω 与同步气象因子各时刻均值日进程变化

图中分界线指示 11h 时各值数量

（a）油松；（b）刺槐

上午，Ω 值较高，植物蒸腾的生理控制也相对较弱。因此，太阳辐射对蒸腾的影响处于一天中较强的水平，VPD 对蒸腾活动的影响较为有限。接近中午开始，Ω 逐渐降低，植物通过气孔活动对蒸腾进行的生理控制也逐渐加强，在环境因子方面，VPD 开

始取代太阳辐射，对蒸腾活动产生主导影响。

2）植物蒸腾对环境响应的敏感性

对样木蒸腾与环境因子进行相关分析，发现环境因子中 R 、VPD 和风速与蒸腾显著相关（表 3-14），因此，我们可以通过两者间的线性回归关系对植物蒸腾进行数量预测。经实际数据验证，回归方程能够较理想地对该地区刺槐和油松的蒸腾量进行估计。

表 3-14　样木小时液流与同步环境影响因子间的相关关系

样木	水气压亏缺		太阳辐射		风速	
	相关系数	Sig.	相关系数	Sig.	相关系数	Sig.
R_2 （d＝10.7mm）	0.522**	0.000	0.541**	0.000	0.14**	0.008
R_3 （d＝4.91mm）	0.443**	0.000	0.568**	0.000	0.135**	0.01
R_8 （d＝6.74mm）	0.535**	0.000	0.595**	0.000	0.143**	0.007
R_9 （d＝11.23mm）	0.521**	0.000	0.580**	0.000	0.061	0.252
P_2 （d＝5.65mm）	0.744**	0.000	0.801**	0.000	0.207**	0
P_3 （d＝6.35mm）	0.740**	0.000	0.777**	0.000	0.254**	0
P_4 （d＝5.77mm）	0.723**	0.000	0.713**	0.000	0.255**	0
P_5 （d＝9.86mm）	0.789**	0.000	0.777**	0.000	0.242**	0
P_6 （d＝5.5mm）	0.721**	0.000	0.816**	0.000	0.221**	0
P_7 （d＝9.18mm）	0.771**	0.000	0.763**	0.000	0.238**	0
P_9 （d＝5.98mm）	0.718**	0.000	0.683**	0.000	0.266**	0
P_{10} （d＝9.62mm）	0.783**	0.000	0.801**	0.000	0.263**	0
P_{11} （d＝10.39mm）	0.823**	0.000	0.927**	0.000	0.245**	0
P_{12} （d＝11.62mm）	0.777**	0.000	0.788**	0.000	0.239**	0
a	Cannot be computed because at least one of the variables is constant.					

注：R 为刺槐，P 为油松。＊＊p＜0.01。

3. 林分结构对蒸腾的影响及预测

1）林龄与蒸腾耗水

油松及刺槐的边材面积与树龄成幂函数关系。油松为 A_s＝0.1155～2.068，刺槐为 A_s＝0.1097～1.9201 结合本研究得到的两树种的蒸腾值，我们可以对现有油松刺槐混交林进行 50 年内的蒸腾预测（图 3-30）。结果发现，在常态蒸腾状态下，该混交林在 15 年后蒸腾量开始显著上升。如果环境适宜，则 10 年后蒸腾就会开始大幅增长。常态蒸腾状态下，月蒸腾总量的差异在林龄达到 20 年后开始变得明显。若林分可以维持潜在蒸腾量，则月蒸腾总量的显著差异将推迟到 25 年以后才会出现。根据历史气象资料记载，蔡家川流域年平均降水量为 575.9mm，最小年降水量仅为 365.1mm。假设未来降水仍可维持在该水平，若该林分进行常态蒸腾，则在 30 年左右，就会出现水分胁迫的风险，而若林分可维持潜在蒸腾量，则水分胁迫的风险会提前 5 年左右。

2）不同结构方式对林分蒸腾的影响：

从树种构成的角度来看，若保持现有栽植密度，则刺槐纯林的耗水量最小，混交林

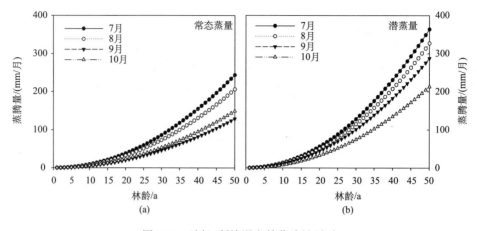

图 3-30　油松-刺槐混交林蒸腾量预测

次之，而油松纯林的耗水量最大（图 3-31）。以林分为单位，造成刺槐蒸腾耗水量低的现实条件是：油松林边材总面积为 1860.485cm²，刺槐林边材总面积为 522.288cm²。刺槐边材总面积小的原因主要有两个：一是刺槐边材率低；二是刺槐林龄低于油松。从栽植密度分析，栽植密度越大，林分冠层蒸腾后期涨幅越大。相同密度下同龄刺槐林的蒸腾量增幅显著小于油松林。因此，栽植密度越大，油松林越可能提前受到水分胁迫。

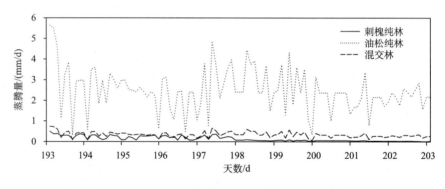

图 3-31　不同树种构成对林分日蒸腾总量的影响

　　根据该地区气象资料显示平均降水量为 575.9mm，按照常规林地蒸腾占总降水量 70% 的比例，该地区每年可供树木蒸腾的水量通常在 400mm 左右。假设该地区不出现极端干旱，则 1500 株/hm²、2250 株/hm²、3000 株/hm² 的油松林通常在 25 年之内就会受到不同程度的水分胁迫，而刺槐林则在 35 年后逐步出现水分胁迫的问题。若遇到干旱年份，最小年降水量仅为 365.1mm。因此，如果造林密度过大，则在 20～30 年后，就会出现林分生长缓慢的问题，已有研究表明在年均降水量超过 450mm 的区域，植被覆盖能够有效地降低雨水冲刷造成的水土流失，因此在保证蔡家川流域造林成活而进行疏伐的同时，一定要保证一定的冠层覆盖，否则会造成该地区水土流失加重。根据文献报道，当森林覆盖降至 15%～20% 时，土壤侵蚀就会非常严重。理想情况是，我们应当将森林覆盖保持在 70% 以上以取得较好的水土保持效果，即达到 $7000m^2/hm^2$ 冠层覆盖。需要注意的是在初期（5 年）大密度栽植并不会造成林分水分胁迫，但鉴于后期疏伐的必要性，初期的栽植密度仍不宜过大，以避免资源浪费。所以，初期栽植刺槐和油松分别保持在 3000 株/hm^2 和 2500 株/hm^2 即可（图 3-32）。在 30 年后疏伐力度应当减小，并且不应低于 700 株/hm^2。

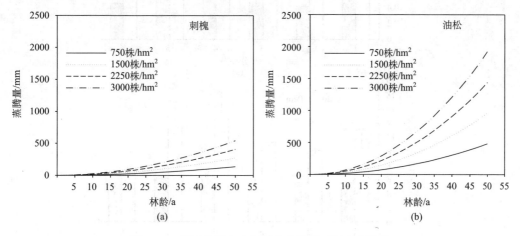

图 3-32　不同栽植密度下林分蒸腾随时间变化趋势

3.4.3　不同结构林分的生态效应

1. 土壤养分效应

黄土区防护林在发挥水土保持效能的同时，必然对土壤养分产生一定的影响，改良/退化后的土壤养分一方面对地表防护林植被生长产生影响，另一方面改变土壤本身的理化性质进而影响土壤的抗蚀性，从而影响坡面的土壤侵蚀量。

不同配置防护林的土壤有机碳含量表层（0～20cm）存在明显的差别，由大到小依次为乔木次生林＞灌木次生林＞刺槐×油松混交林＞刺槐林＞油松林＞农地。所有林分的表层土壤有机碳含量都高于农地，表明林分对土壤表层有机碳的富集具有促进作用。人工林中，表层有机质含量混交林大于人工林，表明混交林配置利于枯落物的分解和土壤有机碳的富集 [图 3-33 （a）]。

不同配置防护林中，土壤全氮含量和土壤有机碳含量的分布表现出一致的规律，这表明土壤 C、N 分布的一致性 [图 3-33 （b）]。不同配置防护林土壤全磷含量数值相差较小，表明植被对土壤磷的影响较小 [图 3-33 （c）]。值得注意的是农地的土壤磷含量较高，仅低于乔木次生林而高于其他防护林林分。这可能是农业生产中磷肥的人工施入造成的，而磷肥释放比较缓慢，导致在采集样品中磷含量较高。

另外，在土壤表层和下层中，土壤有机碳、全氮均是上层远高于下层（农地除外），而土壤全磷的这种差别并不明显，表明一方面植被对土壤磷影响较低，另一方面也与磷元素迁移能力较弱密切相关。

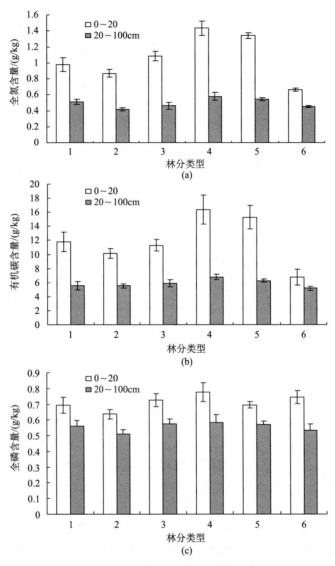

图 3-33 不同防护林林分土壤养分效应

（a）全氮含量；（b）有机碳含量；（c）全磷含量

2. 土壤呼吸

1）不同类型防护林土壤碳排放的差异

测定结果显示，不仅不同类型防护林间土壤碳排放存在较大差异，次生林土壤呼吸速率最高，混交林其次，而人工林和草地土壤呼吸速率较低；另外，在不同时期测定结果土壤呼吸速率存在明显的差异，表明土壤碳排放也随时间而变化。

2）不同植被类型土壤呼吸与土壤湿度之间的关系

水分对土壤呼吸的影响在不同林分中也表现出较高的变异性（图 3-34）。

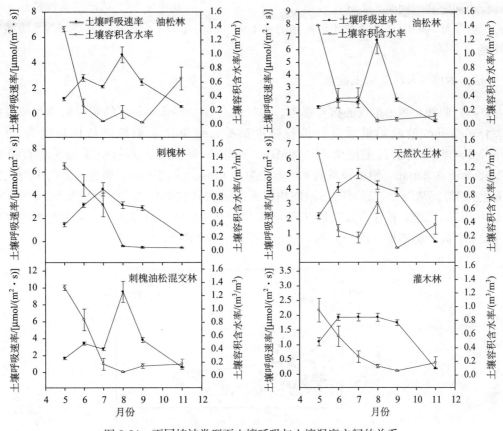

图 3-34　不同植被类型下土壤呼吸与土壤湿度之间的关系

3. 不同结构林分的水土保持与固土作用

1) 坡面径流场的产流特征

对 2007 年 6～9 月观测到的 10 次降雨，总降水量为 200mm。不同林分的坡面径流场的径流系数表现出明显的差别（图 3-35）：刺槐林和次生林较低，涵养水源功能较强；油松人工林、灌草地和苜蓿草地的径流系数较高，水源涵养功能相对较差。

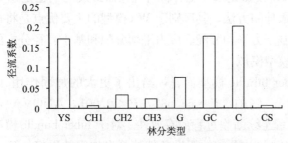

图 3-35　不同林分的径流系数

YS 代表油松，CH1、CH2、CH3 分别为不同密度的刺槐林，
G 代表灌木林，GC 代表灌草地，C 代表草地，CS 代表次生林，下同

不同密度的刺槐人工林比较而言，1400 株/hm² 的低密度人工林径流系数最低，接近与次生林，表明在水资源相对紧张的黄土区，低密度人工刺槐林具有更好的水源涵养功能。

2）不同林木根系固土效应

（1）刺槐、侧柏根系的抗拉强度。对径级在 0.25～5.84mm 的刺槐根系和径级在 0.4～6.73mm 的侧柏根系进行抗拉强度试验，结果显示刺槐的抗拉强度为 18～113MPa，侧柏的抗拉强度为 5～46MPa，如图 3-36 所示。刺槐根系的平均直径为 2.62mm±0.22mm，侧柏根系的平均直径为 2.13mm±0.21mm。刺槐根系的平均抗拉强度为 43.25MPa±2.20MPa，而侧柏根系的平均抗拉强度为 19.07MPa±0.96MPa。也就是说，以根直径作为协变量（$F=347.02$，$P<0.001$，ANCOVA），刺槐根的抗拉强度显著高于侧柏根（$F=14.82$，$P<0.001$，ANCOVA）。

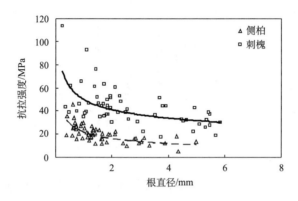

图 3-36　黏根系抗拉强度与根直径的关系曲线

用幂函数拟合根系抗拉强度与直径的关系，刺槐为 $T_R=50.197d-0.284$（$R^2=0.36$，$P<0.001$），侧柏为 $T_P=21.936d-0.4779$（$R^2=0.56$，$P<0.001$）。

（2）根系对土体表观黏聚力的作用。采用 Wu 模型和 Fiber bundle 模型分别计算根系对土体表观黏聚力的增强效果。Wu 模型是最早的、较传统的应用于计算根系固土作用手段；Fiber bundle 模型是基于复合材料理论而形成的，也是迄今为止世界上对根系固土作用仿真效果最佳的方法，其区别于 Wu 模型的主要优点是将根系定义为连续断裂过程。本研究采用基于力平均分配、应力平均分配和基于直径分配的三种假设条件，分别用 Fiber bundle 模型模拟。

Wu 模型较 Fiber bundle 模型而言，给出了更大的加固作用（刺槐：$F=55.588$，$P<0.001$，ANOVA。侧柏：$F=68.632$，$P<0.001$，ANOVA），从而验证了 Fiber bundle 模型定义根系连续断裂过程的有效性。对于 Fiber bundle 模型的三种假设，结果显示刺槐根系通过应力平均分配的假设条件计算出加固效果好（$F=17.550$，$P<0.001$，ANOVA），侧柏根系通过荷载平均分配的假设条件计算出的加固效果好（$F=4.008$，$P<0.05$，ANOVA）。并且，刺槐根系为土体贡献的表观黏聚力显著高于侧柏根系，即刺槐

根系对土体的加固作用显著强于侧柏根系（$F=720.50$，$P<0.001$，ANOVA）。

以本研究的坡面而言，与根面积比规律一致，刺槐在坡下对土体表观黏聚力增强作用的显著较高（$F=93.808$，$P<0.001$，ANOVA），侧柏在坡中显著较高（$F=23.468$，$P<0.001$，ANOVA）（图 3-37）。

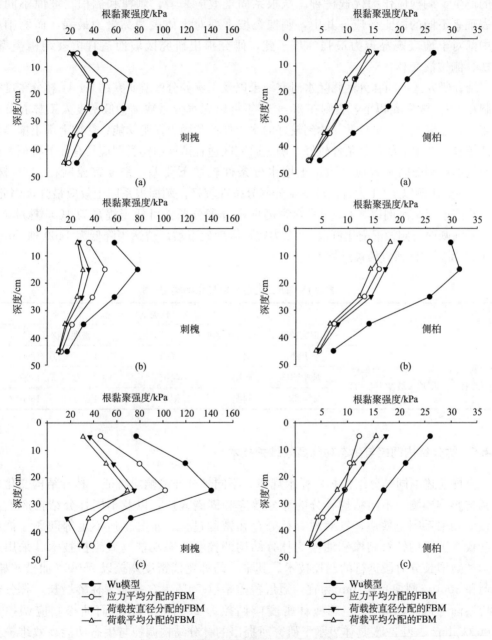

图 3-37　根系对土体表观黏聚力的增强

不同的线性代表不同的模型

（a）坡上；（b）坡中；（c）坡下

3.4.4　适宜植被结构类型

　　针对试验区刺槐、油松、侧柏三种主要树种进行分析，研究结果表明，相比而言，刺槐较油松蒸腾耗水要少，对于水分亏缺的西北黄土高原区域，为了避免小老树的产生，刺槐应作为优选树种。从根系固土效应来看，刺槐和侧柏在坡面不同部位表现有不同的固土效应。其中，刺槐在坡下部对土体表观黏聚力最强，而侧柏在坡中部对土地表观黏聚力最强。基于此，研究提出研究区坡面适宜植被结构类型：刺槐、侧柏混交林。

　　结合研究区不同林分蒸腾耗水研究结果以及土壤养分效益研究结果：①林分密度宜控制在 1500 株/hm² 以下，否则在 25～30 年将出现水分亏缺；②低密度人工林养分效益较高，径流泥沙含量较低，达到较好的水土保持和固土保肥功能；③坡上部土壤养分条件较差，坡中下部养分条件较好。确定研究区适宜植被结构类型应具有如下特征：坡上部侧柏和刺槐固土效应一致，土壤水分条件较坡下要差，密度宜控制在 1200 株/hm²，混交比例以 1：1 为宜；坡下水分养分条件较好，刺槐根系固土效应最强，因此，刺槐与侧柏混交比例以 2：1 为宜，密度依水分养分条件可适当提高为 1600 株/hm²；而坡中则刺槐与侧柏混交比例以 1：2 为宜，密度较下坡部位适当降低为 1400 株/hm²。表 3-15 为研究区适宜植被结构类型特征。

表 3-15　研究区适宜植被结构类型

类型名称	适宜条件	植被结构类型特征				
			混交树种 1	混交树种 2	混交比	密度/(株/hm²)
坡面刺槐侧柏混交林	黄土坡面；阳坡或半阳坡；坡度 10°～35°	坡上部	刺槐	侧柏	1：1	1200
		坡中部	刺槐	侧柏	1：2	1400
		坡下部	刺槐	侧柏	2：1	1600

3.4.5　林分结构调控与生态功能高效维护技术

　　根据前述不同林分结构林木耗水规律、不同林分环境响应特征、林分结构变化对蒸腾的影响预测、不同结构林分的养分效应和固碳效应，以及不同林分结构产流产沙效应和根系固土效应，针对现有林分存在密度过大、水分供应不足等问题，提出以间伐为手段的针对刺槐和油松的林分结构调控和生态功能高效维护技术。采用逐步随林龄增长分时段进行的调控技术。其中，幼林建议密度调控以 2500（油松）株/hm² 和 3000（刺槐）株/hm² 为宜，冠层覆盖率以 70% 为宜；随着林龄增长，林分密度应逐渐降低，林龄 40 年刺槐林密度应调控为 2250 株/hm²，而油松则应调控为 1500 株/hm²。表 3-16 具体表示了研究所提出的林分结构调控与生态功能高效维护技术的具体技术环节。

　　调控林分：油松纯林、刺槐纯林。

　　调控对象：林龄达 5 年以上，生长不良。

调控方法：总体密度控制，逐步疏伐。

密度控制：见表 3-16。

表 3-16　建议调控密度

林龄/a	建议密度/(株/hm²)		冠层覆盖率/%
	刺槐	油松	
5	3000	2500	70
10~25	2500	2500	100
25~40	2500	1500	100
40	2250	1500	100
45	2250	750	100
50	1500	750	100

第4章 东北农牧交错区防护林体系空间配置与结构优化技术

东北地区是我国重要的老工业基地，同时也是我国重要的林业生产基地、商品粮食生产基地和畜牧业生产基地。东北典型农牧交错区生态环境建设在整个东北生态环境建设中具有重要的战略地位（张军涛和傅小锋，2005）。由于东北农牧交错区是一个从干旱、半干旱地区向亚湿润地区过渡的生物气候带，多样化的生态系统互相耦合形成了一个特殊的"自然-社会-经济"复合系统（程序，2002），具有突出的过渡性和边际效应（王石英等，2004），生态环境脆弱而敏感。风灾频繁、降水量较少以及过度的人为活动，导致气候干旱化、土壤退化、生产力下降、生态系统严重受损，成为典型的"生态脆弱带"、"生态危急带"和"灾害多发区"，是东北地区生态环境退化最严重的地区之一（牛文元，1989；罗承平和薛纪瑜，1995；韩茂莉，1999；赵哈林等，2003）。防护林体系建设对维护整个地区生态平衡，保证社会、经济可持续发展起着举足轻重的作用。因此，开展东北农牧交错区防护林体系空间配置与结构优化技术研究，进一步提高防护林体系建设技术水平，提高防护林体系生态服务功能，促进区域环境的改善，显得尤为迫切和需要。

根据东北地区林业生态工程建设对防护林营造的技术需求，针对东北农牧交错区干旱、风灾频繁的生态环境问题和生态脆弱性、敏感性特征，研究防护林空间配置与结构优化技术，提出防护林体系高效空间布局技术、对位配置技术和林分结构定向及其生态功能高效维护技术，为防护林体系建设工程提供科技支撑，为改善区域农牧业生态环境、建立区域生态安全体系提供技术保障。

4.1 东北农牧交错区防护林体系研究现状与主要问题

我国农牧交错区分布在东北、华北、西北和西南地区，农牧交错带的界定和地理位置的划分以400mm等雨量线为中轴，分别向东南和西北方向扩展到500mm和350mm等雨量线，总面积约为110万 km²（赵哈林等，2002；陈全功等，2007）。它既是牧区向农区的过渡带，又是干旱区向湿润区的过渡带，是我国东西部之间的过渡带，在我国生态环境建设中占有特殊的地位。

4.1.1 东北农牧交错区主要生态环境问题

东北农牧交错区位于北纬41°～51°、东经117°～125°，为我国农牧交错带最东段"西南—东北"走向的地带，是松辽平原农业区向蒙古高原牧区的过渡地带（梁存柱等，2008）。该地区是一个地貌复杂多样的区域，既有宽阔平坦的平原和高原，也有较平缓的丘陵和山地。其东北部为大兴安岭南缘与科尔沁草原，西部为浑善达克沙地和锡林郭勒草原，南部和东南部为松辽平原和西辽河平原，西南部有燕山、鲁尔虎山等山地丘陵地貌，整体上呈现出"高平原—丘陵—平原"的地貌特征（张汉雄等，2004）。该区属中温带大陆性半干旱半湿润季风气候，春季干燥多风，夏季温和湿润，秋季凉爽晴朗，冬季寒冷漫长。多年平均降水量为 300～500mm，由东南向西北递减，降水量年际变化大，年内分配不均。年蒸发量为 1800～2200mm，干燥指数为 1.5～2.0。年平均气温为 6.5～7℃，无霜期为 140～150d，年平均风速为 3～4m/s，年平均大于 8 级以上的大风日数为 50～60 天，冬春季大风使表土流失，导致耕地沙化、草场退化。由于东北农牧交错区特殊的自然条件，加之过度的人为活动干扰，东北农牧交错区的生态环境脆弱而敏感，农牧业生产力下降，生态服务功能衰退，对区域生态环境和经济发展产生了不良影响（程序，1999；赵哈林等，2002）。

4.1.2　东北农牧交错区防护林研究现状

防护林是一种以森林生态服务功能即防护效益为基本经营目标的森林类型，其防护性、资源性和再生性等强大功能在环境保护与资源管理中发挥着越来越重要的作用（姜凤岐等，2003；朱教君等，2002）。东北农牧交错区是"三北"防护林体系建设中具有代表性的区域之一，其农田防护林、草牧场防护林等防护林建设在该地区已形成一定的规模，在抵御自然灾害、控制土地荒漠化、保障农牧业生产、维护区域生态安全等方面发挥着巨大的作用。在农田防护林带研究方面，如何达到农田防护林带结构的科学调控已经成为一大难题。因此，借助于林带高、林带宽、断面形状等林带外部特征因子和树冠内植物生长表面积、体积的数量与分布等内部特征因子，从三维立体角度对林带空气动力学结构给予定义，提出植物表面积密度和立体密度作为描述林带三维空气动力学结构的指标，将为林带三维立体疏透度测定及防护林带结构调控和优化配置提供思路（Zhou et al.，2002）。

草牧场防护林是对保护天然牧场和人工草场为主的防护林的总称，其结构是由乔灌等木本植物、牧草以及区域内全部动物和微生物组成的生物系统，通过系统内不同组分的有序生物活动过程与环境因子进行有效的能量交换和物质循环，对区域内的牧草生长环境起到保护与调节作用。由于草牧场独特的地理位置，其环境条件较为严酷，绝大部分分布在干旱、半干旱地区，蒸发量大，降水量少，气候干燥，土壤干旱，各种自然灾害频繁，适宜植被结构是干旱、半干旱地区草牧场防护林建设的关键。草牧场防护林建设要从草牧场地区的实际情况出发，以优化土地利用结构为基础，以发挥水土资源、气候资源和生物资源的潜力为目标，以改善和提高草牧场防护林生态效益为主体，实现树种的合理配置和草牧场防护林结构的优化，充分发挥草牧场防护林生物群体的多种功能和效益（段文标和陈立新，2002）。

由于东北农牧交错区防护林体系建设范围广阔、技术复杂、影响因素多样，尽管在相关领域进行了有益的探索，但目前仍缺乏防护林体系空间配置和结构优化技术支撑，未能建立因害设防的体系格局，导致防护林体系空间布局与结构配置不尽合理，生态功能发挥不够充分。此外，防护林建设规模未能有效地考虑区域水土资源利用的合理性，成为制约东北农牧交错区林业生态工程建设及其效益充分发挥的技术瓶颈。针对典型区域水土资源和生态环境特点，开展防护林体系空间配置和结构优化技术研究，构建从林分到流域再到区域尺度的防护林体系空间配置和结构优化技术体系，将为防护林体系建设提供科技支撑，为改善区域生态环境提供技术保障。

4.1.3　东北农牧交错区防护林工程技术需求与关键科学问题

随着我国防护林体系建设的深入开展，在工程建设技术环节及其理论基础方面面临着诸多急待解决的问题，如何构建防护林空间和结构优化格局，发挥其生态防护功能，是改善区域生态环境、促进区域社会经济可持续发展的关键。目前，在东北农牧交错区防护林工程建设方面有几个关键问题还未得到解决。首先，防护林体系建设缺乏结构布局、结构配置与水土资源利用关系相关技术，造成防护林与水土资源承载力和生态承载力之间不协调、不匹配；其次，树种配置和林分结构不合理，树种单一，结构简单，致使防护功能无法充分发挥。因而，需要研究确定防护林体系最优植被类型、适宜的防护林树种，研究防护林体系空间配置与结构优化技术，构建与区域水土资源可持续利用相匹配的防护林体系，结合防护林空间及时间动态变化，维持防护林体系的稳定性，使林业生态工程建设能够发挥最大的生态服务功能，并使达到防护林防护效益、经济效益和社会效益最大且永续利用，以推动防护林学科体系建设与发展。

4.2　防护林生态系统结构特征与防护功能的关系

防护林生态系统结构与功能关系研究，是防护林结构调控、空间布局和经营管理的前提。在东北农牧交错区，以草牧场防护林生态系统为研究对象，通过水分环境调控试验，模拟研究不同季节干旱化和湿润化等水分环境变化，从土壤主要元素生态循环过程、群落组成与植被演替过程、主要植被生理生态过程三方面入手，辨识主要生态过程对不同水分环境动态变化的响应，探讨全球气候变化对该生态生态系统结构与功能的影响机制，阐明敏感、脆弱而多变的生态交错带中典型生态系统的发展演化规律。以降水量与土壤、植物等因子相互关系为基础，基于土壤水分平衡原理，以群落的蒸腾为核心，揭示草牧场防护林林分蒸腾耗水规律，为提出草牧场防护林林分结构优化技术提供依据；以农田防护林为对象，构建防护林带三维结构空气动力学模型，提出并实施在野外测定混交林带三维结构的方法，揭示林带三维结构对湍流运动的影响，为农田防护林结构设计和结构调控提供科学依据。

4.2.1　草牧场防护林群落稳定性维持机制

农牧交错区土壤养分有效性及其持续供应对维持草牧场防护林生态系统的结构和功能起着重要作用。由于不同植物及群落对土壤养分的吸收和利用能力等方面存在差异，因此从该地区不同植被类型的土壤养分有效性出发，通过对其土壤养分循环过程及对水分变化响应特征比较，分析养分有效性的变化，揭示草牧场防护林群落稳定性维持机制，可以为植被恢复技术和防护林建设提供科学依据。

1. 不同植被类型土壤养分循环过程与特征分析

根据生长季不同类型防护林生态系统土壤有效 N 量比较，研究发现土壤铵态 N（NH$_4^+$-N）在樟子松疏林草地型草牧场防护林最高（1.18mg/kg），小叶杨（0.85mg/kg）、樟子松人工林（0.60mg/kg）和赤松（0.57mg/kg）居中，而退化草地最低（0.46mg/kg）；土壤硝态 N（NO$_3^-$-N）不同月份均表现为赤松最低，除 6 月份外樟子松疏林草地最高；樟子松疏林草地土壤矿质 N 显著高于退化草地和其他类型的人工林（图 4-1）。如果以矿质 N 总量作为 N 有效性的指标，樟子松疏林草地最高，小叶杨林地次之，草地和樟子松人工林居中，而赤松林最低。樟子松疏林草地型草牧场防护林土壤中高效的养分循环，使得疏林草地土壤 N 有效性显著高于草地和其他类型的人工林，据此在研究地区应以樟子松疏林草地型草牧场防护林建设为主，构建稳定的群落结构（赵琼，2007）。

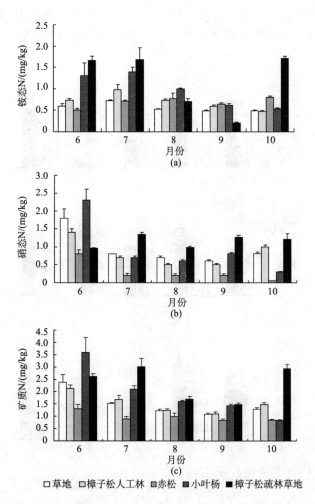

图 4-1　不同类型植被土壤的铵态 N（a）、硝态 N（b）和矿质 N（c）含量季节动态

2. 樟子松疏林草地养分有效性对水分环境变化的响应

1）不同水分环境对草牧场防护林生态系统 N 素有效性的影响

根据不同水分环境下樟子松疏林草地型草牧场防护林生物量与 N 循环研究，结果表明林下植被的净初级生产力与降水量呈正相关性，可见水分是樟子松疏林草地草牧场防护林植物生长的限制因子。在生长季，与对照组相比当降水量减小时矿质 N 积累，降水量增加时矿质 N 降低（图 4-2），表明了樟子松疏林草地草牧场防护林中水 N 有效性的不同时性，这意味着当土壤中矿质 N 含量较高时，植物却由于土壤干旱所导致的活性降低而不能充分吸收；而当降水量增加时，N 的有效性在樟子松疏林草地草牧场防护林中的限制作用会越来越重要（邓东周，2009）。另外，草本层的养分循环是整个疏林草地生态系统健康维系的关键。因此，在樟子松疏林草地草牧场防护林中，在干旱环境下，应通过剪枝、间伐和保护枯落物等措施减少植物蒸腾和土面蒸发；在树种搭配方面，应增加固氮树种的配置，提高土壤 N 素含量，保证在湿润环境下该生态系统养分供应的正常进行，同时保护林下地被物和枯落物是提高系统 N 有效性的重要措施。

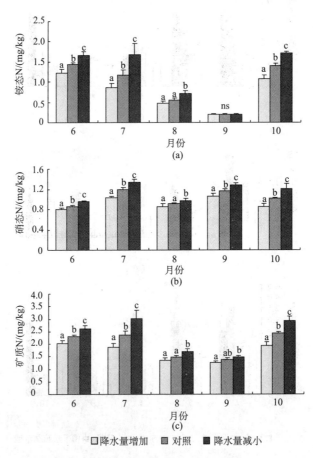

图 4-2　不同水分环境下草牧场防护林土壤 N 素季节动态变化

（a）铵态 N；（b）硝态 N；（c）矿质 N

无论是湿润环境还是干旱环境下，保护地被物和枯落物对樟子松疏林草地草牧场防护林生态系统健康极为关键，因此以满足林下草本层生物量最大为原则，设置适宜的乔木覆盖度和灌木层密度，既保证适宜的水分消耗，又保护了林下植被，减少土面蒸发，增加土壤的有机质输入，提高土壤养分的有效性，对草牧场防护林的可持续经营有重要意义。

2）不同植被类型土壤 P 素有效性的变化

通过天然榆树疏林草地、退化草地、樟子松/小叶杨人工混交林 3 种典型植被类型土壤特性进行比较，结果表明该区土壤有机磷是植物有效磷的主要来源，榆树疏林草地土壤 pH、含水量、有机质、全 N、全 P 含量均显著高于退化草地和人工林，这说明原生植被的退化导致了土壤持水能力和肥力的大幅度下降。在草地上营造大密度的人工林导致土壤质量的整体下降，不但不能恢复土壤肥力，反而使该地区土壤 P 素进一步下降。在缺乏有效人为管理的情况下，研究区营造高密度的人工林是一种不可持续的植被恢复方式。土壤微生物磷含量在樟子松和小叶杨的混交林中最高，说明混交林能提高表层土壤微生物活性。天然榆树疏林草地表层土壤中较高的养分含量高于退化草地和人工林，主要是因为疏林草地中乔、灌木的"养分泵效应"和疏林草地中较高的生物量和养分周转速率。由于榆树疏林草地生态系统具有合理的群落结构，系统中乔木（榆树）、灌木（山里红、山杏等）、草本的相互配置保证了生态系统养分循环的高效性。另外，榆树疏林草地中的植物都是落叶阔叶乔灌木和草本，凋落物分解速率远高于针叶树种，具有高效的养分循环能力和较强的土壤磷素保持能力（赵琼等，2004）。

3. 草牧场防护林主要阔叶树种光合特性与水分利用效率

针对典型区域气候特征，有针对性地进行防护林树种的光合特性及其水分利用效率研究，分析植物光合生理特性与生态因子之间的关系，比较不同树种对环境生态适应机制及其水分利用效率，判别不同树种间光合能力及水分利用效率的大小，评价一定环境条件下植物的生长能力以及对环境条件的适应能力，揭示不同树种光合作用生理生态特征（应叶青等，2004），可以为防护林建设选择适宜的树种提供参考。

1）净光合速率（P_n）和蒸腾速率（T_r）日变化特征

复叶槭、紫叶矮樱和紫叶稠李 3 个树种的 P_n 日变化均呈典型的双峰曲线，6：00 之后光合有效辐射的增加和气温的逐渐升高，使植物 P_n 值随之增加（图 4-3），在 8：00～10：00，复叶槭、紫叶矮樱和紫叶稠李的 P_n 值分别为 12.22μmol/（$m^2 \cdot s$）、11.70μmol/（$m^2 \cdot s$）和 7.24μmol/（$m^2 \cdot s$）。在 14：00～16：00，复叶槭、紫叶矮樱和紫叶稠李的 P_n 值分别为 5.14μmol/（$m^2 \cdot s$）、5.81μmol/（$m^2 \cdot s$）和 2.69μmol/（$m^2 \cdot s$），此后 P_n 值又逐渐降低。P_n 作为植物光合特性中最重要的参数之一可反映植物同化 CO_2 的能力，通过比较 P_n 日平均值，发现这 3 个树种净光合速率大小依次为：紫叶矮樱 [5.79μmol/（$m^2 \cdot s$）] ＞复叶槭 [5.53μmol/（$m^2 \cdot s$）] ＞紫叶稠李 [3.21μmol/（$m^2 \cdot s$）]。蒸腾速率是植物水分状况最重要的生理指标，可表明植物蒸腾作用的强弱（王颖等，2006）。本研究表明，复叶槭、紫叶矮樱和紫叶稠李的 T_r 日变化趋势不同（图 4-4），其中复叶槭和紫叶矮樱呈双峰曲线，最大峰值分别出现在 10：00～14：00，T_r 值为

9.64mmol/(m² · s) 和 7.63mmol/(m² · s)，而紫叶稠李的 T_r 日变化呈单峰曲线，在 10：00 时 T_r 达到最大值 7.63mmol/(m² · s)，16：00~18：00 时 T_r 值迅速下降。总体来看，这 3 个树种在一天内的 10：00~16：00 蒸腾速率较高。就 T_r 日平均值而言，复叶槭 T_r 日平均值最高，为 6.21mmol/(m² · s)；紫叶矮樱和紫叶稠李 T_r 日平均值较接近，分别为 5.10mmol/(m² · s) 和 4.95mmol/(m² · s)，表明在相同环境条件下复叶槭比紫叶矮樱和紫叶稠李消耗更多的水分，说明蒸腾速率较低的紫叶矮樱和紫叶稠李更能适应较为干旱的水分环境（孙学凯等，2008）。

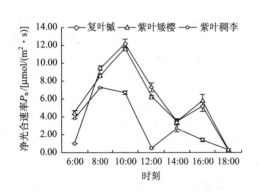

图 4-3　植物净光合速率（P_n）日变化

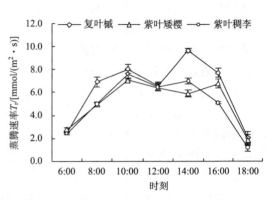

图 4-4　植物蒸腾速率（T_r）日变化

2）植物水分利用效率（WUE）日变化

植物水分利用效率通常采用叶片的 P_n 与 T_r 的比值来表示，即植物消耗单位质量的水分所固定 CO_2 的数量，是一个较为稳定的衡量碳固定与水分消耗关系的指标（郑淑霞和上官周平，2006），也是评价水分亏缺条件下植物生长适宜程度的一个综合生理生态指标（王颖等，2006），指示植物对水分的利用水平，而且在一定程度上反映了树木的耗水性和干旱适应性。从植物水分利用效率日变化可以看出，复叶槭、紫叶矮樱和紫叶稠李的植物水分利用效率最高值分别为 1.52μmol CO_2/mmol H_2O、1.75μmol CO_2/mmol H_2O 和 1.57μmol CO_2/mmol H_2O，出现在上午 6：00~10：00。在 12：00~14：00 出现水分利用效率最低值，复叶槭、紫叶矮樱和紫叶稠李的植物水分利用效率分别为 0.36μmol CO_2/mmol H_2O、0.58μmol CO_2/mmol H_2O 和 0.07μmol CO_2/mmol H_2O。14：00 以后，光合有效辐射逐渐减弱，气温下降，非气孔限制因素的影响减弱，净光合速率有所回升，但蒸腾速率开始下降，使得水分利用效率又逐渐升高。就平均值而言，紫叶矮樱的植物水分利用效率日平均值最高，为 1.08μmol CO_2/mmol H_2O，分别是复叶槭、紫叶稠李的 1.4 倍、1.6 倍，表明紫叶矮樱固定单位质量 CO_2 所需水量小，与复叶槭、紫叶稠李相比适应干旱环境的能力更强（孙学凯等，2008）。

4. 草牧场防护林主要乡土树种蒸腾耗水规律

为了揭示草牧场防护林主要树种蒸腾耗水规律，共设 3 个土壤水分处理，分别为土壤含水量占田间持水的 80%、50% 和 20%，相对应的土壤实际含水率分别为 16.8%、

10.5%和4.2%（研究区域土壤田间持水量为21%）。

1) 土壤水分含量对乡土造林树种耗水量的影响

土壤含水量不仅影响各树种的总耗水量，而且还影响各树种不同月份的耗水分配比。从树种各月耗水量占总耗水量的比率可知，在一个生长季中7月耗水多，8月、9月、10月耗水逐渐减少，而且各树种的耗水特性不同。以杨树与刺槐为例，在7月份耗水量占总耗水量的50%，8月份3个水分梯度下的耗水量比例都有明显的下降，仅占总耗水量的25%。9月份各水分处理下的耗水量下降到20%以下。沙棘、樟子松、油松在土壤含水率分别为16.8%、10.5%和4.2%时，耗水量均在7月份达到峰值，均约占总耗水量的40%，10月份分别下降到7%、13%、20%。由此可见，土壤水分含量决定了树种的耗水量，同时也影响树种的耗水分配规律，这是树种对不同的水分亏缺条件下做出不同响应的表现（王翾圣，2009）。

2) 土壤水分对乡土造林树种水分利用效率的影响

研究结果表明，樟子松在土壤含水率为4.2%时的水分利用效率最高，为7.925g/kg，比土壤含水率为16.8%和10.5%条件下分别高出28%和31%。沙棘的水分利用效率最低，土壤含水率为16.8%时的水分利用效率比土壤含水率为4.2%时高出18%。刺槐的水分利用效率随着干旱胁迫加重而降低，土壤含水率为16.8%时的水分利用效率比土壤含水率为4.2%时高出约54%。而杨树、樟子松、油松的水分利用效率随着干旱胁迫加重而升高，其土壤含水率为4.2%时的水分利用效率比土壤含水率为16.8%时分别高出45%、28%、22%。

刺槐属于高耗水中度水分利用效率的树种，单株耗水量在土壤含水率为16.8%时可达41.541kg，中度干旱和严重干旱对其耗水量以及耗水规律具有较大的影响。樟子松和油松均属于低耗水、高水分利用效率的树种，其适应生长的水分范围宽，适应性强，干旱下成活率最高。杨树在不同水分条件下总耗水量有较大的差异，说明土壤水分含量对杨树耗水量的影响较大。实验中5个树种在生长季的耗水规律因土壤水分条件不同而改变，而不同树种的最大耗水时期、最高耗水日及日耗水高峰多集中在7~8月。在不同土壤水分条件下，各树种的总耗水量在各月份的分配比例有所改变。随土壤水分含量的减少，抗旱性强的树种，如樟子松和油松的耗水节律变化不大，而抗旱性较差的杨树和刺槐的耗水规律所受影响较大。

研究地区樟子松人工林（20年）在生长季内蒸腾量为 $(1975.1\pm169.6)\times10^3$ kg/hm^2，灌木和草本植物蒸腾量为 $(220.5\pm10.4)\times10^3$ kg/hm^2，土壤蒸发量为 $(502.7\pm20.5)\times10^3$ kg/hm^2，人工牧草耗水量为 $(360.3\pm41.1)\times10^3$ kg/hm^2，乔木蒸腾量占水分总支出的66.3%$\pm$5.5%，干旱年份土壤储水量呈现降低趋势。基于水分利用效率研究结果，确定了该地区典型造林树种的耗水量大小序列，其中乔木树种配置优选顺序为榆树>元宝槭>樟子松>油松>刺槐>杨树，灌木优选顺序为小叶锦鸡儿>胡枝子>紫穗槐>沙棘>山杏。水分是该地区草牧场防护林稳定性维持机制的关键因子，仅以植物耗水量作为防护林配置的参考指标仍存在一定的欠缺，应综合采用生物量、水分利用效率、水生态承载力等指标，建立基于上述多因素的乔、灌、草多维立体结构的草牧场防护林合理配置模式和技术。

5. 天然疏林草地建群种-白榆种群的空间结构分析

木本植物在疏林草地生态系统中能发挥着关键作用，决定着该生态系统结构的稳定性（Manning et al.，2006）。在疏林草地生态系统中，木本植物的分布可以是集群分布、随机分布或者均匀分布。木本植物的空间格局分析对于更好地了解半干旱区疏林草地生态系统中植物物种的扩散非常重要，通过分析木本植物的年龄结构和空间格局可以指导该地区的植被生态恢复（Strand et al.，2007）。

在科尔沁沙地大青沟自然保护区选取榆树疏林草地样地，调查乔灌木树种在样地中的分布，记录物种名、树高、胸径或地径和冠辐等指标。该地区疏林草地生态系统中的最主要木本植物为白榆，伴生树种有山杏、卫矛、山里红和色木槭等。本研究通过Ripley's K 函数分析疏林草地建群种-白榆的空间分布格局（Ripley，1977；张金屯，1998；Ripley，2004），揭示白榆种群各龄级的空间分布及各龄级间分布的相关性，为该地区的生态恢复提供依据（张新厚，2010）。

1）白榆种群年龄结构分析

将所有榆树个体根据树高分为 4 个等级。龄级 1：高度＝0.2m，相当于树苗。龄级 2：高度＝2m，相当于小树。龄级 3：高度＝3m，相当于中树。龄级 4：高度＞3m，相当于大树。研究表明，白榆种群分布极不均匀，由树苗生长发育为幼树的过程中死亡率很高，达到 97.1%，样地中白榆大树：中树：小树：树苗的比例为 10：18：26：87。

2）白榆种群各龄级空间分布格局

白榆 4 个龄级的空间格局存在较大的差异。对于龄级 1，在小于 27m 尺度内为显著集群分布，在尺度大于 27m 时，则为随机分布；对于龄级 2，尺度在小于 21m 时，为显著集群分布，当尺度大于 21m 时则为随机分布；对于龄级 3，在尺度小于 18m 时，为显著集群分布，在大于 18m 尺度上为随机分布；对于龄级 4，在 9m 的尺度上为显著集群分布，在 9～20m 和大于 27.5m 的尺度上为随机分布，而在 20.5～27.5m 的尺度上为均匀分布（张新厚，2010）。

疏林草地中建群树种空间结构的建立主要取决于植物的重建机制（如适宜的萌芽条件），最后的空间分布则是植物个体生存能力竞争的结果。白榆在其不同发育阶段表现出不同的空间格局，与种群的自然稀疏过程及环境的变化密切相关（Oliver and Larson，1990；Greig-Smith，1983）。白榆种群各龄级的空间格局均随空间尺度的改变而变化，在较小的尺度（小于 9m）上，白榆种群的各个龄级都趋向于集群分布，但各龄级在尺度大于 9m 时分别向随机分布转变，各龄级的转变点为：龄级 1（27m）＞龄级 2（21m）＞龄级 3（18m）＞龄级 4（9m）。也就是说，随着龄级的增大，白榆种群会在越来越小的尺度上开始转变为随机分布。这是由于随着龄级的增大，种内与种间竞争加剧，种群个体死亡率提高，密度下降，引起种群由集群分布向随机分布转变，这在许多天然群落格局动态研究中都得到了证明（Toriola et al.，1998；郑元润，1998；张家城等，1999）。当白榆生长到龄级 4 阶段时，种内竞争激烈，使得其空间格局在一定尺度上（20.5～27.5m）表现出均匀分布。对于一个稳定种群，植物往往由集群分布转变为随机分布或均匀分布（Cooper，1961；Franklin et al.，1985；Peet and Christensen，1987）。

3) 白榆种群各龄级间空间关联性

白榆种群各龄级间的相关性在不同尺度上存在较大的差异。龄级 1 与龄级 2 在 0～30m 尺度上无显著的关联性（$P>0.05$）；龄级 1 与龄级 3 和龄级 4 之间在 0～7m 的尺度上表现为显著正相关（$P<0.05$），而在其他尺度上未表现出显著的关联性（$P>0.05$）；龄级 2 与龄级 3 在 0～4m 尺度上表现为空间正相关（$P<0.05$），而在大于 4m 尺度上空间关联性很小（$P>0.05$）；龄级 2 与龄级 4 在整个分析尺度上（0～30m）无显著空间关联性（$P>0.05$）；龄级 3 与龄级 4 在 17.5～24m 的尺度上表现出显著的负关联（$P<0.05$），而在其他尺度上空间关联性很小（$P>0.05$）。白榆种群各龄级间的空间关联性表明，白榆各龄级对于水分和养分的竞争并不强烈，原因在于随着植株的生长发育，白榆的不同龄级间发生了生态位的分离，分别利用土壤中不同空间位置（水平和垂直）的资源。龄级 1 与龄级 3 和龄级 4 之间在小尺度上（0～7m）的显著正相关，说明在成年树周围分布了较多的小树苗，一方面是由于木本植物冠幅下会聚集更多的种子，另一方面木本植物为种子的发育提供了较好的水分、养分和遮阴条件。随着尺度的增加，这种相关性不再显著，龄级 2 跟龄级 4 之间在小尺度上无显著相关性，这是因为随着树苗逐渐长大，其对于水分、养分以及光照的需求也会增加，龄级内部竞争加剧，同时与龄级 4 的竞争也增大，而且龄级 4 的遮阴也减弱了龄级 2 所能获得的太阳辐射能，引起死亡率增加。随着白榆生长到龄级 3 阶段之后，与龄级 4 之间对于资源的竞争加剧，龄级间的共生关系逐渐被竞争关系取代，因此龄级 3 与龄级 4 在 17.5～24m 的尺度上表现出显著的负相关。总体来看，白榆在龄级 1 阶段因成年树为其提供较好的水分和营养条件，与龄级 3 和龄级 4 在较小尺度上表现出正相关；发育到龄级 2 阶段后，对于光照的需求增加，对于资源的竞争加剧，与龄级 4 表现出无显著相关；发育到龄级 3 阶段之后，共生关系被竞争关系所取代，与龄级 4 在 17.5～24m 尺度上表现出显著的负相关性（张新厚，2010）。

4.2.2　防护林带结构与防护效能的关系

林带作为木本植物廊道，在空间上分布于农田基质之上，减弱了近地面边界层的风速，改变了农田生态系统中物质和能量的分布（如水分、CO_2 和热量等），对调节农业微气候环境、保证农业稳定发展具有重要的作用（Brandle et al.，2004；Caborn，1965；曹新孙，1983）。防护林带的防护作用取决于特定结构的林带对风速、湍流应力以及压力等空气动力学特征的影响（Brandle et al.，2004；Wilson，1987）。在农业生产当中，由于经营对象的多样化以及受保护对象各不相同，要求设计不同结构类型的防护林带以满足多样化的防护要求，因此林带结构描述及其空气动力学特征研究成为防护林生态学领域的热点（Heisler and deWalle，1988）。为了能够清楚地解释林带的防护效应，科学地指导林带结构调控与经营管理，通过多个典型样带调查和大量的野外树木解析和树体组分样本测定，测定树体不同组分（干、枝、叶）总表面积/体积密度，建立两者在林带空间上的分布函数等子模型，进而提出适合我国"三北"地区防护林带三维空气动力学结构模型，为合理地调控防护林带结构、充分发挥其防护功能提供依据（范志平等，2010）。

1. 防护林带结构与防护功能影响机制

在防护区域内水平风速的削减是防护林带的主要防护目的，阐明林带结构对气流分布格局的影响机制将有助于更好地把握林带的防护效果（高俊刚，2009）。林带存在使得近地面边界层风速发生改变，在林带前后风速发生明显改变的区域水平距离称为有效影响距离，即在指定高度相对风速在被保护目标所能承受限度之内的水平距离（曹新孙，1983；曹新孙等，1981；朱廷曜，1981）。湍流是推动外界和内部环境之间热量、物质和动量交换的主要驱动力（Lee，1996；Mason，1995）。在农业生态系统中，湍流决定着防护林带区域内热量传导、水汽的蒸发和蒸腾以及微气候的变化（McNaughton，1988；McNaughton et al.，1989）。风速削减的空气动力学特征，包括相对风速、相对风速削减、最小相对风速、有效保护距离、相对风速恢复率等指标，用来描述防护林带影响下的流场变化机制以及林带结构与湍流结构之间的关系。防护林结构因子动态变化必然伴随着其防护效应的相应变化，所以清楚地阐明防护林带结构作用下的空气运动规律，是衡量林带结构是否优化，防护林生态系统是否健康经营与维系的基本保证，也是认识保护功能是否正常发挥的关键，可为不同类型林带的规划设计和结构调控提供一定的理论指导。

2. 防护林林带三维立体空气动力结构模型

在林带结构调控方面，根据林带外部结构特征因子和内部结构特征因子测定，将林带冠体等分为立体网格单元。在立体网格单元中，开展林带内部结构特征因子测定（包括树木杆/枝/叶表面积和体积，计算林带杆/枝/叶表面积密度、林带杆/枝/叶体积密度），可以为林带对近地面风速作用特征的影响研究提供依据。

1）林带三维结构解析与空间分辨率单元划分

林带三维结构是由林带外部结构特征（树高、胸径、林带断面形状等）和内部结构特征（林带不同组分表面积、体积以及二者在空间中的分布等）共同表征的，因此林带三维结构解析与空间分辨率单元划分是林带三维结构描述的关键。本研究选取 3 条林带，每条林带内设置 102m 长的观测样带，将每个观测样带分解成空间栅格单元，其大小为：宽度 Δx 为 1m，长度 Δy 为 1.5m，高度 Δz 为 1m。将林带内单株树进行解析，在高度方向上进行分层测量，每层内进行水平方向逐个单元测量（范志平等，2010）。

2）林带内树体表面积密度和体积密度模型函数

应用表面积密度模型函数 $S_{\mathrm{AD}}(D, h, x, y, z)$ 和体积密度模型函数 $V_{\mathrm{CD}}(D, h, x, y, z)$（Zhou et al.，2002；Zhou et al.，2004），进行杨树单株树体三维结构的确定（范志平等，2010）。其中，表面积密度函数 $S_{\mathrm{AD}}(D, h, x, y, z)$ 公式为

$$S_{\mathrm{AD}}(D,h,x,y,z) =$$

$$\frac{1}{\Delta x \Delta y \Delta z} \sum_{i=1}^{3} S_i(D,h) \times \int_{z-0.5\Delta z}^{z+0.5\Delta z} \varphi_{\mathrm{s}i}(z')\mathrm{d}z' \times \frac{1}{\Delta z}\int_{x-0.5\Delta x}^{x+0.5\Delta x}\int_{z-0.5\Delta z}^{z+0.5\Delta z}\psi_{\mathrm{s}i}(x',z')\mathrm{d}z'\mathrm{d}x'$$

$$(4\text{-}1)$$

式中：i——1，2，3，分别代表树体组分干、枝、叶；

　　　　D——胸径，单位 cm；

　　　　h——树高，单位 m；

　　　　x——宽度维坐标，单位 m；

　　　　y——长度维坐标，单位 m；

　　　　z——高度维坐标，单位 m；

　　　　Δx——空间栅格单元在宽度维方向的分辨率大小，单位 m；

　　　　Δy——空间栅格单元在长度维方向的分辨率大小，单位 m；

　　　　Δz——空间栅格单元在高度维方向的分辨率大小，单位 m；

　　　　$S_i(D, h)$——林带内胸径为 D、树高为 h 树体的第 i 个组分的表面积，单位 m²；

　　　　$\varphi_{si}(z)$——组分 i 的表面积随着高度 z 的分布，$\varphi_{si}(z)$ 的积分项表示每层树体的表面积相对于整株树表面积的比值，$\varphi_{si}(z)$ 可以通过测量每株树在不同高度树体组分的表面积来估计；

　　　　$\psi_{si}(x, z)$——组分 i 的表面积在某高度 z 处 x 水平方向的分布，该函数的积分项可以用来表示在高度 $z-0.5\Delta z$ 到 $z+0.5\Delta z$、长度为 Δy、宽度为 $x-0.5\Delta x$ 到 $x+0.5\Delta x$ 的一个栅格单元内树体组分的表面积相对于该栅格单元所在层内所有栅格单元面积和的比值，$\psi_{si}(x, z)$ 可以通过测量同一层内宽度维上每个单元内树体组分的表面积来估计。

　　体积密度函数 $V_{CD}(D, h, x, y, z)$ 公式为

$$V_{CD}(D,h,x,y,z) =$$

$$\frac{1}{\Delta x \Delta y \Delta z} \sum_{i=1}^{3} V_i(D,h) \times \int_{z-0.5\Delta z}^{z+0.5\Delta z} \varphi_{vi}(z')\mathrm{d}z' \times \frac{1}{\Delta z} \int_{x-0.5\Delta x}^{x+0.5\Delta x} \int_{z-0.5\Delta z}^{z+0.5\Delta z} \psi_{vi}(x',z')\mathrm{d}z'\mathrm{d}x'$$

$$(4\text{-}2)$$

式中：i——1，2，3，分别代表树体组分干、枝、叶；

　　　　D——胸径，单位 cm；

　　　　h——树高，单位 m；

　　　　x——宽度维坐标，单位 m；

　　　　y——长度维坐标，单位 m；

　　　　z——高度维坐标，单位 m；

　　　　Δx——空间栅格单元在宽度维方向的分辨率大小，单位 m；

　　　　Δy——空间栅格单元在长度维方向的分辨率大小，单位 m；

　　　　Δz——空间栅格单元在高度维方向的分辨率大小，单位 m；

　　　　$V_i(D, h)$——林带内胸径为 D、树高为 h 树体的第 i 个组分的体积，单位 m³；

　　　　$\varphi_{vi}(z)$——组分 i 的体积随着高度 z 的分布，$\varphi_{vi}(z)$ 的积分项表示每层树体的体积相对于整株树体积的比值，$\varphi_{vi}(z)$ 可以通过测量每株树在不同高度树体组分的体积来估计；

$\psi_{vi}(x,z)$——组分 i 的体积在某高度 z 处 x 水平方向的分布，该函数的积分项可以用来表示在高度 $z+0.5\Delta z$ 到 $z+0.5\Delta z$、长度为 Δy、宽度为 $x-0.5\Delta x$ 到 $x+0.5\Delta x$ 的一个栅格单元内树体组分的体积相对于该栅格单元所在层内所有栅格单元体积和的比值，$\psi_{vi}(x,z)$ 可以通过测量同一层内宽度维上每个单元内树体组分的体积来估计。

3）林带内树体解析与干、枝、叶组分表面积和体积测定

为了能够描述树体表面积和体积随着高度的分布，按照 Δz 为 1m 的区分段进行分层解析测量，然后将每层内的干、枝、叶分开，并把主枝和侧枝分离。每株树的树干分成 1m 的区分段，测量每段两端的直径，树干顶端不足 1m 的区分段要测量实际长度，来计算其表面积和体积；对于树枝而言，通过测量枝长 l_m 和中径 D_m（该枝中点的直径），利用以下公式计算表面积 S_B 和体积 V_B（Chen et al.，1997；Olesen and Roulund，1971）：

$$S_B = \pi f_S D_m l_m \qquad (4\text{-}3)$$

式中：S_B——表面积，单位 m^2；

f_S——枝表面积校正因子（指枝实际表面积与该枝具有相同枝长和中径圆柱体表面积的比例）；

D_m——中径，单位 cm；

l_m——枝长，单位 m。

$$V_B = \frac{1}{4}\pi f_V (D_m)^2 l_m \qquad (4\text{-}4)$$

式中：V_B——体积，单位 m^3；

f_V——枝体积校正因子（指枝实际体积与该枝具有相同枝长和中径圆柱体体积的比例）；

D_m——中径，单位 cm；

l_m——枝长，单位 m。

叶面积的测量，首先从不同层中全部叶片样本中抽取 200g 样品，使用方格纸-照相法来测量其面积（Chen et al.，1997），最后利用抽样叶质量和总体鲜叶质量之比来折算成该层叶片总表面积；叶片体积的测量采用体积排水法，同样利用抽样叶重和总鲜叶重之比来折算叶总体积（Olesen and Roulund，1971）。

4）树干总表面积和总体积及其在林带高度维上的分布

若单株树木胸径为 D、树高为 h、高度为 z 处的直径表示为 $r(D,h,z)$，那么树干的表面积、体积以及二者随着高度变化的分布可以通过胸径、树高以及给定的高度来预测（Behre，1927；van Laar and Akca，2007）。从抽样树体得到 213 个样本数据，利用非线性回归拟合得到如下方程：

$$r(D,z/h) = D[1.4839(1-z/h) - 1.1042(1-z/h)^2 + 0.7887(1-z/h)^3] \qquad (4\text{-}5)$$

$$R^2 = 0.9957, P < 0.001。$$

式中：$r(D,z/h)$ D——胸径为 D、树高为 h、高度为 z 处的直径，单位 cm；

D——胸径，单位 cm；

　　　　h——树高，单位 m；

　　　　z——高度维坐标，单位 m。

　　通过抽样调查数据计算得到每株样树的树干总表面积和树干总体积，并将二者与胸径和树高之间进行回归分析，得到干表面积相对于树高、胸径的函数 $S_1(D, h)$ 和干体积相对于树高、胸径的函数 $V_1(D, h)$；同时，将计算得到的干分层表面积、干分层体积与相对树高（指定高度和树高的比值）之间进行回归分析，得到干分层表面积函数 $\varphi_{si}(z)$ 和干分层体积函数 $\varphi_{vi}(z)$，这种函数表达了树干总表面积、树干总体积函数以及二者在林带高度维上的分布（范志平等，2010）。

　　5）在指定高度上单株树体干、枝、叶表面积和体积随宽度的变化

　　由于树干的直径小于空间单元分辨率的大小，因此在指定高度上树干表面积和体积随宽度变化的分布为常数函数，即有树干的空间单元为 1，没有树干的空间单元为 0。假定枝和叶在每层的椭圆体内是均匀分布的，则任一指定高度上枝叶表面积和体积可以作为一个积分总体来计算，但同时在不同高度上，每株树的枝和叶在宽度维上的分布不但受到冠形的影响，而且受到冠层内枝和叶密度的影响，因此要估算枝和叶表面积和体积在宽度维的分布，必须得到枝和叶表面积及体积在指定高度上随宽度维变化的分布的密度权重因子。目前，有关防护林带树冠内枝、叶的空间分布研究，通常将其假设为均匀分布而展开分析。而本研究通过实地杨树林带的测定，发现杨树防护林带树冠内枝、叶的空间分布存在很大的异质性，在空间上差异较大。这样，在进行杨树单株树体枝和叶表面积及体积随宽度的变化研究中，采用空间分布权重系数来反映枝、叶在林带冠层内分布的非均匀性。范志平等（2010）通过树冠在宽度维方向的枝、叶分布情况调查，结果表明林带两侧边行树木在外部和内部的叶片数量比为 2.0145 ± 0.2313，枝数量比为 2.3482 ± 0.0125，将这 2 个系数作为单株树木的枝和叶表面积及体积在指定高度上随宽度维变化的密度权重因子。通过密度权重因子可对枝和叶表面积以及体积在指定高度上随宽度维变化进行校正，从而得到枝和叶表面积及体积在任意高度上随宽度维变化的分布。通过调查实验林带中 3 块长为 100m 的样带，计算出每行树体的平均胸径从南到北依次为 22.5cm、18.0cm、17.5cm、23.5cm，其相应的平均树高依次为 16.23m、14.53m、14.32m、16.56m，通过前面推导的模型计算得到单位林带的表面积密度和体积密度。

　　6）林带三维结构的综合表达指标

　　用来判别林带三维结构优劣的综合指标是林带三维结构模型研究的关键，而世界上该方面的研究及相关报道很少，尚未提出一个明确的指标来综合表征林带三维结构优劣。由于林带表面积密度和体积密度及其空间分布共同决定了林带三维结构优劣及其防护效果的大小，因此根据我国北方杨树林带单位长度纵截面栅格单元平均表面积密度和体积密度，进行 Gamma 函数分布分析，提出了我国北方杨树防护林带三维结构的综合表达指标。该指标是利用 Gamma 分布的控制参数来定义和表征的（蔡全才等，2005）。Gamma 分布的概率密度函数为

$$f(y, \alpha, \beta) = \left[y^{\alpha-1} e^{-y/\beta} I_{(0,+\infty)}(y) \right] / \Gamma(\alpha) \beta^{\alpha} \tag{4-6}$$

式中：$f(y, \alpha, \beta)$——Gamma 分布概率密度函数；

$$\Gamma(\alpha) = \int_0^{+\infty} x^{\alpha-1} e^{-x} dx;$$

$I_{(0,+\infty)}(y)$ ——示性函数；

x——变量；

y——变量；

α——形状参数（$\alpha > 0$）；

β——尺度参数（$\beta > 0$）。

结合林带三维结构与防护功能关系分析，将形状参数 α 定义为林带栅格单元体积内表面积和体积大小和稀疏程度的表征指标。就表面积形状参数而言，该参数值越大，林带纵断面栅格单元 Gamma 分布的曲线峰值的横坐标越大，林带单位空间上的表面积就越大，那林带对空气的拖曳力影响也就越大；就体积形状参数而言，该参数值越大，林带纵断面栅格单元 Gamma 分布的曲线峰值的横坐标就越大，林带单位空间上的体积就越大，林带所产生的空气压力梯度也就越大。同时，将尺度参数 β 定义为林带栅格单元表面积和体积空间分布特征的表征指标。对于表面积尺度参数而言，该参数值越大，林带单位空间体积树体表面积的异质性就越小，林带纵断面栅格单元 Gamma 分布的曲线峰值的纵轴坐标就越小，林带表面积的空间异质性就越小，林带对防护区风速的综合削减效果也就越明显；对于体积尺度参数而言，该参数值越大，林带纵断面栅格单元 Gamma 分布的曲线峰值的纵轴坐标就越小，林带单位空间体积树体体积的空间异质性就越小，其产生压力梯度就越小，林带的对空气运动的整体阻滞作用越强。据此分析，将形状参数 α 和尺度参数 β 二者综合起来，定义函数 F 作为表征林带三维结构优劣的综合指标，进而可以判别林带的综合防护效果，该函数表达式为

$$F = \left[\alpha^{C_1} (C_2 - \alpha)^{C_3} \right] \times \beta \qquad (4\text{-}7)$$

式中：F——林带三维结构综合指标；

α——形状参数（$\alpha > 0$）；

β——尺度参数（$\beta > 0$）；

C_1、C_2、C_3——待定参数。

F 值越大，林带在防护区内对风速的削减作用越明显，同时防护区面积越大，林带的防护效果越好（范志平等，2010）。针对我国北方杨树防护林带而言，根据单位林带的表面积密度和体积密度的三维空间分布，将林带栅格单元的表面积密度和体积密度大小及其相对频次进行统计分析，得到林带表面积的形状参数和尺度参数分别为 2.099 和 3.114 ［图 4-5 （a）］，林带的体积形状参数和尺度参数分别为 1.103 和 11.28×10^{-3} ［图 4-5 （b）］，林带表面积和体积的三维综合表达指标 F 值分别为 1.728×10^2 和 9.082×10^{-2}。

3. 林带表面积密度和体积密度对空气动力学效应影响

林带表面积密度和体积密度大小决定其对大气运动的影响，因此利用表面积密度和体积密度中的任一项可以量化空气运动方程的拖曳力参数。通常将表面积密度和体积密度之比作为一常数（A），来模拟单株树体内外的气流变化情况（Gross，1987），即

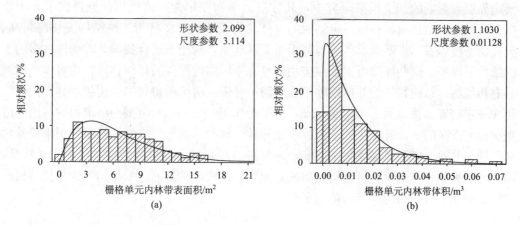

图 4-5　林带栅格单元内表面积（a）和体积（b）的相对统计频次

$$S_{AD}(x,y,z)/C_{VD}(x,y,z) = A$$

式中：S_{AD}（x，y，z）——空间点（x，y，z）的表面积密度，单位 m^2/m^3；

V_{CD}（D，h，x，y，z）——空间点（x，y，z）的体积密度，单位 m^3/m^3。

A——表面积密度与体积密度的比值，单位 m^{-1}。

本研究中杨树林带表面积密度变化范围是 $0.215\sim10.131m^2/m^3$，体积密度变化范围是 $0.0002\sim0.0467m^3/m^3$，而且从林带树体的干、枝、叶 3 个组分的表面积密度和体积密度的空间变化可以看出（图 4-6），林带不同高度表面积密度和体积密度的比例随着林带高度变化而变化。此外，树木干、枝、叶等不同组分对空气运动的影响程度各不相同，其中表面积密度主要影响拖曳力的大小，而体积密度主要影响空气压力的大小（Zhou et al.，2008）。从林带干、枝、叶等不同组分的表面积和体积在空间的分布来看，对于拖曳力而言林带中叶对其影响较大，其次为枝，而干影响较小；对于空气压力而言，林带干对其影响较大，其次为枝，而叶影响较小。因此，研究得到的林带结构模型可以用来检验和比较表面积密度和体积密度对空气动力学影响的相对重要性。

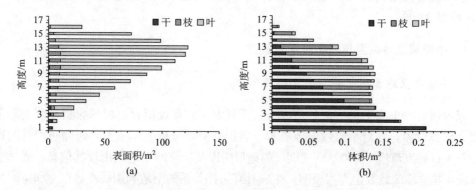

图 4-6　单位防护林带单元内林带组分的表面积（a）和体积（b）随高度的分布

杨树林带的表面积密度模型和体积密度模型，可以应用到研究地区林带对其周围大气边界层流影响的数值模拟研究中，其数量大小和变化为数值模拟研究提供了参考依据，可以准确估计杨树林带三维结构的空气动力学效应。将林带三维结构变化与树高、胸径、密度以及林带断面形状等易测因子关联起来，构建了适合我国北方杨树林带的三维结构子模型。这些模型可以直接应用到具有不同结构配置的杨树林带，也可以应用到具有相似树体结构特征的其他树种组成的防护林带。由于所得到的杨树防护林带的模型是在一定密度（株距为 1.43~4.52m，行距为 0.19~2.31m）范围内所求得的，因此适用于此密度区间，具有一定的适用性和指导性。同时，林带三维结构模型可用来检验林带不同组分对大气边界层流场的影响，还可进一步来揭示杨树林带的空气动力学特征，同时可用来估计与杨树林带结构相似的其他树种组成的林带的三维结构，为相似结构林带研究提供了有价值的参考（范志平等，2010）。

4.3　农牧交错区小流域防护林对位配置技术

对位配置是通过研究防护林所处的环境资源位与防护林对环境资源的需求位之间的发展变化规律，按照生态位的能级分布层次，逐维分析环境资源分布特征对防护林的胁迫程度、限制性因子或适宜性，协调资源和需求之间的关系，选择与环境资源特征相适宜的防护林，使环境资源满足防护林所需的生态位条件，达到生物需求与环境资源相互适宜的目的。根据生态位理论，对位配置必须按照生态位的能级分布层次，将多维生态位按照限制因子定律，通过建立反映生物种或非生物适合性（适宜度）与环境资源利用程度关系的适合性关系，实现生物种适宜生态位与环境资源的对位配置（张富等，2007）。防护林体系对位配置就是要实现防护林体系与微地形地貌、水土资源空间特征的准确对应，是防护林体系营建中首要解决的问题（王迪海和唐德瑞，1999）。防护林体系能否最大限度地发挥其生态、经济和社会效益，主要取决于防护林种结构与配置的合理性。防护林体系的合理配置，是构建持续、稳定、高效人工生态系统的重要因素。防护林空间配置，主要是从研究不同树种、不同植被群落的防护效应入手，分析诊断不同生态系统的特点，根据不同防护林的防护机制，提出不同功能的防护林空间配置模式（姜凤岐等，2003）。

4.3.1　小流域立地类型与防护林配置模式

1. 小流域立地类型划分与造林树种选择

以内蒙古库伦水土保持试验站大五家流域农林牧系统耦合形成的典型复合生态系统类型为研究对象，在对小流域土地资源、防护林调查分析的基础上，研究防护林配置模式。首先以研究流域 1：50 000 比例尺的地形图以及相应的土地利用现状信息，通过空间分析模块建立小流域数字高程模型，生成具有拓扑关系的土地利用属性数据库和空间数据库。采用标准地调查方法，选取地表植被覆盖度、生物生产力、土壤类型、土壤侵蚀模数、土壤养分含量等指标，通过实地样方测定，分析景观生态过程与功能，作为确定防护林结构变化参数的主要依据，进而提出防护林体系空间对位配置技术（刘殿军，2009）。

按照小流域防护林对位配置原则和防护林的防护目标，对已划分出的不同立地类型分别进行造林配置，使防护林达到最佳防护效能。树种选择是防护林培育的基础，如果造林树种选择不当，就不能充分发挥林地的生产潜力。大五家小流域的防护林树种配置应以适地适树为原则，选择适宜的造林树种（表 4-1）。

表 4-1　立地类型与造林树种的关系

立地类型	林　种	主要造林树种
阳缓坡中层土	水土保持林、水源涵养林	油松、沙棘、山杏
阳缓坡厚层土	水土保持林、水源涵养林	油松、沙棘、柠条
阴斜坡中层土	水土保持林、水源涵养林	油松、沙棘、柠条
阴斜坡厚层土	水土保持林、水源涵养林	油松
阴缓坡厚层土	农田牧场防护林	白榆、落叶松
各向缓坡厚层土	农田牧场防护林、护路林	小叶杨
平缓坡中厚层栗钙土	水土保持林、水源涵养林	小叶杨、柠条、油松、沙棘
固定、半固定沙地	防风固沙林	柠条、小叶杨

2. 小流域立地类型的整地方式

整地方式对于存活率和保存率的影响很大，造林整地可改善立地条件、保持水土、提高造林成活率并可促进幼林生长。整地应尽量保护造林地已有植被，不进行割灌等破坏植被的林地处理，根据微地形立地条件差异，适度减小整地破土面积，采用不规则团块状的近自然造林（表 4-2）。

表 4-2　防护林造林整地模式

立地类型	整地方式	整地季节	规格/cm	混交方式
阳缓坡中层土	水平沟	雨季	150×70×50	隔带混交
阳缓坡厚层土	水平沟	雨季	150×70×50	隔带混交
阴斜坡中层土	水平沟	雨季	150×70×50	隔带混交
阴斜坡厚层土	鱼鳞坑、穴状	春、雨季	60×60×50	纯林
阴缓坡厚层土	穴状	春季	80×80×80	行间
各向缓坡厚层土	水平沟	春季	80×80×80	纯林
平缓坡中厚层栗钙土	穴状	雨季	80×80×50	隔带混交
固定、半固定沙地	水平沟	春季	宽30，深80	隔带混交

1) 带状整地

带状整地是呈长条状翻垦造林地土壤的整地方式，用于干旱、土层较薄的中缓草坡。带的方向一般与等高线平行，带的宽度一般为 0.5m。带状整地不宜太长，否则易引起水土流失。带状整地的类型较多，在大五家小流域常用水平沟整地。阶面水平或稍向内倾斜成反坡约为 5°，阶宽一般为 0.5~0.6m，阶长一般为 1~6m，深度为 0.3~0.35m，阶外缘培修土埂。

2) 块状整地

块状整地是呈块状翻垦造林地土壤的整地方法，可应用于地形破碎、水土流失较严重的山地。块状整地方法有穴状、鱼鳞坑等。

（1）穴状整地。穴状整地为圆形坑穴，穴径为 0.4～0.5m，深度为 0.25m 以上。穴状整地可根据小地形的变化灵活选定整地位置，有利于充分利用山地土层较厚的立地造林，可用于植被较稀疏、中薄层土壤的缓坡和中陡坡，或灌木茂密、土层较厚的中陡坡。

（2）鱼鳞坑整地。整地为近似于半月形的坑穴，坑面低于原坡面，一般长径为 0.6～1.5m，短径为 0.5～1m，深 0.3～0.5m，外侧有土埂，半环状，高 0.2～0.3m。鱼鳞坑整地有一定的防止水土流失的效能，并可随坡度调节单位面积上的坑数和坑的规格，一般主要用于易发生水土流失的山地，其中规格较小的鱼鳞坑可用于地形破碎、土层薄的陡坡，而规格较大的鱼鳞坑用于植被茂密、土层深厚的中缓坡。

3) 小坡面自然整地

整地方式为正方形或矩形坑穴，穴面与坡面持平或稍向内侧倾斜，边长为 1～2m，深 0.3m，外侧有埂。破土面较小，能够减少对土层的破坏，更好地提高植被的保存率，有一定的保持水土效能，可用于一般山地中植被较好、土层较厚的坡地，尤其是中缓坡。地形较破碎的地方，可采用较小的规格。坡面完整的地方，可采用较大的规格，供培育经济林。

整地最好在雨季前的春季进行，雨季前整地可以拦截降水，增加土壤水分，不仅土壤疏松易于施工，而且又能使土壤保蓄后期雨季降水。在干旱半干旱地区，整地时间和造林时间不能有春季相隔，否则整地会造成土壤水分的丧失。

3. 不同立地类型条件下小流域防护林对位配置模式

大五家小流域属暖温带半干旱大陆性季风气候，年平均气温为 6℃，无霜期为 130～150d，年平均降水量变化范围为 310～460mm，主要集中在 6、7、8 三个月，占全年降水量的 70% 以上。地貌类型为低山丘陵，另有部分沙漠化风蚀地貌。海拔在 500～800m，坡度以平缓坡居多，在少数地段存在有坡度 >16° 的斜坡。土壤基本为栗钙土类型，分布在低山丘陵区，厚度为 25～45cm，有机质含量多在 1.5%～4.0%，流域北部有风沙土分布，干旱瘠薄，适宜沙生植物的生长（表 4-3）。

表 4-3　小流域防护林配置模式

立地类型	立地条件	配置模式	造林规格
阳缓坡中厚层土	① 低山丘陵区海拔 600～800 m 的阳坡	油松＋沙棘水土保持林	① 株距：油松 2m；沙棘 1m
	② 坡度为 6°～15°		② 行距：油松 4m；沙棘 4m
	③ 土壤类型为栗钙土		③ 苗木规格：油松为容器苗；沙棘为实生苗
	④ 土层厚度大于 3080cm		④ 整地方式：水平沟
	⑤ 土壤质地为轻中壤		⑤ 整地规格：150cm×70cm×50cm
			⑥ 混交方式：隔带混交，带间距为 6m

续表

立地类型	立地条件	配置模式	造林规格
阴斜坡中厚层土	① 位于海拔 700～900m 的低山丘陵区阴坡 ② 坡度为 16°～25° ③ 土壤主要为栗钙土，有少部分褐土 ④ 土层厚度为 30～80cm ⑤土壤质地为轻中壤	沙棘水土保持林	① 株距：1.5m；行距：3m ② 苗木规格：实生苗 ③ 整地方式：穴状 ④ 整地规格：30cm×30cm×20cm
		华北落叶松＋柠条水源涵养林	① 株距：华北落叶松 2m；柠条 1m ② 行距：华北落叶松 3m；柠条 1.5m ③ 苗木规格：华北落叶松，容器苗；柠条，实生苗 ④ 整地方式：穴状 ⑤ 整地规格：80cm×80cm×80cm ⑥ 混交方式：华北落叶松与柠条行间混交
缓坡厚层土	① 海拔为 600～850m ② 坡度为 15°缓坡 ③ 土壤主要为栗钙土 ④ 土层厚度大于 80cm ⑤ 土壤质地为中壤	小叶杨农田牧场防护林	① 株距：3m；行距：4m ② 苗木规格：容器苗 ③ 整地方式：穴状 ④ 整地规格：80cm×80cm×80cm
平缓坡中厚层栗钙土	① 海拔 500～600m ② 坡度为 15°的平缓坡 ③ 土壤为栗钙土 ④ 土层厚度为 30～80cm ⑤ 土壤质地为轻中壤或沙壤	小叶杨柠条水土保持林	① 株距：小叶杨 2m；柠条 1m ② 行距：小叶杨 3m；柠条 3m ③ 苗木规格：小叶杨，容器苗；柠条，实生苗 ④ 整地方式：穴状 ⑤ 整地规格：小叶杨 80cm×80cm×80cm ⑥ 混交方式：隔带混交，带间距为 6m
固定、半固定沙丘	① 位于固定或半固定的平缓沙地上 ② 地势略有起伏，坡度很小 ③ 土壤为风沙土 ④ 土层厚度大于 80cm ⑤ 稳定湿沙层在 25cm 以下	柠条防风固沙林	① 株距：1m；行距：2m ② 苗木规格：实生苗 ③ 整地方式：带状 ④ 整地规格：宽 15cm×深 30cm
		小叶杨柠条固沙林	① 株距：小叶杨 2m；柠条 1m ② 行距：小叶杨 2m；柠条 2m ③ 苗木规格：小叶杨，容器苗；柠条，实生苗 ④ 整地方式：带状 ⑤ 整地规格：宽 30cm×深 80cm ⑥ 混交方式：隔带混交，带间距为 6m

4.3.2　农林牧耦合系统防风抗蚀型防护林植被对位配置技术

利用 GIS 的空间分析和统计功能，结合景观格局分析，以农林牧系统耦合形成的典型复合生态系统类型为单元，研究不同类型生态系统之间的耦合关系，揭示复合生态系统脆弱性、敏感性、空间异质性特征，据此提出与土地合理利用相适应的防护林体系空间布局及其合理配置方案（表 4-4）。

表 4-4　农林牧耦合系统植被配置技术

立地类型	模式名称	配置方法
沟台地	窄林带、小网格营造防护用材兼用林模式	① 林带由 2～4 行组成，株行距为 2m×3m，网格为 500m×500m ② 整地规格为 0.8～1.0m ③ 小黑 14、中黑防、中绥 12、哲林 4、黑林 1 等中、速生树种
沟台地	林、渠、路综合配置模式	① 主路每侧 2 行，农田路在一侧营造 2～4 行 ② 林带与渠道相距 1.5～2.0m，渠道外侧为 3～4m 宽的道路
向阳缓坡地	林、果、粮间作模式	① 主林带由 2 行乔木组成，株行距为 2m×2m；带间距为 200～300m ② 带间栽植果树如苹果、李子、杏等，株行距为 4m×6m ③ 果树行间种植粮食作物、经济作物、蔬菜、药材，如草麻黄、黄芪、花卉、辣椒等，形成林、果、粮、经立体种植格局
沟台地	护路林与农防林结合配置模式	① 距路基 20m 处营造护路林，每侧 4 行，株行距为 2m×3m ② 农田防护林垂直于护路林，2～4 行，株行距为 2m×3m，带间距为 400m ③ 树种为杨树、油松
陡坡草地	灌木防护林带模式	① 边带营造 20～30m 宽的灌木林带 ② 内带的灌木林带控制在 3～5m。一行或两行组成一带 ③ 株行距采用 1m×2m，带间距为 30～50m
缓坡草地	坡地草田林网模式	① 在农田、草地上配置林带或林网，带宽由 5～9 行乔灌木组成 ② 副林带沿侵蚀沟两侧的坡缘、道路以及凸起的坡向转折处设置 ③ 梯田地埂的外一侧栽植护埂灌木，树种一般为山杏、沙棘、柠条等

4.4　降水资源空间分异特征与防护林体系空间布局技术

针对东北农牧交错区风沙干旱、灾害频繁等生态环境问题，根据东北农牧交错区不同生态系统耦合组成"镶嵌体"的景观异质性、生态脆弱性、敏感性特征，以典型复合生态系统类型为单元，辨识不同类型生态系统之间的耦合关系，以不同防护目的和地貌类型配置各种防护林，提出与土地合理利用相适应的防护林体系空间布局及其合理配置方案，提高防护林体系与区域土地资源的匹配程度，提出防护林体系空间对位配置技术，对维护整个地区生态平衡及区域生态安全、促进区域社会和经济可持续发展具有重要意义。

4.4.1　农牧交错区生态脆弱性指标确定与分析

1. 区域降水资源空间分布特征

在东北农牧交错区进行降水资源空间分布特征分析，结果表明降水量时空变化大，中西部地区雨水比较缺乏。对降水趋势特征指数的研究表明，该地区降水呈减少趋势，年降水量分布由东南向西北呈波动性递减。在所选研究区域，康平的东南和彰武的南部最多，其次是位于西部的库伦地区，东北农牧交错区的科尔沁左翼后旗地区降水日数最少。

2. 农牧交错区生态脆弱度划分

根据研究区域内的典型生态系统类型，结合遥感数据进行数据解译和地面调查，划分了半流动沙地生态系统、农田生态系统、草地生态系统、疏林草地生态系统、人工林生态系统、落叶阔叶残遗森林生态系统等景观类型。基于 GIS 技术，以土土利用方式为基础，选取能反映生态脆弱性特征的景观分离度指数（表征人类活动强度对景观结构的影响）、景观分维数（反映景观形状的复杂程度和景观的空间稳定程度）、景观破碎度指数（表征人类对景观的干扰强度和景观类型在特定时间中的破碎程度）等景观结构分析指标，在研究区域降水量、多年平均风速、气温、蒸发量等气象资料统计分析的基础上，通过湿润指数、土壤质地、起沙日数、风蚀力、植被覆盖率等指标确定生态系统敏感性指数和景观类型脆弱度指数及其计算方法，完成研究区域土地利用景观格局分析与脆弱性分析，为基于水土资源合理利用的防护林体系空间布局和适宜森林覆盖率的确定打下基础。通过研究区域生态脆弱性驱动力分析，表明该地区景观特征和生态脆弱性的变化主要受人类活动所调控，建立了景观信息与区域生态环境响应之间的联系，为区域防护林体系空间合理布局提供方法和思路。

4.4.2　东北农牧交错区防护林体系适宜植被覆盖率

东北农牧交错区是典型的生态脆弱区，风蚀沙化以及由此造成的生态环境恶化给当地的生产生活和经济发展造成巨大的危害。为维护该地区生态系统的稳定，根本的措施就是保护现有植被，恢复并提高林草的覆盖指数（王美红等，2008）。林草植被的覆盖度与土壤水分含量以及土壤持水能力有很大关系（王美红等，2008；吴秉礼等，2003；高琼等，1996；毕华兴等，2007）。因此，针对东北农牧交错地区立地条件，以限制林草植被发展的水分因子为基础，通过对现有植被的分析，根据降水入渗与蒸散平衡关系计算研究区域的适宜林草覆盖率。

1. 土壤性质与降水为依据的覆盖率计算

根据森林植被覆盖率与降水的关系，以及研究区的降水量和土壤总孔隙度等参数，计算植被覆盖率。东北农牧交错区科尔沁地区的土壤类型以黑垆土（灰褐土）、栗钙土和风沙土为主，同时分布有小面积草甸土、暗棕壤、沼泽土、褐土和黑钙土等。根据研究区林地的土壤蓄水量，可以计算出此蓄水量下的所需植被覆盖率。基于水量的动态平衡和不同土壤类型的孔隙度，来确定东北农牧交错区最佳植被覆盖率。着重考虑研究区内的土壤性质和降水得到的研究区的适宜植被覆盖率最低为 29.14%，最高为 34.96%，平均为 31.78%。

2. 以降水与蒸发为依据的覆盖率计算

水分是植被建设的主要限制因子，因此植被建设必须以水量平衡为基础，即有效供水量和植被蒸发散耗水量达到动态平衡。在东北农牧交错区，有效降水只是降水量的一部分，其中林冠截留和渗入到地下水的部分无法被植被利用，属于无效水。根据林地水量平衡公式，渗入土壤中的水量为

$$F = P - I - R \tag{4-8}$$

式中：F——可渗入土壤中的总水量，单位 mm；

　　　P——降水量，单位 mm；

　　　I——林冠截留量，单位 mm；

　　　R——地表径流深，单位 mm。

渗入土壤的水首先填充土壤最低含水量以上的土壤空隙，这部分水分又称为无效水（W_f），其余降水方可供给植物有效蒸腾。基于水量平衡法求得适宜林草覆被率：

$$C_i = \frac{P - I - R - (\theta_i - \theta_{0i}) \times L - E_T}{E_v - E_s} \times 100\% \tag{4-9}$$

式中：E_T——林地与土壤蒸发量，单位 mm；

　　　E_v——林地蒸散量，单位 mm；

　　　E_s——土壤蒸发量，单位 mm；

　　　C_i——森林覆被率，单位%；

　　　P——降水量，单位 mm；

　　　I——林冠截留量，单位 mm；

　　　R——地表径流深，单位 mm。

研究区多年的平均降水量为 398.7mm。对样地土壤水分有效性进行了实测，得出不同植被土壤水分有效含水量（用土壤体积含水量表示）平均为 12.3%。基于水环境容量可以得到研究区适宜植被覆盖率约为 33.8%。

4.4.3　防护林体系植被构建与降水资源高效利用技术

水分是东北农牧交错区防护林体系植被构建的主要限制因子，为了维持和提高防护林的稳定性，从水量平衡角度出发，提出维持高效的水资源利用技术，通过修枝和对密度较大的林分进行间伐等措施，使林分密度趋于合理，减少林木蒸腾耗水（姜凤岐等，2003）。

1. 水量平衡分析

根据水量平衡公式，分析防护林利用的有效水量，推算不同年龄单株林木的合理水分营养面积，推导出防护林合理密度。在东北农牧交错区，水分进入土壤的主要途径是林内降水和树干径流，土壤水的输出途径主要为木本及下草下木植物蒸腾和土壤表面的物理蒸发，大气降水被树冠截留部分是林冠物理蒸发的来源，被枯枝落叶层吸持部分最终成为土壤表面物理蒸发的一部分。地表径流、壤中流与入渗到 300cm 以下深土层中的水量很少，可略去不计。因此水量平衡公式可简写成

$$R_f + R_p = E_1 + E_2 + S + W_3 \tag{4-10}$$

式中：R_f——透过林冠的降水量；

R_p——树干径流量；

E_1——地表物理蒸发量；

E_2——下草下木蒸腾量；

S——乔木蒸腾量；

W_3——土壤储水变化量。

假设在一年之内土壤储水量的动态变化为 0，因此可供木本植物蒸腾利用的有效水量 $S=R_f+R_p-(E_1+E_2)$。随着林龄不同，林冠截留量、土壤蒸发与林下植被的蒸腾量也不同。林分在一定林龄以前，随着林龄的增加，林内降水量减少，土壤蒸发和下草下木的蒸腾量也减少。就东北农牧交错区樟子松防护林而言，一般到 25 年生以后，林分已充分郁闭，而且随着林龄的增大，林分叶面积指数变化不大，所以通过降水进入林地土壤的水量、林地蒸散变化不大，可视为两个常量，多年研究结果已得出二者分别占降水量的 76.5% 和 25.5%。因此，可以推算出在年平均降水量为 500mm 的情况下，樟子松在大于 25 年生以后可利用于蒸腾的水量约为 255mm（孔繁智等，1989）。同理可以计算出不同林龄的樟子松林在一定年均降水量条件下（如 500mm 时）用于蒸腾的水量。

2. 以水量平衡为核心确定樟子松合理经营密度

樟子松草牧场防护林由于初植密度较大（4444～6667 株/hm²），进入防护成熟期后，林地土壤水分含量和地下水位下降，林木生长降低，特别是高生长下降明显。在固沙造林初期植物生长季节，流动沙地和生草固定沙地的土壤含水率（0～60cm）分别为 3.70% 和 5.06%，20 年生的樟子松林下土壤含水率为 2.74%。在当地降水条件下，樟子松固沙林多数年份水量输出大于输入，水分严重亏缺。乔木蒸腾耗水占水量输出的 60.8%～71.7%，是引起水分亏缺、土壤含水率下降的主要因素。树冠截留使林内降水比裸露地减少 20%～25%。20 年生的樟子松根系主要分布在 0.3～1.5m 土层中，最深可达 5m 左右，1.5～5m 土层中的根量较少。章古台沙地粒径大于 0.05mm 的沙粒占 80% 以上。当地下水位较高时，地下水通过毛管作用能上升到根部主要吸收区，可基本满足树木需求。而后随着树龄增加，树体增大，蒸腾量加大，水分亏缺日趋严重。水分状况决定着樟子松固沙林林分的生产力水平和稳定性。

樟子松的蒸腾强度随着土壤含水量的提高而增强，当含水量提高到一定程度时，蒸腾强度不受土壤含水量继续提高的影响，6 月下旬在供水充足条件下测定的樟子松的蒸腾强度为 209.32mg/(g·h)（郭连生等，1994）。一般情况下，研究地区（章古台）植物生长期为 150d，由此可以推算单株林木水分营养面积（B）和理论密度（N）。在全年水量平衡基础上，根据樟子松大于 0℃蒸腾需水量得出的林分合理密度（表 4-5）。由于樟子松生长多处于沙丘相间、洼地纵横的立地条件，因此，在林分经营密度调整过程中，要考虑立地条件的不同，在丘间低地密度可比理论值大些，沙丘上部密度可小些。

表 4-5　以水量平衡为核心的樟子松林经营密度

林龄/a	天蒸散量/(kg/d)	年蒸散量/(kg/a)	水分营养面积/m²	理论密度/(株/hm²)
11	3.925	749.7	4.69	2130
13	5.163	986.2	5.69	1758
15	6.486	1238.8	6.63	1509
17	7.870	1503.6	7.50	1334
19	9.304	1777.2	8.30	1206
21	10.768	2056.7	9.03	1108
23	12.251	2340.4	9.69	1320
25	13.734	2624.8	10.29	972
27	15.243	2909.8	11.40	877
29	16.719	3193.4	12.52	799
31	18.192	3474.6	13.62	734
33	19.647	3752.5	14.71	680
35	21.081	4026.4	15.78	634
37	22.490	4265.7	16.84	594
39	23.874	4559.9	17.87	560

3. 基于降水资源合理利用的防护林体系构建模式

1）小片斑块状集约型防护林配置模式

在立地条件较好的地段上，特别是土壤水分和土壤养分较好的立地上，制定最佳经营面积，重点发展小片斑块状集约型防护林经营模式，提高生物量。在防护林营造时，重点运用多树种混合的植生组造林方法，如宽带状廊道式混交，带宽为 10～30m，但每一树种纯林面积不得超过 2hm²；斑块状混交时，斑块面积控制在 2hm² 以下，小片斑块状混交类型可选用樟子松片林与旱柳片林、杨树片林、油松片林、榆树片林、山杏片林等块状混交方式。在每个斑块状片林内部，其结构特点为纯林，但从景观布局来看，实为一种斑块状混交林。这种经营模式可以根据立地条件实际情况选用不同的造林树种，如在地下水位不低于 2～4m 的地段上适宜栽植樟子松、杨树等乔木树种，形成小面积片状或带状混交模式；在地下水位低于 4～5m 的地段建立小叶锦鸡儿、差巴嘎蒿、山竹或岩黄芪等沙生植被与樟子松乔灌状混交模式。小气候条件较好的地段，可以营建各种类型的经济林，如山杏和各种果树等。这样可以增加造林树种，形成多样化的植被类型，增强微区域防护林植被的稳定性。

2）异龄复层针阔混交型防护林配置模式

在农牧交错区防护林构建方面，重点发展异龄复层混交型防护林经营模式。通过乔木、灌木和草本植物搭配，营造带状针阔混交林，加大阔叶树比例，降低造林密度，促进林下植被的更新，使其形成乔灌草结合的近自然、异龄、复层、混交型人工群落和复层异龄混交结构，构建乔灌草相结合的发展模式。主要是从水分和养分平衡角度进行造林设计，通过减少乔木株数，减少针叶树比例，增加阔叶树和豆科伴生树种，引进抗旱型灌木等，来提高防护林造林模式的稳定性。在混交林不同生长发育阶段，加强经营管理，调整林分结构，协调林木与环境条件的关系。一般地，乔木在造林初期可以适当增加密度，促进林木成活与生长，但随着林木的不断生长，应及时进行抚育，对密度进行调控，以免影响生长和出现早衰现象。受土壤中养分可利用性的限制，在干旱贫瘠的农牧交错带不宜营造高密度（行间距为 $3m×1m$ 或 $2m×2m$）的防护林。

　　3）疏林草地型草牧场防护林配置模式

　　通过天然榆树疏林草地、退化草地、樟子松/小叶杨人工混交林等不同植被类型土壤特性比较研究，结果表明榆树疏林草地土壤 pH、有机质、全氮、全磷含量均显著高于退化草地和人工林，这说明在草地上营造大密度的人工林导致土壤质量的整体下降，是一种不可持续的植被恢复方式，而疏林草地生态系统具有复层群落结构，乔木层、灌木层和草本层的配置保证了系统养分循环的高效性；在研究此机理的基础上，研究确定了研究地区疏林草地构建中不同层次植物种类、分布方式、盖度及密度，提出了乔灌草混交型疏林草地生态系统构建技术。

　　基于水分/养分承载力及其对植被群落稳定性驱动机制分析，研究地区防护林建设方向是：控制大面积樟子松、杨树、油松纯林，控制较大密度沙地人工林的比例，使现有防护林纯林生态系统向着"疏林草地"植被模式方向发展。疏林草地中乔木或灌木树种的选择依据两点：①选择耐瘠薄、耐风蚀、根系发达、能有效利用土壤水分和养分的植物种；②选择枝叶茂密、冠幅大、防风固沙能力强的树种。据此，灌木和半灌木树种主要有小叶锦鸡儿、差巴嘎草、山竹子、胡枝子、沙棘、小黄柳等，乔木树种有樟子松、山杏、山里红、榆树等混交配置，树种总郁闭度应为 0.1～0.3，每公顷种植 15～20 株，树木配置以点状或簇状为主要形式。疏林草地中乔木或灌木树种散生于草场中，起到"绿伞"作用，可为牲畜提供庇荫，同时可以防止风对草地的侵蚀，提高草地生产草地或载畜量，同时还可以提高群落的稳定性和多样性。

4.4.4　农林牧复合生态系统防护林体系空间分布格局

　　以大五家流域为对象，结合遥感图像进行了防护林调查，得到了大五家小流域防护林分布格局现状。大五家小流域现有林地 $2353.69hm^2$，占流域总面积的 32.46%，集中分布在流域西北部、西南部和东南部地区，绝大部分是人工林，天然林在流域中零散分布。整个流域的防护林林种以防风固沙林、水土保持林、水源涵养林、农田防护林、草牧场防护林为主，兼有少量护路林和护岸林。其中，防风固沙林主要分布在流域北部风沙土地带；水土保持林主要分布在低山丘陵和黄土丘陵小区的斜坡或缓坡上；农田防护林、草牧场防护林面积较少，零散分布在耕地和草地间，在公路两侧分布有面积不等的带状护路林；在流域的沟道两侧也有呈不规则块状或片状分布的护岸林。流域内的防护林由 11 种不同的林分组成，分别是柠条纯林、油松纯林、小叶杨纯林、油松沙棘混交林、桑树山杏混交林、华北落叶松白榆混交林、沙棘纯林、小叶杨山杏混交林、小叶杨柠条混交林、小叶杨改造柠条林、其他林地（疏林地、未成林地）。

1. 农牧交错区立地类型划分

为了对大五家小流域人工林的立地质量作出正确的评价，了解该流域人工林生长与立地因子的关系，以达到在不同的立地条件下合理配置防护林的目的，在对大五家小流域内的人工林综合调查的基础上，研究立地与人工林生长间的关系，进行立地条件类型划分（刘殿军，2009）。

1）立地类型划分的标准

（1）海拔分级标准。低山为海拔 1000m 以下的土石山；中山为海拔 1000～3500m 的山地，其中 1000～1500m 为低中山，1500～2000m 为中山，2000m 以上为高中山。

（2）坡向分级标准。阴坡为北坡（337.5°～22.5°）和东北坡（22.5°～67.5°）；半阴坡为东坡（67.5°～112.5°）和西北坡（292.5°～337.5°）；半阳坡为东南坡（112.5°～157.5°）和西坡（247.5°～292.5°）；阳坡为南坡（157.5°～202.5°）和西南坡（202.5°～247.5°）。

（3）坡度分级标准。平坡是指坡度在 5°以下；缓坡是指 6°～15°的坡面；斜坡是指 16°～25°的坡地；陡坡是指 26°～35°的坡地；急坡是指 36°～45°的坡面；险坡是指 46°以上（含 46°）的坡面。

（4）土层厚度划分标准。岩石裸露地是指无土壤覆盖的岩石裸露面积占总面积的 50%以上的土地；薄土层是指土层平均厚度在 30cm 以下；中土层是指土层平均厚度为 30～80cm；厚土层是指土层平均厚度在 80cm 以上。

2）立地因子综合分析

根据野外调查，选取海拔、坡度、坡向、土壤类型、土层厚度、容重等对林木生长有重要影响的因子做综合分析（刘殿军，2009）。在大五家小流域内设 23 个标准地进行全面调查，调查内容包括树木生长调查、物种多样性调查、立地因子调查等（表 4-6 和表 4-7）。

表 4-6　小流域标准地调查结果

编号	地　点	海拔/m	坡度/(°)	坡位	坡向/(°)	土壤类型	平均胸径/cm	平均树高/m	土层厚度/cm
1	中心地	611.55	5.74	坡下	280.42	栗钙土	7.44	3.62	80
2	杨柠混交（上）	706.92	6.99	坡上	68.93	栗钙土	8.74	3.51	85
3	杨柠混交（中）	705.09	6.65	坡中	68.93	栗钙土	9.47	3.95	85
4	杨柠混交（下）	701.40	3.38	坡下	68.93	栗钙土	11.91	5.04	85
5	（南坡）沙棘	785.54	20.98	坡上	67.29	栗钙土	—	1.17	55
6	（南坡）油松沙棘	774.10	15.36	坡上	60.26	栗钙土	7.08	3.77	55
7	（南坡）油松	766.20	6.23	坡上	329.74	栗钙土	9.98	4.08	60
8	白榆落叶松（上）	595.91	8.52	坡上	18.61	栗钙土	7.03	4.85	100
9	（东坡）油松	588.70	9.33	坡上	326.27	栗钙土	7.74	4.20	100
10	（东坡）杨树一	575.24	19.04	坡下	322.68	栗钙土	10.88	6.35	80
11	（东坡）杨树二	576.96	22.41	坡上	322.68	栗钙土	9.35	6.02	80
12	桑杏（一）	595.92	2.54	坡顶	−1	栗钙土	—	1.06	65
13	桑杏（二）	597.79	3.44	坡顶	−1	栗钙土	—	1.61	65

续表

编号	地　点	海拔/m	坡度/(°)	坡位	坡向/(°)	土壤类型	平均胸径/cm	平均树高/m	土层厚度/cm
14	（河滩地）杨树	540.33	1.12	沟底	−1	栗钙土	24.7	14.24	50
15	柠条（中）	600.51	2.64	坡中	171.81	风沙土	—	1.55	100
16	柠改杨（中）	632.83	3.62	坡中	168.18	风沙土	—	2.32	100
17	（柠改杨）柠条	635.00	2.76	坡中	178.07	风沙土	—	1.32	100
18	林带（下部）	676.50	2.11	坡下	44.62	栗钙土	6.20	5.00	85
19	林带（上部）	678.76	3.08	坡上	43.30	栗钙土	5.62	4.42	85
20	山杏（中）	677.11	2.40	坡中	45.00	栗钙土	—	1.62	85
21	山杏纯林（中）	634.87	2.25	坡中	−1	栗钙土	—	2.30	85
22	（恒太龙）杨树	631.57	1.67	坡中	−1	栗钙土	9.11	4.37	85
23	（高家梁）杨树	602.37	8.48	坡中	135.66	栗钙土	10.67	4.43	85

　　根据野外调查并经分析，把影响林木生长的 10 个因子（海拔高度、坡向、坡度、土壤类型、土层厚度、土壤容重、有机质含量、全氮、全磷、全钾）作为分类属性。对定性因子采用分级并赋值的方法，将非数量因子数量化，制定出立地因子数量化表，利用主成分分析法筛选出主导分类因子并划分立地类型（刘殿军，2009）。

表 4-7　标准地土壤理化性质

编号	地　点	有机质/(g/kg)	全氮/(g/kg)	全磷/(g/kg)	全钾/(g/kg)	土壤容重/(g/cm³)
1	中心地	9.70	0.76	0.30	25.46	1.2352
2	杨柠混交（上）	9.30	0.63	0.33	27.03	1.2372
3	杨柠混交（中）	10.50	0.45	0.32	27.03	1.2334
4	杨柠混交（下）	8.90	0.47	0.20	28.48	1.1974
5	（南坡）沙棘	7.04	0.37	0.19	27.30	1.2714
6	（南坡）油松沙棘	11.70	0.69	0.18	24.02	1.2476
7	（南坡）油松	10.00	0.54	0.23	27.03	1.1715
8	白榆落叶松（上）	7.90	0.39	0.28	28.48	1.5598
9	（东坡）油松	5.20	0.21	0.37	27.03	1.1715
10	（东坡）杨树一	7.80	0.42	0.35	27.03	1.1823
11	（东坡）杨树二	7.36	0.40	0.29	27.3	1.1363
12	桑杏（一）	5.60	0.35	0.28	28.48	1.2323
13	桑杏（二）	5.14	0.33	0.34	27.30	1.2185
14	（河滩地）杨树	3.30	0.12	0.32	31.49	1.2215
15	柠条（中）	2.00	0.12	0.80	30.04	1.2871
16	柠改杨（中）	10.10	0.46	0.23	31.49	1.2940
17	（柠改杨）柠条	6.90	0.06	0.15	28.48	1.2548
18	林带（下部）	24.10	0.52	0.18	28.48	1.1480
19	林带（上部）	11.30	0.58	0.26	30.04	1.1441
20	山杏（中）	7.09	0.43	0.28	25.8	1.2597
21	山杏纯林（中）	11.2	0.89	0.28	27.03	1.1265
22	（恒太龙）杨树	12.2	0.69	0.32	28.8	1.0954
23	（高家梁）杨树	7.7	0.48	0.28	27.03	1.1911

3）立地类型组的划分

由主成分分析可知，土壤类型变量在第一主成分中影响最大，结合小流域实际情况，在流域北部风沙土有一定的分布，以土壤类型中的风沙土类作为划分的重要指标，将沙地立地类型小区划分为沙地立地类型组；坡度和坡向变量在第二主成分中影响最大，以坡度和海拔作为主导因子，将低山丘陵立地类型小区划分为低山丘陵立地类型组；结合土层厚度将丘陵立地类型小区划分为黄土丘陵立地类型组。由此可将大五家小流域划分为沙地立地类型组、黄土丘陵立地类型组和低山丘陵立地类型组共 3 个立地类型组（表 4-8）（刘殿军，2009）。

表 4-8　小流域立地类型划分

立地类型组	立地类型	立地性状及特征		
		地形	土壤	植被
低山丘陵立地类型组	阳缓坡中层土	海拔为 600～800m，阳坡主要位于坡上部或下部，坡度为 6°～15°	土壤为栗钙土土层厚度为 30～80cm质地为轻中壤	绣线菊、蒿类-灌木林山杏-灌木林杂草类-草原
	阳缓坡厚层土	海拔为 600～800m，阳坡位于坡中部或上部，坡度为 6°～15°	土壤为栗钙土土层厚度>80cm质地为轻中壤	草类-杨树林绣线菊、蒿类-灌木林山杏-灌木林杂草类-草原
	阴斜坡中层土	海拔为 650～900m，阴坡位于坡中部，坡度为 16°～25°	栗钙土，有少部分褐土土层厚度 30～80cm质地为轻中壤	灌木-栎类林草类-阔叶林杂草类-草原
	阴斜坡厚层土	海拔为 700～900m，阴坡位于坡中部或上部，坡度为 16°～25°	栗钙土，有少部分褐土土层厚度>80cm质地为轻中壤	草类-杨树林杂草类-草原灌木-栎类林
	阴缓坡厚层土	海拔为 700～900m，阴坡位于坡中部或上部，坡度为 6°～15°	土壤为栗钙土土层厚度>80cm质地为轻中壤	草类-杨树林杂草类-草原灌木-栎类林
	各向缓坡厚层土	海拔为 600～850m，各向缓坡地全坡及坡麓，坡度为 15°的直形坡或凹形坡	土壤主要为栗钙土土层厚度>80cm质地为中壤水肥条件较好	草类-落叶松林草类-油松林灌木-栎类林草类-杨树林山杏-灌木林草类-榆树林杂草类-草甸草原
黄土丘陵立地类型组	平缓坡中厚层栗钙土	海拔为 500～600m，坡度为 15°，位于黄土丘陵坡地	土壤主要为栗钙土土层厚度>30cm质地为轻中壤或沙壤	草类-杨树林山杏-灌木林草类-榆树林柠条-灌木林山杏-灌木林杂草类-草甸草原

续表

立地类型组	立地类型	立地性状及特征		
		地形	土壤	植被
沙地立地类型组	固定、半固定沙地	各类固定、半固定沙地地势略有起伏	风沙土 呈固定或半固定状态 稳定湿沙层在 25cm 以下	草类-杨树林 草类-榆树林 柠条-灌木林 沙棘-灌木林 杂草类-草甸草原

4）立地类型的划分

立地类型的划分是在各立地类型组中分别进行的。在沙地立地类型组中，以小流域实际的地形状况为依据，划分出固定、半固定沙地一个立地类型；在丘陵立地类型组中，选择坡度和土层厚度作为划分立地类型的主导因子，将土层厚度大于 30cm、坡度为 15°的立地划分为平缓坡中厚层栗钙土立地类型；在低山丘陵立地类型组中，选择坡向、坡度、土层厚度作为立地类型划分的主导因子，划分为阳缓坡中层土立地类型、阳缓坡厚层土立地类型、阴斜坡中层土立地类型等立地类型（刘殿军，2009）。立地类型的具体划分及立地性状和特征见表 4-8。

2. 农牧交错区土壤理化性质空间分布特征

通过测定研究区域的土壤理化性质，然后利用面趋势分析方法进行趋势面分析，获得大五家流域内土壤理化特性的水平分异等值线图（郭城峰，2009）。

1）土壤化学性质空间格局

土壤有机质、氮、磷、钾含量是土壤肥力的重要指标，其中土壤有机质不仅可以提高土壤养分的有效性，而且可以促进团粒结构的形成，改善土壤的透水性、蓄水能力及通气性，增强土壤的缓冲性等。土壤有机质在流域内分布不均匀（图 4-7），流域西北部风沙土土壤的有机质含量较低，流域中心最高，达到 12g/kg。土壤全氮分布不均匀（图 4-8），其中流域西北部风沙土土壤全氮含量较低，全氮含量最高的区域在中部和南部。对照土壤全氮与土壤有机质的等值线图，发现土壤全氮与有机质的空间分布规律一致，土壤中有机质的积累和分解直接影响着氮素在土壤中的存储和转化，对土壤氮素含量起着主导作用（王国梁等，2001）。土壤中的磷常以稳定态存在，其含量主要受土壤类型、气候条件的影响，受随机因素影响的程度较弱（孙长忠等，1998）。该流域气候条件一样，全磷含量主要取决于土壤类型。流域内的西北部的土壤类型是风沙土，其余是栗钙土，因此流域内西北部的土壤全磷含量明显大于其他区域（图 4-9）。土壤全钾含量的空间分布受许多因素的影响，如成土母质、土地利用类型、地形和地貌条件等。从图 4-10 可以看出，该流域的土壤全钾含量水平空间分异不明显。

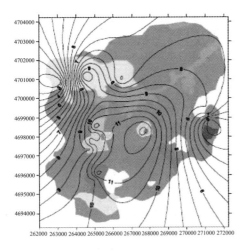

图 4-7　土壤有机质含量分布图

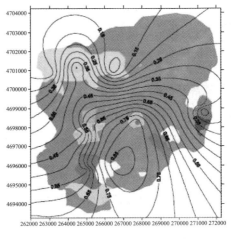

图 4-8　土壤全氮含量分布图

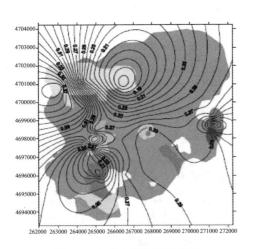

图 4-9　土壤全磷含量分布图

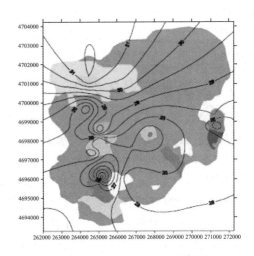

图 4-10　土壤全钾含量分布图

2）土壤物理性质空间分布

　　流域内西北部风沙土的土壤容重大于流域内其他区域（图 4-11）。在栗钙土分布的区域，南部的土壤容重小于其他区域，这是由于南部的地势较高，水土流失使细土粒被冲蚀，在沉积作用下导致地势较低处的土壤容重更大一些。流域内土壤的非毛管孔隙度从北部到南部逐渐增大，从流域中心开始到南部区域非毛管孔隙度明显大于其他区域（图 4-12）。流域内土壤的总孔隙度和非毛管孔隙度的分布很相似，中南部区域明显大于其他区域（图 4-13）。在半干旱地区，林地土壤水分经常处于亏缺状态，因此应以非毛管孔隙和毛管孔隙蓄水（即饱和蓄水量）评价该区的土壤蓄水能力（梁伟等，2006；高人和周广柱，2003），从土壤饱和蓄水量的分布来看，与土壤总孔隙度的分布相似（图 4-14）。

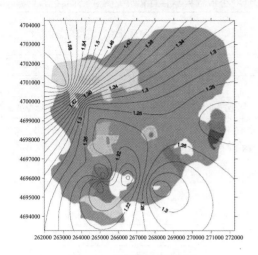

图 4-11　土壤容重分布图

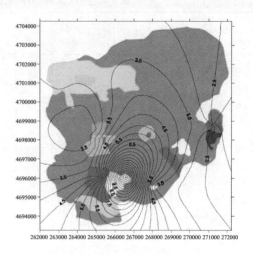

图 4-12　土壤非毛管孔隙度分布图

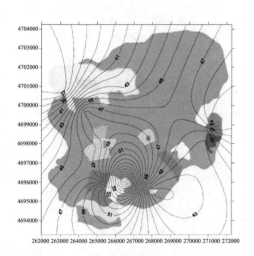

图 4-13　土壤总孔隙度分布图

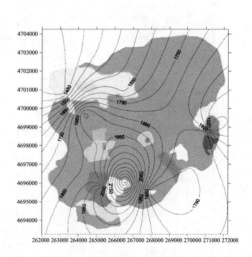

图 4-14　土壤饱和蓄水量分布图

4.4.5　东北农牧交错区防护林体系空间布局与合理配置技术

1. 防护林乔木树种混交配置与空间布局

立地条件类型综合反映了影响林木生长的生活因子，是确定适宜树种的前提。根据研究区不同立地条件类型，应用综合评判法对乔木树种的适宜性进行评价判别，确定不同立地条件下的适生树种及最佳的树种布局（高岗，2009），进而提出防护林乔木树种混交配置模式（表 4-9）。

表 4-9　不同立地条件下防护林乔木树种适宜性评价

立地类型	地貌	坡度级	坡向	坡位	立地等级	土壤类型	土壤厚度	树种适宜性
固定半固沙地	低山	缓坡	阴半阴	下	V			6榆＋4杨（0.38）
				上	Ⅲ			6杨＋4榆（0.45）*
	丘陵	平缓坡	无	平	Ⅰ	风沙土	厚	5柳＋4杨＋1榆（0.36）；6杨＋4柳（0.74）*
					Ⅱ			5杨＋3榆＋2柳（0.73）*；6杨＋4樟（0.57）；6柳＋4杨（0.46）*
					Ⅲ			6樟＋4杨（0.52）
					Ⅳ			6柳＋3杨＋1榆（0.34）；6樟＋4杨（0.48）；6榆＋4柳（0.59）*
					V			6杨＋4榆（0.47）；6榆＋4杨（0.36）
			阴半阴	中下	V			5杨＋5榆（0.32）
					Ⅳ			5杨＋5榆（0.36）
			阳半阴	中下	Ⅳ			6杨＋4榆（0.51）
		缓坡	阳半阳	中	Ⅲ	栗钙土	中	6杨＋4榆（0.26）
	平原	平坡	无	平	Ⅱ	风沙土	厚	6杨＋3榆＋4柳（0.58）
					Ⅲ			6杨＋2榆＋2柳（0.62）
					Ⅳ			6杨＋4榆（0.54）；6杨＋4柳（0.60）*
					V			6杨＋4榆（0.44）；6杨＋4柳（0.52）
各向缓坡厚层土	低山	平缓坡	无	平	Ⅱ	褐土		5苹＋5梨（0.49）
				平	Ⅲ	栗钙土	中	6杨＋4油（0.4）
			阳半阳	中	Ⅳ		厚	6榆＋4油（0.24）
		缓坡	阳半阳	中	Ⅰ		厚	6榆＋4榆（0.38）
				上中	V		中	6榆＋4油（0.25）
			阴半阴	上中	V	褐土	中厚	6杨＋4油（0.48）；6榆＋4油（0.44）*；6榆＋4刺（0.28）
				上中	Ⅳ			6杨＋4油（0.35）
	丘陵	平缓坡	无	平	Ⅰ			6杨＋4榆（0.61）*
					Ⅳ			5榆＋5杨（0.39）
		缓坡	阳半阳	中	V		厚	6榆＋4杨（0.46）；6杨＋4榆（0.59）*；杨＋4油（0.27）
			阴半阴	中下	V	风沙土		6杨＋4榆（0.36）5杨＋5榆（0.45）
				中下	Ⅳ			6杨＋4榆（0.37）
中厚层褐土风沙土	平原	平缓坡	无	平	V			4杨＋4柳＋2榆（0.48）*

立地类型	地貌	坡度级	坡向	坡位	立地等级	土壤类型	土壤厚度	树种适宜性
平缓坡中厚层栗钙土	低山	平缓坡	无	平	Ⅱ	褐土		6 柳＋4 杨 (0.61)*
				平	Ⅲ			6 杨＋4 油 (0.36)；6 杨＋4 柳 (0.57)
			半阳	谷	Ⅱ			5 杨＋5 柳 (0.71)*
	丘陵	平缓坡	无	平	Ⅰ	栗钙土	厚	6 杨＋4 油 (0.28)
				谷平	Ⅱ			柳＋3 榆＋1 杨 (0.59)*
				平	Ⅲ	栗钙土		6 杨＋4 油 (0.25)；6 柳＋4 杨 (0.28)
			阳半阳	平	Ⅳ			6 榆＋4 杨 (0.30)
				中	Ⅱ	栗钙土		5 榆＋5 杨 (0.32)
		平缓坡	阳半阳	下	Ⅴ			6 杨＋3 榆＋1 柳 (0.33)
				中	Ⅳ			6 杨＋4 榆 (0.31)
			阴半阴	下	Ⅱ			5 榆＋5 杨 (0.34) 6 榆＋4 杨 (0.38)
				中	Ⅳ	栗钙土	厚	5 杨＋3 榆＋2 油 (0.30)
阳斜坡中层土	低山	斜坡	阳半阳	上中	Ⅴ	栗钙土	厚中	4 柞＋4 椴＋1 榆＋1 槭 (0.62)*
				中	Ⅳ	褐土	厚	6 榆＋4 油 (0.35)
			阴半阴	中	Ⅴ		中	6 油＋4 落 (0.35)
阴斜坡中层土	低山	斜坡	阴半阴	中	Ⅳ	棕壤	中	6 落＋4 油 (0.40)；5 油＋3 山＋2 柞 (0.55)
				中	Ⅴ	褐土	中	6 柞＋4 油 (0.46)；6 柞＋3 油＋1 落 (0.48)*

*表示适生和较适生。

2. 防护林灌木树种混交配置与空间布局

灌木树种最佳的树种布局为（高岗，2009）：山杏植于低山、丘陵、平原区土层深厚的中下部；沙棘在固定半固定沙地、平缓坡中厚层栗钙土等多种立地类型表现较好；柠条植于丘陵区土层深厚的固定半固定沙地、各向缓坡厚层土、中厚层栗钙土立地类型中下部；山桑植于丘陵各向缓坡厚层土、平缓坡中厚层栗钙土区；胡枝子、黄柳、柽柳植于固定半固定沙地（表 4-10）。

3. 防护林植被结构调整

根据不同立地条件下防护林乔木树种混交适宜范围（表 4-9）及灌木树种适宜范围（表 4-10），可以确定各类型立地乔灌木混交型防护林植被类型，进而可以对研究区域现有防护林进行结构调整（表 4-11），在树种搭配上改变树种单一的现状，构建乔灌草立体结构层次，增加树种的多样性，提高地被物的覆盖厚度，形成结构稳定的混交型防护林体系（高岗，2009）。

表 4-10 不同立地条件下防护林灌木树种适宜性评价

立地类型	地貌	坡度级	坡向	坡位	土壤类型	树种适宜性
固定半固定沙地	丘陵	平坡	无	平	风沙土	沙棘（0.53）黄柳（0.46）山杏（0.51）*
			阳半阳	中下	风沙土	柠条（0.58）杨柴（0.45）山杏（0.54）*
			阴半阴	中下平	风沙土	柠条（0.47）杨柴（0.48）山杏（0.54）*
		缓坡	阴半阴	上中下	风沙土	柠条（0.55）杨柴（0.48）山杏（0.53）*
			阳半阳	中下谷	风沙土	柠条（0.47）山杏（0.47）*
	平原	平坡	无	平	风沙土	沙棘（0.69）* 黄柳（0.28）柽柳（0.44）*
		缓坡	阴半阴	上中	风沙土	山杏（0.52）*
			无	上	风沙土	山杏（0.47）*
各向缓坡厚层土	低山	平坡	无	中平	褐土	山杏（0.64）*
		缓坡	阳半阳	上中下	褐土	山杏（0.58）*
			阴半阴	上中下	褐土	山杏（0.57）*
	丘陵	平坡	阳半阳	中下平	风沙土	山杏（0.58）*
			阴半阴	下	风沙土	山杏（0.47）*
			无	上平	风沙土	山杏（0.56）*
		缓坡	无	上平	褐土	山杏（0.64）*
			阳半阳	上中下	栗钙土	沙棘（0.51）柠条（0.49）山桑（0.61）*
			阴半阴	上中平	褐土	柠条（0.43）山杏（0.49）山桑（0.51）*
	平原	缓坡	阴半阴	中	栗钙土	山杏（0.47）
平缓坡中厚层栗钙土	丘陵	平坡	无	平	风沙土	沙棘（0.60）杨柴（0.50）山桑（0.45）*
			阳半阳	平	栗钙土	沙棘（0.52）山杏（0.54）*
			阴半阴	中平	栗钙土	沙棘（0.51）山杏（0.50）*
		缓坡	阳半阳	中下	栗钙土	山杏（0.52）*
			阴半阴	中下	风沙土	山杏（0.53）*
阳斜坡中层土	低山	斜坡	阳半阳	上下	褐土	沙棘（0.45）山杏（0.49）*
			阴半阴	上中下	褐土	沙棘（0.27）山杏（0.28）
	丘陵	斜坡	阳半阳	中下	栗钙土	沙棘（0.46）山杏（0.50）胡枝子（0.47）*
			阴半阴	中	栗钙土	山杏（0.47）*
阴斜坡中层土	低山	斜坡	阳半阳	上中	褐土	山杏（0.28）
			阴半阴	上中下	褐土	山杏（0.49）*
	丘陵	斜坡	阳半阳	中	栗钙土	山杏（0.55）*
			阴半阴	上中	栗钙土	山杏（0.51）*
中厚层草甸栗钙土	平原	平坡	无	平	风沙土	沙棘（0.79）柠条（0.62）*
阴陡坡薄层土	低山	陡坡	阴半阴	上中	褐土	山杏（0.60）*
	丘陵	陡坡	阴半阴	上	褐土	山杏（0.62）*

* 表示适生和较适生。

表 4-11　研究区防护林植被结构调整

树种结构		油松	杨树	山杏	柠条	针阔叶林	经济林果	合计
现有	面积/hm²	61 561.7	132 351	72 387.2	30 145.5	24 677.4	2 201.9	323 324.9
	比例/%	19.04	40.93	22.39	9.32	7.63	0.68	
调整	面积/hm²	67 794.7	69 646.3	39 715.4	38 146.06	70 430	37 592.3	323 324.9
	比例/%	20.97	21.54	12.28	11.80	21.78	11.63	

4.5　防护林林分结构定向调控与生态功能高效维护技术

在东北农牧交区区防护林经营管理过程中，由于不合理的经营措施，存在相当比例的低效林，防护效果和生态效益相对较低，不能满足功能健康的要求，是防护林结构调控与改造的难点（姜凤岐等，2003）。对于草牧场防护林而言，林分结构定向调控核心在于两个方面：一是对单位面积群体数量的调控，即密度和相应的盖度；二是对于林分树种单一结构的改造，增加林分的树种多样性，提高林分的复杂性，维持系统的稳定性（段文标和陈立新，2002）。通过养分循环特性和水分生态特征定位实验，研究草牧场防护林林分稳定性机制，提出仿拟自然的稳定林分结构优化设计技术、衰退低效防护林林分结构定向调控技术和生态功能高效维护技术。在农田防护林结构调控方面，通过林带结构与湍流运动之间的关系，结合农牧交错区防风固沙目的，以及冬春季节落叶阔叶树种无叶期现有防护林防护效益低下的现实，通过针叶树种搭配、针阔混交的方式，建立对称式针阔行间混交植被模式和林带改造技术，以提高林带防护林防护效能。

4.5.1　仿拟自然的草牧场防护林适宜植被结构类型

半干旱区草牧场防护林建设是植被恢复与可持续发展的重要途径，也是半干旱区林业生态工程建设的一个重要方向。草牧场防护林构建应该参照天然植被的结构配置与空间布局，在对某地带性天然植被的结构功能进行了深入分析的基础上，以近自然或拟自然的植被恢复方式，把地带性生态系统的结构和功能作为原始模型来效仿，以植物群落的进展演替为主要特征，构建一个自我维持的生态系统，具有自然和人为干扰下进行自我修复的能力，通过人工辅助管理达到定向培育的目标，有效地发挥草牧场防护林的生态服务功能。

1. 疏林型草牧场防护林构建模式

草牧场防护林主要用来调节草场生态环境，同时可以为牲畜提供较为理想的放牧环境。在生长季节内，半干旱地区土壤中的水分收入和支出是不平衡的，蒸发量大大超过降水量，为了提高造林保存率和防护林生长的稳定性，必须确定合理的造林密度和林分配置，采用带状、团丛状造林，切忌大面积造林。选择适宜的造林树种、综合考虑气候条件、土壤条件、树种的生物学和生态学特性以及防护目的等多种因素。疏林式草牧场防护林规划设计可以分为绿伞型、片林型、稀疏型和群团状防护林（刁鸣军，1985）。绿伞型和片林型防护林面积较小，主要起到保护牲畜的作用；而稀疏型和群团状防护林进行多层次利用与立体开发，可以起到保护草场的作用，同时饲料树种的引进也增加了农牧民的经济收入。

1）绿伞型

绿伞型防护林一般是在土壤水分环境较好的地段营建（章中等，1994），主要由乔木林和灌木林组成，呈正方形，面积较小。绿伞型防护林大体可以分为定距规则式或不定距随机式，常配置在水池或牲畜休息的地方，起到一定的防护功能（段文标和陈立新，2002；李合昌等，2007）。定距规则式绿伞型防护林每块面积在 0.4～0.6hm²，大伞由 3～5 个单树种的小伞组成，小伞间有通风廊 20m 宽，大伞间距为 50m，可选树种有樟子松、元宝槭、黄榆等，株行距为 5m×5m；不定距随机式绿伞型防护林每块面积为 0.05～0.3hm²，伞间距为 200～300m，可选树种有樟子松、元宝槭、白榆、花曲柳、旱快柳等，种植苗木以大苗为主，株行距为 5m×5m。

2）片林型

为了提供牲畜在炎热的夏季乘凉，在寒冷的冬季背风取暖，可在有水源地的固定沙丘地段及平缓沙地营造片林。这种片林型草牧场防护林可以作为牲畜夏季放牧林，另外可以解决牧民薪材缺少的问题。片林型草牧场防护林的树种一般选择樟子松、锦鸡儿、杨柴、银中杨等，若采用小苗栽植时，苗木的株行距为 1.5m×4m、1m×3m 或者 2m×6m；当采用大苗栽植时，苗木株行距可放大为 3m×4m、4m×4m、4m×6m 或者 5m×6m。

3）稀疏型

在割草场和严重退化的草场上营造稀疏型防护林，选用树种主要为樟子松、榆树等，株行距分别为 3m×10m、3m×20m、3m×30m、3 m×40m、3m×60m、3m×80m、3m×100m。稀疏型草牧场防护林可以将林-草、林-牧、林-粮、林-药等相结合，进行多层次利用与立体开发（李成烈等，1991），不仅为牲畜提供栖息地，而且保护草地生态环境、维持生物多样性，增加农牧民的经济收入。

4）群团状

一般在地形起伏的沙地草场营建群团状草牧场防护林，主要包括阔叶混交林、乔灌混交林和针阔混交林，起到防护草场的作用（表 4-12）。于洪军等（1999）根据科尔沁沙地沙质草地的地形特点，采用具有防风和饲料用途的树种，包括美国饲料杨、刺槐、河柳、新疆杨、榆树、山杏、旱柳、元宝槭、花曲柳、樟子松、丁香等 12 种乔灌木树种，进行多树种混交配置模式，构建了群团状草牧场防护林。

表 4-12　群团状草牧场防护林构建模式

植被类型	树种组成	配置方式	造林规格
阔叶混交林	榆树、饲料杨、旱柳、河柳	按树种每区 0.33hm² 群团状混交	分别为 1m×3m，1m×2m
乔灌混交林	刺槐、河柳、榆树、山杏、旱柳、花曲柳、樟子松、丁香	每树种按 300m² 小区交互配置	乔木栽植规格为 1m×3m，亚乔、灌木为 1m×2m
针阔混交林	刺槐、花曲柳、樟子松	采用行混方式	行距为 2m，阔叶树株距为 1m，针叶树株距为 4m

2. 乔、灌、草立体结构的草牧场防护林林分结构优化技术

将草牧场防护林主要树种在生长季内蒸腾量、灌木和草本植物蒸腾量、土壤蒸发量、人工牧草耗水量等指标，与植被生物量、水分利用效率和研究地区水生态承载力等指标结合，评价草牧场防护林的耗水特性，在此基础上构建乔、灌、草立体结构的草牧场防护林合理配置模式。研究表明，在草地上营造大密度的人工林导致土壤质量的整体下降，是一种不可持续的植被恢复方式，而疏林草地生态系统具有复层群落结构，乔木层、灌木层和草本层的配置保证了系统养分循环的高效性。在半干旱地区防护林建设中，应控制大面积樟子松、杨树、油松纯林，降低较大密度人工林比例，使现有防护林纯林生态系统向着"疏林草地"植被模式方向发展。疏林草地中乔木或灌木树种散生于草场中，起到"绿伞"作用，可以防止风对草地的侵蚀，提高草地生产草地或载畜量，同时提高群落的稳定性和多样性。

4.5.2 低效防护林结构定向调控及其生态功能高效维护技术

以近自然理论和森林生态系统健康理论为指导，在分析不同植被群落防护功能的基础上，对研究区域防护林的更新改造技术进行研究。更新改造从林地质量评价、立地类型划分、改造方式、树种配置等方面形成完整的技术体系，制定便于操作的改造模式。

1. 低效杨树防护林带针阔混交结构定向调控技术

在林带结构调控方面，根据带外部结构特征，开展林带内部结构特征因子测定，包括树木杆枝叶表面积、树木杆枝叶体积，为林带对风速结构的分配及对近地面风速作用特征的影响研究提供了前提（范志平等，2010）。通过林带结构与湍流运动之间的关系（Dwyer et al.，1997），结合农牧交错区防风固沙目的，以及冬春季节落叶阔叶树种无叶期防护效益低下的现实，通过针叶树种搭配，以"樟子松-杨树-杨树-樟子松"为配置方式，建立对称式针阔行间混交模式和林带改造技术，提高林带防护林防护效能。

通过风洞模拟实验，探讨不同配置类型防护林带的三维结构以及林带不同季相的防护效应特征（范志平等，2010）。在风洞试验中，设计出 4 种林带模型，分别为 4 行有叶期杨树纯林带（有叶期 4 林带）、4 行无叶期纯杨林带（无叶期 4 林带）、4 行有叶期杨树加两侧 2 行樟子松林带（有叶期 4＋2 林带）和 4 行无叶期杨树加两侧 2 行樟子松林带（无叶期 4＋2 林带），按照品字形格局配置，形成 4 种结构的林带模型配置。通过对模型林带的测量和分析，求出模型林带表面积和体积的形状参数 α 和尺度参数 β（表 4-13）。从表 4-13 中 4 种林带类型的 Gamma 分布形状参数和尺度参数可以得到，不同结构林带的表面积三维综合表达指标分别为 0.9676、1.565、9.570×10^{-5}、1.895×10^{-5}，体积三维结构指标分别为 0.8668、1.827、0.1746、0.2379（高俊刚，2009）。

表 4-13　不同配置模式林带的三维结构参数

Gamma 函数参数	指　标	有叶期 4 林带	有叶期 4+2 林带	无叶期 4 林带	无叶期 4+2 林带
形状参数	表面积密度/(m²/m³)	1.715	1.809	0.2133	0.2565
($\alpha>0$)	体积密度/(m³/m³)	1.735	1.886	1.215	1.265
尺度参数	表面积密度/(m²/m³)	6.128×10^{-4}	6.465×10^{-4}	8.982×10^{-3}	2.096×10^{-3}
($\beta>0$)	体积密度/(m³/m³)	4.229×10^{-2}	4.718×10^{-2}	4.489×10^{-2}	4.001×10^{-2}

对于有叶期而言，樟子松林带和杨树林带的混交可以增加林带表面积密度和体积密度的尺度参数，林带枝叶密度整体变得更加稠密，可以产生更大的拖曳力。同时，樟子松林带和杨树林带的混交模式降低了林带表面积密度和体积密度的形状参数，林带的异质性降低，林带两侧增加了樟子松，填补了杨树林带枝下高部分的空隙，使林带的空间异质性减小，从而使林带所产生的气压梯度降低。对于无叶期而言，樟子松明显增加林带表面积密度的形状参数和尺度参数，增大了混交林带的拖曳力。对于体积密度，混交林带降低形状参数，林带的空间异质性增加，使得林带下部的体积密度增大，从而使林带的空间异质性增强，体积密度的尺度参数增加，无叶期混交林带要比杨树纯林带对空气产生更大的压力梯度力。

针对有叶期杨树纯林带和杨树/樟子松混交林带，通过不同林带结构对风速削减的影响研究，可以看出由于受樟子松林带的影响，混交林带在高度为 $0.03\sim0.27\ H$（林带平均高度为 H）、距林缘距离为 $0\sim16\ H$ 范围内和高度为 $0.55\sim1.59\ H$、距林缘距离为 $5\sim21\ H$ 的范围内的风速削减优于杨树纯林带影响下的风速削减，而在其他范围内的变化较小（高俊刚，2009）。将不同季相的杨树/樟子松混交林带在有叶期和无叶期防护效果进行比较可以看出，有叶期混交林带其整体的风速削减都比无叶期有很大的作用。在无叶期，由于混交林带杨树枝下高部分被樟子松林带所填充，林带下部的疏透度较林带冠层更大，所以无叶期混交林带在背风面林带枝下高范围出现明显的风速削减。

2. 以水量平衡为基础的樟子松林带状结构调控技术

林分密度是维持林分群体结构稳定性的重要因素之一，目前农牧交错区防护林在经营过程中，没有根据林木与立地条件之间相互作用的动态性来进行结构调控，林分密度过大，不仅单株树木营养与生长空间不足，而且水分的蒸腾量加大，使地下水位降低，导致林分生长势减弱，影响了林分的稳定性。从水量平衡角度出发，根据林木生理活动蒸散耗水的机理和群体结构与环境之间相互作用规律，形成群体结构的主要因素——密度与土壤水分之间存在着必然的联系。这样，根据土壤水分消耗量与植物生长之间的定量关系，可以确定不同生长发育时期防护林适宜的造林密度。在经营过程中，应该根据合理密度动态变化规律来适时进行抚育间伐，及时合理地调整林分密度，实施动态管理，促进凋落的分解转化，改善土壤条件，为林木个体创造一个合理的营养空间，发挥林地的最大生产潜力。树木个体与立地条件的相互关系离不开群落结构，合理的群落结构是防护林生态系统稳定的一个重要因素。通过合理的结构调控，将地上植被生物量控制在土壤系统承载力范围之内，保持森林土壤生态系统的内部机制与外界压力维持一个相对稳定的平衡状态，达到防护林生长发育的稳定持续，建立结构稳定、具有良性循环功能的防护林生态系统（朱教君等，2005）。

以低效樟子松固沙林为例，对立地条件比较差、林龄小于 25 年生的中轻度生长衰退林分，通过经营疏伐措施，伐除衰弱林木和枯死木，保留健壮林木，形成比较稳定的林分结构的疏林草地型固沙林。

1) 留优去弱间伐

对于沙丘中上部（相对高度为 7~10m）、林龄 25 年生的樟子松林，采取留优去弱间伐措施，通过调控使原来的密度由 1250 株/hm² 间伐为 859 株/hm²。试验结果表明，间伐后林内土壤的水热状况发生一定的变化，林分生长出现明显增长（表 4-14）。间伐区由于伐掉了 31% 的被压木和小径木，林内空间加大，1 年后林分平均胸径增加了2.1cm，5 年后单位面积材积确超过对照区 12.8%。

表 4-14　留优去弱间伐对樟子松林分生长的影响

处理	林龄/a	密度/(株/hm²)	间伐前		间伐后第 1 年		间伐后第 5 年		材积增长/(m³/hm²)
			树高/m	胸径/cm	树高/m	胸径/cm	树高/m	胸径/cm	
间伐区	25	859	8.6	12.2	10.8	14.8	12.0	17.2	91.76
对照区	25	1250	8.6	12.2	8.7	12.7	9.5	13.9	81.34

2) 宽带状经营间伐

采取保留 5 行伐除 5 行的宽带状经营间伐作业，改造现有的樟子松固沙林，通过实施宽带状经营间伐措施，带间的通风透光作用良好，林分小气候条件明显改善，表现出显著的生长优势（表 4-15），林分结构趋于稳定。

表 4-15　宽带状经营对林分生长的影响

处理	密度/(株/hm²)	平均生长		林分材积/(m³/hm²)	枝下高/m	冠幅/m		枯梢病发病率/%
		树高/m	胸径/cm			EW	SN	
宽带状	592	6.5	13.6	36.6	2.0	3.0	3.7	0.0
对照区	1133	5.8	10.3	36.9	2.7	2.5	3.1	0.7

3) 窄带状经营间伐

在平缓固沙林区，沙地有机质含量为 0.5%~0.7%，含水率为 3.5%~3.8%，采取保留 3 行伐除 3 行中等宽度带状间伐作业。间伐 5 年后林地的小气候条件、林木的生理活动和林分的生长状况均发生显著变化（表 4-16）。

表 4-16　窄带状间伐对林分生长的影响

处理	密度 /(株/hm²)	土壤含水率 /%	平均生长量		枝下高/m	冠幅/m		发病率/%
			树高/m	胸径/cm		EW	SN	
间伐区	633	3.8	10.5	19.4	4.8	3.4	4.8	1.2
对照区	1021	3.5	9.3	17.1	5.9	3.2	3.4	3.6

3. 低效油松纯林人工诱导混交模式近自然改造技术

在调查现有防护林植被类型与立地条件相适应的基础上，选择不同立地条件下适宜生长的乡土树种为主要更新材料，设计近自然经营混交配置模式，培养与目标林分相接近的林分结构。针对低效油松纯林分布的特点，其改造技术模式主要有 4 种类型（表 4-17）（高岗，2009）：①油松和阔叶灌木、乔木树种混交模式。对于分布在立地条件比较好、集中连片的缓坡地带油松纯林，采用带状、块状、团状混交方式，沿等高线方向保留一定宽度的油松带，然后按照一定的间隔把一定宽度范围内的油松进行间伐，栽植榆树、刺槐、山杏、大扁杏等阔叶树，根据微地形特殊生境形成带状、斑块状、团状混交配置模式，阔叶树在阳坡或半阳坡的下部，油松在阴坡或半阴坡的中上部。②油松与伴生树种混交模式。对于分布在立地条件相对较好的地带，间伐一定量的油松植株，采用株间、行间、带状等混交方法，配置比例为 1:1 或 2:1，栽植伴生树种侧柏。保留的油松层为第一林层，侧柏为第二林层，形成复层树种混交模式。③油松与灌木混交模式。对于分布于山地分水岭和陡坡地带的油松林，由于立地条件差，造林成活难度大，采用带状、不规则块状混交，择伐一定油松栽植沙棘、胡枝子、柠条、紫穗槐，混交比例为 1:1、1:2 或 1:3，构成油松灌木复层林，油松属第一层、灌木属第二层。在林间空地种植乔木，灌木采用播种或营养袋苗造林。④降低造林密度、改变配置结构模式。通过廊道、斑块、带状等皆伐方式降低同一树种、同一层次竞争的密度，形成油松和其他树种带状混交、块状混交的树种配置结构。

表 4-17　低效油松纯林人工诱导混交模式近自然改造技术

模式	改造对象		改造技术
疏林地改造模式	油松幼龄林	(1) 分布于低山缓坡立地 (2) 土壤为薄层褐土 (3) 郁闭度为 0.1 (4) 地被物盖度为 55%	① 采取株间混交补植改造的方法 ② 进行鱼鳞坑整地，规格为 1.2m×0.8m×0.5m，回填土深度为 40cm ③ 补植树种：3 年生油松营养袋苗，2 年生沙棘/柠条裸根苗 ④ 春季或雨季进行栽植，密度控制在 800～900 株/hm² ⑤ 油松和灌木比例为 1:2，油松、沙棘/柠条不规则混交格局 ⑥ 调控垂直林冠层郁闭度为 0.6～0.7
	油松近熟林	(1) 分布在丘陵平缓坡中厚层栗钙土立地 (2) 郁闭度为 0.2 (3) 地被物盖度为 33%	① 采取先抚后补植改造的方法，点状或块状采伐更新 ② 采伐生长不良的油松枯死木、病腐木、虫害木 ③ 在林中空地内进行鱼鳞坑整地，株行距为 4m×4m ④ 补植树种选择 2 年以上的山杏营养袋苗 ⑤ 形成油松＋山杏块状不规则混交格局，郁闭度为 0.6～0.7

续表

模式	改造对象		改造技术
抚育改造模式	油松幼龄林	有林下灌木	① 灌木主要为虎榛子、沙棘、山杏等 (1) 盖度为 20%～60% ② 坚持留优去劣原则，实行单株抚育间伐，扩大单株营养空间 (2) 乔木层郁闭度为 0.3～0.5 ③ 通过林地抚育间伐措施，促进油松和林下灌草生长 (3) 立地等级为Ⅳ、Ⅴ ④ 培养油松、天然灌木混交目标林相
		无林下灌木	① 对分布于立地等级Ⅲ、Ⅳ的林分中抚育间伐 (1) 郁闭度为 0.2～0.3 ② 林中空地采取穴状整地方式，引入阔叶树如榆树、山杏等 (2) 立地等级为Ⅲ、Ⅳ、Ⅴ ③ 对分布于立地等级Ⅴ的林分，抚育后实行封禁保护 (3) 分布于低山阳坡、阴坡和 ④ 实行林地抚育措施，栽种固氮树种改良土壤（紫穗槐） 各种缓坡立地 ⑤ 保护林内凋落物、带状或块状深翻土壤促进灌木生长
			① 抚育后实行封禁保护 (1) 郁闭度为 0.3～0.5 ② 通过对油松幼龄林的抚育间伐改造 (2) 立地等级为Ⅲ、Ⅳ、Ⅴ ③ 最终使林分的郁闭度调控在 0.6～0.7 (3) 分布于低山缓坡立地
	油松中龄林	有林下灌木	① 林下木主要为沙棘、山杏、锦鸡儿、绣线菊 (1) 盖度为 7%～45% ② 通过抚育间伐和林地抚育措施 (2) 乔木层郁闭度为 0.3～0.5 ③ 促进油松和林下灌木的生长 (3) 立地等级Ⅳ、Ⅴ ④ 培养油松、天然灌木混交目标林相
		无林下灌木	① 对林分进行抚育间伐，在林下空地穴状整地 (1) 郁闭度为 0.2～0.3 ② 块状、团状混交补植灌木，成林灌木层盖度控制在 20%～35% (2) 立地等级为Ⅴ ③ 油松乔木层郁闭度为 0.6～0.7，形成油松、灌木混交林分
			① 进行抚育间伐，然后在林下的空地中穴状整地 (1) 郁闭度为 0.3～0.5 ② 补植阔叶乔木树种（杨树、榆树、柳树等） (2) 立地等级为Ⅱ ③ 形成油松、阔叶乔木不规则混交林
	油松近熟林	有林下木	① 林下木主要为虎榛子、沙棘、山杏等灌木 (1) 盖度为 5%～55% ② 通过择伐和林地抚育措施，促进油松和林下灌木的生长 (2) 乔木层郁闭度为 0.4～0.5 ③ 在林下人工促进天然更新，培养油松、天然灌木混交林 (3) 立地等级Ⅴ
		无林下木	① 对林分进行择伐，林下空地穴状整地，块状混交补植灌木 (1) 郁闭度为 0.2～0.3 ② 成林灌木层盖度控制在 20%～30%，油松乔木层郁闭度为 (2) 立地等级Ⅴ 0.6～0.7 ③ 形成油松、灌木混交林
			① 间伐枯死木、病腐木、虫害木，林中空地点状补植更新 (1) 郁闭度为 0.3～0.5 ② 人工促进天然更新形成油松异龄复层混交林 (2) 立地等级为Ⅴ
密度调整改造模式	油松中龄林		① 按 25%～30% 强度砍伐带宽 15～20m，保留带≥55m (1) 郁闭度＞0.7 ② 带状混交改造，穴状/鱼鳞坑整地，针阔树种比例为 6∶4 或 5∶5 (2) 草本层盖度为 30%～80% ③ 立地等级Ⅳ的地带：栽植大扁杏/山杏（株行距为 3m×4m） (3) 分布于低山坡地 杨树/榆树（株行距为 2m×3m） (4) 土壤有栗钙土和风沙土 ④ 立地等级Ⅴ的地带：栽植沙棘/胡枝子/紫穗槐（株行距为 (5) 立地等级属于Ⅳ和Ⅴ 1m×3m）
	油松近熟林		① 采取带状、块状混交 (1) 分布于低山平缓坡地 ② 对于立地等级Ⅲ、Ⅳ的地带：选择山杏、大扁杏、刺槐等 (2) 土壤有棕壤、褐土 ③ 对于立地等级Ⅴ的地带：选择沙棘、柠条等 (3) 立地等级属于Ⅲ、Ⅳ和Ⅴ

4. 低效灌木林"效应带"复壮改造技术

低效灌木林改造主要包括柠条、沙棘、山杏林分的改造。按照灌木的覆盖度等级划分，覆盖度大于70%、属于较密等级范围，覆盖度为30%～49%、属于稀疏等级范围（高岗，2009）。

1）柠条灌木林改造技术

对分布在立地等级Ⅲ的柠条灌木林，覆盖度大于70%，密度为4000株/hm²，草本层主要有禾本科、蒿属类植物，盖度为30%，由于林分密度过大，再加上抚育管理缺乏，林木间竞争激烈，形成低矮灌丛。按照立地类型和灌木林所处林龄，分别采取带状平茬改造、廊道皆伐改造、树种更新改造等措施。

（1）带状平茬改造。隔2行平茬1行，平茬带宽10m，扩大柠条营养空间，促进平茬带草本植物的生长，提高草本层的丰富度和盖度。待平茬带植被生长到70cm，再平茬剩余的带，使柠条灌木林密度控制在2400～3000株/hm²。

（2）廊道皆伐改造。对分布在丘陵厚层褐土、棕壤土立地类型的灌丛，采取带状皆伐改造，保留带和伐除带比例为3∶2，同时间伐保留带内植株，在伐除带机械开沟并穴状整地后栽植1行杨树，株距为3m，苗木规格为3年生杨树大苗进行截杆造林。

（3）树种更新改造。首先伐出10～15m的栽植带、带距为6～10m，形成"两行一带"式配置格局，在栽植带内按照株行距为3m×3m栽植乔木树种（杨树、落叶松、樟子松）。对于分布在立地等级Ⅴ、覆盖度30%～49%的柠条灌木林，先伐除生长不良、分布不均的植株，在林中空地穴状整地，块状或团状补植油松，形成柠条油松混交林，油松密度为200～440株/hm²，柠条密度为440～660株/hm²。

2）沙棘灌木林改造技术

沙棘是该地区主要乡土灌木树种，抗旱性、根蘖能力强，易繁殖、见效快、用途广泛。研究区由于不及时抚育、土壤贫瘠、初植密度大（2250～3300株/hm²）、病虫害等原因，有少部分沙棘灌木林结实率低、部分枝条枯死。考虑立地条件和经营的目标，改造技术措施为疏伐改造、修剪改造、嫁接改造。

（1）疏伐改造。对密度过大的沙棘林进行适当疏伐，间伐宽度为1.5m左右，保留宽度在2m左右，改善透光条件，增加单株营养空间，冠幅生长可达2.5m。疏伐过程中调整雌雄株比例（8∶1），伐除保留带中老化、枯死和病虫株，去除多余的雄株、扩大雌株的营养空间。

（2）修剪改造。对于幼树生长旺盛，适当修剪顶枝，延缓树势；对于成年植株，修剪时做到通风透光，老枝更新复壮。一般在立地条件相对较好的地段，修剪后培养大冠形，提高冠幅的覆盖度；在立地条件差、土壤贫瘠的地带采取小树小冠形，适当加重修剪强度。

（3）嫁接改造。选择优良的沙棘枝条做接穗经过低温冷藏后，在树液开始流动前嫁接砧木，嫁接以后要及时除萌，以确保营养流向接穗。

3）山杏灌木林改造技术

山杏是本地区荒山造林的主要经济林树种，管理措施不当致使山杏生长衰退，形成了低功能林。对于山杏灌木林，主要改造措施有林地抚育改造、合理修剪改造、平茬复壮改造。

（1）林地抚育改造。通过挖树盘、机械松土抚育、水平沟抚育、林粮（草）间作等措施，截拦地表径流，达到改土蓄水的目的，以改善林地的土壤养分和水分状况，促进山杏灌木林的生长。

（2）合理修剪改造。整成疏散分层形，扩大树冠冠幅，降低树体高度，改善枝叶的光照条件，提高林冠截流降水的能力，保持林地枯枝落叶层的厚度。

（3）平茬复壮改造。对生长在贫瘠荒山上衰老的山杏林，利用秋季树木落叶后至第二年春季萌动前进行平茬，可有效地促进其生长。待伐根上萌发新条高度达 20～30cm 时，进行除萌定株形成新的树冠（高岗，2009）。

4.5.3　以水分与养分调控为核心的防护林生态系统综合管理技术

农牧交错区土壤养分贫瘠，水分缺乏，是限制防护林生长发育的重要生态因子，土壤水分和养分的供给状况决定着植物群落的生长发育和防护林生态系统的生产力水平及其稳定性。在防护林经营管理过程中，按照现有的土壤水分和养分条件为核心，控制群落密度和生物量，将林草植被覆盖度控制在土地承载力范围内，使土壤水分和养分条件得以维持。

1. 以土壤水分承载力为依据的防护林生态系统结构调控

土壤水分承载力是指在较长时期内，当植物根系可吸收和利用土层范围内土壤水分消耗量等于或小于土壤水分补给量时，所能维持特定植物群落健康生长的最大密度。生长在一定立地条件上的林木，当密度和个体较小时，由于平均空间的光、热、水分以及土壤养分含量能够满足植物生长发育的需要，此时密度变化对单株生物量的影响较小；当密度超过一定范围（承载力）时，土壤植被承载负荷过大，造成不同植物个体之间因水分资源不足而产生竞争，影响植物的生长和发育，使植物的个体生长受到限制，最终将导致植物群落衰退，从而影响到防护林植被的稳定性和生态效益的持续稳定发挥。

在半干旱农牧交错区，樟子松可以依靠自然降水成林，但在林分生育过程中存在着不稳定因素。为了维持和提高樟子松林的稳定性，根据樟子松生长状况实施不同的结构调控措施，调节林分密度。对于造林密度每亩[①] 333～667 株的林分，若林分郁闭后未能及时进行疏伐，耗水量过大，20 年生后将出现水分亏缺，加上林地通风透光条件较差，易引起病虫害发生。选择合适的造林密度，实行带宽为 20m、4～5 行、带内行距为 5～10m、株距为 4～6m 的带状造林模式，可以减少乔木蒸腾耗水量 30% 左右，在 350mm 左右降水量地区，能够基本保持水分平衡。同时，结合带间自然生草或播种豆科牧草，可维持林地养分供应平衡。对樟子松防护林生长发育极度低劣或病虫危害严重且不适宜再培育的成过熟林，应及时人工更新进行全面改造。樟子松采伐迹地不仅土壤板结、水分亏缺，而且伐根密布，当年不宜更新造林，宜采取第二年或第三年更新改造

---

① 1 亩≈666.67m²，下同。

方式。当土壤的含水率低于 2.5% 时,造林后栽植的幼林很难成活,因此应先对采伐迹地休闲 1~2 年,恢复土壤水分后,从水分和养分平衡角度进行造林规划设计,通过减少乔木株数、降低针叶树比例、增加阔叶树和豆科伴生树种、引进抗旱型灌木等措施提高林分稳定性。在樟子松采伐迹地的整地方式以全面或带状整地为主,并实行全年多季节造林方式,即春季阔叶树裸根苗造林、夏季针叶树容器苗造林、秋季阔叶树(杨树)埋根埋干造林、冬季针叶树冻土坨造林。更新改造的树种选择以乡土树种为主,参考当地的原生植被类型,发展混交林与疏林草地模式。

2. 以促进土壤养分循环为基础的防护林生态系统管理

在防护林植被恢复过程中,林木体内营养元素与土壤间的交换、吸收构成了生态系统的养分循环。因此系统中养分的循环与系统的生产力紧密相关,不合理的造林经营措施会导致系统养分失调以及土壤肥力下降。因此,将防护林人工植被真正作为一个生态系统加以管理,是提高防护林生物学稳定性的关键所在,是确保其向着可持续方向发展的基本策略。基于此,防护林经营管理要求采取合理的综合育林措施,维持林分稳定,优化林分结构,改善土壤养分的供应状况,促进土壤养分循环和植被的演替发展。

农牧交错区土壤养分有效性及其持续供应对维持生态系统的结构和功能起重要作用,不同植物及群落对土壤养分的吸收和利用能力等方面存在差异。从该地区不同植被类型土壤养分的有效性出发,通过对其土壤特性比较,分析养分有效性的变化,提出林分结构调控技术。水分环境变化会对土壤养分循环产生重要影响。根据不同水分环境下樟子松疏林草地型草牧场防护林生物量与氮循环研究结果,表明林下植被的净初级生产力与降水量呈正相关性,水分是樟子松疏林草地草牧场防护林植物生长的限制因子,而且草本层的养分循环是整个疏林草地生态系统健康维系的关键。在疏林草地草牧场防护林中,在干旱环境下应通过剪枝、间伐措施减少植物蒸腾和土面蒸发。在树种搭配方面,应增加固氮树种的配置,提高土壤氮素含量。保护地被物和枯落物对维持疏林草地草牧场防护林生态系统的健康极为关键,对草牧场防护林的可持续经营意义重大。

3. 增加树种多样性促进防护林生态系统健康发展

根据生物种群共生和功能互补原理,选择适宜的树种进行混交,能够改善防护林群落结构,增强生态系统的适应性和稳定性。特别是间种豆科植物、增加固氮树种等营造混交林,增加凋落物多样化,加速有机质的分解以及其他养分的积累,可以有效地防止地力衰退,提高防护林的自然培肥能力,形成适宜林木自身生长的微环境,促进林木健康生长。

选择适宜的混交树种,是发挥混交作用及减缓种间竞争关系的重要手段,也是混交造林、混交改造成败的关键。选择混交树种除了首先要考虑适地适树外,还要从林分的防护功能、稳定性、经济效益等方面综合考虑。目前,在东北农牧交错区防护林建设过程中,杨树、樟子松人工纯林所出现的退化现象,主要是由于群落结构单一、林下植被不发达造成的。因此,多树种混交、丰富的林下植被不仅能提高防护林的树种多样性,而且能保持和提高土壤肥力，促进防护林生态系统营养元素的良性循环，提高土壤养分含量。

针对东北农牧交错区土壤瘠薄的特点，应优先选择豆科或非豆科固氮树种，如刺槐、胡枝子、小叶锦鸡儿、紫穗槐等，增加灌木的比例、调整林分密度、降低林分郁闭度，促进林下植被良好发育，提高土壤有机质含量和营养元素含量，促进土壤理化性质的改善。在科尔沁沙地农牧交错区，樟子松纯林是引起林分生长衰退的原因之一。在樟子松沙地造林设计时，依照不同沙丘部位的微地形特征，在沙丘顶部不造林，空留丘顶，促进自然生草；在沙丘的中上部营造胡枝子、小叶锦鸡儿、紫穗槐、桑树等块状或带状灌木，形成灌木疏林草地型植被；在沙丘的中下部营造带状针阔混交林，针叶树种可以选樟子松、油松、赤松、彰武松等，阔叶树种可以选杨树、色木槭、丁香、刺槐、胡枝子等。在樟子松固沙纯林改混交林中，混交比例一般应根据相混交树种的生物学特性、混交地位、竞争能力、造林立地条件优劣和培育目标等来决定。阔叶树比例一般控制在 25%～50% 为宜。考虑到樟子松固沙纯林分布生长现状，混交方式应优先选择带状混交或块状混交，在林间空地或林窗里补栽阔叶树，能够降低种间竞争强度。对处于中幼龄阶段的樟子松实施纯林改混交林，能够增强樟子松的抗病虫害能力，提高林分的稳定性和防护效能，延长防护周期。采取带状改造方法，在林地上划分砍伐带和保留带（如砍伐带宽为 50m，保留带宽为 40m），及时清除伐根并进行秋季全面整地，开展"栽阔促针"造林，树种选择黑林一号杨、五角枫、怀槐等。为了提高造林成活率，针对不同树种采取不同的造林技术措施，如黑林一号杨实行秋整秋造的 1 年生埋根造林，初植密度为 3m×5m；五角枫、怀槐在整地后第二年春季进行 2 年生裸根苗造林，初植密度为 1m×3m。采用带状改造方式将樟子松纯林改为混交林，可形成并维持一定的森林环境，有利于更新树种的健康发育。

4. 近自然经营方式是东北农牧交错区防护林生态系统管理的方向

依据"近自然林业"和恢复生态学理论，在东北农牧交错区防护林体系经营管理中，以天然植被结构为参考，进行树种搭配与结构设计，促进物种多样性的增加，提高促进系统的稳定性。例如，樟子松耐干旱瘠薄，适应性强，在东北农牧交错区防风固沙、维护区域生态环境稳定等方面发挥重要作用，然而由于大面积纯林的存在，结构不合理，防护功能低下。根据近自然经营方式，针对樟子松防护成熟期以前的林分，实施"栽阔促针"措施，是对大面积樟子松纯林进行综合改造、促进樟子松林健康发展的基本途径和有效措施。通过近自然经营方式，在樟子松纯林中引入各种乔灌阔叶树种，形成疏林草地型植被结构特征的针阔混交林，促进林分结构的稳定，建立良好的森林环境小气候，发挥最佳的防护功能。由于不同植被类型对土壤理化性质的影响不同，较大密度的防护林是导致土壤质量下降的主要原因，而疏林草地生态系统具有复层群落结构，乔木层、灌木层和草本层的配置保证了系统养分循环的高效性。因此在东北农牧交错区，以近自然经营为主要技术手段，以疏林草地型植被构建为主要方向，建设结构合理、功能优化、效益稳定的防护林体系。

第 5 章　长江上游防护林体系空间配置与结构优化技术

5.1　长江上游地区基本情况

5.1.1　区域概况

长江干流宜昌以上为上游，主要支流有岷江、沱江、嘉陵江和乌江，涉及青海、西藏、云南、四川、重庆、湖北、甘肃、陕西、贵州九个省（自治区、直辖市）的376个县（区），流域面积为100.6万 km^2，占全流域总面积的55.6%。长江上游可以划分为6个类型区，即秦巴山地类型区、云贵高原类型区、西南高山峡谷类型区、四川盆地丘陵平原类型区、湘鄂渝黔山地丘陵类型区和长江源头高原高山类型区（国家林业局，2003）。

5.1.2　区域生态环境问题

长江上游自然灾害类型有洪涝、干旱、地质灾害、土地荒漠化及水土流失等。因所处的地理位置和自然条件，洪涝、旱灾发生频繁，水土流失极其严重，给工农业生产和人民生命财产造成巨大损失。

1. 水灾

长江上游的四川盆地、金沙江流域和乌江流域降水主要集中在5～8月，暴雨和大雨多出现在该季节。据统计，长江上游地区水灾的年均受灾和成灾面积分别由20世纪60年代的42.84万 hm^2、21.41万 hm^2 增加到1991～1996年的96.74万 hm^2 和56.54万 hm^2，分别增长了1.3倍和1.6倍。

2. 旱灾

旱灾在长江流域均有发生，一些地方已成了五年一大旱、两年一中旱、年年有小旱。例如，江汉平原的伏旱和秋旱相连，在1959年、1966年、1971年、1978年均形成大旱年。重庆市是旱灾的多发区，春旱、夏旱、秋旱司空见惯。

3. 水土流失

由于受地貌、降水等影响，长江上游水土流失严重，水土流失面积为35.2万 km^2，年土壤侵蚀量为14.1亿 t，分别占长江流域的62.6%、62.9%。从区域看，四川盆地丘陵区、秦巴山地、滇北、黔西山区水土流失最为严重；从流域看，金沙江、嘉陵江流域水土流失量最大，其次为岷江、乌江和沱江。

4. 地质灾害

地质灾害多发生在山地丘陵区，多因森林植被受到破坏，或因修路、开矿、陡坡开垦，在遭受暴雨或其他因素引起塌方、山体滑坡、泥石流等。除此之外，长江流域内部分县（市、区）还经常遭受低温冻害、冰雹、台风、病虫害、森林火灾等其他灾害。

5.1.3　区域防护林建设现状及存在的科技问题

1. 建设规模、范围、布局局限性

长江防护林布局以治理大江大河为主体，以金沙江、雅砻江、大渡河、沱江、岷江、涪江、嘉陵江、渠江、长江干流为骨架，以沱江、涪江、嘉陵江、盆中丘陵区腹心地带为重点。而工程建设只在部分县开展，如四川全省均在长江流域内，而目前全省长防工程县尽管已经扩大到 79 个，但也不到县总数量的一半，工程建设规模扩展的余地还很大。

从治理范围来看，上游源头高山峡谷及高原丘陵区、嘉陵江及青衣江上游暴雨多发区尚有不少荒山和退化草地未得到治理，森林的蓄水和调节水能力降低。岷江、嘉陵江、大渡河、雅砻江干旱河谷及乌江岩溶山地等造林困难地段森林覆盖率仍较低，干旱化和石漠化进程仍在扩展。

新的水土流失地区仍在形成：陡坡耕地造成水土流失，虽然 1999 年在全国范围内实行了退耕还林，有效地缓解了由陡坡耕种造成的水土流失，但由于长江上游的丘陵区人口密度大，经济发展水平不高，一些退耕地存在着复耕的现象；采矿、建厂、采石、修扩公路等开发建设活动较多；特别是 2008 年 "5·12" 发生在龙门山地带大地震，造成许多山体滑坡、崩塌，所在地区的植被遭受了严重的破坏。

2. 林分结构不合理

林分结构不合理，树种单一，主要为针叶纯林，低效林面积大。

一是针叶纯林多，低质低效林多。据典型调查，工程建设中人工营造的以松、柏为主的针叶纯林占 80% 以上。二是初植密度过大。三是防护林的综合经济效益差。大量的林副产品（包括抚育间伐的小径材、枝叶等）未得到加工利用。四是森林病虫害有加剧趋势。大面积的针叶纯林导致病虫害发生的隐患增加。

3. 功能的协调性与完善性不足

由于长防林建设初期目标是实现荒山绿化、解决盆地农民烧柴难的问题，因此在树种选择和造林模式上存在问题，主要是林种空间配置不合理，树种单一、纯林多，生态功能退化（钟祥浩等，2003）。当初营造的桤柏混交林也随着演替进程，桤木开始衰退，林分出现纯林化。很多人工林分由于造林密度大，从未进行过抚育间伐，林下灌草盖度低，水土保持效果差。另外，林分天然更新不良，稳定性差，无法实现可持续经营。此外，该区森林覆盖率虽然显著提高了，但当地农民从森林得到的收入仍然极少。提高森林的生态功能和经济效益，解决"山绿民不富"的问题，实现助农增收是盆地丘陵区森林经营最迫切的任务。

针对长防林存在的问题，应在以下方面加强研究：一是中尺度流域合理森林覆盖率和林种布局。出于流域社会经济发展和生态保护平衡的需求，以及森林本身生理耗水，森林面积并非越大越好。采用科学的规划方法，确定流域合理森林覆盖率和合理林种比例具有十分重要的意义。二是小流域尺度各地块植被类型的对位配置。根据生态位理论和适地适树原则，运用适宜技术，确定各地块植被类型。三是林分尺度合理结构和调整技术研究。林分结构包括树种组成、水平结构和垂直结构，合理的林分结构是有效地发挥森林功能的前提。目前，防护林林分类型也从单一乔木型向乔、灌、草相结合的复层林发展，从纯林向混交林发展，从同龄林向异龄林发展。防护林的经营必须是可持续的，通过研究确定不同阶段的合理林分结构，提出相应的调控技术。四是低效防护林改造技术。低效防护林面积大，造成低效的原因各异，应研究并提出可操作的改造措施，增强防护林的生态功能。

5.2　中尺度流域（平通河）防护林体系空间配置与水资源高效利用技术

5.2.1　土地利用景观格局特征

利用平通河流域 1998 年 TM 卫片、2006 年 ETM＋卫片、2007 年（平武段）森林资源二类调查小班数据、林相图、1：5 万和 1：10 万地形图，建立了相关属性数据库和空间数据库。采用野外调查与室内解译相结合的方法对卫片进行预处理及解译得到土地利用现状图（图 5-1、图 5-2）。

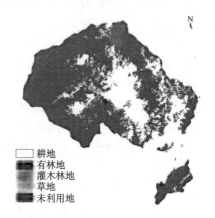

耕地
有林地
灌木林地
草地
未利用地

图 5-1　平通河 1998 年土地利用现状图　　　图 5-2　平通河 2006 年土地利用现状图

根据二期的土地利用属性数据库，统计出不同时期土地利用的斑块与面积情况，在此基础上计算出各土地利用类型的景观特征值。再利用 ArcView3.2 中 Spatial Analysis 模块下的 Tabulate 功能，对 1988 年和 2006 年两期土地利用栅格图进行空间叠加运算，求出各时期土地利用类型转移矩阵，借以反映土地利用类型的动态变化（表 5-1）。

表 5-1　1988～2006 年平通河流域土地利用格局转移矩阵（单位：hm²）

类型	耕地	有林地	灌木林地	草地	水域	村镇建设用地	未利用地	期初合计	占有率/%
耕地	9474.75	1280.05	594.17	—	—	79.75	—	11 428.71	10.88
有林地	39.88	60 445.36	19.94				—	60 505.18	57.62
灌木林地	7.98	19.94	28 073.32	75.77		7.98	—	28 184.97	26.84
草地	—	7.98		1650.90			—	1658.88	1.58
水域	23.93	—	—		251.22		—	275.15	0.26
村镇建设用地	—		3.99	—	—	1355.81	—	1359.80	1.30
未利用地	227.30	342.94	159.51	79.75	3.99	7.98	777.60	1599.06	1.52
期末合计	9773.82	62 096.27	28 850.92	1806.42	255.21	1451.52	777.60	105 011.76	—
占有率/%	9.31	59.13	27.47	1.72	0.24	1.38	0.74	—	—
变化率/%	−14.48	2.63	2.36	8.89	−7.25	6.75	−51.37	—	—

从表 5-1 可以看出：平通河流域从 1988～2006 年土地利用发生了普遍变化，主要发生在耕地、有林地、灌木林地、草地、未利用地上。其中，耕地、有林地、灌木林地、草地、水域、村镇建设用地、未利用地的占有率从 1988 年的 10.88%、57.62%、26.84%、1.58%、0.26%、1.30%、1.52% 变化为 9.31%、59.13%、27.47%、1.72%、0.24%、1.38%、0.74%。耕地减少了 14.48%、未利用地减少了 51.37%。

5.2.2　不同生态类型区森林水文效应分析

利用平通河 1967～2006 年流域六个水文站降水量资料和 1967～2000 年的蒸发量资料（2000 年以后停测），1967～1969 年、1972～1974、1985～1987 年共 9 年的甘溪站流量资料；刘家河 1968～2006 年流域两个水文站降水量资料和 1967～2000 年刘家站蒸发量资料（2000 年以后停测），1967～1969 年、1976～1978 年共 6 年的刘家河站流量资料，本研究采用"森林流域水文模型"（FCHM）（陈祖铭和任守贤，1994a，1994b，1994c）从降水到径流全过程进行模拟。

1. 森林对径流成分的划分

径流成分随森林覆盖率的模拟结果（图 5-3）表明：在平通河流域，随着 FR 的增加，地表径流 R_f 所占总径流的比例由 17.7% 逐渐减少并趋近于零，壤中流 R_i 则由 20.2% 逐渐减小到 11.7%，而浅层径流 R_s 与深层径流 R_p 则随之增加，且 R_s 与 R_p 在总径流中所占比例比 R_i 和 R_f 大，其变化区间分别为 44.8%～50.6% 和 17.3%～37.1%；在刘家河流域，地表径流 R_f 所占总径流的比例随着 FR 的增加由 15.0% 减少到 6.0%，而壤中流 R_i 所占总径流比例最大，且随着 FR 的增加有所减少，但是变化不明显，其变化区间为 71.1%～73.4%，而 R_s 与 R_p 所占总径流的比例不大，随森林覆盖率的增加而缓慢增加，其变化区间分别为 12.4%～16.9%和 1.5%～3.9%。

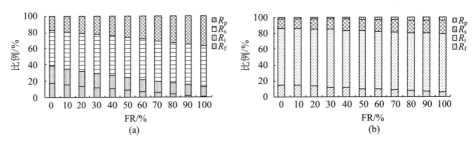

图 5-3　年径流成分随森林覆盖率变化图

(a) 平通河流域；(b) 刘家河流域

2. 森林与流域年均径流

流域年均径流随森林覆盖率变化模拟表明（图 5-4），在降水量输入不变的情况下，平通河流域年平均径流深将随着森林覆盖率的增加而增加，由非森林地时的 594.0mm 增加到了森林地的 777.4mm，因此该流域森林与径流成正效应，其效应值为 23.7%；刘家河流域年平均径流深则随着森林覆盖率的增加而减少，由非森林地时的 272.2mm 减少到了森林地的 250.9mm，即流域径流效应成负效应，效应值为 -8.6%。

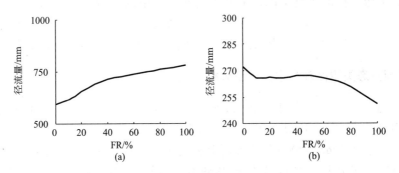

图 5-4　年平均径流随森林覆盖率变化图

(a) 平通河流域；(b) 刘家河流域

平通河流域属高山峡谷区，因此在降水输入中应加上积雪的融化，通过计算得出该流域森林地融雪量为 179.3mm，非森林地融雪量为 78.8mm，由此可知，随着森林覆盖率的增加，该流域降水输入量也在随之增加；而刘家河流域不属于高山积雪区，因此无需计算融雪。两个流域呈现不同趋势的径流效应，则是流域被森林覆盖以后，森林对径流差异性作用的结果。

3. 森林与洪水

选取平通河 1981 年 7 月 13 日和刘家河 1983 年 7 月 30 日单次洪水过程进行模拟，

分别得出森林覆盖率为 0%（本研究用无林地表示）和 100%（本研究用有林地表示）时典型洪水流量过程，并通过缩放得到不同频率下的设计洪水流量过程图。

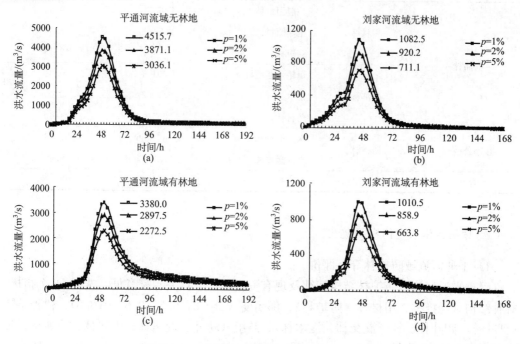

图 5-5　不同频率下设计洪水流量过程图

由图 5-5 可知，两个流域森林都能起到削减洪峰的作用，随着森林覆盖率的增加，土壤入渗得到了改善，地表径流随之减少，壤中流随之增加，因而流域快速流减少，慢速流增加，延长了流域汇流时间，洪峰得以削弱。随着森林覆盖率增加，流域不同设计频率下的设计洪峰流量也随之降低。以平通河流域为例，非森林地 20 年一遇的洪水设计标准（3040m³/s）可作为森林地情况下百年一遇洪水设计标准（3380m³/s）。

5.2.3　防护林体系空间布局技术

1. 平通河流域防护林体系结构现状

根据卫片解译结果，结合小班调查资料，平通河流域防护林体系结构现状及布局情况分别如表 5-2 所示。从表 5-2 可以看出，平通河流域的商品林面积较大，为 46 738.9hm²，占了整个森林面积的 60.52%，生态公益林面积为 30 489.3hm²，占 39.48%。从各林种分配可以看出，薪炭林面积占很大优势，面积为 32 785.4hm²，占总面积的 42.45%，这是因为长江防护林建设的初衷主要是为了解决当地农民的薪材。其次是水土保持林面积，为 18 441.86hm²，占总面积的 23.88%。水源涵养林面积为 12 047.44hm²，占总面积的 15.60%。经济林面积较小，面积为 4217.3hm²，仅占总面积的 5.46%。

表 5-2　平通河流域防护林结构现状

类　型		林　种	面积/hm²	比例/%
商品林	用材林	一般用材林	7463.1	9.66
		工业原料林	2273.1	2.94
		薪炭林	32 785.4	42.45
	经济林	短轮伐期用材林	491.8	0.64
		果木林	170.2	0.22
		药材林	3555.3	4.60
生态公益林	防护林	水土保持林	18 441.86	23.88
		水源涵养林	12 047.44	15.60
合计			77 228.20	100

2. 防护林体系空间布局优化

1) 平通河流域防护林等级评价

根据平通河流域防护林结构特征及现有资料，征求有关专家意见，选择 12 个指标：林种结构（经济林、用材林、防护林）、郁闭度（≥0.8，0.5～0.8，<0.5）、树种结构（针叶林、阔叶林、针阔混交林、灌木林）、龄组（幼林、近熟林、中熟林、成熟林、过熟林）、林分平均胸径（<8cm，8～10cm，10～14cm，14～20cm，>20cm）、林分结构（简单、较完整、完整）。林分生产力指标有 4 个：公顷蓄积（≥90，45～90，<45）、自然度等级（Ⅰ类、Ⅱ类、Ⅲ类、Ⅳ类、Ⅴ类）、健康状况（良好，健康和较健康，亚健康和不健康）、坡度等级（0°～5°，5°～15°，15°～25°，25°～35°，>35°）。林分功能性指标有 2 个：生态功能等级（Ⅰ类、Ⅱ类、Ⅱ类、Ⅲ类、Ⅳ类）、植被盖度（<20%，20%～40%，40%～60%，60%～80%，>80%），采用 GRID 和物元模型方法（Chang，2004；蔡文，1994；陈俊华等，2006），对平通河流域防护林体系小班的防护质量进行等级评价（李运龙等，2005；黄国胜等，2005；党普兴等，2008；赵惠勋等，2000），结果见图 5-6。

由图 5-6 可知，平通河流域防护林质量总体评价较差，等级为一般所占比例最大，占整个流域的 62.75%；其次是较好等级的，占 21.21%；等级为差所占比例也不少，约占 13.96%；而等级为好的只占 1.24%。

2) 平通河流域防护林体系结构优化

考虑到平通河流域防护林体系普遍存在生态、经济以及社会效益发挥不充分、林分稳定性差等问题，本研究以可持续发展要求为前提，以水源涵养为主要功能，以提高防护林体系的各种效益，形成稳定性强、服务功能强的防护林体系为最终目标，取结构（B_1）、生产力（B_2）、功能（B_3）作为准则层，选用一般用材林（C_1）、工业原料林（C_2）、薪炭林（C_3）、短轮伐期原料林（C_4）、果木林（C_5）、药材林（C_6）、水源涵养林（C_7）、水土保持林（C_8）作为主目标层的措施层，采用层次分析法（杨澍等，2005）对其进行结构优化。

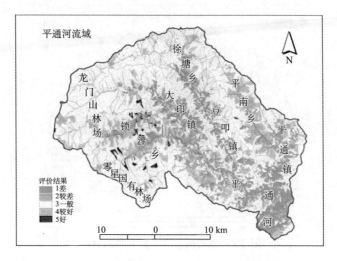

图 5-6　基于 GRID 和物元模型的平通河评价结果

平通河流域防护林结构调整依据为：

（1）1 级小班中凡是坡度大于 25°的面积在一半以上的，根据退耕还林的要求，全部调整为林地和草地。

（2）1 级小班中坡度大于 25°的面积未占小班一半面积的，应根据地块的具体分布，采用复合农林模式，兼顾粮食生产和生态建设需要。

（3）2 级小班的调整方向是增加林木蓄积量。这类小班主要分布在远离居民点的高山地区，郁闭度较高，但生产量不高，所以应该严禁采伐，促使幼龄林向中龄林、成熟林发展。

（4）3 级小班中离居民点直线距离不超过 400m 的，应考虑适当调整结构，转型为薪炭林和经济林，以避免当地生态恶化、稳定居民收入。

（5）3 级小班距河道直线距离不超过 100m 的，根据平通河流域内潜在危害程度大是以河道，尤其是干沟为主的特征，应该调整为水保林。

（6）4、5 级小班分布较为高、远，以河流的源头地带为主，面积相对较小，应以保护为主，对成熟林以合理采伐、补植、林窗采伐迹地更新等方式维护。

由图 5-7 可知，1 级小班内大于 25°坡度超过总面积一半，急需调整结构的小班数目为 394 个，总共面积达 13 050.58hm²。需采取退耕等措施的位置如图 5-8 所示。

距离居民点位置直线距离不超过 400m，受人类活动的强烈影响的有 125 个 3 级小班，总面积为 2709.68hm²，如图 5-9 所示。

位于河流干沟或主河道的有 250 个 3 级小班，总面积为 7143.696hm²。这类小班主要位于上游，是进行防洪减沙、加固水保林的主要区域（图 5-10）。

根据上述原则进行结构优化，再根据地形地貌及防护林体系空间布局原则，结果如表 5-3、表 5-4 和图 5-11 所示。从大类来看，商品林面积明显大于生态公益林面积，前者占 67.37%，后者则占 32.63%；从类型组来看，用材林（37.46%）＞防护林（32.63%）＞经济林（29.91%）。

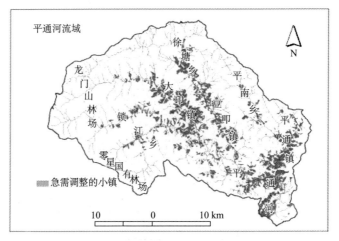

图 5-7 急需调整的小班分布示意图

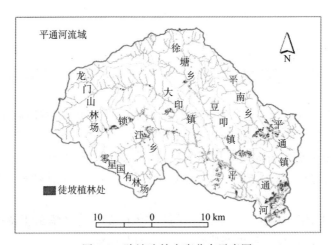

图 5-8 陡坡造林小班分布示意图

图 5-9 居民点附近急需调整的小班

图 5-10　沟道防侵蚀造林小班

表 5-3　平通河流域防护林体系结构优化结果

类　型		林　种	面积/hm²	比例/%
商品林	用材林	一般用材林	11 707.64	15.16
		工业原料林	3 166.32	4.10
		薪炭林	14 055.35	18.20
	经济林	短轮伐期用材林	5 472.95	7.09
		果木林	7 120.65	9.22
		药材林	10 505.70	13.60
生态公益林	防护林	水土保持林	10 347.80	13.40
		水源涵养林	14 850.79	19.23
合　计			77 227.20	100.00

表 5-4　平通河流域防护林体系空间配置结果

林种类型	布局地带	树种选择
用材林	一般用材林 C_1　山中部，坡度较陡，土壤较瘠薄的地带	桤木、喜树
	工业原料林 C_2　山的中下部，土层厚度在 40cm 以上的地带	桉树、竹类
	薪炭林 C_3　山的下部，坡度较缓的地带	马桑、黄荆
	短轮伐期原料林 C_4 山的中下部，坡度较陡、土壤较贫瘠的地带	竹类、巨桉
经济林	果木林 C_5　山的下部，坡度或较缓离居民点较近的地带，土层厚度在 40cm 的地带	核桃、柑橘
	药材林 C_6　山的中下部，坡度较陡或较缓离的地带	黄柏、杜仲、乌饭

续表

林种类型		布局地带	树种选择
防护林	水源涵养保持林 C₇	①干流及一、二流支流尾部汇水区 ②干流及一、二流支流两侧第一层山脊以内 ③大、小山脊以及坡度大于36°、土壤厚度小于20cm以下的地带	马尾松、湿地松、柏木、杉木、日本落叶松、麻栎、栓皮栎、槲栎、火棘、铁籽、马桑、黄荆（针阔混交、乔灌混交）
	水土保持林 C₈	①分水岭脊和支脊 ②沿江岸 ③陡坡薄土、耕地台间陡坡和地坎间	马尾松、湿地松、麻栎、栓皮栎、槲栎、桤木、刺槐、柏木、马桑、黄荆为主（针阔混交、乔灌混交）

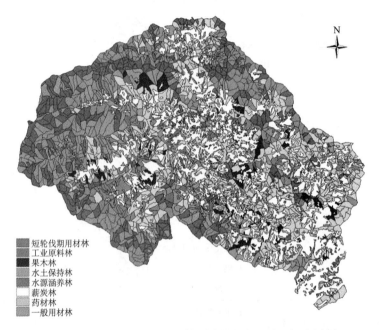

图 5-11　平通河流域防护林体系结构优化后的空间布局图

5.2.4　基于防护林空间配置的水资源高效利用技术

1. 平通河流域水资源承载力

1）平通河流域水资源总量

根据 2007 年平通河调查资料可知，平通河森林覆盖率已经达到 75% 以上，因此取模拟成果中该区域森林覆盖率为 75% 的多年平均径流深（754.2mm）进行计算，由以下公式可以算出该流域多年平均径流总量：

$$R = Q\Delta t/(1000F)$$

式中：R——多年平均径流深，单位 mm；

　　　Q——多年平均径流总量，单位 m³；

　　　Δt——时间，单位 s；

F——流域面积，单位 km^2。

由此可知，平通河流域多年平均年径流总量为 8.04 亿 m^3。

2）平通河流域水资源承载力

（1）水资源人口承载力。

水资源人口承载力被定义为一个区域在现有水资源消耗标准下，水资源所能容纳的人口数量，计算公式为（谢高地等，2005）：

$$C_p = eW_r/W_p$$

式中：C_p——水资源人口承载力；

W_r——水资源总量；

e——将水资源转化为供水量的系数，简称供水能力系数；

W_p——人均综合用水量指标。

平通河流域多年平均年径流总量为 8.04 亿 m^3，人均综合用水量标准为 435m^3，供水能力系数为 0.2（中华人民共和国水利部 2000 年度水资源公报）。现阶段平通河常住人口为 51 669 人，人均占有水资源量为 1.56 万 m^3，不存在缺水问题；而由上式计算得出，平通河流域最大水资源人口承载数为 74 万人，说明平通河流域水资源人口承载力在有效承载范围之内。

（2）水资源对工业和农业的承载能力。

水资源工业承载能力计算：

$$C_g = W_{rt}/W_{pt}$$

式中：W_{rt}——工业可用水资源总量；

W_{pt}——万元工业产值用水量，万元工业产值用水量为 85m^3。

水资源农业发展承载能力计算：

$$C_n = W_{ra}/W_{pa}$$

式中：W_{ra}——农业可用水资源总量；

W_{pa}——单位面积农田灌溉用水量，为 7230m^3/hm^2。

由此计算可知，平通河流域水资源工业承载力为 77.94 亿元，水资源农业承载力为 3.04 万 hm^2，而该流域内工业产值及耕地面积都在有效承载力范围之内。

综上所述，平通河流域水资源丰富，无论是在人口承载力，还是在农业、工业承载力方面，都在有效承载范围之内。

2. 水资源高效利用

已知该流域近 10 年最小月流量，求出平均最小月流量为 0.19 亿 m^3，根据国内外常用的 7Q10 法，将近 10 年内最小月流量和频率做相关分析，可得相关方程如下：

$$y = 0.4479x + 16.087$$

$$R^2 = 0.8653$$

根据相关方程，算得在频率为 90% 时，最小月径流深为 20.12mm，换算流量为 0.21 亿 m^3，因此平通河河道内最小生态需水量为 2.58 亿 m^3。

　　已知平通河流域多年平均年径流总量为 8.04 亿 m³，减去河道内最小生态需水量，可知该区域最大可用水资源总量为 5.46 亿 m³。又根据前述的标准，平通河按人均综合用水量标准为每人每年 435m³ 计算，平通河流域现有人口 51 669 人，得该区域每年人口需水量为 0.22 亿 m³；平通河流域共有耕地 6287hm²，单位面积农田灌溉用水量按 7230m³/hm² 计算，得该区域农业需水量为 0.45 亿 m³；平通河流域年工业其他生产总值为 2102 万元，按照万元工业产值用水量为 85m³ 进行计算，得该区域工业需水量为 0.0018 亿 m³。用平通河流域最大可用水资源总量减去人口需水量（0.22 亿 m³）以及农业（0.45 亿 m³）、工业（0.0018 亿 m³）所需水量，剩下的水量即可视为生态需水量，因此可知该区域内可用于森林植被生态用水量为 4.79 亿 m³，而森林植被耗水主要用于蒸散发，又由模型模拟结果可知，平通河流域在森林覆盖率为 75% 时，流域年平均蒸散发总量为 306.1mm，即使该区域全部被森林覆盖后，其流域年蒸散发量也只有 289.3mm，因此假设将该区域可用的森林植被生态用水全部视为在森林植被蒸散发过程中消耗，那这部分生态水量换算成流域蒸散发量为 442.7mm，这说明该流域可承受的森林植被平均蒸散发量将达到 748.8mm。因此该区域的森林结构调整中，适度增加高耗水的经济作物是必要的，这样既能达到水资源高效利用，又能提升区域经济实力。该流域主要林种蓄水量及蒸散发量（温远光和刘世荣，1995）见表 5-5，并利用蒸散发量和蓄水量的大小及其变化作为水资源高效利用的主要评价指标。

表 5-5　平通河流域主要林种蓄水与蒸散发能力

林　种	林冠截留 /mm	枯枝落叶持水 /mm	土壤蓄水 /mm	蒸散发 /mm	备注 （主要树种）
水源涵养林	181.70	5.14	440.09	266.55	冷云杉
一般用材林	86.52	2.43	234.07	444.25	杉木林
一般用材林	79.97	2.43	234.07	399.83	柏木
一般用材林	124.17	4.22	338.67	310.98	落叶松
一般用材林	169.44	2.43	234.07	444.25	马尾松
一般用材林	158.60	5.85	314.46	355.40	桦木
一般用材林	158.60	5.85	304.60	382.06	麻栎林
短轮伐期用材林	127.14	6.00	310.20	399.83	杨树
一般用材林	101.29	6.30	299.50	382.06	青岗
药材林	256.95	4.28	310.29	355.40	厚朴等
薪炭林	256.95	5.85	300.30	382.06	杂木
果木林	160.91	3.20	213.30	399.83	核桃、柑橘

　　采用上述指标计算平通河流域调整前与调整后的有林地水资源利用状况，见表 5-6、表 5-7。从表 5-7 可以看出，在对平通河流域有林地进行调整布局后，蓄水量从原来的 37 912 万 m³ 减为 37 136 万 m³，而蒸散发从 21 344 万 m³ 增加到 22 304 万 m³，为了更有效地利用流域水资源，增加流域内农民收入，调整时增加了用材林和经济林面积，

通过估算，调整成林后流域内经济效益增加了 1.63 亿元。

表 5-6 平通河流域调整前有林地水资源利用（单位：万 m³）

类 型	林 种		调整前	
			蓄水量	蒸散发
商品林	用材林	一般用材林	3045.27	2927.57
		工业原料林	1007.77	908.84
		薪炭林	18 461.66	12 525.83
	经济林	短轮伐期用材林	218.04	0.25
		果木林	64.23	68.05
		药材林	2031.94	1263.55
生态公益林	防护林	水土保持林	6262.94	10.61
		水源涵养林	6820.61	3639.41
合计			37 912.45	21 344.12

表 5-7 平通河流域调整后有林地水资源利用（单位：万 m³）

类 型	林 种		调整后		与调整前相比增减	
			蓄水量	蒸散发	蓄水量	蒸散发
商品林	用材林	一般用材林	4777.23	4592.59	1731.96	1665.02
		工业原料林	1403.77	1265.97	396	357.13
		薪炭林	7914.65	5369.92	−10 547	−7155.91
	经济林	短轮伐期用材林	2426.4	2.83	2208.36	2.58
		果木林	2687.38	2847.01	2623.15	2778.96
		药材林	6004.26	3733.73	3972.32	2470.17
生态公益林	防护林	水土保持林	3514.16	5.95	−2748.78	−4.66
		水源涵养林	8407.71	4486.28	1587.1	846.86
合 计			37 135.56	22 304.28	−776.89	960.16

根据绵阳新桥定位站和平武宽坝定位站的土壤和水文观测数据，以及林木生产力和市场价格，匡算出平通河流域防护林体系空间优化配置后的效益如表 5-8 所示。

表 5-8 调整后效益分析

	类 型	面积/hm²	经济效益/元	持水量/m³	减沙量/t
	柑橘	3413.334	30 720 006	4 901 547.624	11 004.588 82
	黄柏杜仲	3413.334	30 037 339.2	4 901 547.624	12 465.495 77
一级小班	川柏、刺槐、桤、栎				
	马尾松				
	草坡				

续表

类　型		面积/hm²	经济效益/元	持水量/m³	减沙量/t
	柑橘	1739.903 326	15 659 129.93	2 275 793.55	6 354.126 945
	黄柏杜仲	1739.903 326	15 311 149.27	2 275 793.55	6 354.126 945
急需调整	川柏、刺槐、栲、栎	1739.903 326	13 397 255.61	1 285 788.558	5 376.301 276
	马尾松				
	草坡				
	柑橘				
	黄柏杜仲	812.904	7 153 555.2	1 167 330.144	2 620.802 496
居民地	川柏、刺槐、栲、栎	812.904	6 259 360.8	600 736.056	2 511.873 36
	马尾松				
	草坡				
	柑橘				
	黄柏杜仲				
沟道	川柏、刺槐、栲、栎	5714.9568	44 005 167.36	4 223 353.075	17 659.216 51
	马尾松				
	草坡	1428.7392		−44 290.9152	3661.858 57
合　计			162 542 963.4	21 587 599.27	68 008.390 69

根据表 5-8，主要调整平通河 995.12km² 流域内 1～3 级部分小班，成林后可产生约 1.63 亿元经济价值的效益，涵养水量为 2158.76 万 m³，减沙量为 6.8 万 t。

5.3　小流域尺度（官司河）防护林体系对位配置技术

5.3.1　土地利用景观格局

1. 资料收集及数据处理

利用官司河小流域 1995 年的 ETM＋卫片以及 2005 年的 IKONOS 卫片。以 1∶1 万地形图作为底图，参照森林资源分布图、2007 年森林资源二类调查小班资料，采用野外调查与室内解译相结合的方法对官司河流域的 ETM＋、IKONOS 卫片进行解译（图 5-12、图 5-13）。

2. 官司河流域土地利用景观格局变化情况

对官司河流域内土地利用类型景观格局进行了分析，结果见表 5-9、表 5-10。从 1995 年和 2005 年两期卫片解译结果得知，官司河流域土地利用类型主体是耕地，占流域面积的 50.88%，这与该流域人口密集、种植程度高密切相关；有林地面积占流域面积的 37.43%，说明该流域的森林覆盖率较高，且空间交错分布，流域生态环境质量较好；水域面积占流域面积的 6.87%。

表 5-9　官司河流域土地 1995 年土地利用景观格局分析

地类代码	地类名称	面积/hm²	占研究区比例/%	图斑个数	最大面积	最小面积	平均斑块面积	斑块平均周长	斑块密度 M	斑块多度	破碎度	优势度
1	耕地	1381.45	68.77	59	12 202 255.27	123.20	234 143.45	6083.03	0.03	0.05	0.04	0.36
31	有林地（马尾松）	276.22	13.75	92	458 885.69	95.98	30 024.24	1437.60	0.05	0.08	0.33	0.09
32	有林地（柏树）	164.45	8.19	120	112 123.02	142.47	13 704.30	856.95	0.06	0.11	0.73	0.07
33	有林地（栎树）	4.62	0.23	10	9287.29	773.47	4616.84	399.84	0.00	0.01	2.17	0.00
72	农村宅基地	57.85	2.88	301	8988.73	224.95	1921.80	177.45	0.15	0.28	5.20	0.09
10	道路用地	6.20	0.31	13	28 197.55	230.86	4768.94	1681.58	0.01	0.01	2.10	0.00
11	水域	106.27	5.29	494	103 946.76	152.43	2151.31	215.89	0.25	0.45	4.65	0.15
20	城镇建设用地	11.70	0.58	1	117 005.58	117 005.58	117 005.58	2163.20	0.00	0.00	0.09	0.00
合计		2008.76	100.00	1090								

表 5-10　官司河流域 2005 年土地利用景观格局分析

地类代码	地类名称	面积/hm²	占研究区比例/%	图斑个数	最大面积	最小面积	平均斑块面积	斑块平均周长	斑块密度 M	斑块多度	破碎度	优势度
1	耕地	1033.94	51.47	377	3 046 110.87	62.48	27 425.59	1224.73	0.19	0.22	0.36	0.35
31	有林地马尾松	454.00	22.60	80	1 670 710.39	178.23	56 749.68	3272.08	0.04	0.05	0.18	0.13
32	有林地柏树	295.95	14.73	176	452 239.59	89.39	16 815.32	1221.16	0.09	0.10	0.59	0.12
33	有林地栎树	8.01	0.40	5	49 759.22	2257.64	16 019.87	1482.37	0.00	0.00	0.62	0.00
72	农村宅基地	45.37	2.26	637	10 147.51	51.62	712.32	116.20	0.32	0.38	14.04	0.17
10	道路用地	13.21	0.66	9	90 026.73	523.85	14 643.53	2835.07	0.00	0.01	0.68	0.01
11	水域	141.35	7.04	405	303 359.06	123.46	3490.20	251.71	0.20	0.24	2.87	0.24
20	城镇建设用地	16.93	0.84	1	169 276.90	169 276.90	169 276.90	2901.74	0.00	0.00	0.06	0.00
合计		2008.76	100.00	1690								

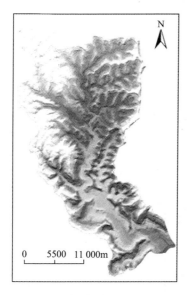

图 5-12　官司河三维图

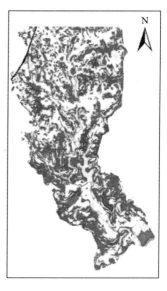

图 5-13　官司河 2005 年度
土地利用现状

5.3.2　防护林健康评价

1. 防护林健康评价指标体系建立方法

森林生态系统是一个多层次、开放且结构复杂的巨系统，森林健康评价可通过压力、状态、响应 3 个不同但又紧密联系的指标类型来反映（图 5-14）。

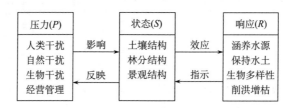

图 5-14　防护林健康的压力-状态-响应分析框架

2. 防护林健康评价指标

围绕防护林健康的压力-状态-响应分析框架，结合我国长江上游防护林的特点，建立了长江上游防护林"压力-状态-响应"模式下的健康评价指标体系（图 5-15）。

3. 评价指标权重

选用主观赋权法中的 AHP 法确定指标权重，根据新桥森林生态效益监测站的多年监测成果，结合官司河流域社会经济调查，并征求多名从事森林生态效益研究的专家意见，分别建立判断矩阵，最后得出各指标权重。根据熵技术修正 AHP 法计算结果（表 5-11）。

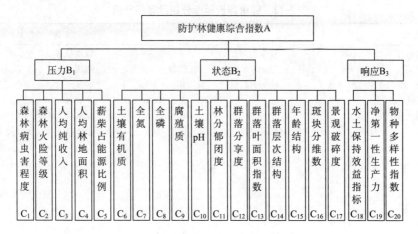

图 5-15　防护林健康评价指标体系

表 5-11　判断矩阵及权重

A	压力指标 B_1	状态指标 B_2	响应指标 B_3	权重 W	一致性检验
压力指标 B_1	1	1/3	1/2	0.1692	C. I. = 0.0091
状态指标 B_2	3	1	1	0.4434	R. I. = 0.52
响应指标 B_3	2	1	1	0.3874	C. R. = C. I. /R. I. = 0.0176＜0.1

4. 评价方法

针对评价指标体系建立评价模型。评价模型为

$$\text{SHI} = \left(\sum_{i=1}^{n_1} p_i w_i\right)W_1 + \left(\sum_{j=1}^{n_2} s_i w_i\right)W_2 + \left(\sum_{k=1}^{n_3} r_i w_i\right)W_3 \tag{5-1}$$

式中：SHI——防护林健康指数（shelterbelts health index）；

p_i——压力（P）指标等级分值；

s_i——状态（S）指标等级分值；

r_i——响应（R）指标等级分值；

w_i——指标的权重，且 $\sum_{i=1}^{n_1} w_i = 1, \sum_{i=1}^{n_2} w_i = 1, \sum_{i=1}^{n_3} w_i = 1$ ；

W_1、W_2、W_3——P、S、R 的权重，且 $W_1 + W_2 + W_3 = 1$；

n_1，n_2，n_3——P、S、R 指标的个数。

5. 防护林健康评价标准

1）评价指标分级标准

采用等级评分赋值的方法进行指标标准化，参考国内学者的相关研究，结合长江中上游防护林的特点，初步确定各指标的等级分值（表 5-12）。

表 5-12   健康评价指标分级及等级分值

指标层	I	II	III	IV	V
森林病虫害程度	无危害	轻微危害	中等危害	较重危害	严重危害
森林火险等级	一级	二级	三级	四级	五级
人均纯收入/(元/a)	>8000	6000~8000	4000~6000	2000~4000	<2000
人均林地面积/(亩/人)	>1.0	0.8~1.0	0.5~0.8	0.2~0.5	<0.2
薪柴占能源比例/%	<20	20~40	40~60	60~80	>80
有机质/%	>5.0	4.0~5.0	2.0~4.0	1.0~2.0	<1.0
全氮/%	>0.2	0.15~0.20	0.10~0.15	0.05~0.10	<0.05
全磷/%	>0.05	0.04~0.05	0.03~0.04	0.02~0.03	<0.02
腐殖质/%	>0.35	0.3~0.35	0.25~0.3	0.2~0.25	<0.2
土壤 pH	7.0~8.0	6.0~7.0	5.0~6.0	4.5~5.0	<4.5 或>8
林分郁闭度	0.5~0.6	0.6~0.7	0.7~0.8 或 0.4~0.5	0.3~0.4 或 0.8~0.5	0.9~1.0 或 0~0.3
群落分享度/%	<10	10~15	15~20	20~25	>25
群落叶面积指数	>8.0	7.0~8.0	6.0~7.0	5.0~6.0	<5.0
群落层次结构	林下树种丰富，形成次林层	林下无明显次林层，但有零散小乔木	基本无小乔木，但有发达的灌草层	仅有少量灌木	基本无灌木
年龄结构	4 个龄级以上	4 个龄级	3 个龄级	2 个龄级	1 个龄级
斑块分维数	1.8~2.0	1.6~1.8	1.4~1.6	1.2~1.4	1.0~1.2
景观破碎度	<2.0	2.0~5.0	5.0~10.0	10.0~20.0	>20.0
水土保持效益指标	0.05~0.20	0.20~0.35	0.35~0.50	0.50~0.70	0.70~0.80
物种多样性指数	>3.0	2.5~3.0	2.0~2.5	1.5~2.5	<1.5
NPP/(t/km^2)	>200	100~200	20~100	10~50	<10
等级分值	>79	60~79	40~59	20~39	<20

2）健康评价等级标准

健康等级标准是量化防护林健康状态的尺度，通过等级评分赋值，将健康等级分为 5 个等级，分值范围为介于 0~100 的整数值，健康综合评分越高，健康等级越高。防护林健康分级及特征的含义见表 5-13。

表 5-13   防护林健康状态分级及特征

健康等级	健康状态	健康指数	防护林生态系统特征
I	很健康	[90，100]	外界压力小，基本未受干扰破坏；生态结构十分合理、且完整；生态服务功能完善，系统稳定，系统恢复再生能力强
II	健康	[70，90]	外界压力较小，干扰较小；生态结构合理、格局尚完整；生态服务功能较完善，系统稳定性较好，一般干扰下可恢复
III	亚健康	[50，70]	外界压力较大，接近生态阈值；生态结构有变化，但尚可发挥基本的生态服务功能；受干扰后易恶化，生态问题显现
IV	不健康	[30，50]	外界压力大，生态异常较多；生态结构不合理，出现缺陷；生态服务功能退化且不全，受外界干扰后恢复困难
V	病态	[0，30]	外界压力很大，干扰频繁；生态结构极不合理，防护林斑块破碎化严重；生态服务功能几近崩溃，恢复与重建很困难

6. 官司河流域防护林健康评价

通过等级评分计算防护林各群落类型的健康指数、健康评价指标的监测值和评分值。根据本研究建立的健康评价方法和指标权重，计算得出各类型防护林的压力、状态、响应指数和健康评价综合得分（表 5-14）。

表 5-14　主要防护林群落类型的健康状态和评分值

指标层	马尾松林		柏树林		栎树林		松柏林		桤柏林	
	监测值	评分	监测值	评分	监测值	评分	监测值	评分	监测值	评分
森林病虫害程度	中等	50	轻微	70	轻微	70	轻微	70	轻微	70
森林火险等级	三级	50	三级	50	二级	70	二级	70	三级	50
人均纯收入/(元/a)	4057	50	4191	50	3763	35	4092	50	3979	40
人均林地面积/(亩/人)	0.36	30	0.68	50	0.51	45	0.67	50	0.89	70
薪柴占能源比例/%	35	70	30	75	45	50	30	75	35	70
有机质/%	0.94	10	2.48	50	2.67	55	1.33	30	2.50	50
全氮/%	0.054	25	0.090	35	0.126	50	0.087	34	0.149	55
全磷/%	0.013	10	0.037	50	0.042	65	0.035	40	0.037	50
腐殖质/%	0.25	40	0.29	55	0.36	85	25	40	0.32	70
土壤 pH	5.5	50	6.5	70	6.8	70	6.5	70	6.4	70
林分郁闭度	0.6	80	0.8	40	0.8	40	0.8	40	0.7	60
群落分享度/%	18.88	50	19.18	50	30.91	10	22.74	30	14.92	75
群落叶面积指数	6.16	43	7.61	72	7.08	62	6.69	55	6.86	57
群落层次结构	IV	30	III	50	III	50	II	70	III	50
年龄结构	2	30	2	30	2	30	3	50	2	30
斑块分维数	1.23	30	1.18	18	1.22	22	1.23	23	1.18	18
景观破碎度	11.52	37	7.56	50	0.16	90	9.54	40	7.56	50
水土保持效益指标	0.16	85	0.13	90	0.12	90	0.16	85	0.12	90
物种多样性指数	2.00	40	2.21	48	2.66	66	2.68	67	2.47	59
净初级生产力/[kg/(km² · a)]	7.98	16	9.11	18	8.69	17	8.39	17	8.52	17

表 5-15　防护林健康评价结果

群落类型	压力 B_1（权重为 0.2007）	状态 B_2（权重为 0.5691）	响应 B_3（权重为 0.2302）	健康指数
马尾松林	51.48	35.4	36.65	38.92
柏树林	56.55	50.36	42.01	49.68
栎树林	55.95	57.21	50.56	55.43
松柏混交林	64.23	46.28	50.43	50.84
桤柏混交林	55.26	53.79	47.09	52.54

从表 5-15 可以看出，官司河流域防护林健康指数从高到低依次为：栎树林（55.43）＞桤柏混交林（52.54）＞松柏混交林（50.84）＞柏树林（49.68）＞马尾松林（38.92）。从健康等级和健康状态来看，栎树林、桤柏混交林、松柏混交林健康等级为Ⅲ级，健康状态为亚健康；柏树林、马尾松林健康等级为Ⅳ级，健康状态为不健康。

根据各群落健康指数按面积的百分比进行加权处理，计算流域防护林综合健康指数。官司河流域各群落的比重分别为：马尾松林占 24.24%、柏树林占 10.21%、栎树林占 1.06%、松柏混交林占 41.76%、桤柏混交林占 22.03%、其他占 0.7%。因此，该流域防护林综合健康指数为 47.89，健康等级为Ⅳ级，健康状态为不健康。

5.3.3 防护林空间对位配置技术

1. 小流域适宜森林覆盖率

根据该区历年一日出现频率较大暴雨量计算适宜森林覆盖率（张健等，1996）。收集研究区内的 1960～2006 年的水文数据资料，共计 20 万条数据记录。数据来源于绵阳市游仙区刘家河水文监测站，由于该监测站紧邻官司河流域，其水文数据可以代表官司河流域。不同频率的 24h 平均暴雨量见表 5-16。

表 5-16 官司河流域不同频率 24h 暴雨量表

频率/%	5	10	20	50
重现年/a	20	10	5	2
降雨量/mm	228	147.5	129.7	87.7

以官司河流域内几十块标准地和定位实测资料对森林土壤饱和需水量按面积进行加权处理得出不同林分健康程度的 W 平均值，将健康程度分为五级，根据各级别林分所占面积的百分比进行加权计算，求得加权的林地土壤饱和蓄水量（表 5-17）。

表 5-17 加权林地土壤饱和蓄水量和适宜森林覆盖率

群落健康状态	很健康	健康	亚健康	不健康	疾病
面积比例/%	5.0	7.0	37.0	48.0	3.0
土壤饱和蓄水量/mm	255.8	228.4	188.4	163.2	150.7
对应森林覆盖率/%	33.05	41.35	50.13	57.88	62.68
加权土壤饱和蓄水量/mm	180.25				
适宜森林覆盖率/%	52.40				

以水源涵养为目标的最适宜森林覆盖率以 10 年一遇为标准，在计算时，将 147.5mm 的暴雨量作为 P 值。流域总面积为 2120hm²，防护面积为 1357.56hm²（林地和旱地地面）。以目前林地水源涵养能力能够蓄留历年一日出现频率较大（10 年一遇）暴雨量的最适宜森林覆盖率为 40%～50%。当林分土壤饱和蓄水量为 150.7mm 时，在历年一日出现 10 年一遇暴雨量为 147.5mm 时，最适宜森林覆盖率约为 62.68%，而该区有林地面积占土地总面积的 35.75%，也就是说即使全部有林地都造成林地也不能达到最适宜的防护效益，而在林分健康状况下，40%左右的森林覆盖率就能起到最适宜防护效益，而在林分很健康的状态下，30%左右的森林覆盖率就能起到最适宜防护效益。按照加权土壤饱和蓄水量 180.25mm 来计算，官司河适宜森林覆盖率为 52.40%。

2. 小流域防护林空间对位配置

1) 现状分析

根据卫片解译结果，结合小班调查资料，官司河流域防护林体系结构现状及布局情况分别如图 5-16 所示。

从图 5-16 可以看出，该区针叶纯林面积最大，占总面积的 42.48%，其次是针针混交林，面积为 247.46hm²，占总面积的 29.77%。而针阔混交林的面积为 124.39hm²，仅占总面积的 14.97%。由此可见该区的防护林结构不合理，进行调整及优化是非常必要的。

2）防护林空间格局优化

防护林结构调整中，共考虑了 6 项特征。其中，定量特征有坡度（0°～5°、5°～15°、15°～25°、26°～35°、>35°）、土层厚（0～30m、31～80m、>80m）、土 A 层厚度（0～5m、5～10m、>10m）、土壤含水率（<10%、10%～20%、20%～30%）；定性特征有坡位（山脊、上坡、中坡、下坡、山麓）、土壤类型（1 紫色土、2 老冲积黄壤、3 灰白沙壤）。根据 2007 年森林资源二类调查小班资料并结合实地调查资料，给出官司河小流域防护林土地利用 297 个小班的物元表达式。

图 5-16　官司河小流域防护林结构现状布局图

从防护林结构调整角度看，适宜性可以分为三级，即最适宜、较适宜、不适宜。为了计算方便和统一，采用标准化评分法（规定各特征的节域均为 1～100，各属性值为整数），以消除不同特征量纲与尺度的不一致，使各特征之间具有一定的可比性。经咨询专家和查询资料后，确定每一特征在节域（1～100）内的经典域（表 5-18）。

表 5-18　各特征值的经典域

类型		坡度	坡位	土层厚	土 A 层厚	土壤类型	土壤含水率
Ⅰ	A	80～99	60～99	81～100	10～50	75～99	40～99
	B	60～79	40～59	31～80	5～10	25～74	20～39
	C	1～59	1～40	1～31	1～5	1～24	1～19
Ⅱ	A	60～99	60～99	81～100	10～50	50～99	10～79
	B	40～59	20～39	31～80	5～10	25～49	3～9
	C	1～39	1～20	1～31	1～5	1～24	1～2
Ⅲ	A	60～99	60～99	81～100	10～50	50～99	10～79
	B	40～59	20～39	31～80	5～10	25～49	3～9
	C	1～39	1～20	1～31	1～5	1～24	1～2
Ⅳ	A	40～99	80～99	31～100	5～50	25～49	10～50
	B	3～39	11～79	5～31	2～5	5～24	2～9
	C	1～2	1～10	1～5	1～2	1～4	1～2

续表

	类型	坡度	坡位	土层厚	土 A 层厚	土壤类型	土壤含水率
V	A	40～99	40～99	31～100	5～50	25～49	1～2
	B	20～39	20～60	5～31	2～5	6～24	1～2
	C	1～19	1～10	1～5	1～2	1～5	1～2
VI	A	60～99	60～99	5～100	5～50	50～99	3～99
	B	2～39	20～60	3～5	2～5	25～49	1～2
	C	1～2	1～20	1～3	1～2	1～24	1～2
VII	A	40～99	10～99	5～50	5～100	2～50	50～99
	B	2～39	5～9	3～5	2～5	25～40	30～60
	C	1～2	1～4	1～3	1～2	1～24	1～29

Ⅰ. 针阔混交林，Ⅱ. 针针混交林，Ⅲ. 针叶纯林，Ⅳ. 阔叶纯林，Ⅴ. 经济林，Ⅵ. 灌木林，Ⅶ. 草地，下同。A. 最适宜，B. 较适宜，C. 不适宜，下同。

采用 Delphi 法结合层次分析法（AHP）（雷孝章等，1999），由 7 位专家参与综合得出 6 项特征值的权重（表 5-19）。

表 5-19　各特征值的权重

类型	坡度	坡位	土层厚	土 A 层厚	土壤类型	土壤含水率
Ⅰ	26	18	18	7	26	5
Ⅱ	15	21	28	11	17	8
Ⅲ	15	21	26	13	18	7
Ⅳ	21	19	21	21	13	5
Ⅴ	21	21	18	18	18	4
Ⅵ	21	17	11	11	32	8
Ⅶ	23	15	18	10	11	23

运用包含上述 6 项特征值、经典域和权重等属性参数在内的土地利用属性数据库，以小班号为关键字段，将特征值表和官司河防护林土地利用空间数据库相关联。以土地利用类型为关键字段，将经典域表和权重表相关联，分别计算各特征值关联度、地块适宜性，从而得到综合关联度 $K（N_x）$ 值（蔡文，1994；陈俊华等，2006）确定地块的最终适宜度，结果见表 5-20。

表 5-20　官司河流域防护林不同适宜性地块面积

类型	原用途	最适宜	次适宜
Ⅰ	124.39	246.49	229.56
Ⅱ	227.46	86.25	90.15
Ⅲ	353.05	79.67	76.58
Ⅳ	—	112.46	125.34
Ⅴ	116.67	108.68	116.52
Ⅵ	—	150.36	132.15
Ⅶ	—	47.29	60.9
合计	831.2	831.2	831.2

考虑到官司河流域防护林体系普遍存在生态、经济以及社会效益发挥不充分、林分稳定性差等问题，以可持续发展要求为前提，提高防护林体系的各种效益，形成稳定性强、服务功能强的防护林体系为最终目标，将生态效益、社会效益、经济效益以及林分稳定性作为准则层，同时考虑到官司河流域防护林体系组成的实际情况，选用官司河流域常见的植被类型、树种作为实现总目标的措施层（图 5-17）。

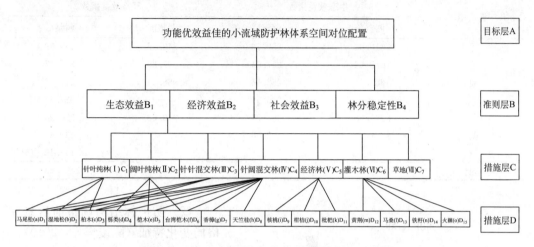

图 5-17　官司河流域防护林体系植被类型层次结构

3）防护林体系空间对位配置

根据本流域的土壤、地形、土地利用的空间格局，确定其主要生态防护功能为水土保持、涵养水源，进一步改善流域的生态环境，生态效益良好，同时兼具有一定经济效益为主要目的。结合官司河流域防护林配置原则为适地适树、科学性与实用性、自然分类与经营分类相结合、混交造林配置、功能最优、效益最大等，官司河小流域防护林体系空间对位配置如图 5-18 所示（郭立群等，1994a，1994b；高成德和余新晓，2000；刘启慎等，2000；高甲荣等，2000）。

4）对位配置后的效益分析

（1）防护林结构调整效益分析。

根据各类防护林土地利用的生态效益和经济效益的计算值（杜亚军等，2003；金小麒，2001），分别计算了该区的防护林土地利用在调整前后的效益值（表 5-21），由表

图 5-18　官司河小流域防护林结构优化后的空间对位配置

5-21 可以看出，调整后，该区土地利用效益明显提高，生态效益指数由调整前的 2053.93 上升到调整后的 2327.39，净增了 13.31%；经济效益指数则从调整前的 2300.40 上升到调整后的 2493.63，净增了 8.40%。

表 5-21　土地利用调整前后的效益值

类型	生态效益指数		经济效益指数	
	调整前	调整后	调整前	调整后
I	310.98	652.76	348.29	699.39
II	618.65	257.01	692.89	275.37
III	882.63	253.46	988.54	271.56
IV	—	305.59	—	327.42
V	241.68	308.84	270.68	330.90
VI	—	402.16	—	430.89
VII	—	147.56	—	158.10
合计	2053.93	2327.39	2300.40	2493.63

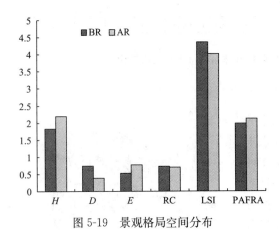

图 5-19　景观格局空间分布

BR 为调整前；AR 为调整后；H 为生物多样性指数；D 为优势度指数；E 为均匀度指数；RC 为蔓延度指数；LSI 为景观形状指数；PAFRA 为分维数

（2）防护林结构调整前后景观格局变化特征（陈俊华等，2010）。

由景观多性变化情况可以看出（图 5-19）：景观多样性指数（H）和景观均匀度指数（E）分别由调整前的 1.8261 和 0.5238 增加到调整后的 2.1923 和 0.7683，分别增加了 20.05% 和 46.68%。景观优势度和蔓延度指数由调整前的 0.7348 和 0.7327 减少到调整后的 0.3816 和 0.6928。这说明景观的异质性提高，景观向着多样化和均匀化方向发展。

由景观破碎化情况可知 [图 5-20 (a)、图 5-20 (b)]，除针阔混交林外，针针混交林、针叶纯林以及经济林的边缘密度和斑块密度都减少了，这说明这几种类型斑块向小型化发展，景观破碎度增加。

从各景观要素的散布与并列指数（IJI）来看 [图 5-21 (a)]，各要素该指数数值都有明显的增加，说明这些景观要素与其他要素之间交错分布的机会在增加，空间关系趋于复杂化。聚集度指数（AI）是反映斑块的聚散性，斑块要素在其分布区内越丛生、越聚集，则斑块的结合度越大。各景观要素的 AI 都在增大，说明各景观要素的斑块越来越聚集，斑块的结合度在增大 [图 5-21 (b)]。

从景观要素上来看（图 5-22），各景观要素的景观形状指数（LSI）都有不同程度的减少，而分维数（PAFRAC）都有不同程度的增加，说明各景观要素的斑块复杂程度减少，而稳定性增加。

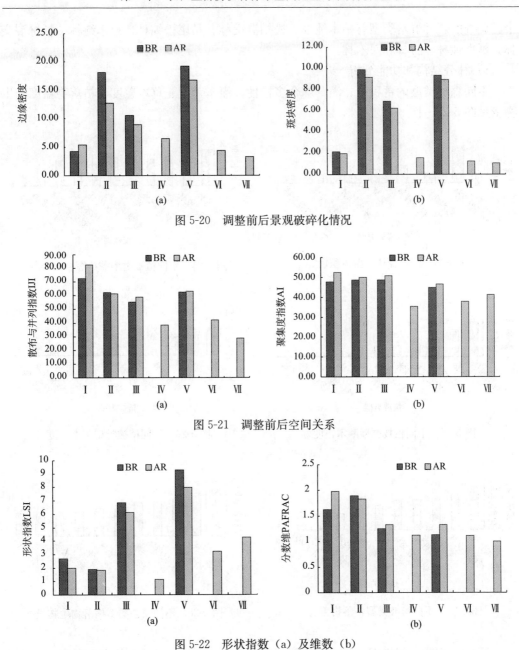

图 5-20　调整前后景观破碎化情况

图 5-21　调整前后空间关系

图 5-22　形状指数（a）及维数（b）

5.4　防护林结构定向调控及其生态功能高效维护技术

5.4.1　防护林适宜植被类型和林分结构

1. 平通河流域适宜植被类型研究

调查了平通河流域 38 个样地，其中乔木样地 27 个、竹林样地 6 个、灌木样地 5

个。调查的森林群落类型有柏木纯林、松柏混交林、马尾松纯林、杉木纯林、杉栎混交林、栎类纯林、竹林和灌木林。

1）林分结构和功能分析

不同森林类型的蓄积量、灌草综合多样性、灌木盖度、草本盖度、枯落物盖度和生物量见图 5-23～图 5-28。

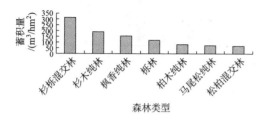

图 5-23　主要森林类型蓄积量

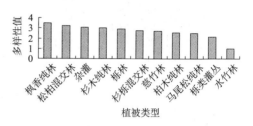

图 5-24　不同植被类型灌草综合多样性

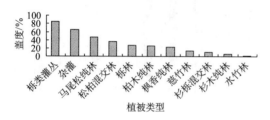

图 5-25　不同植被类型灌木盖度

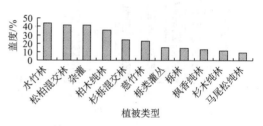

图 5-26　不同植被类型草本盖度

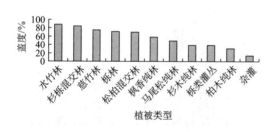

图 5-27　不同植被类型枯落物盖度

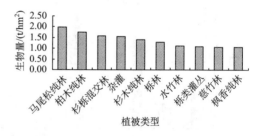

图 5-28　不同植被类型枯落物生物量

图 5-24 表明，杉栎混交林的蓄积量最高，为 314.04m³/hm²，其次为杉木纯林，蓄积量为 191.18m³/hm²，松柏混交林蓄积量最低，仅为 70.26m³/hm²。

灌木盖度以栎类灌丛最高，森林群落以马尾松纯林最高，水竹林最低；草本盖度则以水竹林最高，松柏混交林次之，马尾松纯林最低，可见灌木和草本盖度是成反比关系。枯落物盖度以水竹林最高，杉栎混交林次之，杂灌最低。

2）不同森林类型土壤物理性质

通过分层取样分析，不同森林类型土壤物理性质如表 5-22 所示。由表 5-22 可以看出，杉栎混交林土壤饱和储水量最高，为 281.21t/hm²，杉木纯林和马尾松纯林分别为

264.87t/hm² 和 249.15t/hm²。该区域防护林主要功能是水源涵养、削洪减灾，因此林分土壤饱和储水量是最为重要的判断因子。综合上述分析，在海拔为 800～1500m 的黄棕壤地带上，杉木＋栓皮栎群系是较适宜的森林类型。根据样地调查结果，该类型林分密度为 1500 株/hm²，其中栎类 375 株，占 25%，灌木盖度达 34.5%，草本盖度为 40%，枯落物盖度为 80%。

表 5-22　不同森林类型土壤物理性质比较

林型	土层厚度/cm	土壤容重/(g/cm³)	最大持水量/%	毛管持水量/%	最小持水量/%	非毛管孔隙度/%	毛管孔隙/%	总孔隙度/%	饱和储水量/(t/hm²)
柏木林	0～15	1.46	38.32	33.24	30.29	7.35	48.36	55.71	83.565
	15～30	1.50	27.24	21.55	17.53	8.56	31.90	40.46	60.69
	30～45	1.78	21.12	18.42	8.74	4.67	30.07	34.74	52.11
	平均值	1.58	28.89	24.40	18.85	6.86	36.78	43.64	196.37
杂灌	0～15	1.30	39.78	34.74	40.31	6.64	44.18	50.82	76.23
	15～30	1.51	33.70	27.11	34.12	9.51	38.13	47.64	71.46
	30～45	1.54	36.35	32.57	17.49	5.49	50.38	55.87	83.805
	平均值	1.45	36.61	31.47	30.64	7.21	44.23	51.44	231.5
杉木纯林	0～15	1.20	55.20	53.46	49.48	2.11	63.77	65.88	98.82
	15～30	1.26	46.02	44.13	39.98	2.39	55.46	57.85	86.775
	30～45	1.36	39.58	37.92	33.80	2.23	50.62	52.85	79.275
	平均值	1.27	46.93	45.17	41.09	2.24	56.62	58.86	264.87
慈竹	0～15	1.10	56.53	54.37	49.78	2.38	59.89	62.27	93.405
	15～30	1.31	46.06	43.11	38.84	3.88	56.19	60.08	90.12
	30～45	1.22	54.15	51.66	47.32	2.94	61.97	64.91	97.365
	平均值	1.21	52.25	49.71	45.31	3.07	59.35	62.42	280.89
杉栎混交林	0～15	1.14	58.73	54.95	49.13	4.29	61.50	65.79	98.685
	15～30	1.26	50.52	48.10	44.73	3.06	60.46	63.52	95.28
	30～45	1.42	42.60	40.44	37.11	3.02	55.14	58.16	87.24
	平均值	1.27	50.62	47.83	43.66	3.46	59.03	62.49	281.21
栎类林	0～15	1.14	41.45	30.22	23.07	11.75	32.66	44.40	66.6
	15～30	1.20	49.48	41.01	33.76	9.52	47.54	57.06	85.59
	30～45	1.47	41.20	38.47	35.12	4.04	56.31	60.35	90.525
	平均值	1.27	44.04	36.57	30.65	8.44	45.50	53.94	242.72
马尾松纯林	0～15	1.22	50.71	42.14	37.65	10.20	50.76	60.96	91.44
	15～30	1.53	32.85	25.65	21.75	10.62	38.02	48.65	72.975
	30～45	1.48	38.92	36.97	33.83	2.84	53.65	56.49	84.735
	平均值	1.41	40.83	34.92	31.08	7.89	47.48	55.37	249.15

2. 基于林分水文效应的适宜柏木防护林类型研究

根据雨量级选择 2007～2009 年 75 次降水（降水间隔时间在 3d 以上的场降水）的大气降水量与松柏混交林的林冠截留量进行回归分析表明，松柏混交林林冠截留量（I）与降水量（P）呈显著对数相关：

$$I = 4.4286\ln P - 3.0843, \quad R^2 = 0.8257(n = 75)$$

由图 5-29 可以看出：降水量小于 20mm 时，趋势线的斜率较大，林冠截留量率高；当降水量大于 80mm 后，趋势线变得平缓，林冠截留量趋于稳定。松柏混交林林冠截留量极限在 20mm 左右。

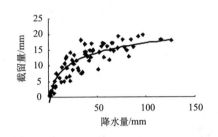

图 5-29　松柏混交林林冠截留量与降水量关系

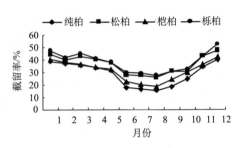

图 5-30　林冠截留率的月际变化

根据 2007 年 1～12 月份对每次降水和林冠截留量的测定，以月为单位计算林冠截留量和截留率（图 5-30）。由图 5-30 可以看出：研究区全年降水集中在 6～9 月，从全年截留量分析，栎柏混交林、松柏混交林、桤柏混交林、柏木纯林林冠截留量分别为312.6mm、301.1mm、243.2mm、207.9mm，或占年降水量的 32.3%、31.1%、25.1%、21.5%。

1）枯落物持水

不同林分由于树种组成、灌木和草本层盖度不同，单位面积枯落物存储量差异较大。由于栎类属落叶树种，加上灌木盖度大，因此栎柏混交林枯落物存储量最大，达 $5.57\text{t}/\text{hm}^2$；而柏木纯林中灌木和草本极少，枯落物存储量仅为 $2.84\text{t}/\text{hm}^2$（表 5-23）。对不同森林类型枯落物最大持水量和有效持水量分析表明：栎柏混交林＞桤柏混交林＞松柏混交林＞柏木纯林（表 5-24）。

表 5-23　不同森林类型枯落物存储量

森林类型	未分解层		半分解层		合计	
	厚度/cm	存储量/(t/hm²)	厚度/cm	存储量/(t/hm²)	厚度/cm	存储量/(t/hm²)
纯柏	0.6	1.67	0.5	1.17	1.1	2.84
松柏	1	2.16	0.6	1.99	1.6	4.15
桤柏	1.4	2.58	0.5	1.04	1.9	3.62
栎柏	1.6	3.43	0.7	2.14	2.3	5.57

表 5-24　不同森林类型枯落物层持水量

森林类型	未分解层				半分解层				合计	
	自然含水率/%	最大持水率/%	最大持水量/(t/hm²)	有效持水量/(t/hm²)	自然含水率/%	最大持水率/%	最大持水量/(t/hm²)	有效持水量/(t/hm²)	最大持水量/(t/hm²)	有效持水量/(t/hm²)
纯柏	16.9	163.5	6.0	5.4	15.8	193.5	2.3	2.1	8.3	7.5
松柏	17.5	172.4	7.2	6.4	16.5	187.4	3.7	3.4	10.9	9.8
桤柏	19.8	186.2	8.5	7.6	20.1	176.2	3.6	3.2	12.1	10.8
栎柏	21.4	198.3	10.8	9.6	18.2	216.7	6.8	6.2	17.6	15.8

2) 土壤水文特征

森林土壤的持水能力主要取决于毛管孔隙度和非毛管孔隙度。表 5-25 反映了不同森林类型土壤孔隙度和持水量，栎柏混交林总孔隙度最大，桤柏混交林次之，柏木纯林最小。土壤 0~40cm 土层最大持水量分析表明：栎柏混交林＞桤柏混交林＞松柏混交林＞柏木纯林。

表 5-25　不同森林类型土壤孔隙度和持水量

森林类型	土层/cm	容重/(g/cm³)	毛管孔隙度%	非毛管孔隙度/%	总孔隙度/%	最大持水量/%	毛管持水量/%	最小持水量/%
纯柏	0~20	1.63	41.83	3.92	45.75	25.23	22.83	16.38
	20~40	1.70	31.05	4.64	35.69	21.16	18.45	13.48
	平均值	1.67	36.44	4.28	40.72	23.20	20.64	14.93
松柏	0~20	1.60	31.81	6.69	38.50	24.25	20.02	15.37
	20~40	1.58	40.14	6.82	46.96	29.82	25.48	18.00
	平均值	1.59	35.97	6.76	42.73	27.04	22.75	16.68
桤柏	0~20	1.51	41.83	4.50	46.33	30.93	27.85	23.24
	20~40	1.60	33.68	6.07	39.76	25.26	21.31	12.98
	平均值	1.55	37.76	5.29	43.04	28.09	24.58	18.11
栎柏	0~20	1.52	37.57	5.78	43.35	28.52	24.72	16.83
	20~40	1.58	42.38	7.15	49.54	31.35	26.82	18.18
	平均值	1.55	39.98	6.47	46.44	29.94	25.77	17.50

研究区土壤侵蚀主要发生在雨季，对雨季（5~10 月）每次降水地表径流和产沙量的测定和分析表明：各月份松柏混交林产流量最大，柏木纯林次之，栎柏混交林径流量最小（表 5-26）。产沙量主要集中在 7~9 月，排序为：柏木纯林＞松柏混交林＞桤柏混交林＞栎柏混交林。径流量与产沙量并不呈直线相关，柏木纯林产沙量几乎是栎柏混交林的 3 倍，松柏混交林径流量大，但产沙量却比柏木纯林低，这是因为径流产沙量还与地表覆盖等因子密切相关。

表 5-26　不同类型林分雨季产流产沙量

月份	降水量/mm	径流深/mm				产沙量/(kg/hm²)			
		纯柏	松柏	桤柏	栎柏	纯柏	松柏	桤柏	栎柏
5 月	67.8	8.4	8.9	7.6	7.2	114.7	97.5	70.3	42.4
6 月	139.8	8.3	12.5	5.6	7.2	138.1	137.5	96.2	68.7
7 月	168.3	13.5	15.7	7.9	8.4	247.5	194.7	102.4	94.9
8 月	177.2	16.3	19.2	15.7	13.6	301.7	218.4	176.7	93.6
9 月	180.3	34.7	36.1	34.2	23.5	563.5	381.7	282.4	193.8
10 月	82.8	26.8	33.4	28.1	17.9	102.4	81.6	46.3	40.8
合计	816.0	108.0	125.8	99.1	77.8	1467.9	1111.3	774.3	534.2

　　综合分析表明：在川中丘陵区，栎柏混交林为适宜植被类型。样地调查结果表明，该类型适宜密度为 1800 株/hm²，栎类占 20%，灌木盖度为 45%，草本占 40%，枯落物盖度为 65%。因此，对于现有柏木纯林，结构调整要从调节树种组成和密度出发，形成合理的林下灌草覆盖和枯落物盖度。

　　3. 川中丘陵区柏木纯林适宜林分结构研究

　　为了探求柏木纯林适宜林分结构，选择川中丘陵区不同年龄阶段和同一年龄阶段不

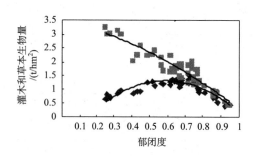

图 5-31　林分郁闭度与灌木和草本生物量

同密度的柏木纯林进行标准地调查，以提出适宜林分结构和调控技术。共计调查乔木样方 48 个，灌木、草本样方 90 个。

　　1）郁闭度与灌草生物量

　　根据 25～70 年生柏木纯林 48 个样地的调查资料，通过郁闭度与灌草生物量的拟合，结果显示：灌木生物量随林分郁闭度增大呈负相关，草本生物量与郁闭度呈抛物线关系（图 5-31）。

$$Y = -1.7603X^2 - 1.4146X + 3.4966, \quad R^2 = 0.8718(n = 48) \quad (5\text{-}2)$$

$$Y = -6.7882X^2 + 8.0228X - 1.0464, \quad R^2 = 0.7338(n = 48) \quad (5\text{-}3)$$

式中：X——林分郁闭度；

　　Y——灌木和草本生物量，单位 t/hm²。

　　通过对式（5-3）求导得到

$$Y' = -13.5764X + 8.0228$$

令 $Y' = 0$，则 $X = 0.59$。即林分郁闭度为 0.59 时，草本生物量最大。

　　2）郁闭度与灌草盖度

　　通过 48 个样地灌木和草本盖度与郁闭度的拟合可以看出：灌木盖度与郁闭度呈明显的直线负相关，而草本盖度与郁闭度呈抛物线关系（图 5-32）。

$$Y = -90.288X + 94.128, \quad R^2 = 0.8657(n = 48) \quad (5\text{-}4)$$

$$Y = -415.19X^2 + 496.13X - 82.552, \quad R^2 = 0.7549(n = 48) \quad (5\text{-}5)$$

式中：X——林分郁闭度；

　　　Y——灌木和草本盖度，单位%。

通过对式（5-5）求导得到：

$$Y' = -830.38X + 496.13$$

令 $Y' = 0$，则 $X = 0.60$。即林分郁闭度
为 0.60 时，草本盖度最大，与式（5-3）求导
结果一致。将 0.60 代入式（5-4）、式（5-5）

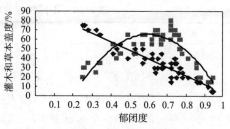

图 5-32　林分郁闭度与灌木和草本生盖度

得知：郁闭度为 0.60 时，灌木盖度和草本盖度分别为 40% 和 65.7%。

研究表明，防护林灌木盖度不宜小于 30%，将其代入式（5-4），得到相应的郁闭
度为 0.71。因此，柏木林分适宜郁闭度为 0.6～0.7。

3）适宜密度

林分郁闭度和密度之间存在紧密的相关关系，林分密度是最为直观和易于人为调控
的因子，因此可以通过对林分密度的调控来保持合理的林分郁闭度（表 5-27）。根据上
述结论，选择郁闭度为 0.6～0.7、灌木盖度大于 30%、草本盖度大于 60% 及枯落物盖
度大于 70% 的柏木纯林，对胸径和密度进行拟合，结果如下：

$$Y = 19\,655X^{-0.8685}, \quad R^2 = 0.9215(n = 53) \tag{5-6}$$

式中：X——林分平均直径，单位 cm；

　　　Y——密度，单位株/hm²。

表 5-27　不同生长阶段合理林分密度

直径/cm	适宜株树/(株/hm²)	标准差	样本数
4～6	4786±536	547	4
6～8	3635±268	274	4
8～10	2866±217	248	5
10～12	2595±229	286	6
12～14	2236±267	334	6
14～16	2061±259	295	5
16～18	1801±142	145	4
18～20	1614±201	205	4
20～22	1375±174	153	3
22～24	1217±85	75	3
24～26	1195±171	151	3
26～28	1153±292	258	3
>28	1005±228	201	3

4）不同林分结构与的土壤物理性质和储水量

（1）林分结构类型划分。根据 48 个郁闭度调查样地资料和上述研究结构，可以将
柏木林分结构划分为下面 5 种类型（表 5-28）。

表 5-28　不同柏木纯林林分类型结构特征与指标

类　型	结构特征
Ⅰ	郁闭度<0.45，灌木盖度>50%，草本盖度<45%，枯落物盖度>60%
Ⅱ	郁闭度为 0.45~0.6，灌木盖度>50%，草本盖度>45%，枯落物盖度>60%
Ⅲ	郁闭度为 0.6~0.7，灌木盖度为 35%~50%，草本盖度>45%，枯落物盖度>60%
Ⅳ	郁闭度为 0.7~0.8，灌木盖度为 20%~35%，草本盖度>45%，枯落物盖度为 50%~60%
Ⅴ	郁闭度>0.8，灌木盖度<20%，草本盖度<45%，枯落物盖度<50%

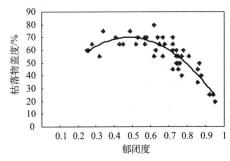

图 5-33　林分枯落物盖度与郁闭度关系

（2）不同林分结构的枯落物持水量。研究结果表明，中等郁闭度（0.6~0.7）林分枯落物盖度大于 65%，生物量为 2.317t/hm²；郁闭度大于 0.8 的林分，枯落物盖度普遍小于 50%，生物量只有 1.304t/hm²。柏木林分枯落物盖度与郁闭度关系如图 5-33 所示。由图 5-33 可以看出：林分郁闭度大于 0.7 后，枯落物盖度急剧减小，郁闭度大于 0.9 时，枯落物盖度已经不足 35%。根据测定，柏木枯落物未分解层和半分解层的最大持水率分别为 163.5% 和 193.5%，由此可以计算出不同林分结构林下枯落物最大持水量（表 5-29）。结果表明，不同结构林分林下枯落物最大持水量为Ⅲ>Ⅱ>Ⅳ>Ⅰ>Ⅴ。

表 5-29　不同柏木纯林林分类型枯落物生物量与持水量

类型	生物量/(t/hm²)			最大持水量/(t/hm²)		
	未分解层	半分解层	合计	未分解层	半分解层	合计
Ⅰ	1.025±0.193	0.602±0.177	1.627±0.136	1.676±0.315	1.166±0.342	2.841±0.656
Ⅱ	1.352±0.170	0.710±0.125	2.062±0.247	2.211±0.278	1.374±0.243	3.583±0.521
Ⅲ	1.482±0.142	0.834±0.137	2.317±0.299	2.423±0.232	1.614±0.265	4.038±0.497
Ⅳ	1.171±0.194	0.687±0.071	1.858±0.219	1.914±0.318	1.329±0.137	3.243±0.455
Ⅴ	0.834±0.201	0.470±0.130	1.304±0.316	1.364±0.328	0.908±0.252	2.272±0.580

（3）土壤物理性质和储水量。不同结构的林分，都会通过乔木层、灌草层和枯落物层的物质循环，对林地土壤产生不同的影响。通过灌草植物根系和枯落物分解作用，可以有效地改善土壤物理性质，特别是增加非毛管孔隙度。图 5-34 反映了五类林分结构类型的非毛管孔隙度、毛管孔隙度和总孔隙度，大小排序为Ⅲ（6.84%）>Ⅱ（6.10%）>Ⅰ（5.26）>Ⅳ（4.70）>Ⅴ（3.82）。图 5-35 显示了五类林分结构类型土壤的最大滞留储水量、最大吸持储水量和饱和储水量，由于总孔隙度的差异，饱和储水量（mm）排序略有不同：Ⅲ（180.59）>Ⅱ（173.84）>Ⅳ（169.27）>Ⅰ（162.57）>Ⅴ（150.77）。

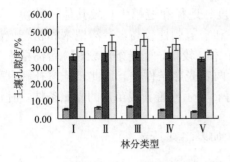

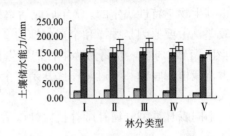

图 5-34　不同结构林分类型的土壤孔隙度　　图 5-35　不同结构林分类型的土壤储水能力

综合以上分析表明，川中丘陵区柏木纯林以郁闭度 0.6～0.7、灌木盖度 35%～50%、草本盖度大于 45%、枯落物盖度大于 60% 的林分结构为宜；对柏木纯林的生态疏伐要以此结构为调控目标。

5.4.2　防护林林分结构定向调控及其生态功能高效维护技术

1. 开窗补阔技术

1）研究方法

以该区域柏木纯林、马尾松纯林和松柏混交林 3 种主要森林类型为研究对象，每种类型设置 3 个 40m×25m 的样地，共 9 个试验样地，每个试验样地再划分为 6 个 10m×10m 的小样地。根据林分结构，对每个试验样地中 100m² 小样地内进行开窗，然后在窗内补植不同种类的阔叶植物。试验设置了香樟、天竺桂、窄冠刺槐、台湾桤木、粉葛 5 个植物种类及对照。每个小样地内，分别确定了 5 株原有林木和 5 株新栽植株作为固定观测株。对原有林木每年在同一季节对固定观测株进行胸径和高度的测定；对新栽植株，每年测定地径、高度和冠幅。

2）结果与分析

每年在同一生长季节，对每个样地中的灌木和草本小样方进行同样内容的调查，以比较植物种类、盖度和多样性的变化。1 年后各栽植树种的生长状况如表 5-30 所示。

表 5-30　开窗补阔 1 年后不同树种生长变化

树　种	香樟	天竺桂	窄冠刺槐	台湾桤木	粉葛
栽植时苗木高度/cm	95.4	36.1	115.7	23.6	—
1 年后苗木高度/cm	127.6	45.9	168.3	31.8	—
高度生长率/%	33.8	27.1	45.5	34.7	—
栽植时地径/cm	1.25	0.7	1.34	0.5	0.05
1 年后地径/cm	2.06	1.03	2.41	0.8	0.07
地径生长率/%	64.8	41.7	79.9	60	40
栽植时冠幅/cm	96.7	35.8	85.6	15.4	35.7
1 年后冠幅/cm	136.8	48.4	113.7	20.3	142.6
冠幅生长率/%	41.5	35.2	32.8	31.8	299.4
1 年后成活率/%	89.5	83.7	85.4	75.3	65.8

由表 5-30 可以看出，香樟和窄冠刺槐的高度、地径和冠幅生长较其他树种快，这是由其生物学特性决定的。1 年后成活率以香樟和窄冠刺槐较高，台湾桤木和粉葛成活率较差，主要原因是香樟和窄冠刺槐为 2 年生苗木，较高，受光条件较好；台湾桤木为 1 年生，苗木弱小，粉葛为藤本，匍匐生长，后两者光照条件差。因此，开窗补阔宜采用大苗栽植，香樟和窄冠刺槐比其余 3 个树种好；为了改善新栽苗木的光照条件，林窗宜大一些。

不同森林类型开窗补阔补植树种成活率比较如表 5-31 所示。

表 5-31　不同森林类型内各树种成活率比较（单位：%）

森林类型	香樟	天竺桂	窄冠刺槐	台湾桤木	粉葛
松柏混交林	87.43	81.70	83.70	75.40	66.03
柏木纯林	80.37	74.37	78.03	71.73	64.83
松树纯林	70.37	67.37	72.40	69.17	62.47
平均值	79.39	74.48	78.04	72.10	64.44

方差分析表明，5 个补植树种成活率存在显著差异（Sig. =0.047），多重比较分析进一步表明，香樟与粉葛、窄冠刺槐与粉葛之间存在显著差异。综述分析可以看出，在试验的 5 个树种中，香樟和窄冠刺槐在各森林类型中成活率相对较高，生长较好；而其他 3 个树种表现欠佳。上述综合分析表明，柏木＋香樟（刺槐）是四川盆地北缘比较适宜的防护林结构类型。

3）开窗补阔技术关键

开窗补阔的目标是在保持林分持续覆盖的同时，增加阔叶树种比例，逐步形成复层、异龄、混交结构的林分，技术关键是：

（1）对象：低效防护林。

（2）评判标准：①林下灌木和草本植被覆盖度小于 50%；②林地土壤侵蚀模数等级大于或等于中度［大于或等于 2500t/(km^2·a)］的林分；③单层纯林、同龄纯林；④过熟林分，没有更新层或更新不足的林分。

（3）确定补植点。补植点一是林中空地，二是开窗点。开窗点一般是树木密集生长的地点，有两种情形。如果密集生长点有明显的优势植株，可以将其选为目标树（作为永久的培育对象），然后将影响目标树生长的植株作为干扰树伐除，在目标树附近补植阔叶树；如果不能选择出目标树，则在密集生长点砍除 2～3 株以形成小林窗，然后在小林窗内补植阔叶树。

（4）砍伐树木株数强度不超过 25%，蓄积强度不超过 20%，开窗点之间的距离不低于树高的 1.5 倍。如果林分密度过大，可间隔 5～6 年后进行第二次开窗补阔。

开窗补阔宜采用穴状整地，整地时尽量减少对灌草植被的破坏。根据土壤类型、土壤水分条件、树种耐阴等级等选择适宜的树种，尽量采用乡土树种，尽量采用大苗。栽植后要避免牛羊践踏，要及时进行抚育管理。

2. 生态疏伐技术

针对密度过大（郁闭度＞0.8）的同龄纯林，通过基于目标树选择的疏伐作业，调整林分结构。最终目标是促进同龄林向异龄林的转化。

1) 研究方法

在 18~20 年生马尾松林分内试验，设置了 3 个 20m×20m 样地，每个样地再划分为 4 个 10m×10m 小样地，分别布设弱度间伐（较高保留密度）、中度间伐（中密度）、强度间伐（低密度）和对照（高保留密度）4 个水平的疏伐，每种采伐强度重复 3 次。试验前各样地林分状况比较一致，郁闭度为 0.8，平均胸径为 9.5cm，平均树高为 8.7m，蓄积量为 79.8m³/hm²；林下植被也基本一致，灌木主要为栎类，盖度为 25%，草本盖度为 10%~15%，林下天然更新不良。通过目标树和干扰树的选择，采伐对目标树生长有较大影响的干扰树，同时对密度过大的一般树进行适当疏伐，并伐除枯立木和濒死木。

每个小样地内，分别确定了 5 株林木作为固定观测株。对原有林木每年在同一季节进行胸径和高度的测定；每年在同一生长季节，对每个样地中的灌木和草本小样方进行同样内容的调查，以比较植物种类、盖度和天然更新的变化。

2) 结果与分析

生态疏伐 1 年后，对相关因子的调查结果分析如表 5-32 所示。

表 5-32　不同疏伐强度保留林分基本情况

疏伐强度	保留株数 /株	平均胸径 /cm	平均树高 /m	单株材积 /(m³/株)	林分保留蓄积 /(m³/hm²)
高密度（对照）	2400	9.5	8.7	0.033	79.80
中高密度	1800	9.8	9.1	0.037	66.27
中密度	1400	10.4	9.6	0.043	60.68
低密度	1100	11.0	9.8	0.049	54.03

从表 5-32 可以看出，疏伐后林分平均胸径、树高和单株材积都随疏伐强度而提高；但疏伐后林分蓄积都降低了，且疏伐强度越大，林分蓄积减少越多。

通过方差分析表明，不同保留密度之间胸径年生长量存在显著差异（Sig. = 0.000），LSD 分析进一步表明：低密度与其他密度之间胸径年生长量均存在显著差异，而高密度和较高密度之间，以及较高密度和中密度之间差异不显著（表 5-33）。

表 5-33　不同疏伐强度作业 1 年后林分生长因子差异

疏伐强度	保留株数 /株	胸径年生长量 /cm	树高年生长量 /m	单株蓄积生长量 /m³	林分蓄积年生长量 /[m³/(hm²·a)]
高密度（对照）	2400	0.48	0.40	0.0048	11.62
中高密度	1800	0.52	0.50	0.0059	10.93
中密度	1400	0.56	0.58	0.0073	10.19
低密度	1100	0.68	0.62	0.0091	10.62

疏伐后由于空间条件和光照条件发生了变化，林分灌草生长和天然更新也将发生相应的变化，如表 5-34 所示。

表 5-34　疏伐 1 年后林下植被变化

保留密度	灌木种类/种	灌木盖度/%	灌木高度/m	草本种类/种	草本盖度/%	草本高度/m	灌草盖度/%	天然更新/(株/hm²)
高密度	8	25	0.65	13	15	0.28	40	1875
中高密度	8	30	0.73	14	15	0.3	45	2083
中密度	9	40	0.8	15	20	0.35	60	9156
低密度	10	45	0.97	16	10	0.3	55	5416

由表 5-34 可以看出，强度采伐后灌木显著增加，但草本盖度反而降低，这是由于灌木盖度增大后对草本植物生长的抑制作用。通过方差分析表明，不同保留密度之间灌草盖度和存在显著差异（Sig.＝0.005），多重分析进一步表明：低密度和中密度与高密度和中高密度之间灌草盖度和均存在显著差异，而高密度和中高密度之间，以及低密度和中密度之间差异不显著。

不同保留密度之间天然更新存在显著差异（Sig.＝0.000），多重分析进一步表明：低密度、中密度与高密度和中高密度之间灌草盖度和均存在显著差异，高密度和中高密度之间也存在显著差异，而低密度和中密度之间差异不显著。由于强度采伐后灌草盖度显著增加，因此低密度下天然更新数量反而较中密度下低。

上述综合分析表明，对于中龄马尾松纯林防护林而言，保留密度以 1400 株/hm² 为宜。该密度有利于适宜灌草盖度的形成和天然更新。如果密度过小，将影响林分总蓄积；密度过大，灌草盖度低，会影响生态功能的发挥。

3）生态疏伐技术关键

生态疏伐的目标是形成合理林分密度和适宜灌草盖度，促进天然更新，逐步形成复层、异龄结构的林分。技术关键是：

（1）对象：郁闭度为 0.8 以上的林分。

（2）疏伐时间的确定：根据林分郁闭度确定生态疏伐的紧迫性。郁闭度为 0.8 以上，需要在 1～3 年内进行生态疏伐，郁闭度在 0.6～0.8，可在 4～7 年内进行生态疏伐，郁闭度在 0.5 以下可在 7 年后进行生态疏伐。

（3）疏伐株数强度不超过 25%，蓄积强度不超过 20%。如果林分密度过大，可间隔 3～4 年后进行第二次疏伐。

（4）一般每间隔 7～10m 确定 1 株目标树，然后将影响目标树生长的植株作为干扰树伐除。如果林分整体生长较差，不能选择出目标树，则本着"间密留稀"的原则伐除多余植株。

生态疏伐采伐时要严格控制伐倒木的倒向，减轻对保留木的影响。对不影响采伐作业的灌草植被要尽量保留，以控制水土流失。采伐剩余物要尽量清理出林内并加以利用，以避免火灾和病虫害的发生。

5.4.3　川中丘陵区柏木防护林成熟研究

在川中丘陵区盐亭县进行典型调查和抽样调查。按不同立地条件分为好、中、差 3 种亚类型，采用常规方法调查。调查因子有林分胸径、树高（平均木、优势木）、年龄、树冠幅、枝下高、林分密度、郁闭度、林下植被等。采用平均木法，进行树干解析和生物量测定。共获得不同立地条件、年龄阶段（20～70 年）、生长状况的柏木防护林标准地资料 50 份，树干解析木资料 18 份，生物量资料 18 份。根据土层厚度，将立地质量划分为好、中、差 3 种立地类型。其中厚度在 50～70cm 为立地条件好的类型，厚度在 40～50cm 为立地条件中等的类型，厚度在 20～40cm 为立地条件差的类型。

1. 林木生长模型

根据不同立地条件柏木防护林林分平均木树干解析资料，建立林分平均木生长模型。按照相关系数最大、标准差最小的选配原则，确定不同立地条件林分平均木的生长模型。

1）立地条件好（6 株解析木）

$$D=21.3813（1-e^{-0.0830A}）^{0.9436} \qquad R=0.997 \tag{5-7}$$

$$H=18.6825（1-e^{-0.0729A}）^{0.8332} \qquad R=0.98 \tag{5-8}$$

2）立地条件中（6 株解析木）

$$D=17.2962（1-e^{-0.1217A}）^{1.8239} \qquad R=0.98 \tag{5-9}$$

$$H=13.9536（1-e^{-0.0953A}）^{1.6409} \qquad R=0.94 \tag{5-10}$$

3）立地条件差（6 株解析木）

$$D=13.2962（1-e^{-0.1604A}）^{4.7584} \qquad R=0.97 \tag{5-11}$$

$$H=10.9464（1-e^{-0.1395A}）^{3.9819} \qquad R=0.95 \tag{5-12}$$

2. 生物量生长模型

利用调查得到的 18 株柏木林分平均木的生物量资料，建立林分平均木生物量与其树高、胸径间的回归模型。以回归模型 $W=0.04085（D^2H）^{1.03598}$ 相关系数最大（$R=0.998$），标准差最小，经检验，精度在 95% 以上，适用性较好。

3. 柏木防护林初始防护成熟龄的确定

影响防护林防护成熟的关键因子是林木的生物量，而树冠的生长变化是决定树木生物量的关键因子。该区的主要林种为防护林，其中以水保林为主。为此，把乔木水土保持林的郁闭度作为该林种初始防护成熟界定的指标，由于郁闭是树冠发育的结果，因此，确定树冠随年龄的变化关系是界定水土保持林防护成熟的关键。

1）胸径与冠幅的相关关系

根据以往的研究结论，树冠生长发育与直径生长呈直线相关。相关式为

$$C_r = aD_{1.3} + b \tag{5-13}$$

式中：C_r——冠幅，单位 m；

　　　$D_{1.3}$——胸高直径，单位 cm；

　　　a，b——胸径与冠幅的相关模型参数。

为了调查数据模拟胸径与冠幅的相关关系（图 5-36），胸径与冠幅相关模型参数见表 5-35。

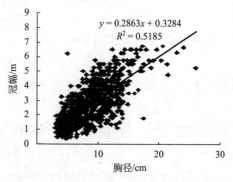

图 5-36　柏木林冠幅与胸径的相关关系图

表 5-35　胸径与冠幅的相关模型参数

立地质量综合等级	模型参数（a）	模型参数（b）	相关系数（R^2）
好	0.2757	0.432	0.5277
中	0.2879	0.3573	0.5179
差	0.3033	0.1104	0.4787

2）胸径与年龄的相关关系

胸径随年龄的变化过程为"S"形生长曲线，根据树干解析与标准地每木检尺资料，通过模型筛选，对于调查地区柏木水土保持林直径生长遵从以下生长模型：

$$D_{1.3} = c\exp(-d/A) \tag{5-14}$$

式中：c——表征林木胸径生长的特征参数；

　　　d——与环境因子有关的特征参数；

　　　A——林龄。

低山丘陵区不同立地条件柏木林胸径与年龄的相关模型参数见表 5-36。

表 5-36　低山丘陵区不同立地条件柏木林胸径与年龄的相关模型参数

立地质量综合等级	模型参数（c）	模型参数（d）	相关系数（R^2）	样本数（n）
好	31.5844	19.9120	0.9907	206
中	22.0328	18.8804	0.9822	239
差	12.8977	10.5440	0.9681	230

3）柏木防护林的初始防护成熟龄

林冠的生长过程表明，随着年龄的增长，冠幅不断增加，增加的趋势同胸径随年龄的变化是一致的，因此用胸径随年龄的变化关系可以推出冠幅随年龄的变化关系。由式（5-13）、式（5-14）可知林冠随年龄的变化模式为

$$C_r = a[c\exp(-d/A)] + b \tag{5-15}$$

由式（5-15）可得各立地条件林冠随年龄变化模型的相关系数分别为：好，0.7592；中，0.7501；差，0.7234；总平均，0.7442。

如以 S_{cr} 为单位树冠投影面积，则

$$S_{cr} = C_r^2 \pi/4 \tag{5-16}$$

单位面积林冠投影面积为

$$S_w = N S_{cr} \tag{5-17}$$

式中：S_w——单位面积树冠投影面积；

　　　N——单位面积林木株数。

林冠郁闭时，其最大水平郁闭面积与林地总面积（S_t）之比：

$$S_w/S_t = \pi/4 \tag{5-18}$$

整合式（5-14）～式（5-18），可得

$$N\{a[c\exp(-d/A) + b]\}^2 = S_t \tag{5-19}$$

求解式 (5-19)，得到柏木防护成熟龄：

$$A = -d/\ln\left[\left(\sqrt{\frac{S_t}{N}} - ab\right)/(ac)\right] \qquad (5\text{-}20)$$

式中：A——柏木林的初始防护成熟龄。

此时林冠已经水平郁闭，其郁闭度应为 $\pi/4 = 78.5\%$。在同一立地条件下，防护林的初始防护成熟龄受林分密度的制约，林分密度越大，防护成熟的时间到来得越早。根据调查，柏木防护林的平均现存密度为 2500 株/hm²，不同立地条件下柏木林的初始防护成熟龄分别为 13 年、15.6 年、18.3 年（表 5-37）。

表 5-37 不同立地、不同密度柏木防护林的防护成熟龄

造林密度 /(株/hm²)	保存率/%	现存密度 /(株/hm²)	成熟年龄/a		
			好	中	差
10 000	60	6000	9.9	11.3	11.5
10 000	65	6500	9.7	11.0	11.2
10 000	70	7000	9.5	10.7	10.8
10 000	75	7500	9.4	10.5	10.5
10 000	80	8000	9.2	10.3	10.3
10 000	85	8500	9.1	10.1	10.0
6666	60	4000	11.2	13.0	13.9
6666	65	4333	10.9	12.6	13.4
6666	70	4666	10.7	12.3	12.9
6666	75	5000	10.4	12.0	12.5
6666	80	5333	10.3	11.7	12.1
6666	85	5666	10.1	11.5	11.8
4444	60	2666	12.7	15.2	17.5
4444	65	2889	12.4	14.7	16.7
4444	70	3111	12.1	14.3	16.0
4444	75	3333	11.8	13.9	15.3
4444	80	3555	11.6	13.5	14.8
4444	85	3777	11.4	13.2	14.3
3333	60	2000	14.1	17.3	21.5
3333	65	2166	13.7	16.7	20.2
3333	70	2333	13.3	16.1	19.2
3333	75	2500	13.0	15.6	18.3
3333	80	2666	12.7	15.2	17.5
3333	85	2833	12.5	14.8	16.9
2500	60	1500	15.8	20.1	27.7
2500	65	1625	15.3	19.2	25.6
2500	70	1750	14.8	18.5	24.0
2500	75	1875	14.4	17.9	22.6
2500	80	2000	14.1	17.3	21.5
2500	85	2125	13.8	16.8	20.5
2000	60	1200	17.4	22.9	35.7

续表

造林密度 /(株/hm²)	保存率/%	现存密度 /(株/hm²)	成熟年龄/a		
			好	中	差
2000	65	1300	16.8	21.8	32.3
2000	70	1400	16.2	20.9	29.8
2000	75	1500	15.8	20.1	27.7
2000	80	1600	15.4	19.4	26.0
2000	85	1700	15.0	18.8	24.6
1600	60	960	19.3	26.7	50.2
1600	65	1040	18.6	25.2	43.8
1600	70	1120	17.9	24.0	39.2
1600	75	1200	17.4	22.9	35.7
1600	80	1280	16.9	22.0	32.9
1600	85	1360	16.4	21.2	30.7
1333	60	800	21.3	30.8	75.0
1333	65	866	20.4	28.8	61.6
1333	70	933	19.6	27.2	52.9
1333	75	1000	18.9	25.9	46.7
1333	80	1066	18.4	24.8	42.1
1333	85	1133	17.8	23.8	38.6
1111	60	667	23.7	36.3	148.4
1111	65	722	22.6	33.6	103.8
1111	70	778	21.6	31.5	81.2
1111	75	833	20.8	29.7	67.5
1111	80	889	20.1	28.3	58.3
1111	85	944	19.5	27.0	51.7

4）柏木防护林最大防护成熟龄的确定

最大防护成熟龄是指林分防护效益达到最大时的状态（朱孝君等，2004）。最大防护成熟龄的确定以林分平均木生物量指标为依据。用选定的柏木林林分平均木生物量生长模型和不同立地类型林分平均木树高、胸径生长模型，计算出不同立地条件下各林龄的林分平均木生物量，并绘制出生物量生长曲线。根据初始防护成熟龄确定的最大防护成熟龄分别为：立地条件好的为75.5年，立地条件中的为69年，立地条件差的为55.8年（图5-37）。

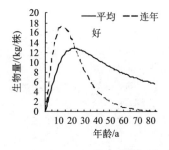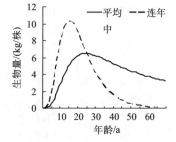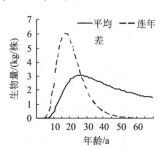

图 5-37　不同立地条件下林分平均木生物量生长曲线

5）防护成熟期的确定

通过对柏木防护林的初始防护成熟龄和最大防护成熟龄的研究，可以确定不同立地条件下柏木林的防护成熟期（表 5-38）。

表 5-38　不同立地条件防护林的防护成熟期

立地条件	初始防护成熟		最大防护成熟		防护成熟期/a
	年龄/a	生物量/(kg/株)	年龄/a	生物量/(kg/株)	
好	13	140.47	75.5	479.60	13～75.5
中	15.6	79.87	69	229.43	15.6～69
差	18.3	43.65	55.8	103.46	18.3～55.8

由表 5-38 可以看出，立地条件好的林分，柏木生长速度快，且持续时间长，其防护成熟持续时间也较长，可达 62.5 年，防护成熟期为 13～75.5 年。立地条件中和立地条件差的林分，柏木生长速度慢，其防护成熟时间持续也较短，分别为 53.4 年和 37.5 年。

6）更新期的确定

柏木防护林更新期应以数量成熟作为上限年龄，以林分达到最大防护成熟的年龄作为下限年龄。根据不同立地条件柏木林分平均木树干解析数据，绘制柏木材积生长变化曲线如图 5-38。从图 5-38 中可以看出，立地条件好的柏木数量成熟龄为 27 年，立地条件中和立地条件差的数量成熟龄分别为 25 年和 24 年。结合表 5-39，确定不同立地条件柏木防护林的更新期为：立地条件好的为 27～75.5 年，立地条件中的为 25～69 年，立地条件差的为 24～55.8 年。

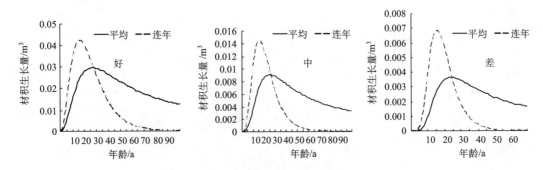

图 5-38　不同立地条件林分平均木材积生长曲线

表 5-39　不同立地条件柏木防护林的更新期

综合立地条件	数量成熟		最大防护成熟		更新期/a
	年龄/a	材积/hm²	年龄/a	生物量/(kg/株)	
好	27	0.797 652	75.5	479.60	27～75.5
中	25	0.226 437	69	229.43	25～69
差	24	0.088 54	55.8	103.46	24～55.8

7）更新年龄的确定

丘陵区柏木防护林经营的主要目的是持续高效地发挥林分的防护效益，因此其柏木防护更新年龄的确定应在保证充分发挥防护林现在防护效益的基础上，提高其经济效益和社会效益。因此在确定柏木防护林的合理更新年龄时，以柏木林的防护成熟期和更新期为理论基础，根据不同立地条件林分生长状况、培育目标及自然灾害等进行综合分析确定。根据上述原则和方法，确定不同立地条件柏木防护林的合理更新年龄分别为 27 年、69 年、55.8 年。

第6章　生态经济型防护林体系空间配置与结构设计技术研究

6.1　生态经济防护林体系概况

6.1.1　生态经济防护林体系的概念与内涵

生态经济防护林体系是我国防护林建设工程实践的产物，也是防护林体系发展的必由之路，由于实践活动和理论研究尚在初始阶段，其概念目前尚无定论，但相对于传统防护林观念而言，其鲜明特点有：① 体系是所在区域生态经济系统的有机组成部分和防护林的一个重要类型，既是经济发展的屏障，也是经济结构中的一项产业；② 体系是在充分发挥环境资源潜力的前提下，利用物种的多样性，建成以木本植物为主体的稳定的生物群体；③ 体系的功能完善，生态、经济、社会效益并举高效。这些决定了生态经济型防护林体系的外延和内涵。随着我国防护林体系建设实践和理论研究不断发展而形成的防护林类型和概念（任勇等，1996；任勇和高志义，1995）。

生态经济型防护林体系的外延是一个以木本植物为主体的生物群体，这些生物群体除了与外界广泛发生物质、能量、信息联系外，还与其他生物群体发生种的迁移和交叉。因此，它不是一个孤立的生态系统，而是区域生态经济系统的一个子系统，其功能是通过自然的和人为的物质、能量的输入，体系内部、外部结构的调控，为其他生态系统、经济系统、社会系统输出有用、高效的生态、经济、社会效用，使体系与其他生态经济系统形成一种共生互利的关系，促进整个区域生态经济系统的良性发展（郭立群等，1994a）。

生态经济型防护林体系的内涵由体系结构要素、结构关系和功能关系构成。生态经济型防护林的结构要素的基本单元是林种，即应该以防护林为主体，兼顾用材林、经济林、薪炭林和特用林；林种起源和组成应该以自然的和人工的相结合，乔、灌、草结合，并包括一些处于从属地位的作物、药用及其他经济植物。林种结构应该以土地生态类型及环境容量为前提，因地制宜、合理组合、科学布局。体系的空间结构关系表现为各林种根据资源在不同土地类型上的分布状况及与其他生态系统的关系，按因地制宜、适地适树布设的林种空间格局，如网、带、片的结合；林种内部不同种由于对能量及物质空间（生态位）利用关系的差异而形成的种的垂直空间分布格局。体系的时间结构关系表现为各林种发生、发展及死亡的运动规律。结构要素的功能关系是渗透在结构关系中的物质、能量的运动规律，是体系的灵魂，也是生态经济高效的基础（郭立群等，1994b）。

我们认为生态经济型防护林体系是指在一个区域（流域）内，根据自然条件、土地利用状况和主要灾害特点，以突出生态经济效益为核心，按照适地适树的原则，规划、营造和调控的以防护林和高效经济林为主体的多林种、多树种相结合的绿色综合体。在空间配置上各林种错落有序，防护林和经济林片、块状镶嵌配置，高效经济林规模化经营。在功能上各显其能、相互补充，达到生态经济高效的目标（周锋利等，2005；官文轲，2006）。

6.1.2　生态经济防护林研究的历史与现状

1. 生态经济防护林建设与发展的历史

世界防护林研究始于19世纪中叶，研究的重点是农田作物密切相关的农田防护林研究。我国具有规模的防护林实践和研究起步于20世纪50年代的网状、带状平原沙区防护林。这一时期防护林的概念基本上局限于农田、牧场结合的网、带之上，其理论主要是农田防护林学，其造林的目的是防风、固沙（土）、防御干旱、庇护农田牧场。研究重点主要是农田林网的规划和营造技术。60年代以后，农田防护林的建设由西部、北部风沙低产区扩大到华北、中原高产区，70年代扩展到江南水网区。其研究对象也已深入到以改造原有的农业生态系统为目标，把农田防护林作为农田基本建设的重要内容，研究其优化结构、配置方式以及最大增产效应等。到80年代，我国的带状、网状防护林已突破了原有模式，发展为包括林粮间作在内的农田防护、防风固沙林、牧场防护林以及护路、护岸、护渠林等林种相结合，多功能、多效益相结合的平原区防护林体系（赵宗哲，1993；曹新孙，1953；赵金荣等，1994；马雪华，1993；蒋丽娟，2000；周刚，2002）。

到了20世纪80年代后期，特别是90年代初，伴随"三北"等大型防护林工程项目的实施，生态经济防护林体系建设实践和理论形成逐步出现，并率先在"三北"防护林建设工程中脱颖而出，标志着防护林建设和理论研究进入生态效益与经济效益统筹考虑的新阶段。生态经济防护林体系既是防护林发展的必由之路，也是防护林发展的结果。

（1）20世纪80年代末期以后，防护林体系建设已经从局部、小区域拓展到大的地理区域或经济带，成为地区经济发展的巨大屏障。整个社会已取得共识，认识到森林植被在整体上和根本上改善生态环境与工农业生产条件的作用是巨大的、无可替代的，是地区经济发展的基础。防护林也发展为当地生态经济系统的有机组成部分，是一项产业。

（2）防护林体系建设从"以生态效益为中心"走向生态、经济、社会效益兼顾。如我国防护林体系建设区域大都经济落后，防护林体系效益低下，就会失去经济驱动力和发展后劲。而传统防护林观念很难实现生态、经济、社会多种效益。因此，防护林的直接经济收益问题在"三北"防护林体系建设初期，就开始引起人们的注意，并较为明确地体现在建设的方案中。

（3）防护林建设的内涵较20世纪70年代以前的体系有所变化。"三北"防护林体系建设一期工程总结"五结合、一集中"，即：农林牧相结合，按比例协调发展；造林种草与保护好现有植被相结合，新造、封育并重；防护林、薪炭林、经济林、用材林、四旁植树相结合，有主次地多林种配置；按沙带、林带、林网、片林相结合，有机联系地合理布局；乔、灌、草相结合，适地适树适草；按沙带、按山系、按流域集中建设，综合治理，首先尽快建成相对集中的区域性防护林体系，再逐步形成"三北"防护林体系。反映出"三北"防护林体系在以防护林为主后，将薪炭林、经济林、用材林，特别是灌木、草本纳入体系之中（蒋丽娟，2000；周刚，2002；高志义，1997；刘霞等，2000；陈建刚和赵廷宁，2001）。

（4）生态经济防护林体系研究逐步成为防护林研究的热点和重点。

2. 生态经济防护林研究的历史与现状

生态经济防护林研究伴随生态经济防护林体系建设实践而起步与发展，涉及防护林的各个方面，如防护林的类型区划、防护林和环境之间的关系、防护林的树种选择和林种配置、防护林带的小气候效应、防护林多种效益的评价和计量方法等，对防护林工程理论体系和技术体系的变革产生了深远的影响。

1）区域防护林空间配置研究

一些学者从如何最大限度地发挥防护林效益角度，提出了以最佳森林覆盖率为指标的区域防护林空间配置的方法，郭忠升、郭养儒、韩珍喜、王大毫、胡慧璋等分别研究提出了黄土高原水土流失区 106 个县、陕西省、内蒙古赤峰市黄土丘陵区、云南丽江地区、浙江淳安县新安江水库集水区的最佳森林覆盖率，吴钦孝等研究认为，黄土高原丘陵地区和山区分别从保持水土和涵养水源的需要考虑，森林覆盖率应分别保持在 44％和 60％，川、台、塬区和风沙区则主要考虑农田防护和防风固沙，覆盖率应分别保持为 10％和 40％。有些专家指出，最佳森林覆盖率的确定，需要有专门的实验数据，应以国家水文气象局多年观测的径流资料为依据。钟祥浩等（2003b）根据嘉陵江、涪江、沱江中下游主要水文站水文等数据，研究发现森林覆盖度较低的江区（主要分布于四川盆地中部丘陵区）森林覆盖率每增长 10％，洪水径流系数减小 0.10。由于下垫面因素的复杂性和不可预见性，在区域尺度上研究森林植被变化的水文效应相当困难。这就使得区域尺度的防护林空间配置，缺乏必要的水文数据支持，一些学者便提出了小流域尺度防护林空间配置技术。

2）流域、小流域防护林空间配置研究

结合流域内防护林生产实践中成功的配置、经营管理等技术及经验，从不同树种、不同植被群落的水文、水质、泥沙效应入手，分析诊断不同流域、小流域生态系统的特点，根据不同防护林的防护机制，以流域、小流域为单元，提出不同功能的防护林空间配置模式。杨祖达等研究提出了位于长江西陵峡两岸的宜昌县各林种最佳比例是防护林∶用材林∶薪炭林∶经济林＝64∶26∶5∶50。周洪昌等（1994）根据山地系统多样性特点，提出了金沙江流域生态经济型防护林体系建设技术中树种选择、树种配置的依据和方法，并介绍讨论了头塘小流域试验示范区树种选择和配置研究的初步结果。巫启新等（1998）研究提出了乌江流域不同生态经济区防护林体系造林类型、生态经济型优化模式和坡耕地防护林营造技术。邓中美等研究提出了神农架地区 11 个防护林模式类型和 33 个模式种类及其关键营造技术，并建立了模式分类体系，找出了模式的规律性。

在"三北"地区，王俊波等（1995）研究提出了陕西扶风县不同立地条件类型的林种、树种配置以及不同造林类型区营造结构模式。包晓斌（1996）研究提出了昕水河流域 3 种类型区生态经济型防护林体系的结构配置和相应的模式。宋西德等（1997）分析了陕西永寿县渭北黄土高原生态经济型防护林体系建设实践，提出了陕西"三北"生态经济型防护林体系布局、结构配置、技术组装和主要建设技术措施，并对其经济效益、生态效益和社会效益进行了估算。袁正科等（1998）采用数量化理论分析方法，提出了黄塘小流域的生态经济型防护林的林种布局。李凯荣等（1998）在陕西安康白鱼河流域生态经济型防护林体系建设及其效益评估的基础上，研究提出了防护林体系建设指导思想和原则、立地条件类型划分标准与造林的类型设计、实施措施及规模。张源润等提出了位于黄土高原腹部的宁夏彭阳县东北部梁峁丘陵地生态经济型防护林体系模式。

在其他流域，陈林武等（1999）探讨了生态经济型防护林体系分类，提出了生态经济型防护林体系分类原则、依据，建立了 3 级分类系统，划分了 3 个防护林类型共 26 个林种，阐明了各防护林类型和林种的配置范围及功能作用。陈志凡等（2004）根据土地特征，提出了北京市平谷区山区高效观光型经济林模式和经济型生态防护林模式。顾新庆等（2005）根据林分的配置形式和防护、经济效益发挥的侧重点不同，将生态经济林划分为防护型经济林、经济型防护林和交互式防护经济林 3 种模式，并提出了适宜条件和配置技术。

3）生态经济型防护林林分结构研究

胡文力、李毅认、陈东来等分别就林分结构给出了定义，认为林分结构是指一个林分或整个森林经营单位的树种、株数、年龄、径级、树高、林层等构成因素状况。

树种组成研究主要采取 3 种方法：①简单描述法，只是单纯罗列研究地的物种组成种类，没有进一步分析和总结；②物种多样性和丰富度测算法，主要是通过多样性指数和丰富度来研究；③分类方法，最常用的是 TWINSPAN（two-way indicator species analysis）分类法、DCA（detrended correspondence analysis）分类法、GNMDS（global nonmetric multidimensional scaling）分类法等。

在生态经济型防护林枝条分布研究方面，王治等应用平行四边形法则及偏移度模拟枝条分布模型。包青等（1996）应用幂函数建立林分生长模型曲线，同时提出了与林分密度直接相关的枝条空间参数和枝条形态参数。金永焕等（2003）通过分析林木 1 级枝和 2 级枝的分枝概率、分布格局和分枝角度，揭示了林木树冠的分枝结构特点。

生态经济型防护林直径分布研究，主要采取分径阶直方图法和数学模型法。N. Nishimura 采用直方图法研究了日本温带地区常绿阔叶林树种的直径，发现最主要树种和数量最多的 2 个树种直径分布呈现双峰，其他树种在上层林和下层林呈单峰分布。数学模型法是反映林分直径分布是一种有效的方法，现今应用最多的是 Weibull 分布，广泛适应于同龄、异龄各类型林分结构研究，拟合效果很好。另外，陈学群、牟慧生分别用 β 分布模型和幂数指数方程研究了林分直径分布规律，也取得了满意的结果。

生态经济型防护林树高分布研究方面，Weibull 分布函数具有较大的灵活性和适用性，能较好地拟合树高分布曲线。郭丽虹和李荷云（2000）对桤木胸径与树高做了 Weibull 拟合和统计检验，全部属于左偏的 Weibull 分布。吕勇等（1999）应用 Weibull

分布函数对杉木人工林的树高分布进行了模拟，并认为结合树高与直径的相关模型，可以推导出树高的 Weibull 分布函数，林分直径分布遵从 Weibull 分布时，树高也遵从 Weibull 分布。

生态经济型防护林林分空间结构研究涉及垂直结构和水平结构两个方面。在垂直结构方面，郑景明等采用目测分层盖度法，结合无样地点＋四分法取样进行调查，并设计指标体系，对长白山红松阔叶混交林及其次生林进行了林分结构多样性研究，表明基于分层盖度构建的林分垂直多样性指数和水平结构异质性指数，可以较好地反映林分基本结构特征，同时借助物种多样性指数和对倒木、站干、林隙等的统计，可以较全面地描述阔叶红松林的林分结构因素。朱教君引入分层疏透度的概念，并以透光分层疏透度表征了林分的垂直结构，分析了透光分层疏透度在次生林结构研究和次生林的经营理论与技术研究中的应用前景。林分水平结构大多数应用水平投影研究，还包括各组成物种对空间占有能力。胡艳波等利用林木的水平投影图，应用平均角尺度和角尺度分布分析了红松阔叶天然林水平分布格局，得到该种林分以随机分布为主等结论。Dieter 用水平投影图反映了热带太平洋地区的植被水平分布。郑景明和罗菊春（2003）测定研究了长白山红松阔叶混交林及其次生林林分结构多样性，认为采用简化群落相异百分率（percentage of difference，PD）可以有效地说明林分水平结构异质性及重要林分结构因子的存在状况，更适合森林生态系统管理要求。

总之，经过 20 余年的发展，生态经济型防护林体系的基本理论框架正在逐渐形成，为我国的林业生态工程建设和技术进步提供了强大的社会支持与科技支撑。重点区域生态防护林体系建设模式研究，通过经济林种配置、优生树种的选择应用，筛选出 100 余种适合各个区域特色的经济林良种，制定完成了不同区域（黄土高原、喀斯特、长江中下游以及沙区等）生态经济型防护林体系建设模式和栽培管理技术规范，利用遥感和 GIS 技术开发并建立了生态经济型防护林体系规划的模式系统与科学决策支持系统，提出了不同类型区生态经济型防护林的水平与空间配置模式；现代新技术新材料，如生长调节剂、液态膜和吸水剂保墒、稳态肥、林木良种、嫁接技术新工艺、爆破改土和集水造林等最新技术等的集成，开发出如节水型防护林栽培技术、保水型生态经济型林结构优化技术，提升了生态经济型防护林栽培管理技术水平。应用层次分析法、综合评价模型法等多种统计学方法，分析了生态经济型防护林的综合效益指数，建立了生态经济型防护林综合效益评价体系。生态经济型防护林研究在优质经济林树种选择、生态经济型防护林空间优化配置、结构优化设计以及适宜立地划分、综合效益评价等方面取得了卓有成效的研究成果（李德芳，2002；饶良懿和朱金兆，2005；Nuberg and Evans，1993；Marszaalek，1988；Khan，1975）。

6.1.3　生态经济型防护林研究面临的科学与技术问题

随着我国区域经济的不断发展和社会主义新农村建设的客观要求，构建起林业生态防护体系和林业产业体系已经成为新时期林业生态工程建设核心和重点。生态经济型防护林体系建设将是构成两个体系有机结合的纽带，也是实现区域经济发展、生活富裕、乡村文明和环境优美的有效途径。"十一五"期间生态林业建设把各种防护林建设作为了重中之重，并努力建设生态经济型防护林体系。但如何建设高效、健康稳定的生态经济型防护林体系，这方面科技成果积累，技术、理论尚不成熟，还未形成完整的理论体系。缺少早实、优质特色的经济林树种，品种老化退化，良种化程度低，区域空间布局不科学、空间配置过于简单，结构不合理，水土资源利用率低下，特别是低质、低效、残次生态经济林急需通过结构优化设计和调整。这些都是生态经济型防护林建设中急需解决的科技问题。

目前生态经济型防护林体系研究的发展趋势为：把生态经济型防护林作为区域生态体系和产业体系的核心，重点研究优质特色生态、经济兼用型树种选育和规模化繁育技术；水土资源合理、高效利用及区域最佳生态经济型防护林优化空间配置技术；基于生态位分化的微域树种选择及其结构优化设计技术，残次低效林的经济功能导向性结构调整技术等方面。这也是生态经济型防护林体系建设对科技的需求（傅军，1999；戴晟懋等，2000）。

6.1.4　生态经济型防护林空间配置与结构设计技术研究示范区环境概况

根据我国防护林建设重点区域分布，通过调查、比较、筛选，在陕西千阳县冉家沟小流域设立陕西渭北黄土高原生态经济型防护林研究示范点，在北京密云县潮关西沟小流域设立华北土石山地残次低效防护林定向培育研究示范点。

1. 冉沟小流域

冉沟小流域位于陕西省宝鸡市千阳县冉家村，东北距千阳县城 2km，范围东至裴家原，西至清凉山，南以千阳岭与陈仓区为界，北以千（阳）—陇（县）南线公路为界，位于 E107°03′16″，N34°37′01″，总面积为 5.52km²。地貌由梁、峁和沟壑组成，梁、峁呈连续状、顶部较平坦，坡面倾斜较大，一般为 7°～35°，多为农耕地。梁、峁坡面以下，急转成陡坡，一般坡度大于 35°，形成沟谷与沟谷地，交互纵横，切割深度范围一般在 50～100m。主沟道长 5.5km。流域中上游属土石山地，中下游为黄土覆盖。土壤以褐土为主，兼有少量白墡土分布，耕作土壤为垆土。

该区域属暖温带半湿润大陆性季风气候区，四季冷暖、干湿分明。年均气温为10.8℃，大于等于 10℃的活动积温为 3477.9℃，年均降水量为 653mm，降水多集中在7 月、8 月、9 月份，占全年降水量的 54%。年均日照时数为 2092.7h（日照百分率为47%），年均无霜期为 197d，夏季炎热，常有暴雨，秋季多连阴雨。极端最高、最低气温分别是 40.5℃和－19.9℃。农田、果园和人工草地主要分布在冉家沟中部以下东、西两侧海拔 900m 以下的坡面，大部为旱坡地，也有少量梯田。农田主要种植小麦、玉米、豆类、油菜子等，果园主要栽植有杏、桃等，经济林主要栽植花椒、核桃、桑等，防护林主要分布在海拔 900m 以上的坡面、沟坎、陡坡等地段。耕作制度为一年一熟或两年三熟，复种指数为 126%。

由于长期过度垦殖和放牧，原始天然植被破坏殆尽，现有植被中除灌、草基本为天然植被外，乔木树种主要以人工栽培为主，如刺槐、侧柏、榆树等。天然次生林主要是少量侧柏、山杨林，成小面积团状分布。灌木主要有荆条、黄蔷薇、酸枣等；草本植物主要有艾蒿、铁杆蒿、白羊草、野苜蓿等。

土壤侵蚀以水蚀为主，同时伴有重力侵蚀。流域中部以下区域，坡耕地分布集中，植被覆盖度低，面蚀严重；在沟谷坡面和梁顶平缓坡面以下被切割的沟壑，是沟蚀活跃区；流域中部以上区域，天然次生林和人工林呈块状分布，天然灌草植被覆盖度较高，面蚀、沟蚀同时发生，但侵蚀强度明显减弱。重力侵蚀主要发生在谷坡部位，主要侵蚀形式是在暴雨后沟谷坡面和侵蚀沟缘发生崩塌、滑坡、泻溜。

2. 潮关西沟小流域

潮关西沟小流域地处密云县古北口镇潮关村，N40°40′、E117°06′，北与河北省滦平县接壤，西与密云县原上甸子乡相邻，地势东低西高，呈东南、西北走向，海拔在210~1158m，从沟口到破城子为沟谷平缓地带，地势比较开阔，从破城子两条支沟往里逐渐狭窄。平均坡度为25°，外侧山坡坡度较缓，西北部山高坡陡，石峰林立，个别陡坡地段达35°以上。封育区土壤类型以山地褐土为主，在西北部高海拔地带存在少量山地棕壤，土壤平均厚度约为20cm，属薄土层，基岩为石灰岩，母质多为坚硬型。年均降雨量为600~900mm，而且70%的降雨集中在7月、8月、9月三个月，年均气温为9~11℃，雨热同期，交通便利。

6.2　特种生态经济功能型植物材料的选择及其建群潜能

6.2.1　优良生态经济功能型植物材料的筛选、引进

围绕国家社会经济发展需要，结合黄土高原地区生态环境特点和生产条件，通过查阅文献，对外交流、查询，异地考察，实地调查测定等方法，按能源、饲用、药用、观赏等经济功能，筛选、引进植物材料121种（品种），分属13科16属（表6-1），在陕西杨凌西北农林科技大学林学院教学苗圃，建立生态经济型种质资源圃5亩，设立观测研究区、种质保存区和繁殖区。

表6-1　主要优良生态经济型防护林树种资源名录

中文名	学　名	科	属	品种（品系）	经济型	种（品种）数
杜仲	*Eucommia ulmoideoli*	杜仲科	杜仲	秦仲1~4号，西仲1~11号	药用，饲用，观赏	15
光叶楮	*Broussonetia papyrifera*	桑科	构树	光叶楮	饲用	1
文冠果	*Xanthoceras sorbifolia*	无患子科	文冠果	西淳2~9号，33号	能源	9
板栗	*Castanea mollissima*	壳斗科	栗属	西栗1~13号	果品	13

续表

中文名	学名	科	属	品种（品系）	经济型	种（品种）数
树莓	*Rubus idaeus*	蔷薇科	悬钩子	图拉明，威廉姆特，俄国红，百胜，黑巴提，克哇，佛尔多德，	果品	9
钙果	*Cerasus humilis sok*	蔷薇科	樱桃	钙果 1~6 号	果品	6
沙棘	*Hippophae rhamnoides*	胡颓子科	沙棘	中国沙棘，大果沙棘	药用	2
国槐	*Sophora japonica*	豆科	槐	国槐	药用	2
花椒	*Zanthoxylum bungeanum*	芸香科	花椒	秦安 1 号，豆椒，白沙椒，小红椒，大红袍，大椒，狮子头	药用，调料	8
元宝枫	*Acer truncatum*	槭树科	槭树	元宝枫	药用，观赏	1
核桃	*Juglans regia*	胡桃科	核桃	西林 2 号，西扶 1 号，鲁光，香玲，中林 5 号，辽核 4 号	果品	7
杏	*Prunus armenica*	蔷薇科	杏	金太阳，凯特杏，红丰杏，新世纪杏，优一，一窝蜂	果品	6
枣树	*Zizyphus jujuba*	鼠李科	枣	沾化冬枣，梨枣，晋枣	果品	3
柿树	*Diospyros kaki*	柿科	柿	大秋，杨风，次郎，禅寺丸	果品	4
无花果	*Ficns carica*	桑科	榕	无花果	果品	1
银杏	*Ginkgo biloba*	银杏科	银杏	银杏 1~34 号	果品，药用，观赏	34

6.2.2 不同生态经济功能型植物材料的生物学特征及其生产性能

1. 饲用杜仲生物学特征、生态特性和功能特性研究

1）饲用杜仲生物学特征、生态特性

以开发杜仲生态经济效能为目的，选择培育饲用型杜仲，并对饲用杜仲的生物学特征、叶产量、有效成分含量、光合作用特性、饲用效果进行了比较研究。

表 6-2 对选择的 14 个杜仲品系的生物学特征和性状进行了比较。

表 6-2　杜仲无性系性状差异性比较

无性系	胸径 /cm	高度 /m	单叶面积 /cm²	单叶重 /g	当年枝长 /cm	节间长 /cm	形状特征
1 号（龙拐）	8.0	4.0	72.26	0.897	—	—	树皮光滑，小枝曲折
2 号（紫叶）	6.4	4.5	63.88	0.705	87	3.0	树皮光滑；成熟枝条、 叶片正面呈紫色， 叶中脉呈绿色，叶卵形
3 号（长柄）	7.6	4.0	66.57	0.941			树皮光滑；叶柄细长 似线，叶狭长悬挂枝间
4 号（大叶）	7.3	3.5	77.89	0.905	85	3.1	树皮光滑，叶大
5 号（大果）	6.4	4.0	53.81	1.093	88	3.4	树皮光滑，果大，仁大
6 号（簇叶）	7.3	4.5	46.42	0.876	54	1.1	树皮光滑，枝条节间短， 粗壮，棱形，分枝角度 小，冠形紧凑，叶片密
7 号（巨叶）	6.4	4.0	151.70	1.595	90	3.6	树皮粗糙，叶片巨大， 叶缘锯齿形裂深
8 号（小叶）	7.6	3.5	40.94	0.608	78	3.5	树皮光滑，叶较小， 分枝较多，较密集
9 号	6.6	3.0	75.97	0.857	—	—	树皮光滑
嵩县 1 号	5.1	3.5	63.58	0.942	—	—	树皮光滑
秦仲 1 号	—	—	—	0.903	—	—	树皮粗糙，叶片卵圆形， 细锯齿，叶小
秦仲 2 号	—	—	—	0.892	67	2.2	树皮光滑；冠形紧凑， 呈窄圆锥形，叶片椭圆形， 细锯齿，叶小而密集
秦仲 3 号	—	—	—	0.925	—	—	树皮光滑；树冠紧凑，阔 锥形；叶片卵形，细锯齿
秦仲 4 号	—	—	—	0.904	—	—	树皮光滑；冠形紧凑，叶 片卵形，钝锯齿，树干通直

　　表 6-3 对 14 种杜仲株系单株产叶量进行了比较。7 号品系最高，4 号品系以及秦仲 1～4 号品种也较高，1 号品系最低。

　　表 6-4 对杜仲叶片绿原酸和总黄酮含量进行了比较。从有效成分含量来看，秦仲 3 号、秦仲 1 号品种和 2 号、8 号、5 号、7 号品系利用价值较高。

表 6-3　杜仲株系叶产量

品系（品种）	单株叶产量（干重）/g	单位土地面积叶产量/(kg/hm²)	株行距	品系（品种）	单株叶产量（干重）/g	单位土地面积叶产量/(kg/hm²)	株行距
1 号（龙拐）	231	713	1.8m×1.8m	8 号（小叶）	257	642	2m×2m
2 号（紫叶）	280	700	2m×2m	9 号	289	723	2m×2m
3 号（长柄）	299	748	2m×2m	嵩县 1 号	300	750	2m×2m
4 号（大叶）	342	855	2m×2m	秦仲 1 号	305	763	2m×2m
5 号（大果）	274	685	2m×2m	秦仲 2 号	327	818	2m×2m
6 号（簇叶）	171	760	1.5m×1.5m	秦仲 3 号	350	875	2m×2m
7 号（巨叶）	367	918	2m×2m	秦仲 4 号	341	853	2m×2m

表 6-4　杜仲不同品系（品种）有效成分含量比较

品系	绿原酸		总黄酮	
	X	CV	X	CV
1 号（龙拐）	2.141 d C	0.1177	1.176 h HI	0.0121
2 号（紫叶）	3.041 b B	0.0209	1.612 e E	0.0169
3 号（长柄）	2.134 d C	0.0447	1.031 jk JK	0.0176
4 号（大叶）	2.084 d C	0.0030	1.172 h HI	0.06496
5 号（大果）	2.197 cd C	0.3660	1.325 f FG	0.0050
6 号（簇叶）	2.100 d C	0.5190	1.054 ij IJ	0.0074
7 号（巨叶）	2.700 bcd BC	0.0068	1.134 h IJ	0.0063
8 号（小叶）	2.804 bc BC	0.0028	1.344 f F	0.0132
9 号	2.234 cd BC	0.0376	1.121 IJK	0.0210
10 号	2.194 cd C	0.0774	1.248g GH	0.0457
秦仲 1 号	4.047 a A	0.0085	3.663b B	0.0173
秦仲 2 号	2.306 cd BC	0.0079	2.77 d D	0.01493
秦仲 3 号	4.300 a A	0.00369	4.497 a A	0.02013
秦仲 4 号	3.94 a A	0.0083	3.39 c C	0.0032

注：表中字母表示有效成分的种类。

表 6-5 比较了几种杜仲品系光合作用特性。从光合特性看，4 号、5 号、6 号、8 号品系具有优势。

表 6-5　杜仲无性系有效成分及光适应特性

品种（品系）	暗呼吸速率/[mol/(m²·s)]	表观量子效率	最大光合速率/[μmol/(m²·s)]	光补偿点/[μmol/(m²·s)]	光饱和点/[μmol/(m²·s)]
2 号（紫叶）	−1.10	0.0603	16.1	18.3	286
3 号（长柄）	−3.41	0.0559	24.2	61.0	494
4 号（大叶）	−0.583	0.0489	16.8	11.9	355
5 号（大果）	−0.831	0.0512	19.3	16.2	392
6 号（簇叶）	−0.708	0.0393	19.8	18.0	522

续表

品种（品系）	暗呼吸速率 /[mol/(m² · s)]	表观量子效率	最大光合速率 /[μmol/(m² · s)]	光补偿点 /[μmol/(m² · s)]	光饱和点 /[μmol/(m² · s)]
7 号（巨叶）	−1.71	0.0579	20.9	29.6	391
8 号（小叶）	−1.60	0.0573	22.6	28.0	423
秦仲 1 号	−2.85	0.0655	16.0	43.5	287
秦仲 2 号	−1.86	0.0618	19.8	30.1	351
秦仲 3 号	−2.55	0.0582	23.1	43.9	442
秦仲 4 号	−1.63	0.0581	19.1	28.0	356
11 号	−1.78	0.0579	21.4	30.7	400

2）杜仲叶饲用效果研究

利用杜仲叶作为饲料添加剂饲养肉鸡，其生产性能、肉品质都有明显提高（表 6-6 和表 6-7）。

表 6-6　添加杜仲对肉鸡生产性能的影响

日龄	处理	平均增重/kg	平均采食量/kg	平均料肉比
前期	对照	0.95±0.02a	2.34±0.07a	2.41±0.08a
	0.8％黄霉素	0.99±0.04a	1.74±0.02b	1.84±0.04b
	0.8％杜仲叶粉	0.94±0.02a	2.29±0.02c	2.40±0.03a
	1.6％杜仲叶粉	0.95±0.02a	2.17±0.03c	2.27±0.02d
	2.4％杜仲叶粉	0.97±0.02a	1.70±0.06b	1.73±0.03c
后期	对照	0.95±0.06a	1.98±0.12a	1.93±0.12a
	0.8％黄霉素	0.97±0.04a	2.61±0.11b	2.34±0.23a
	0.8％杜仲叶粉	0.91±0.07a	2.07±0.12a	2.79±0.14b
	1.6％杜仲叶粉	0.91±0.05a	2.06±0.04a	2.15±0.11a
	2.4％杜仲叶粉	1.12±0.13b	2.63±0.07b	2.18±0.19a
全期	对照	2.00±0.05a	4.24±0.11a	2.36±0.13a
	0.8％黄霉素	1.91±0.05a	4.34±0.04a	2.23±0.10a
	0.8％杜仲叶粉	1.84±0.07a	4.31±0.06a	2.31±0.08a
	1.6％杜仲叶粉	1.85±0.08a	4.34±0.04a	2.27±0.07a
	2.4％杜仲叶粉	2.12±0.10b	4.33±0.15a	2.05±0.09b

表 6-7　杜仲对肉品质的影响

组别	pH		失水率		亮度值（L^*）	
	胸	腿	胸	腿	胸	腿
对照	6.12±0.24ab	6.74±0.13a	12.01±3.81a	14.48±7.04a	53.55±3.00a	53.64±6.86a
0.8％杜仲粉	6.13±0.19ab	6.65±0.16a	14.56±4.13ab	15.71±6.64a	50.63±5.29a	49.72±2.18ab
1.6％杜仲粉	6.28±0.13a	6.62±0.10a	17.03±8.22ab	19.26±3.71ab	49.54±1.81a	50.65±5.23ab

续表

组别	pH		失水率		亮度值（L^*）	
	胸	腿	胸	腿	胸	腿
2.4％杜仲粉	6.14±0.17ab	6.77±0.06a	26.24±3.17b	23.64±2.59b	50.42±3.89a	44.11±3.47b
抗生素	6.21±0.31a	6.77±0.11a	24.36±4.18b	17.65±11.11ab	49.00±3.86a	47.57±1.75ab
杜仲提取物	6.02±0.22b	6.61±0.15a	16.94±4.45ab	19.81±1.62ab	49.92±1.37a	49.39±1.95ab

组别	红度值（a^*）		黄度值（b^*）		嫩度/（kg/f）	
	胸	腿	胸	腿	胸	腿
对照	14.20±1.53a	15.31±1.50a	20.61±1.47a	14.20±1.53a	15.31±1.50a	20.61±1.47a
0.8％杜仲粉	13.01±1.03a	14.35±2.18a	19.85±1.39a	13.01±1.03a	14.35±2.18a	19.85±1.39a
1.6％杜仲粉	14.76±0.90a	15.75±1.35a	21.70±2.91a	14.76±0.90a	15.75±1.35a	21.70±2.91a
2.4％杜仲粉	17.78±1.40b	14.56±3.30a	22.90±0.52a	17.78±1.40b	14.56±3.30a	22.90±0.52a
抗生素	15.08±1.45a	15.61±1.70a	21.78±4.68a	15.08±1.45a	15.61±1.70a	21.78±4.68a
杜仲提取物	14.02±0.72a	14.54±0.78a	18.23±2.66a	14.02±0.72a	14.54±0.78a	18.23±2.66a

2. 文冠果生长特性与产量性状比较研究

对乔木状文冠果株系的综合性状进行了比较（表6-8）。33 号、6 号、8 号、12 号、13 号株系产量、形状较为优良。

表 6-8　文冠果优良单株综合性状比较

株系编号	树龄	胸径/cm	树高/m	冠幅/m	平均株产/kg	树冠投影面积产量/（g/m²）	生活型
33	5	—	1.8	1.2×1.3	265	169.9	灌木
2	90	38.9	4.0	3.6×5.8	290	14.9	乔木
3	50	24.4	9.0	4.0×3.5	560	40.0	乔木
4	36	17.4	7.0	3.5×3.5	950	77.6	乔木
5	32	11.3	6.4	3.5×3.0	260	24.8	乔木
6	5	1.1	1.9	0.8×0.9	110	152.8	小乔木
7	5	—	1.9	1.3×1.3	85	50.3	灌木
8	5	—	1.9	1.3×1.4	98	53.8	灌木
9	70	16.5	5.6	3.0×2.5	126	16.8	小乔木

3. 板栗优良株系的性状观测与生产性能

表 6-9 反映了几种优良板栗的综合性状；表 6-10 比较了其单株果实性状；表 6-11 比较了板栗株系果实营养成分。在选择选育优良品种时要综合考虑。

表 6-9　板栗优良单株综合性状比较

株系编号	树龄/a	胸径/cm	树高/m	冠幅/m	平均株产/kg	树冠投影面积产量/(kg/m²)
1（镇安1号）	43	51	7.5	8.2	37	0.701
2	35	39	7	7.6	39	0.860
3	40	43	12	10	42.4	0.540
4	38	35	7.5	9.5	37.9	0.535
5	150	97	11	12	47.5	0.420
6	100	59.5	13	11	51.4	0.541
7	100	57.6	12	10	50.7	0.646
8	35	31.2	10	9	41.3	0.650
9	90	45	10	9.5	46.2	0.652
10	37	28.2	8	8.5	36	0.645
11	33	27	6	7.5	31.6	0.716
12	26	24	7	6.5	27	0.814
13	30	26	14	7	27.8	0.723

表 6-10　板栗优良单株果实性状比较

编号	栗苞形状	果皮厚度	苞刺	平均单果重/g	最大单果重/g	每苞栗果数	出实率/%
1	椭圆形	薄	粗、短、疏	6.30	8.7	2.45	55.29
2	椭圆形	中等	细、短、密	7.87	10.3	2.43	35.13
3	椭圆形	薄	粗、短、密	7.69	10.2	2.5	35.36
4	圆形	厚	细、长、密	8.05	12.1	2.37	31.64
5	椭圆形	薄	粗、短、疏	9.68	11.9	2.5	36.77
6	圆形	中等	粗、长、密	11.04	12.9	2.28	36.53
7	圆形	中等	粗、长、密	10.09	13.7	2.25	34.10
8	椭圆形	薄	粗、短、疏	7.86	10.6	2.42	34.12
9	圆形	中等	细、长、密	4.11	5.7	2.03	35.84
10	圆形	中等	粗、长、密	10.34	12.3	2.4	33.72
11	椭圆形	薄	粗、短、疏	7.65	11.0	2.45	34.17
12	椭圆形	薄	粗、短、疏	9.22	11.4	2.2	40.45
13	椭圆形	薄	粗、短、疏	9.75	14.1	2.4	33.55

表 6-11　板栗株系果实营养成分比较

编号	粗蛋白/(g/100g)	粗脂肪/(g/100g)	可溶性糖/(g/100g)	淀粉/(g/100g)
1	3.88	1.05	10.8	25.68
2	5.16	0.89	11.7	20.07
3	4.98	0.78	12.0	23.25
4	4.07	1.56	12.9	25.16
5	5.23	1.20	10.5	16.01
6	5.86	0.95	11.6	24.11

续表

编号	粗蛋白/(g/100g)	粗脂肪/(g/100g)	可溶性糖/(g/100g)	淀粉/(g/100g)
7	6.04	0.87	15.7	20.15
8	4.67	1.37	13.0	22.78
9	6.17	0.95	14.3	26.42
10	4.98	0.84	15.4	23.69
11	6.75	1.46	13.1	24.21
12	5.98	1.37	16.4	21.05
13	6.07	0.95	12.7	24.35

6.2.3 不同生态经济功能型植物材料的评价

1. 评价指标体系及模型的建立

1）指标的筛选

依据渭北黄土高原生态经济型防护林树种选择评价的目标，按代表性、相对独立性、可行性、可测性、实用性和可操作性进行筛选，最后选择抗旱性、抗寒性、对光照要求、他感作用、固持土壤能力、树形、枯落物量、与地方产业发展符合程度、单位面积经济收益、栽培难易程度、村民接受态度等指标，作为渭北黄土高原生态经济型防护林树种选择评价指标。

2）指标体系建立及指标标准化处理

根据渭北黄土高原生态经济型防护林对树种的要求，从生态适应性、保持水土性能、经济社会效果3个方面进行评价。把筛选的各项指标分别归类，并置于这3个指标的下一层次之内，构成一个多层次的分析结构模型（图6-1）。

3）评价模型的建立

渭北黄土高原生态经济型防护林树种评价指标值的计算形式为

$$X = \sum_{j=1}^{m} P_{ij} \sum_{i=1}^{n} W_i X_j \tag{6-1}$$

式中：X——综合评价值；

W_i——第 i 个评价指标的权重；

X_j——第 j 个指标标准化值；

m——评价因素个数；

n——评价指标个数。

生态经济型防护林树种状况分为5级，即良好、较好、一般、较差和极差，对应的综合评价值依次为＞0.8，0.6~0.8，0.4~0.6，0.2~0.4 和＜0.2。

2. 指标体系中各项指标权重的确定

采用层次分析法建立评价指标层次结构及判断矩阵，根据各评价因素的相对重要性、多年实践经验数据，并参考其他专家建议，使指标定量化，并构成两两比较判断矩阵，根据矩阵分析进行层次总排序的计算。层次总排序就是同一层次所有因素对于最高

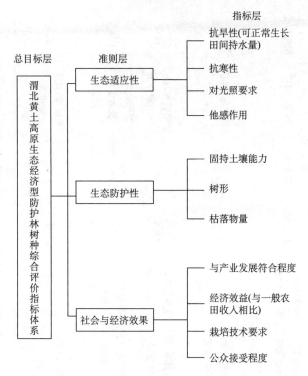

图 6-1　渭北黄土高原生态经济型防护林树种选择指标体系结构图

层次的相对重要性的排序数值。计算出各个具体评价指标（a）相对于所隶属性状（C）的加权值后，再与该性状（C）的权值加权综合，即可计算出各评价指标因素（a）相对于综合评价值（O）的权值，得到总排序。计算结果如表 6-12 所示。

表 6-12　因素层（P）对于目标层（A）的总排序值

O 层	C_1（适应性）				C_2（生态功能）				C_3（社会经济效果）		
	0.2599				0.4126				0.3275		
A 层	a_1	a_2	a_3	a_4	a_5	a_6	a_7	a_8	a_9	a_{10}	a_{11}
	0.4830	0.3441	0.1101	0.0629	0.500	0.250	0.250	0.3468	0.4321	0.1049	0.1161
总排序	0.1255	0.0894	0.0286	0.0163	0.2063	0.1032	0.1032	0.1136	0.1415	0.0344	0.038

3. 生态经济型防护林树种综合评价

根据综合评价指标体系对 39 个树种进行了综合评价（表 6-13）。不同树种之间等级评定结果存在差异，板栗、花椒的所有品系都为Ⅰ级，在构建生态经济型防护林方面具有优势，符合生态经济林的发展现状，而树莓、银杏、钙果等品种较多的树种综合评定分值都较低，反映了该树种生物学特征或经济利用价值在试验区没有优势，除过特殊区域等特定条件外，一般不适于较大面积应用。杜仲、文冠果品系有的是Ⅰ级，有的是Ⅱ级，说明从中可以选育出更符合经济价值和防护的品种（表 6-14）。

表6-13　生态经济型防护林树种综合评价指标体系

指标集	适应性			生态防护性				社会与经济状况			
指标层	抗旱性（可正常生长田间持水量）	抗寒性/℃	对光照要求	他感作用	固持土壤能力	树形	枯落物量	与产业发展符合程度	经济收益（与一般农田收入相比）	栽培技术要求	公众接受态度
指标量化标准	$f_0 \leq 40\%$（适应范围广）	≤ -20	在强光和弱光下都可正常生长	明显促进	根系深、发达	冠开张、枝叶茂密	不易分解，厚>5.0cm	高度符合	>10%	容易，简单	积极接受
	$40\% < f_0 \leq 50\%$（适应范围较广）	$-20 \sim -15$	在强光或弱光下都可正常生长	弱促进	深根系性	冠较开张、枝叶茂密	不易分解，厚1.0~3.0cm	符合	0~10%	较容易，容易掌握	较积极接受
	$50\% < f_0 \leq 60\%$	$-15 \sim -10$	要求和适应范围一般	无作用	根系发达	冠紧凑、枝叶茂密	较易分解，厚<1.0cm	较符合	-10%~0	繁殖较难、技术有一定要求	接受
	$60\% < f_0 \leq 70\%$	$-10 \sim -5$ 适应一定程度的强光或弱光，对光要求严格	对光要求较严，	有弱的抑制	根系浅、发达	冠紧凑、枝叶稀疏	易分解，少量	不符合	-20%~10%	繁殖较难、技术要求较高	不接受
	$f_0 > 70\%$	≥ -5	在较高光强或较低弱光下才能生长	明显抑制	根系浅、不发达	窄冠、枝叶散生	易分解，无	极不符合	≤20%	繁殖难、技术要求高	抵制

综合评价模型　评价指标值计算形式为：$X = \sum_{i=1}^{m}\sum_{i=1}^{n} W_i \times X_i$，式中，X为评价对象得到的综合评价值，$W_i$为第i个评价指标的权重，$X_i$为第i个指标标准化后的值，m为评价因素个数，n为评价指标个数

评价分级　分为良好，较好，一般，较差和极差5级，对应的综合评价值依次为>0.8，0.6~0.8，0.4~0.6，0.2~0.4和<0.2

注：综合权重：抗旱0.126，抗寒0.089，对光的要求0.029，他感作用0.016，固持土壤能力0.206，树形0.103，枯落物理0.103，与产业发展方向的符合程度0.114，经济收益0.142，对栽培技术的要求0.034，公众接受态度0.038。

表 6-14　主要生态经济型树种评价

序号	树种	品系	综合评分	等级	序号	树种	品系	综合评分	等级
1		1 号（龙拐）	0.748		40	沙棘	中国沙棘	0.775	Ⅱ级
2		3 号（长柄）	0.755		41		大果沙棘	0.786	
3		5 号（大果）	0.755		42		图拉明	0.702	
4		8 号（小叶）	0.778	Ⅱ级	43		威廉姆特	0.691	
5		9 号	0.730		44		俄国红	0.705	
6		嵩县 1 号	0.771		45	树莓	百胜	0.699	Ⅱ级
7		11 号	0.792		46		黑巴提	0.705	
8	杜仲	2 号（紫叶）	0.812		47		克哇	0.702	
9		4 号（大叶）	0.802		48		佛尔多德	0.687	
10		6 号（簇叶）	0.807		49	国槐	药槐 1 号	0.798	Ⅱ级
11		7 号（巨叶）	0.808	Ⅰ级	50		药槐 2 号	0.790	
12		秦仲 1 号	0.800		51		1 号	0.718	
13		秦仲 2 号	0.818		52		2 号	0.712	
14		秦仲 3 号	0.819		53		3 号	0.700	
15		秦仲 4 号	0.812		54		4 号	0.718	
16		1 号	0.826		55		5 号	0.702	
17		2 号	0.832		56		6 号	0.718	
18		3 号	0.830		57	银杏	7 号	0.713	Ⅱ级
19		4 号	0.824		58		8 号	0.697	
20		5 号	0.817		59		9 号	0.694	
21		6 号	0.819		60		10 号	0.708	
22	板栗	7 号	0.830	Ⅰ级	61		11 号	0.712	
23		8 号	0.814		62		12 号	0.723	
24		9 号	0.819		63		13 号	0.700	
25		10 号	0.824		64		豆椒	0.821	
26		11 号	0.816		65		秦安 1 号	0.825	
27		12 号	0.832		66		白沙椒	0.823	
28		13 号	0.826		67	花椒	小红椒	0.831	Ⅰ级
29		西淳 2 号	0.822		68		大红袍	0.828	
30		西淳 5 号	0.808	Ⅰ级	69		大椒	0.823	
31		西淳 7 号	0.822		70		狮子头	0.830	
32		西淳 4 号	0.788		71	元宝枫		0.731	Ⅱ级
33	文冠果	西淳 6 号	0.785		72		1 号	0.563	
34		西淳 3 号	0.779	Ⅱ级	73		2 号	0.549	
35		西淳 8 号	0.794		74		3 号	0.551	
36		西淳 9 号	0.794		75	钙果	4 号	0.558	Ⅲ级
37		西淳 33 号	0.751		76		5 号	0.544	
38	光叶楮		0.748	Ⅱ级	77		6 号	0.552	
39	无花果		0.796	Ⅱ级					

6.2.4　优良生态经济型植物新品种选育

1. 饲用型杜仲优良新品种选育

杜仲（*Eucommia ulmoides*）是我国特有贵重中药材和工业提胶原料树种，国家珍惜濒危二类保护植物。以其叶片制作保健茶叶和药用饲料添加剂受到了普遍关注，但以杜仲叶片、树皮等为原料的药品、食品、保健品、饮品等产品市场销售不尽如人意，影响了农户栽植、管护杜仲的积极性。近年来，作为经济植物和优良的绿化与水土保持树种，栽培面积进一步扩大。为了扩展杜仲应用途径，进行了以杜仲叶产量及其药用有效成分含量为主要育种目标的饲用杜仲新品种选育研究。

根据优良品种选择的技术指标规范要求，参照牧草及药用植物良种选择技术指标，结合杜仲良种选育和产业发展现状，按照丰产、优质、高效和抗逆性、适应性等原则，选育饲用型杜仲新品种，选择的技术经济指标为：①丰产稳产性较好，良种栽植后第三年开始有一定的叶产量，单株干叶产量在 0.3kg 以上，单位土地面积干叶产量 750kg/hm²；第四年、第五年以后逐步进入盛产期，单株干叶产量在 2.0kg 以上，单位土地面积干叶产量为 5000kg/hm²。②叶片绿原酸、黄酮等有效成分含量等于或高于现有骨干栽植品种。③树体健壮，树势中等以上，无严重的病虫害。④抗逆性好，较耐干旱与瘠薄。

饲仲 1 号树势中强，枝条开张角度较大（65°～70°），树形扩张。幼龄树皮光滑浅褐色，皮孔较密，外突，椭圆形横列，成龄树皮较粗糙，灰色，皮孔稀疏，不明显；叶长椭圆形，较大，单叶面积为 151.8cm²，叶缘锯齿形深裂；芽圆锥形，树干通直，生长快。抗逆性强，耐寒耐旱，适于关中、陕南及其他相似地区栽植。

在陕西关中地区（杨凌）3 月 15～25 日叶芽萌动期，展叶期在 3 月 23～30 日，落叶期在 11 月 10～15 日。在汉中略阳县比在杨凌相应早 3～5d，落叶期晚 7d 左右，在安康市汉滨区比杨凌早 4～7d，落叶期晚 7～10d。单位面积叶产量，栽后第 3～6 年分别为 1100kg/hm²、2925kg/hm²、5550kg/hm²、8475kg/hm²，比对照（秦仲 2 号）分别高 12.8%、20.7%、20.0% 和 8.0%，四年平均叶产量饲仲 1 号高于对照秦仲 2 号 15.4%。

2. 板栗优良新品种选育

根据目前板栗产量水平、主栽优良品种生物学特征、产量性状，结合实地调查、分析，确定优树选择标准为：①结果枝抽生率高，每一结果母枝平均抽生 4 个以上健壮新梢，其中结果枝不少于 50%；②雌花比例高，每一结果枝上的混合花序不少于 2 个，并有 4 个以上发育的总苞（栗蓬）；③每苞果数多，每个总苞内平均果树达 2.58 粒以上；④出实率高，总苞针刺短而稀，出实率在 45% 以上；⑤稳产性好，连续结果 3 年以上的母枝不低于 50%；⑥抗病虫能力强，树体有良好的抗病抗虫能力。

2006 年，"镇安 1 号"通过国家级审定，是"十一五"期间唯一的优良板栗品种（良种编号：国 S-SV-CM-020-2006）。早熟，果实成熟期在 9 月 15 日左右，比镇安大板栗成熟期早 9d，比泰山 1 号早 12d。丰产，坚果大，单果重 13.15g（柞板 11 号10.9g），每 500g 有栗果 38 个，盛果期单株产量 20kg，出实率为 35.3％左右（柞板 11号的出实率为 30.5％）。品质优，种仁涩皮衣易剥离，果实含淀粉 57.49％、可溶性糖10.1％、蛋白质 3.68％、脂肪大于 5％。适应性强，树势开张，自然分枝良好，抗病力强，适合山地栽培。推广前景好，目前推广面积已达 12 万亩，挂果面积达到 4 万亩。从发展空间看，仅在陕西就可以规模化种植 400 万亩以上。

6.2.5　生态经济型树种建群潜能研究

以国槐、银杏、元宝枫等 8 种便于取样的经济植物为材料，测定了枝长、叶面积、叶片数量、枝重、叶重、母枝长等性状指标，根据枝长、叶展系数、叶数目线性密度、个体叶面积、叶、枝厚度等之间的关系，对供试树种的个体构筑型进行了研究。

当年枝是树冠形成的基本构件单元，在获取光能和占据空间的同时，其结构变异格局对树木生产力有十分显著的影响。当年枝变异格局的定量研究能为更好地理解树木生产策略提供有力的依据。我们重点研究了以枝长与树体构成特征和个体与群体关系，从树种的树冠特征及其与其他树木的关系等方面，探索和确定目标树种与其他植物组成群落的可能性，也为进一步确立新选育品种的建群能力积累数据和经验。

1. 枝长与叶面积的关系

供试树种的叶面积（LA）与枝长（SL）都呈现出极显著的线性正相关（$P<0.01$）。但叶面积随枝长增加而表现的变异格局存在着种间差异。在七叶树、银杏、日本晚樱和国槐中，当枝长较短时叶面积的增长幅度较大，而当枝长较长时，幅度较小，所以曲线呈现出上凸的趋势，这种趋势在银杏中尤为明显，并且这种趋势都集中在很短的枝长范围内（$SL<0.3cm$）；在三角枫、五角枫和紫叶李中，叶面积随枝长的增加幅度基本保持一致，曲线呈现出良好的线性关系；而在苦楝中，当枝长较长时，叶面积增加的幅度较大，所以曲线呈现出下凹的趋势。

2. 枝长与叶展系数的关系

8 个树种中除了苦楝外，其他树种的叶展系数（LDI）与枝长（SL）呈现出极显著的负相关（$P<0.01$），为指数型递减模式 $Y=a+b\exp[-c(X-0.1)]$。苦楝的叶展系数与枝长呈现出极显著的正相关（$P<0.01$），为线性递增模式。在负相关的 7 个树种中，短枝相对于长枝具有较大的叶展系数，即单位枝长内具有较大的叶面积，而苦楝则相反。

在负相关的 7 个树种中，五角枫的 $RLDI$（20.412）明显大于其他六个树种的$RLDI$（3.147～7.835），表明五角枫的叶展系数的变异量级超过了其他 6 个树种。而紫叶李和银杏的 $cLDI$（分别为 17.327 和 10.486）明显大于其他树种。在苦楝中，$cLDI$ 为 -0.012，表明叶展系数随枝长的增加而呈现线性递增。就（$aLDI+bLDI$）值

（叶展系数最大理论值）而言，银杏最大，苦楝最小（分别为 1044.735 和 37.488）（表 6-15）。

表 6-15　LDI 与 SL 之间的关系

树种	aLDI/(cm²/cm)	bLDI/(cm²/cm)	cLDI/cm⁻¹	aLDI+bLDI/(cm²/cm)	RLDI	R^2
三角枫	14.554	69.235	1.173	83.789	5.757	0.622**
五角枫	15.009	291.361	0.917	306.370	20.412	0.736**
七叶树	100.877	436.185	0.310	537.062	5.324	0.480**
银杏	133.334	911.401	10.486	1044.735	7.835	0.537**
苦楝	11.518	25.970	−0.012	37.488	3.255	0.251**
紫叶李	15.620	92.325	17.327	107.945	6.911	0.771**
日本晚樱	34.196	73.413	0.466	107.609	3.147	0.544**
国槐	19.867	81.697	0.610	101.564	5.112	0.450**

** $P<0.01$。

3. 枝长与叶数目线性密度的关系

供试树种的叶数目与枝长之间的关系都呈现出极显著的正相关（$P<0.01$，$0.645<R<0.967$），并且各个种的叶数目线性密度（DLN）与枝长之间的关系呈现出极显著的负相关（$P<0.01$），为指数型递减模式 $Y=a+b\exp[-c(X-0.1)]$。这表明枝长越短，叶数目线性密度越大，即在单位枝长内，短枝的叶数目大于长枝。

RDLN 最大的是国槐（133.599），最小的是苦楝（4.635）。就 cDLN 而言，国槐、紫叶李和银杏（分别为 21.968、18.384 和 9.158）则明显高于其他树种（0.121～1.364），其中，苦楝的 cDLN 最小。类似状况也出现在（aDLN+bDLN）值（叶数目线性密度最大值）中（表 6-16）。

表 6-16　DLN 与 SL 之间的关系

树种	aLDI/(cm²/cm)	bLDI/(cm²/cm)	cLDI/cm⁻¹	aLDI+bLDI/(cm²/cm)	RLDI	R^2
三角枫	0.978	7.758	1.364	8.736	8.933	0.736**
五角枫	0.459	3.258	0.369	3.717	8.098	0.850**
七叶树	0.404	4.894	0.565	5.298	13.114	0.861**
银杏	5.126	43.342	9.158	48.468	9.455	0.722**
苦楝	0.203	0.738	0.121	0.941	4.635	0.130**
紫叶李	3.209	44.823	18.384	48.032	14.968	0.914**
日本晚樱	1.272	10.056	0.726	11.328	8.906	0.900**
国槐	0.701	92.952	21.968	93.653	133.599	0.781**

** $P<0.01$。

6.3　生态经济型防护林空间配置与结构设计技术

6.3.1　主要生态经济型防护林林分结构设计技术

1. 主要生态经济型林分结构特征研究

1) 人工刺槐林林分结构特征

(1) 人工刺槐林林下植物组成与物种多样性。人工刺槐林下植物种类共有 28 种，主要是菊科、豆科和禾本科。林下植物群落的物种丰富度在 3～12，多样性指数在 0.46～1.8，均匀度指数在 0.42～0.86。由于林分密度、坡向、坡度、坡位等因素不同，各样地的植物种的分布出现差异。中龄刺槐林随密度的增加，物种多样性和均匀度指数逐渐减小（表 6-17）。

表 6-17　中龄刺槐林下植物群落多样性变化

样地	密度/(株/hm²)	郁闭度	坡度	坡位	坡向	物种丰富度	多样性指数	均匀度指数
1	675	0.6	缓坡	下	半阳	12	1.80	0.72
2	700	0.6	缓坡	中	阳	7	1.68	0.86
3	750	0.7	缓坡	中	阴	7	1.56	0.80
4	900	0.6	缓坡	中	阳	9	1.50	0.68
5	925	0.8	缓坡	下	半阳	10	1.52	0.66
6	1125	0.3	陡坡	中	阴	9	1.37	0.62
7	1565	0.6	陡坡	中	阴	3	0.46	0.42

(2) 冠层特征。在相同立地条件下，密度较大的林分，其冠层指标 ISF、DSF 和 GSF 的值较小（表 6-18）。

表 6-18　中龄刺槐林冠层特征指标变化

样地	密度/(株/hm²)	郁闭度	坡度	坡位	坡向	叶面积指数 LAII	透光度	散射光立地系数 ISF	直射光立地系数 DSF	综合光立地系数 GSF
1	675	0.6	缓	下	半阳	1.49	0.23	0.23	0.24	0.24
2	700	0.6	缓	中	阳	1.50	0.22	0.22	0.30	0.29
3	750	0.7	缓	中	阴	1.52	0.22	0.34	0.31	0.31
4	900	0.6	缓	中	阳	1.53	0.21	0.25	0.32	0.30
5	925	0.8	缓	下	半阳	1.54	0.21	0.21	0.21	0.21
6	1125	0.3	陡	中	阴	1.14	0.30	0.37	0.20	0.32
7	1565	0.6	陡	中	阴	1.66	0.19	0.19	0.25	0.25

2) 人工油松林林分结构

(1) 林下植物种组成与多样性。油松林下植物种类共有 20 种，主要是禾本科、菊科、豆科和十字花科。林下物种丰富度在 4～11，多样性指数在 0.75～1.96，均匀度指数在 0.54～0.86，不同林龄和林分密度的植物群落多样性差异很大。幼龄林物种丰富度差异明显，多样性指数与均匀度指数随着密度的增加而减小。中龄林随着林分密度的增加，物种多样性指数和均匀度指数在减少（表 6-19）。

表 6-19　油松林下植物群落多样性变化

林龄	密度/(株/hm²)	郁闭度	海拔/m	坡向	物种丰富度	多样性指数	均匀度指数
幼龄林	700	0.6	1250	阴	11	1.96	0.82
	900	0.8	1255	阴	7	1.53	0.79
	1000	0.8	1255	阴	5	1.19	0.74
中龄林	350	0.4	1270	阴	10	1.95	0.84
	425	0.3	1250	阳	5	1.38	0.86
	500	0.5	1280	阴	7	1.38	0.57
	575	0.4	1250	阳	6	1.40	0.78
	900	0.3	1250	阴	4	0.75	0.54

（2）冠层特征。叶面积指数和透光度的变化与林分密度有密切的关系。在相同的立地条件下，幼龄林随着密度的增加，叶面积指数增加，透光度减少，散射光立地系数（ISF）、直射光立地系数（DSF）和综合光立地系数（GSF）减小，2 号和 3 号样地与 1 号样地相比，ISF 分别增加了 56.67%、53.57%；DSF 分别增加了 42.30%、46.43%；分别增加了 44.44%、44.46%。在相同的立地条件下，随着林分密度的增加，中龄林叶面积指数、透光度和 ISF、DSF 和 GSF 值的变化与幼龄林也有相似的规律（表 6-20）。

表 6-20　人工油松林冠层特征指标变化

林龄	密度/(株/hm²)	郁闭度	海拔/m	坡向	叶面积指数 LAII	透光度	散射光立地系数 ISF	直射光立地系数 DSF	综合光立地系数 GSF
幼龄林	700	0.6	1250	阴	1.78	0.25	0.13	0.15a	0.15a
	900	0.8	1255	阴	1.42	0.24	0.30	0.26b	0.27b
	1000	0.8	1255	阴	1.67	0.21	0.28	0.28b	0.28b
中龄林	350	0.4	1270	阴	1.12	0.33	0.31	0.29	0.29
	425	0.3	1250	阳	1.37	0.26	0.27	0.27	0.27
	500	0.5	1280	阴	1.34	0.26	0.30	0.25	0.26
	575	0.4	1250	阳	1.54	0.21	0.20	0.23	0.23
	900	0.3	1250	阴	1.39	0.24	0.26	0.25	0.25

注：表中各列不同字母表示差异显著（$\alpha=0.05$）。

3）人工侧柏林林分结构

（1）林下物种组成与多样性。侧柏林下植物种类共有 17 种，主要是菊科、禾本科、蔷薇科和毛茛科。林下物种丰富度在 7～11，均匀度指数在 0.74～0.87，多样性指数在 1.63～2.08。林分密度不同，植物群落多样性也有差异（表 6-21）。

表 6-21　侧柏林冠层特征指标变化

林龄	密度/(株/hm²)	郁闭度	坡位	坡向	海拔/m	物种丰富度	多样性指数	均匀度指数
中龄林	800	0.6	中	阴	1140	9	1.63	0.74
	1250	0.4	中	半阳	1135	7	1.63	0.84
成龄林	525	0.5	下	阴	900	11	2.08	0.87
	750	0.6	中	阴	1130	10	1.84	0.80

（2）冠层特征。叶面积指数和透光度的变化与林分密度有密切的关系。中龄林密度较大时，叶面积指数和 ISF、DSF、GSF 较大，透光度较小。成龄林也呈现出与中龄林相似的规律（表 6-22）。

表 6-22　侧柏林冠层特征指标变化

林龄	叶面积指数 LAII	透光度	散射光立地系数 ISF	直射光立地系数 DSF	综合光立地系数 GSF
中龄林	1.70	0.17	0.21	0.28	0.27
	2.15	0.13	0.19	0.18	0.19
成龄林	1.92	0.16	0.22	0.25	0.25
	1.82	0.16	0.21	0.24	0.24

4）人工核桃林林分结构

（1）树体结构。随着密度的增加，幼龄林基径呈减少的趋势变化，枝下高和冠高差异不明显；分枝数在 12～15。中龄林随着密度的增加，基径和枝下高呈增加趋势，冠高呈减少趋势；分枝数在 13～17（表 6-23）。

表 6-23　不同密度的核桃树体结构指标

树龄	株行距/m	基径/cm	枝下高/cm	冠高/cm	分枝数
幼龄林	3×3.5	8.41	69.00	342.04	12
	3×4	9.23	71.66	368.84	15
	3×4.5	9.36	69.76	363.34	13
	3×5.5	9.56	69.23	363.76	14
	3×6	9.61	69.13	350.39	15
中龄林	4×5	12.37	95.53	499.46	14
	4×6	11.98	69.78	550.74	13
	4×9	11.88	70.24	549.23	17

（2）冠层结构。幼龄林不同种植密度的叶面积指数和透光度之间均无显著性差异，不同密度的幼龄林 3 种光立地系数无显著性差异。中龄林不同种植密度的叶面积指数之间均存在显著差异，透光度之间无显著性差异，不同密度的 ISF 值之间无显著差异，4m×6m 株行距中龄林 DSF 和 GSF 显著地高于其他两种（表 6-24）。

表 6-24　不同密度的核桃林冠层指标变化

样地号	株行距/m	叶面积指数 LAII	透光度	散射光立地系数 ISF	直射光立地系数 DSF	综合光立地系数 GSF
幼龄林	3×3.5	1.76a	0.18a	0.10a	0.11a	0.11a
	3×4	1.87a	0.16a	0.11a	0.10a	0.10a
	3×4.5	1.83a	0.16a	0.10a	0.10a	0.11a
	3×5.5	1.75a	0.18a	0.12a	0.10a	0.10a
	3×6	1.79a	0.17a	0.12a	0.11a	0.11a
中龄林	4×5	2.00b	0.13a	0.11a	0.09a	0.10a
	4×6	1.67c	0.15a	0.13a	0.15b	0.15b
	4×9	1.74a	0.17a	0.10a	0.10a	0.10a

注：表中各列不同字母表示差异显著（$\alpha=0.05$）。

5）人工枣树林林分结构

（1）树体结构。中龄枣树林基径在 9.28～10.34cm，枝下高在 76.71～88.62cm，冠高在 252.85～408.29cm，分枝数在 14～21。立地条件对枣树的树体结构影响很大，川地枣树基径、冠高和冠幅大于坡地，枝下高小于坡地（表 6-25）。

表 6-25　枣树（木枣）树体结构

林龄	株行距/m	坡位	基径/cm	枝下高/cm	冠高/cm	冠幅/m 东西	冠幅/m 南北	分枝数
中龄林	2.5×3	上	9.66	85.62	313.82	3.58	3.21	21
	3×4	川地	10.34	76.71	408.29	4.42	4.32	20
	3×6	中	9.28	83.65	252.85	3.65	3.55	14
	2×6	上	9.81	88.62	349.88	3.52	3.36	15
	6×6	上	10.09	82.02	376.48	3.62	3.36	20

（2）冠层结构。川地枣树叶面积指数大于坡地，而透光度和 3 种光立地系数小于坡地。坡地株行距为 6m×6m 的枣树叶面积指数显著大于其他株行距，而透光度和 3 种光立地系数小于其他株行距的枣树。川地和株行距为 6m×6m 的坡地枣树树冠截获的辐射量和散射量、直射量也大于其他样地（表 6-26）。

表 6-26　不同密度枣树（木枣）冠层特性指标

林龄	株行距/m	坡位	叶面积指数 LAII	透光度	散射光立地系数 ISF	直射光立地系数 DSF	综合光立地系数 GSF
中龄林	2.5×3	上	0.89b	0.38a	0.36a	0.27a	0.28a
	3×4	川地	1.59a	0.21a	0.19b	0.13b	0.14b
	3×6	中	1.13b	0.33a	0.24c	0.17b	0.18a
	2×6	上	1.33c	0.25a	0.27c	0.27a	0.27a
	6×6	上	1.75c	0.17b	0.11b	0.14b	0.13b

注：表中各列不同字母表示差异显著（$\alpha=0.05$）。

6）人工花椒林林分结构

（1）树体结构。随着密度的增加，幼龄林花椒基径和分枝数增大，枝下高和冠高的变化无明显规律；中龄林花椒基径、枝下高、冠高和分枝数的变化无明显规律；成龄林花椒基径和分枝数随着密度的减小而增加，枝下高和冠高的变化无明显规律（表 6-27）。

表 6-27　花椒树体结构指标

林龄	株行距/m	基径/cm	枝下高/cm	冠高/cm	分枝数
幼龄林	2×4	4.76	20.46	191.54	12
	2.5×3.5	4.66	17.05	200.95	12
	3×3	4.59	18.41	198.92	10
	3×3.5	4.31	19.12	212.88	10
	3×4	3.18	17.73	172.27	9
中龄林	2.5×3	5.39	18.73	210.60	12
	2.5×4	8.77	18.09	253.24	15
	3×3.5	4.96	14.18	175.82	10
	3×4	7.54	18.61	219.39	14
	3×5	7.36	20.08	236.59	14
成龄林	2.5×3	6.70	13.27	215.39	12
	3×4	8.75	18.10	228.56	13
	3.5×3.5	8.45	19.11	218.39	14
	3.5×4.5	9.02	19.05	268.95	16
	4×4	9.89	14.32	257.02	16

（2）冠层结构。随着密度的增加，幼龄林和成龄林花椒叶面积指数呈无规律的变化，而中龄林花椒叶面积指数逐渐减小。不同年龄的花椒透光度各株行距之间无显著差异。株行距较大的幼龄林花椒 3 种光立地系数显著地大于株行距小的，中龄林花椒 3 种光立地系数随株行距的变化无明显规律，成龄林花椒 3 种光立地系数随株行距的变化无显著差异。叶面积指数大的花椒树冠截获的散射能、直射能和总辐射能较大（表 6-28）。

表 6-28　不同种植密度的平地花椒冠层结构特性指标

林龄	株行距/m	叶面积指数 LAI	透光度	散射光立地系数 ISF	直射光立地系数 DSF	综合光立地系数 GSF
幼龄林	2×4	1.66b	0.25a	0.21c	0.20c	0.21d
	2.5×3.5	1.19a	0.30a	0.30a	0.29b	0.29a
	3×3	1.26a	0.28a	0.34a	0.36a	0.36a
	3×3.5	1.62b	0.24a	0.42b	0.38a	0.39a
	3×4	1.62b	0.26a	0.45b	0.36a	0.37a
中龄林	2.5×3	1.38c	0.27a	0.41b	0.41a	0.41a
	2.5×4	1.45c	0.23a	0.30a	0.27b	0.27a
	3×3.5	1.41c	0.26a	0.40b	0.44a	0.43a
	3×4	1.47c	0.26a	0.34a	0.30b	0.31a
	3×5	1.80b	0.22a	0.35a	0.31b	0.32a

续表

林龄	株行距/m	叶面积指数 LAI	透光度	散射光立地系数 ISF	直射光立地系数 DSF	综合光立地系数 GSF
成龄林	2.5×3	1.40c	0.26a	0.41b	0.43a	0.42a
	3.5×3.5	1.61b	0.26a	0.41b	0.40a	0.40a
	3×4	1.67b	0.26a	0.37b	0.35a	0.35a
	3.5×4.5	1.64b	0.21a	0.25c	0.28a	0.28a
	4×4	1.35c	0.26a	0.31a	0.38a	0.37a

2. 生态经济型防护林林分结构设计技术

1）林分结构设计指标选择

将林分密度、郁闭度、林下植物盖度、冠高、冠幅、物种丰富度、多样性指数、均匀度指数和水土保持效益等作为水土保持林结构指标。根据产量和经济效益，将密度、冠幅、冠高、枝条数、叶面积指数和产量等作为经济林树体结构指标。

2）林分结构设计方法

应用层次分析法（简称 AHP 法）构建层次结构，采用打分法计算各指标的权重和综合评价值，筛选和确定出生态经济防护林的较优结构。

第一步，根据不同生态经济林经营目标和影响该目标的林分结构参数，确定生态经济林林分结构评价指标体系。

第二步，采用层次分析法确定不同指标的权重。

第三步，设立有代表性样地，调查、测定同类生态经济效能不同的生态经济林林分结构指标值。

第四步，计算不同效益生态经济林林分结构综合分值。

第五步，以林分结构综合分值最高者的结构指标值作为优化结构设计的标准，进行林分结构设计。

3）生态经济型防护林林分优化结构

陕北黄土高原生态经济林体系林分结构优化模式如表 6-29、表 6-30 所示。

表 6-29 防护林林分结构优化指标值

树种	树高/m	冠幅/m	郁闭度	多样性指数	均匀度指数	物种丰富度	林下植物盖度/%
刺槐	12.9	3.95	0.8	1.52	0.66	10	80
油松	12.2	5.29	0.5	1.38	0.57	7	85
侧柏	6.5	3.66	0.5	2.08	0.8	10	50

表 6-30 经济林树体结构优化指标值

树种	树龄	冠幅/m	冠高/cm	枝条数	叶面积指数	株行距/m
核桃	幼龄林	3.745	368.84	15	1.87	3×4
	中龄林	5.475	499.46	14	2.00	4×5

续表

树种		树龄	冠幅/m	冠高/cm	枝条数	叶面积指数	株行距/m
花椒	平地	幼龄林	2.66	191.54	12	1.66	2×3
		中龄林	3.80	236.59	14	1.80	3×4
		成龄林	4.325	268.95	16	1.64	3×5
	坡地	中龄林	2.48	194.30	12	1.68	3×4
		成龄林	2.355	180.36	11	1.77	4×5
枣树		幼龄林	1.87	134.06	16	1.55	3×4
		中龄林	4.37	408.29	20	1.59	3×5

6.3.2　陕北黄土高原生态经济型防护林空间配置技术

1. 林地土壤水分生态位和亏缺规律研究

首先，将试验林区土壤在垂直梯度上不同深度的含水量的量化值分别记作 x_1，x_2，…，x_n；$x_i (i=1, 2, …, n)$ 是与植物种有关的水分生态因子，则该种的生态位函数可以表示为

$$N = f(x) = f(x_1, x_2, …, x_n) \quad X \in E_n \tag{6-2}$$

其中，$X = (x_1, x_2, …, x_n)$，$E_n = \{ X \mid f(x) > 0, X = (x_1, x_2, …, x_n) \}$。

以上各生态因子的每组量化值 $X(x_1, x_2, …, x_n)$，构成所论植物种的水分生态位点，E_n 是其 n 维资源空间。若在 E_n 中存在着一点 $X_a = (x_{1a}, x_{2a}, …, x_{na})$ 使得 $f(x_a) = \max\limits_{x \in E_n} \{ f(x) \}$，则 X_a 为该种的最适生态位点。

水分生态位适宜度是其最适生态位点与种的实际生态位点之间的贴近程度的定量表征，可用水分生态位适宜度模型表达，计算公式如下：

$$y = \sum_{i=1}^{n} a_i \cdot \frac{x_i}{x_{ia}} \tag{6-3}$$

式中：y——土壤水分生态位适宜度值；

a_i——第 i 层的权重因子 $\left(\sum\limits_{i=1}^{n} a_i = 1 \right)$；

X_i——第 i 层（$i=1, 2, …, n$）土壤中水分生态因子实测值；

X_{ia}——第 i 层土壤中水分生态因子最适值。

土壤水分生态因子最适值根据试验实地观测确定，在干旱半干旱地区，土壤含水量相对较低，当土壤含水量大于田间持水量的 80%，即水分含量达到易效水时，植物生长旺盛，因此取田间持水量的 80% 作为土壤水分生态因子最适值。

然后根据黄土高原沟壑区不同林地土壤各层次根系分布特征，以各层次根系质量占总量的百分数为依据，总结分析并最终确定第 i 层的权重因子 a_i（表6-31）。

表 6-31　不同林地土壤水分生态位权重（单位：%）

土层深度/cm	刺槐	油松	侧柏	仁用杏	杏树	柿子	核桃	花椒	荒草坡
0~20	1.61	24.77	19.26	6.83	20.89	18.15	4.54	27.22	38.99
20~40	3.99	15.34	22.31	29.33	41.38	26.01	30.46	20.95	42.53
40~60	21.72	15.13	20.65	22.97	24.56	15.07	15.38	12.98	7.09
60~80	5.18	11.45	7.04	19.79	8.61	13.37	13.91	12.20	7.09
80~100	4.90	10.39	4.26	6.71	1.56	6.81	9.90	10.35	3.54
100~120	22.37	8.20	4.26	5.07	1.01	5.02	8.84	7.23	0.35
120~140	5.61	5.42	4.17	3.65	0.84	3.81	3.72	3.52	0.18
140~160	9.81	4.10	2.59	2.83	0.56	2.27	3.18	2.11	0.11
160~180	11.91	2.92	7.96	1.30	0.25	2.03	3.89	1.81	0.04
180~200	1.40	1.13	4.17	0.82	0.13	1.70	1.57	1.62	0.07
200~250	4.90	0.31	1.67	0.47	0.08	1.54	1.26	—	—
250~300	4.20	0.25	0.93	0.12	0.06	1.22	1.13	—	—
300~350	0.70	0.23	0.37	0.06	0.03	1.05	0.80	—	—
350~400	0.70	0.16	0.19	0.02	0.02	0.81	0.59	—	—
400~450	0.49	0.13	0.09	0.01	0.01	0.73	0.48	—	—
450~500	0.49	0.07	0.09	0.01	0.01	0.41	0.35	—	—
0~500	100.00	100.00	100.00	100.00	100.00	100.00	100.00	100.00	100.00

　　再确定不同林地土壤水分生态位适宜度（表 6-32），可以清晰地看出各林地水分状况的差异性及适宜度：核桃＞侧柏＞油松＞柿树＞杏树＞刺槐＞花椒＞仁用杏。

表 6-32　不同林地土壤水分生态位适宜度

树种	月份									年平均
	3	4	5	6	7	8	9	10	11	
刺槐	0.817	0.815	0.803	0.775	0.736	0.733	0.743	0.755	0.764	0.771
油松	0.808	0.796	0.903	0.857	0.778	0.812	0.904	0.877	0.849	0.843
侧柏	0.913	0.879	0.865	0.853	0.842	0.864	0.871	0.876	0.892	0.873
仁用杏	—	0.871	0.715	0.561	0.670	0.530	0.556	0.770	0.766	0.680
杏树	—	0.975	0.773	0.604	0.765	0.558	0.729	1.000	0.794	0.775
柿树	—	1.000	0.896	0.708	0.677	0.634	0.793	0.852	0.941	0.813
核桃	1.000	1.000	1.000	0.831	0.973	0.752	0.803	0.917	0.928	0.912
花椒	0.954	0.946	0.849	0.580	0.477	0.563	0.631	0.712	0.652	0.707
荒草坡	—	0.926	0.664	0.489	0.721	0.437	0.482	1.000	0.801	0.690

　　最后，根据土壤水分对植物生长的有效性，将林地土壤水分分为凋萎湿度、生长阻滞含水量和田间持水量，对林地水分亏缺进行评价。为了更好地根据土壤含水量评价林木生长状况，将大于 60% 田间持水量的土壤水分划分为两级：占田间持水量 60%～80% 的土壤水分为中效水；占田间持水量 80%～100% 的土壤水分为易效水。据此将土壤水分对林木的有效性划分为 4 级。把土壤水分对林木生长的亏缺程度用水分亏缺度表示，依水分亏缺度对土壤含水量状况进行评价（表 6-33）。

$$水分亏缺度 = \frac{土壤含水量 - 生长阻滞含水量}{生长阻滞含水量} \times 100\%$$

表 6-33　黄土高原土壤水分状况评价指标

亏缺状况	土壤含水量	水分亏缺度/%
轻度亏缺	＞75％生长阻滞含水量	＜25
中度亏缺	50％～75％生长阻滞含水量	25～50
严重亏缺	＜50％生长阻滞含水量	＞50

利用以上分析和评价方法对黄土高原不同植被地带的人工刺槐林土壤水分分析亏缺进行评价，黄土高原人工刺槐林地的土壤水分生态环境整体处于亏缺状态（表 6-34）。从南部森林带的不亏缺逐渐到森林草原带出现轻度亏缺，到典型草原带出现严重亏缺，其中以米脂刺槐林地的亏缺状况最为严重，水分亏缺度达到了 −61.52％。对于土壤水分有效性来说，南部土壤水分储量表现为中效、不亏缺，一定程度上可满足刺槐林生长需求，北部土壤水分储量降低，有效性呈现为难效，无法提供刺槐林生长所需水分，刺槐林生长受土壤水分条件制约，以致出现了低产低效林。由此可以看出，不同植被地带的水分有效性及亏缺状况不尽相同，表现出了极其显著的差异性，亏缺程度表现为森林带＜森林草原带＜典型草原带。

表 6-34　不同植被地带人工刺槐林地 0～5m 土层水分状况分析

植被地带	调查地点	平均含水量/%	水分有效性	水分亏缺度/%	亏缺状况
森林带	淳化	15.25	中效	18.24	不亏缺
	宜君	13.13	中效	4.21	不亏缺
	吉县	11.26	难效	−10.63	轻度亏缺
森林草原带	黄陵	9.81	难效	−22.18	轻度亏缺
	富县	9.25	难效	−26.61	中度亏缺
	延安	8.05	难效	−32.92	中度亏缺
	安塞	5.23	难效	−52.64	严重亏缺
典型草原带	吴旗	7.00	无效	−43.38	中度亏缺
	绥德	4.03	难效	−58.02	严重亏缺
	米脂	3.65	无效	−61.52	严重亏缺
	神木	3.58	难效	−61.25	严重亏缺

2. 陕北黄土高原生态经济型防护林体系林种配置与树种选择

陕北黄土高原从东南到西北，土壤水热生态条件呈现地带性递减分布，植被也出现地带性分布。因此，生态经济型防护林体系林种配置与树种选择也相应变化（表 6-35）。

表 6-35 黄土高原不同植被带植被类型与生态经济型树种组成

地 带	主要防护林树种	主要经济林树种
森林带	油松、刺槐、侧柏、白桦、槲栎、栓皮栎、辽东栎、沙棘、紫穗槐、榛子、元宝枫、小叶杨、新疆杨、泡桐、臭椿、旱柳、白榆	苹果、核桃、柿子、梨、杏、桃、枣、石榴、花椒
森林草原带	油松、刺槐、侧柏、辽东栎、火炬树、沙棘、柠条、紫穗槐、小叶杨、河北杨、新疆杨、旱柳、杜梨、臭椿	苹果、枣、梨、杏、桃、山桃、山杏
典型草原带	柠条、沙棘、小叶杨、河北杨、新疆杨、旱柳杜梨	山桃、山杏

6.3.3 陕西渭北黄土高原小流域生态经济型防护林空间配置技术

1. 冉沟小流域景观生态的适宜性分析

利用 1:10 000 地形图，结合野外踏勘和调查，制作该流域土地利用现状图、土壤侵蚀图和坡度图等专题图件，经室内清绘成图后，利用 GIS 中的 Arc Info 9.0 软件，以土地类型图为基础，利用 ArcEdit 和 ArcToolbox 模块，对图件数字化、矢量化后进行叠加，打开叠加后的新图层的属性表，通过 Add field 命令添加一个表示土地类型的字段，然后根据相应的类型划分标准，综合叠加后结果土层属性表中的各专题要素属性字段值（地形部位、坡度、坡向、土壤），对叠加结果图层各多变形立地类型字段赋值。叠加结果图经处理后，用 Dissolve 命令对立地类型赋值后的叠加结果图层合并减缓得到最终的立地类型矢量图。将流域划分为若干个土地生态评价单元，建立各地块的属性数据库。最后对数据进行分类和编码，根据应用目的和数据源的特点，采用数字、字母表示的层次型分类编码体系（表 6-36）。

表 6-36 各参评因子编码表

地形部位		坡向		坡度			土壤侵蚀	
类型	编码	类型	编码	类型	编码	坡度/(°)	类型	编码
梁峁顶	A	阴向	2	平缓坡	1	0～5	轻度	1
山梁坡	B	阳向	4	斜缓坡	3	5～25	中度	2
沟坡	D	平地	1	陡坡	4	25～35	强度	3
沟底	E			急陡坡	5	>35	极强度	4

根据以上方法建立了冉家沟流域的土地景观生态评价单元（图 6-2），并对冉家沟土地生态单元进行了分类（表 6-37）。

然后，对景观生态类型适宜性评价值指标进行量化。采用层次分析法（简称 AHP 法）对土地单元的益农性、宜林性和宜牧性进行评价，对各因子的权重进行排序，最后依据各因素权重大小排序结果进行比较，经综合定性分析，选取对土地质量起重要影响作用的 5 个因素——地貌部位、坡向、坡度、侵蚀强度和土地利用现状（表 6-38）。

表 6-37 冉家沟土地生态单元分类

代码	土地类型	地块数	面积/km²	占总面积的比例/%	代码	土地类型	地块数	面积/km²	占总面积的比例/%
A	I 梁峁顶地类				B_{432}	II$_{15}$ 山梁坡阴向斜缓坡中度侵蚀地	78	0.7012	12.7
A_1	I$_1$ 梁峁顶轻度侵蚀地	15	0.0302	0.55	B_{433}	II$_{16}$ 山梁坡阴向斜缓坡强度侵蚀地	5	0.0417	0.75
A_2	I$_2$ 梁峁顶中度侵蚀地	71	0.1332	2.41	B_{441}	II$_{17}$ 山梁坡阴向陡坡轻度侵蚀地	10	0.1039	1.88
B	II 山梁坡地类				B_{442}	II$_{18}$ 山梁坡阴向陡坡中度侵蚀地	46	0.5052	9.15
B_{111}	II$_1$ 山梁坡平缓坡轻度侵蚀地	5	0.0094	0.17	B_{452}	II$_{19}$ 山梁坡阴向急陡坡中度侵蚀地	7	0.0468	0.35
B_{131}	II$_2$ 山梁坡斜缓坡轻度侵蚀地	3	0.0613	1.11	C	III 沟坡地类			
B_{132}	II$_3$ 山梁坡斜缓坡中度侵蚀地	10	0.2108	3.82	C_{232}	III$_1$ 沟坡阴向缓斜坡中度侵蚀地	29	0.0589	1.07
B_{133}	II$_4$ 山梁坡斜缓坡强度侵蚀地	16	0.2302	4.17	C_{243}	III$_2$ 沟坡阴向陡坡强度侵蚀地	5	0.0138	0.25
B_{142}	II$_5$ 山梁坡陡坡中度侵蚀地	11	0.0497	0.9	C_{244}	III$_3$ 沟坡阴向陡坡极强度侵蚀地	7	0.0158	0.29
B_{143}	II$_6$ 山梁坡陡坡强度侵蚀地	12	0.0394	0.71	C_{412}	III$_4$ 沟坡阳向平缓坡中度侵蚀地	66	0.1005	1.82
B_{212}	II$_7$ 山梁坡阴向平缓坡中度侵蚀地	28	0.0259	0.47	C_{432}	III$_5$ 沟坡阳向斜缓坡中度侵蚀地	73	0.3967	7.13
B_{231}	II$_8$ 山梁坡阴向斜缓坡轻度侵蚀地	20	0.0515	0.93	C_{433}	III$_6$ 沟坡阳向斜缓坡强度侵蚀地	37	0.079	1.43
B_{232}	II$_9$ 山梁坡阴向斜缓坡中度侵蚀地	86	1.261	22.8	C_{434}	III$_7$ 沟坡阳向斜缓坡极强度侵蚀地	38	0.068	1.23
B_{233}	II$_{10}$ 山梁坡阴向斜缓坡强度侵蚀地	26	0.1493	2.7	C_{441}	III$_8$ 沟坡阳向陡坡轻度侵蚀地	18	0.0339	0.61
B_{241}	II$_{11}$ 山梁坡阴向陡坡轻度侵蚀地	20	0.0617	1.12	C_{442}	III$_9$ 沟坡阳向陡坡中度侵蚀地	64	0.2664	4.82
B_{242}	II$_{12}$ 山梁坡阴向平缓坡中度侵蚀地	92	0.519	9.4	D	IV 沟底地类			
B_{412}	II$_{13}$ 山梁坡阴向平缓坡中度侵蚀地	21	0.0219	0.4	D_2	IV$_1$ 沟底中度侵蚀地	60	0.043	0.78
B_{431}	II$_{14}$ 山梁坡阴向斜缓坡轻度侵蚀地	21	0.1027	1.86	D_4	IV$_2$ 沟底极强度侵蚀地	35	0.0896	1.62

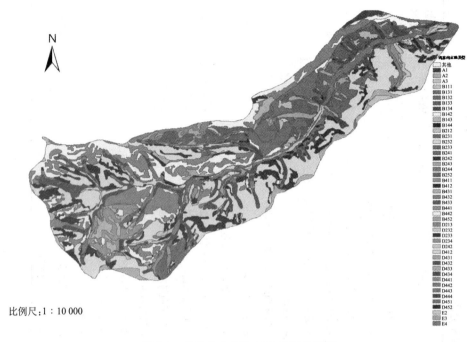

比例尺：1：10 000

图 6-2　千阳县冉家沟土地单元分类图

表 6-38　土地生态类型适宜性评价指标的权重分配表

	地貌部位	坡向	坡度	侵蚀强度	土地利用现状
宜农权重	0.23	0.11	0.10	0.20	0.10
宜林权重	0.27	0.11	0.13	0.15	0.13
宜牧权重	0.25	0.13	0.11	0.13	0.11

　　根据冉家沟小流域土地生态单元构成、土地生产力影响因素、生态环境治理与开发利用的可能性及征询专家的意见，分别对各评价因子分级并赋予相应的分值。数值范围为 0～1，值越大，表示适宜性越强，限制性因素减小（表 6-39）。

表 6-39　土地生态适宜性评价因子的分级

地貌部位	利用类型 农	林	牧	坡向	利用类型 农	林	牧	坡度	利用类型 农	林	牧	侵蚀强度	利用类型 农	林	牧	土地利用类型	利用类型 农	林	牧
梁峁顶	0.2	0.6	0.8	阴向	1	1	1	平缓坡	1	1	1	轻度	1	1	1	耕地	1	1	1
山梁坡	0.8	1	1	阳向	1	1	0.8	斜缓坡	0.7	1	1	中度	0.6	1	1	林地	0.6	1	1
沟坡	0.3	0.7	0.8	平地	1	1	1	陡坡	0.3	0.6	0.8	强度	0.4	0.6	0.8	荒地	0.2	0.5	0.7
沟底	1	1	1					急陡坡	0	0.3	0.5	极强度	0	0.2	0.4	造林地	0.4	0.7	0.8

　　最后按照下列公式确定流域土地生态单元适宜性：

$$A = \sum_{i=1}^{n} W_i S_i \tag{6-4}$$

式中：A——单元适宜性综合指数；

　　　W_i——第 i 个评价因子的相对权重；

　　　S_i——第 i 个评价因子在该单元的分级指数；

　　　n ——评价因子个数。

根据评价单元各参评因子的指数及权重，求出评价单元加权指数，参照当地实际情况，划分土地分级综合指数表。

由以上公式计算各土地类型的各项适宜性评价得分，并由此划出土地利用性等级（表 6-40）。

表 6-40　冉家沟流域土地单元的利用适宜性等级

适宜性等级	益农	宜林	宜牧
Ⅰ	>0.6	>0.65	>0.6
Ⅱ	0.5~0.6	0.4~0.65	0.3~0.6
Ⅲ	<0.5	<0.4	<0.3

冉沟小流域只有少量的Ⅰ等级的益农地，且益农地多集中分布在山梁坡上。与益农性相反的是，该流域的大部分土地单元的宜林性和宜牧性指数较高，该区适合发展林业和牧业（表 6-41）。

2. 冉沟小流域生态经济林优化配置技术

1）小流域生态经济林优化配置

采用系统工程和线性规划的原理及方法，以经济收益最大为优化目标，以相关的自然资源、社会经济效益和生态环境作为约束条件，计算满足生态环境、经济和社会多重目标的要求，调整该流域整体功能，使其整体功能达到最佳。根据各土地生态单元的适宜性评价结果，进一步确定冉家沟流域不同土地单元上农、林、牧三大利用类型的合理结构，见表 6-42。

土地生态单元适宜性评价结果显示沟坡地不适宜农业发展，在缓坡地可发展经济林，沟坡地应主要发展生态林业和牧业。沟谷地生态条件好，对各种土地用均具有较高的适宜性。利用交互式线性规划软件（LINDO）在计算机上编程后求解，结果见表 6-43。

调整后冉家沟村经济林地面积和牧草地面积会发生巨大的变化，水土保持林的面积应继续增加，耕地面积可保持不变。通过土地林现状比例也可以看楚，冉家沟流域内经济林和牧草地的比例极小，农、林、牧的比例极其不协调，土地面积总的调整趋势是在保护生态环境的基础上增大经济林和牧草地的面积，增加该流域的经济效益。由目标函数计算可知，优化后冉家沟村的经济产值可增加至 2 321 868 元/a，人均收入增至 1733 元/a。

2）小流域空间格局与功能分区

（1）生产功能区。生产功能区包括缓坡山梁坡生产功能区和沟底土地生产功能区。在缓坡山梁坡，选择适合该地的经济树种苹果、柿树、杜仲、山杏等树种。该区仍需要在弃耕地种植大面积水土保持林，可选择的树种有刺槐、侧柏、杜仲等。

表 6-41　各土地生态单元的适宜性等级

代码	土地类型	评价得分		
		宜农性	宜林性	宜牧性
A	I 梁峁顶地类			
A₁	I₁ 梁峁顶轻度侵蚀地	II	I	I
A₂	I₂ 梁峁顶中度侵蚀地	III	II	I
B	II 山梁坡地类			
B₁₁₁	II₁ 山梁坡平缓坡轻度侵蚀地	I	I	I
B₁₃₁	II₂ 山梁坡斜缓坡轻度侵蚀地	I	I	I
B₁₃₂	II₃ 山梁坡斜缓坡中度侵蚀地	II	I	I
B₁₃₃	II₄ 山梁坡斜缓坡强度侵蚀地	II	I	I
B₁₄₂	II₅ 山梁坡陡坡中度侵蚀地	II	I	I
B₁₄₃	II₆ 山梁坡陡坡强度侵蚀地	III	II	I
B₂₁₂	II₇ 山梁阴向平缓坡中度侵蚀地	I	I	I
B₂₃₁	II₈ 山梁阴向斜缓坡轻度侵蚀地	I	I	I
B₂₃₂	II₉ 山梁阴向斜缓坡中度侵蚀地	II	I	I
B₂₃₃	II₁₀ 山梁阴向斜缓坡强度侵蚀地	II	I	I
B₂₄₁	II₁₁ 山梁阴向陡坡轻度侵蚀地	II	I	I
B₂₄₂	II₁₂ 山梁阴向陡坡中度侵蚀地	III	I	I
B₄₁₂	II₁₃ 山梁阳向平缓坡中度侵蚀地	III	I	I
B₄₃₁	II₁₄ 山梁阳向斜缓坡轻度侵蚀地	II	II	I
B₄₃₂	II₁₅ 山梁阳向斜缓坡中度侵蚀地	III	I	I
B₄₃₃	II₁₆ 山梁阳向斜缓坡强度侵蚀地	III	II	I
B₄₄₁	II₁₇ 山梁阳向陡坡轻度侵蚀地	II	I	I
B₄₄₂	II₁₈ 山梁阳向陡坡中度侵蚀地	III	I	I
B₄₅₂	II₁₉ 山梁阳向急陡坡中度侵蚀地	III	II	I
C	III 沟坡地类			
C₂₃₂	III₁ 沟坡阴向斜缓坡中度侵蚀地	III	I	I
C₂₄₃	III₂ 沟坡阴向陡坡强度侵蚀地	III	II	II
C₂₄₄	III₃ 沟坡阴向陡坡极强度侵蚀地	III	III	I
C₄₁₂	III₄ 沟坡阳向平缓坡中度侵蚀地	III	I	I
C₄₃₂	III₅ 沟坡阳向斜缓坡中度侵蚀地	III	I	I
C₄₃₃	III₆ 沟坡阳向斜缓坡强度侵蚀地	III	II	I
C₄₃₄	III₇ 沟坡阳向斜缓坡极强度侵蚀地	III	III	II
C₄₄₁	III₈ 沟坡阳向陡坡轻度侵蚀地	III	II	I
C₄₄₂	III₉ 沟坡阳向陡坡中度侵蚀地	III	III	II
D	IV 沟底地类			
D₂	IV₁ 沟底中度侵蚀地	I	I	I
D₄	IV₂ 沟底极强度侵蚀地	III	II	I

表 6-42 千阳县冉家沟流域各生态类型土地利用方式变量设置

类型	一级梁峁顶	二级梁峁顶	缓坡山梁地<25°	陡坡山梁地	缓坡沟坡地<25°	陡坡沟坡地	沟底
耕地	X_1	X_3	X_6				X_{17}
经济林地	X_2	X_4	X_7		X_{12}		X_{18}
水土保持林地		X_8		X_{10}	X_{13}	X_{15}	X_{19}
牧草地		X_5	X_9	X_{11}	X_{14}	X_{16}	X_{20}

注：X_1，X_2，X_3，…，X_{20}为各类生态类型土地用于耕地、经济林地、水土保持林地和牧草地的面积。

表 6-43 千阳县冉家沟流域各生态类型土地利用优化结果

类型	变量	合计/hm²	优化比例%	现状比例%
耕地	$X_6=74.258$，$X_{17}=13.263$	87.5	15.847	15.851
经济林	$X_2=13.317$，$X_7=14.22$，$X_{12}=70.313$	97.9	17.73	0.3387
水土保持林	$X_{15}=32.99$，$X_{10}=132.565$，$X_9=71.525$	237.1	42.94	20.4
牧草地	$X_9=81.57$，$X_5=3.017$	97.8	15.31	1.485
荒山荒地	—	310.08	2.402	56.29
难利用地	—	5.38	5.38	
河流	—	—	0.391	0.391

沟底平地是淋溶物质汇集区，土层深厚，肥力较高，地势平坦，是梁峁顶和沟坡产流的汇聚地，适合于农用地。在农田周围应种植乔灌混交的农田防护林。在土壤侵蚀严重的地区，应种植以杨、柳为主的沟底防冲林，固定沟床。

（2）生态环境保护功能区。该区主要以生态系的恢复和防止水土流失为主，据流域现状又可以分为两个区，依据其不同的土地状况制定不同的规划和设计。

（3）森林景观区。土地生态类型包括陡坡山梁坡生态类型和陡坡沟坡生态类型。这两种土地应该以现有林地保护为主，加强现有森林的抚育，森林的抚育以及天然林的保护是该区主要的发展方向。可选树种有刺槐、柠条、紫穗槐、桑、油松等，在坡度大于35°以上的地区对于此类坡地必须采取以护坡保水为中心目标的综合治理模式，栽植刺槐、侧柏及沙棘、柠条等抗逆性强的乔灌生态林种。植被盖度低、沟坡裸露的土地单元，应加大灌木林比重，如紫穗槐、酸刺、沙柳等。

（4）生态恢复景观区。一级梁峁顶生态类型。地形平缓开阔，土壤侵蚀度低，距离村庄近，交通便利，地块面积小、分散，限制其成为农业用地。在该区应发展经济林，适宜种植山杏，树下可种植具有经济价值和水土保持功能的沙棘、柠条等灌木。

二级梁峁顶生态类型。该地区适宜种经济林，树种地选择可参照一级梁峁地。荒地部分营造水土保持林，适宜树种有刺槐、侧柏、杜梨、山桃等，树下种植豆科牧草紫花苜蓿、沙打旺等，也可栽种的少量的灌木沙棘、柠条等适生灌木，形成梁峁顶生物防护带。

缓坡沟坡生态类型。可发展少量经济林，同时营造的水土保持林。经济林密度不宜过大，树种应选择根蘖性强的固土抗冲速生树种，如杜仲；水土保持树种可选择油松、河北杨等；树下选则沙棘、柠条、酸枣、荆条等灌木，封山封沟育林育草，形成沟坡林、灌、草的防护体系。

3）冉沟小流域生态经济型防护林对位配置模式

依据冉家沟流域土地单元划分和生产力评价，结合不同植物生物学特征、生态学特性与经济价值，冉沟小流域生态经济林对位配置模式为表 6-44。

表 6-44　冉家沟流域生态经济型防护林对位配置

土地类型	配置类型	适宜的树种
梁峁顶	灌草为主的混交的，梁峁顶生物防护带	侧柏、刺槐，山桃、山杏，紫穗槐、沙棘
陡坡沟坡	乔灌混交林的生态经济型防护林	油松、刺槐、河北杨、元宝枫、沙棘、连翘、火距树、紫穗槐、光叶楮、杜仲、文冠果
缓坡沟坡（包括梯田）	复层的高效经济林	杏、桃、核桃、花椒和柿树、豆科作物和牧草
沟道滩地土地	防护为主的用材林	新疆杨、84K 杂交杨、旱柳，沙棘、紫穗槐，玫瑰、连翘、小冠花、三叶草
田坎、沟沿	保持水土的生态经济防护林	桑树、光叶楮、文冠果

6.4　低效、残次防护林经济功能导向性调控技术

6.4.1　生态经济型防护林诊断技术

以健康天然林为对照，从群落的物种组成、空间结构、建群种生长发育状况、演替趋势、功能表达和生境等方面，分析低效、衰退、残次防护林退化过程与机理、恢复潜能与方向，提出低效、衰退、残次生态经济型防护林诊断技术，并对其进行研究和评价。

1. 低效残次林成因分析

低效残次林一般是指由于森林本身结构不完整或者森林系统组成成分严重缺失，而导致的总体功能（效益）低于相同（相似）（生态）条件下的森林，主要针对森林的生态经济功能而言。也有人认为，低效、残次林是在进展演替的初期或逆行演替的结果时，森林和结构尚未形成或遭到破坏，林木个体质量低劣，自然生态效益及社会经济效益低下的林分。

北京地区低效残次林形成的主要因素有：

（1）人为活动对林分造成干扰破坏；

（2）土壤和立地条件造成潜在侵蚀危险性；

（3）种选择不当或经营管理不善；

（4）早期的造林活动一度存在着一种轻视阔叶树种的偏向。

2. 低效残次林近自然度研究

1) 近自然度等级的划分

近自然度是低效残次林接近该地域地带性植被顶级群落的程度。林分近自然度用于表述林分演替现状，或是林分演替与其地带性顶级群落的差异性。目前，国内外近自然度研究主要存在定性描述多，定量化表达少，近自然度层次简单（一般划分为一级，少数为二级）等问题。如表 6-45、表 6-46 所示。

表 6-45　森林近自然度等级

近自然度等级	依近自然度划分的森林类型
1	自然林
2	近自然林
3	半自然林
4	改变林
5	人工林

表 6-46　植被自然度划分等级

近自然度等级	划分标准
1	原始或人为影响很小而处于基本原始的植被
2	有明显的人为干扰或处于演替中期或后期的次生群落
3	人为干扰大，演替逆行，极为残次状态
4	人工植被

2) 近自然度参数选取

近自然度简单地说就是群落接近自然的程度，是根据外业调查中对具体地段上的不同植物群落的空间位置、物种组成、立地条件、演替阶段等因素来综合评定的。常用的近自然度参数有：土壤发育近自然度、植被组成近自然度、植被演替近自然度、森林的年龄结构近自然度，其中植被组成近自然度和演替近自然度评价最为重要。在一些近自然研究中也用"恢复度"对林分进行评价，其实质也是指森林的"近自然度"。然而，在这些评价中多以群落高度、显著度、生物量（材积）等参数来进行衡量，都带有浓厚的传统木材经营色彩，常带来一些不便。例如，乡土阔叶树种由于树型不同，树高普遍都较针叶树种低，更重要的是天然阔叶林林冠为复层结构，高低参差不齐，其群落的平均高度并不高；而人工针叶纯林是单层结构，平均高度往往更大。另外，人工纯林也往往具有较大的显著度、生物量等，因此，这些指标不能很好地反映群落的近自然不平。

我们以植被组成和演替近自然度为立足点，从群落的年龄结构（径级）、更新能力（实生幼树）、物种组成与多样性、均匀度和所处的演替阶段（顶极适应值）来探讨群落接近自然状态的程度，以期评价结果与实际情况更为相符。最后使用层次分析法计算特征参数权值和做一致性检验确定参数。

3) Shannon-Wiener 物种多样性指数计算

如果从群落中随机地抽取一个个体，它将属于哪个种是不确定的，而且物种数目越多，其不定性越大。因此，有理由将多样性等同于不定性，并且两者用同一度量单位（王伯荪等，1987；马克平，1994b）。所以，可用在信息论中计算熵，以表示不定性的 Shannon-Wiener 指数作为物种多样性指数。计算公式如下：

$$H' = -\sum_{i=1}^{s} p_i \lg p_i \quad i = 1, 2, \cdots, s \quad (6-5)$$

式中：H'——Shannon-Wiener 物种多样性指数；

    s——所有种类数；

    p_i——第 i 个物种的个体在取样总数中所占的比例。

4）Pielou 均匀度指数计算

多样性指数应当同时反应群落中物种数目的变化及种群个体分布格局的变化，或者说多样性指数同时对物种数目的变化和种群个体分布格局变化是敏感的。因此，均匀度是群落多样性研究中十分重要的概念。均匀度是指群落中不同物种的多度分布的均匀程度。

Pielou 把均匀度（J）定义为群落的实测多样性（H'）与最大多样性（$H'_{\max}$）的比率，即 $J = \dfrac{H'}{H'_{\max}}$，以 Shannon-Wiener 多样性指数为例，Pielou 均匀度指数（J_{sw}）为

$$J_{sw} = \frac{-\sum p_i \lg p_i}{\lg s} \quad (6-6)$$

5）顶极适应值计算

将林型中出现的树种依照其生物特性分为先锋种（pioneer species）、次先锋种（sub-pioneer species）、过渡种（transition species）、次顶极种（sub-climax species）、顶极种（climax species），并分别赋予顶极适应值 1、3、5、7、9。因此，整个群落的顶极适应值（CI）就等于各种组所占的重要值百分率（V_i），每次以各自的顶极适应值（A_i）再累加。

6）各自然度参数灰色关联处理

衡量近自然度（ND）的参数选用群落结构功能特征指标：郁闭度、胸径级、实生幼树种、物种多样性指数、均匀度指数和顶极适应值。由于各参数的属性、单位不同，首先对各参数进行标准化。求出比较数列 x_i 与参考数列 x_0 各对应点的绝对差值 $|x_0(k) - x_i(k)|$，再找出两级最大差值和最小差值：

$$\max_{(i)} \max_{(k)} = |x_0(k) - x_i(k)| \quad \min_{(i)} \min_{(k)} = |x_0(k) - x_i(k)|$$

灰色关联系数计算公式：

$$\xi_i(k) = \frac{\min_{(i)} \min_{(k)} |x_0(k) - x_i(k)| + 0.5 \max_{(i)} \max_{(k)} |x_0(k) - x_i(k)|}{|x_0(k) - x_i(k)| + 0.5 \max_{(i)} \max_{(k)} |x_0(k) - x_i(k)|} \quad (6-7)$$

式中：$\xi_i(k)$——x_i 对 x_0 在 k 时刻的关联系数；

    0.5——分辨系数。

7）参数权值的计算

参数权值可以采用层次分析法计算。求出的各元素权值分配是否合理，采用以下公

式进行一致性检验：

$$CR = CI/RI$$

式中：CR——判断矩阵的随机一致性比率；

CI——判断矩阵的偏离一致性指标，它是由判断矩阵的最大特征根 λ_{max} 及阶数 n 决定的，$CI = \dfrac{\lambda_{max} - n}{n - 1}$；

RI——判断矩阵的平均随机性一致性指标，由经验值确定（表 6-47、表 6-48）。

表 6-47　判断矩阵 1～9 标度及其含义

标度	含　义
1	表示两个元素相比，两个元素具有同等重要性
3	表示两个元素相比，一个元素比另一个元素稍微重要
5	表示两个元素相比，一个元素比另一个元素明显重要
7	表示两个元素相比，一个元素比另一个元素强烈重要
9	表示两个元素相比，一个元素比另一个元素极端重要
2，4，6，8	两个相邻判断的中值
倒数	i 元素与 j 元素比较得判断为 B_{ij}，则 j 元素与 i 元素比较得 B_{ji}，$B_{ji} = 1/B_{ij}$

表 6-48　平均随机一致性指标

阶数	1	2	3	4	5	6	7	8	9
RI	0.00	0.00	0.58	0.90	1.12	1.24	1.32	1.41	1.45

当 CR<0.10 时，即认为判断矩阵具有满意的一致性，说明权值分配是合理的，否则要调整判断矩阵。

8）近自然度值计算

近自然度计算公式如下：

$$ND_j = \sum_{i=1}^{6} \xi_i(k) \cdot W_j \tag{6-8}$$

式中：ND_j——近自然度值；

N_j——第 j 种森林类型组的自然度；

W_i——第 i 个特征参数因子的权重。

3. 低效残次林分近自然度划分

根据人为干扰程度、演替阶段、经营状况等因子，参考前人的研究成果，并结合森林保存近自然程度的实际情况和各计算出的近自然度值，采用定性和定量相结合的方法划分森林近自然度等级。根据研究区实际调查资料，把研究区的森林划分为自然群落、近自然群落、中间群落、先锋群落、退化林及非自然林共 6 类（表 6-49）。

表 6-49　森林自然度分类及标准

序号	森林自然度等级	划分标准	
		定性标准	定量标准（近自然度值）
1	自然群落	森林群落组成复杂，为多层异林结构的原始或人为影响很小而处于基本原始状态的森林	＞0.89
2	近自然群落	人为干扰较少的原生天然森林群落，或者处于次生演替后期阶段的天然次生林	0.80～0.89
3	中间群落	有明显的人为干扰，处于次生演替初期或中期阶段的天然次生林，或天然成分侵入明显、无人工经营痕迹的人工森林	0.65～0.79
4	先锋群落	人为干扰很大，靠天然更新生长起来的群落，处于次生演替的前期阶段的天然次生林	0.50～0.64
5	退化林	人为干扰极大，处于逆行演替状态，林相残败的次生天然森林群落，即残次天然林或生长不良的人工森林	＜0.50
6	非自然林	人为干扰极大且持续不断，地带性森林植被几乎破坏殆尽，处于难以恢复的逆行演替后期的天然次生林，或经营良好、天然成分不明显的人工森林	—

　　根据潮关西沟的演替序列，结合调查实际情况以及不同类型群落的主要树种进行判断，在调查区域处于原始状态的自然群落已很少存在。近自然群落有栎林、黑桦林、松栎混交林等，中间群落主要有椴树林、核桃楸林、元宝枫林等，先锋群落有山杨林、春榆林，以乡土树种人工种植的侧柏林、油松林等为非自然林，而在不适生立地条件上营造的刺槐林则属于退化林。

　　4. 低效残次林判定标准

　　根据研究结果，低效、残次林包括低密度林（可简称为低密林）、劣质林、残次林。这是依据林分质量和效益区分的类型，称为质效型。林分质效型的划分是一种不完全分类，可以根据以下标准依次判定：

　　（1）依据林分结构：由于林分中大部分优良林木被采伐而形成的林相残败，层次结构、水平结构、年龄结构、径级结构等杂乱无序者，应划为残次林。

　　（2）依据林木个体生长状况：林分中大部分林木无明显主干或主干弯曲、生长不良、枯死或发生病腐等异常情形，应划为劣质林。这主要是指阔叶树的多代萌生所导致的林木质量低劣。

　　（3）依据林分郁闭度或密度：郁闭度小于等于 0.5 或在幼中龄林阶段密度低于 750 株/hm² 的称为低密林。

　　残次林主要指由于林分中大量优良林木被采伐而残留的破败林相，单位面积株数较少、高矮悬殊、团丛状分布、老残木与被压幼树并存。这种情况一般出现在年龄较大的林分中。劣质林的主要矛盾是林木个体质量低劣的问题，主要由阔叶树多代萌生引起，而林木群体结构还比较整齐有序。

密度和郁闭度指标是根据两类林分指标的平均值化整而取得的,而且两者具有平行的关系。即郁闭度为 0.5 和密度 750 株/hm² 所做的划分是比较一致的。

低质灌木林的判定:由于该区现存天然灌木林面积不大、分布零散,一般无经营利用价值,因此都可划为低质灌木林。

凡林相杂乱、结构无序的残次林,一般干形也差,生长也不正常,密度也往往较低,但应首先根据林分结构判定为残次林。当林分结构尚可,主要表现为林木个体质量低劣时,无论密度和郁闭度如何,都应划定为劣质林。而低密林则是在林分结构和林木个体质量基本正常的前提下根据密度和郁闭度标准来区分的。最后,低密林与低灌林的区别则在于前者虽然密度、郁闭度较低,但仍然是乔木林,后者则是以灌木为主的林分。

低效残次林的复杂性决定了不可能利用某个简单的数量标准未判定。低效、残次林分与普通林分的郁闭度虽然存在显著差异,但郁闭度并不是一个特异性指标。低质低效林林分中郁闭度在 0.6 以上的仍然不少,在郁闭度为 0.7 位置甚至还出现一个小高峰。这些林分的主要矛盾是林分结构和林木质量低劣,即残次林或劣质林,必须有定性的指标予以衡量。同样地,当林分仅存在密度和郁闭度过小的问题而林木质量并非低劣的情形下便只能用数量指标来确定。

6.4.2　生态经济型防护林功能导向性结构调控技术

1. 定向调控重要植物种重要值确定

在牛角峪低山丘陵灌丛植被恢复模式和大岭子中山灌丛植被恢复模式试验示范区分别引入树种造林后 1 年和 2 年,植被样地调查结果表明,原有植被优势种和引入种的重要值均发生相应的变化(表 6-50、表 6-51)。

表 6-50　低山丘陵灌丛恢复模式主要植物重要值的变化

恢复模式		D_1	D_2	ck_1	D_3	D_4	ck_2	引入种保存率/%
原有种	荆条	52.93	46.74	55.80	38.33	29.17	47.79	—
	酸枣	24.48	13.52	26.67	4.96	2.57	7.65	—
	蚂蚱腿子	6.79	3.18	10.93	12.41	9.77	18.28	—
	三裂绣线菊	0.21	0.32	1.08	5.75	4.53	9.67	—
引入种	紫穗槐	11.52	9.11	0	0	0	0	64.2
	侧柏	0	4.39	0	0	0	0	70.6
	沙棘	0	0	0	13.74	11.52	0	82.6
	油松	0	0	0	0	6.38	0	75.0

表 6-51　中山丘陵灌丛恢复模式主要植物重要值

恢复模式		Z_1	Z_2	ck_1	Z_3	Z_4	ck_2	引入种保存率/%
原有种	三裂绣线菊	21.43	18.87	28.58	31.28	29.17	35.80	—
	荆条	2.68	2.60	9.63	2.30	2.57	3.25	—
	平榛	7.57	5.82	11.46	9.78	9.77	13.32	—
	胡枝子	5.42	3.17	9.52	8.41	4.53	10.76	—

续表

恢复模式		Z_1	Z_2	ck_1	Z_3	Z_4	ck_2	引入种保存率/%
引入种	元宝枫	10.52	9.43	0	0	0	0	82.5
	油松	0	4.67	0	0	5.850	0	87.5
	栓皮栎	0	0	0	8.40	9.52	0	78.4

2. 定向调控植物多样性指数的变化与确定

根据天然灌丛植被恢复模式植物多样性指数变化的初步结果分析，各恢复模式多样性指数（H_{sw}、H_s、PIE）、群落的均匀度（J）均高于相应的对照值，而生态优势度低于相应的对照值。这证明了通过引入适宜的植物促进天然灌丛植被恢复，是提高植物多样性和生态稳定性的有效途径。

从牛角峪低山丘陵天然灌丛植被不同恢复模式生物多样性指数（图 6-3）、群落均匀度和生态优势度（图 6-4）综合分析，可以初步判断紫穗槐＋侧柏疏林的恢复模式是低山阳坡荆条＋酸枣植被类型的优化恢复模式。

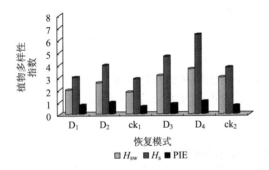

图 6-3　低山灌丛植被恢复模式
植物多样性指数对比

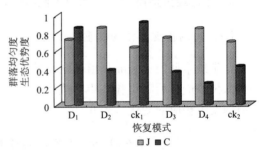

图 6-4　低山灌丛植被恢复模式群落
均匀度和生态优势度对比

同理，D_3、D_4 模式与对照相比，D_4 模式 Shannon-Wiener 指数（H_{sw}）和 Simpson 指数（H_s）分别高于对照 23.33% 和 71.15%，而 D_3 模式仅高于对照 4.58% 和 23.28%；D_4 模式群落优势度高于对照 21.43%，而 D_3 模式仅高于对照 7.14%；D_4 模式生态优势度低于对照 79.17%，而 D_3 模式低于对照 13.95%。两种模式之间具有显著差异，据此可以初步判断沙棘＋油松疏林恢复模式是低山阴坡荆条＋蚂蚱腿子植被类型的优化恢复模式。

同样，根据大岭子中山天然灌丛植被不同恢复模式的生物多样性指数（图 6-5）、群落均匀度和生态优势度（图 6-6），可以初步判断油松＋元宝枫植苗恢复模式和油松＋栓皮栎植苗恢复模式，分别是中山阳坡荆条＋三裂绣线菊植被类型和中山阴坡三裂绣线菊植被类型的优化恢复模式（表 6-52）。

表 6-52　天然灌丛植被恢复优化模式

生境条件	低山阳坡	低山阴坡	中山阳坡	中山阴坡
植被条件	荆条＋酸枣灌丛植被	荆条＋蚂蚱腿子灌丛植被	荆条＋三裂绣线菊灌丛植被	三裂绣线菊灌丛植被
预期恢复目标	提高灌木种类和增加植被覆盖度	恢复为灌-乔型植被类型	恢复为灌-乔型植被类型	恢复为乔-灌型植被类型
优化模式	紫穗槐＋侧柏疏林恢复模式	沙棘＋油松疏林恢复模式	油松＋元宝枫恢复模式	油松＋栓皮栎恢复模式
技术指标	①封育 ②保留原有植被 ③紫穗槐、侧柏局部插花造林，密度紫穗槐为 1000 株/hm²，侧柏约为 750 株/hm²	①封 ②保留原有植被 ③沙棘、油松局部插花造林，密度沙棘约为 1000 株/hm²；油松约为 750 株/hm²	①封育 ②保留原有植被 ③油松、元宝枫局部插花造林，密度油松约为 450 株/hm²；元宝枫约为 750 株/hm²	①封育 ②保留原有植被 ③油松、栓皮栎局部插花造林，密度均约为 750 株/hm²

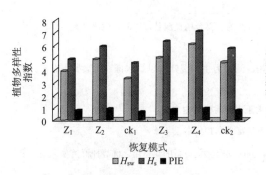

图 6-5　中山灌丛植被恢复模式
植物多样性指数对比

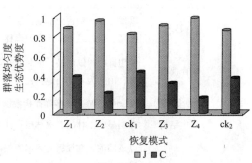

图 6-6　中山灌丛植被恢复模式
群落均匀度和生态优势度对比

6.4.3　生态经济型防护林健康持续经营技术

1. 近自然森林经营过程中目标林相的构建

1）构建目标

林相，又称"森林的外形"。一是指林冠的层次，分为单层林和复层林；二是指森林的林木品质和健康状况。林木价值较高，生长旺盛，称为林相优良，反之则称为林相不良。目标林相是指能够实现经营目标的林分结构，即能够持续地提供最大收获、最大限度地满足调控目的的森林结构。所谓森林的最优结构就是能够永续地从质量和数量上有最大收获并持续稳定的那种森林状态。森林目标林相就是实现森林健康可持续发展目标的林分结构。

　　根据上述依据，我们针对研究区森林的实际情况，确定目标林相构建的目标为：以近自然森林经营和森林生态系统经营等理论为指导，根据天然林的演替规律，采用科学的构建方法，提高并长期维持森林健康程度，充分发挥其水源涵养、水土保持和森林旅游等功能，同时具有一定木材和其他林副产品的生产能力，满足区域生态、社会和经济发展的需求，实现森林的生态效益、经济效益和社会效益的协调发展，保证森林能够长期、稳定、健康地发展。

　　2）基本构思

　　通过林相改造，形成多层次、林相丰富且具有季节变化的植被群落，提高了水源保护林的生态经济功能，逐步实现森林及周围的生态环境绿化、美化，使森林资源得到改善，提高旅游接待档次，增加经济收入。此外，还起到了保持水土、涵养水源、净化水质的作用，对提高密云水库的水质、延长水库的使用寿命发挥重要作用。该研究从经营历史与现状、林分特征、立地条件及森林主导功能等方面综合分析的基础上确定不同森林植被类型的调控目标（表 6-53），为制定目标结构提供理论依据。

表 6-53　研究区目标林相调控目标

序号	指标	要　求
1	总要求	以现有森林结构为基础，建设近自然的、符合植被演替规律的、植物种类丰富、多样性高、生态经济效益高的森林
2	树种选择	使用针叶树以油松、华北落叶松、侧柏为主，阔叶树以辽东栎、元宝枫、椴树、榆树、山杏为主的当地树种
3	物种多样性	Shannon-Wiener 多样性指数以大于 1.5 的群落为主
4	层次结构	有明显的主林层、次林层和林下丰富灌木和草本
5	年龄结构	以成熟的、大径级的树木为主，同时又有大量更新的幼树苗，优势种群类型以逆 J 字形为主

2. 生态经济型防护林健康持续经营林相建设方案

　　经营的目标林应有以下几种优点：一是形成多层次林分结构，层层截留阻挡降水对土壤的冲击，对降水起到分配作用；二是乔、灌、草三层应有较高的郁闭度或盖度，乔木层在 0.5 以上，而灌木层和草本层也要在 0.4 以上，而且这三层在土壤各层中形成发达的根系网络，盘结、改良土壤；三是形成较厚的枯落物层，以避免降水对土壤的冲击；四是有较大的生物量和生长量。相对于纯林，混交林在改善立地条件、增强防护效益、促进林木生长、维持和提高生物多样性和增加森林稳定性等方面都比较优越，因此，以混交林作为北京地区的目标林相。不同的森林类型有其不同的目标林相，研究区的人工林主要森林类型有油松林、侧柏林和刺槐林等，不同的森林类型有其不同的目标林相，目标林分林相见表 6-54。

表 6-54　潮关西沟健康持续经营林相建设方案

序号	目标林分	适用立地类型	主要树种	其他树种
1	油松、核桃、蒙古栎混交林	低山丘陵阴坡中层土/厚层土	油松、核桃、蒙古栎	元宝枫
2	侧柏、刺槐、板栗混交林	低山丘陵阴坡薄层土	侧柏、刺槐、板栗	油松、元宝枫
3	刺槐、侧柏混交林	低山丘陵阳坡薄层土	刺槐、侧柏	蒙古栎、油松
4	侧柏、蒙古栎混交林	低山丘陵阳坡中层土/厚层土	侧柏、蒙古栎	油松、槲树
5	蒙古栎、油松、刺槐混交林	中山阳坡中层土/厚层土	蒙古栎、油松、刺槐	槲树、板栗
6	油松、蒙古栎混交林	中山阴坡厚层土	油松、蒙古栎	板栗、槲树
7	油松、辽东栎、蒙古栎混交林	中山阴坡中层土	油松、辽东栎、蒙古栎	臭椿
8	栎树、油松、椴树混交林	中山阴坡薄层土	辽东栎、油松、椴树	枫树、蒙古栎
9	阔叶混交林	中低山沟谷	椴树、榆树、臭椿、枫树、蒙古栎、杨树	

3. 潮关西沟林场目标林相模式

1）油松-核桃-蒙古栎混交林

适用立地类型：低山丘陵-阴坡-中层土/厚层土立地类型。

林相模式：目标林分为油松、核桃、蒙古栎混交林，其他树种为元宝枫等；林下灌木以大花溲疏、绣线菊、多花胡枝子等为主，草本以细叶薹草、野古草、野大豆等为优势种类。乔木密度为 1300～1800 株/hm²，优势树高 12～15m，蓄积量为 60～80m³/hm²。主要采取封改措施，人工抚育，促进林木生长，保留乡土树种，在交通便利的地方，居民可以适当参与营林活动，也能获取部分收益。其林相模式图见图 6-7。

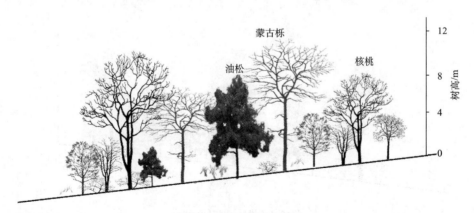

图 6-7　模式林相图（1）

2）油松-蒙古栎-板栗混交林

适用立地类型：中山-阴坡-厚层土立地类型。

林相模式：目标林分为油松、蒙古栎混交林，其他树种为板栗、槲树等；林下灌木以黄栌、三桠绣线菊等为主，草本以野古草、大油芒、细叶薹草等为优势种类。乔木树种密度为 1200～1400 株/hm²，优势树高 8～10m，蓄积量为 40～60 m³/hm²。主要采取封禁措施，禁止居民进入从事经营活动。其林相模式图见图 6-8。

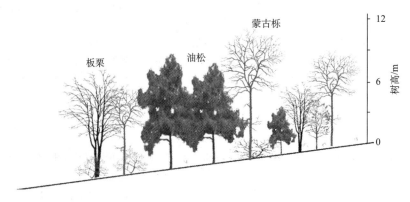

图 6-8　模式林相图（2）

3）侧柏-刺槐-板栗混交林

适生立地类型：低山丘陵-阳坡-薄层土立地类型。

林相模式：目标林分为侧柏、刺槐、板栗混交林，主要组成树种为侧柏、刺槐、板栗，其他树种为油松、元宝枫等；林下灌木以三桠绣线菊、蚂蚱腿子等为主，草本以野古草、隐子草、细叶薹草等为优势种类。乔木树种密度为 1000～1200 株/hm²，优势树高 8～12 m，蓄积量为 40～60 m³/hm²。主要采取封禁措施，禁止居民进入从事经营活动；在部分地区可适当进行适宜的人工抚育措施，促进林木生长，保留乡土树种。其林相模式图见图 6-9。

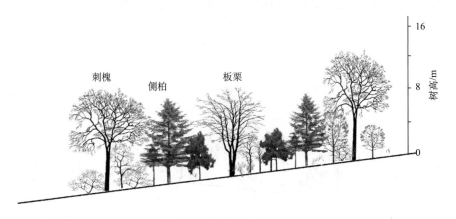

图 6-9　模式林相图（3）

4）刺槐-侧柏混交林

适用立地类型：低山丘陵-阳坡-薄层土立地类型。

林相模式：目标林分为刺槐、侧柏混交林，主要组成树种为刺槐、侧柏，其他树种为蒙古栎、油松等；林下灌木以荆条、胡枝子等为主，草本以大油芒、薹草等为优势种类。

乔木树种密度为 1200～1500 株/hm²，优势树高 9～10m，蓄积量为 40～60m³/hm²。主要采取人工抚育措施，促进林木生长，在交通便利的地方，居民可以适当参与营林活动，也可以获取部分收益。其林相模式图见图 6-10。

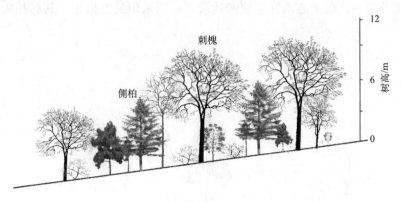

图 6-10　模式林相图（4）

5）侧柏-蒙古栎混交林

适用立地类型：低山丘陵-阳坡-中层土/厚层土立地类型。

林相模式：目标林分为侧柏、蒙古栎混交林，主要组成树种为侧柏、蒙古栎，其他树种为油松、槲树等；林下灌木以荆条、绣线菊、多花胡枝子等为主，草本以菅草、野古草、隐子草等为优势种类。乔木树种密度为 1300～1600 株/hm²，优势树高 10～12m，蓄积量为 50～60m³/hm²。主要采取人工抚育措施，促进林木生长，保留乡土树种，在交通便利的地方，居民可适当参与营林活动，也可以获取部分收益；在交通条件不便的地段，可以采用封禁措施，进行近自然经营。其林相模式图见图 6-11。

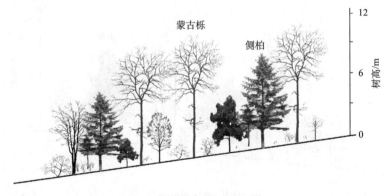

图 6-11　模式林相图（5）

6）蒙古栎-油松-刺槐混交林

适用立地类型：中山-阳坡-中层土/厚层土立地类型。

林相模式：目标林分为蒙古栎、油松、刺槐混交林，主要组成树种为蒙古栎、油松、刺槐，其他树种为槲树、板栗、山桃等；林下灌木以荆条、绣线菊、多花胡枝子等

为主，草本以大油芒、菅草、野古草、隐子草等为优势种类。乔木树种密度为 1200～
1600 株/hm²，优势树高 15～20m，蓄积量为 80～120 m³/hm²。主要采取人工抚育措
施，促进林木生长，保留乡土树种，在交通便利的地方，居民可适当参与营林活动，也
可以获取部分收益；在交通条件不便的地段，可以采用封禁措施。其林相模式图见图
6-12。

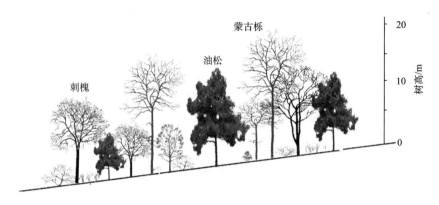

图 6-12　模式林相图（6）

7）油松-辽东栎-蒙古栎混交林

适用立地类型：中山-阴坡-中层土立地类型。

林相模式：目标林分为油松、辽东栎、蒙古栎混交林，其他树种为臭椿等；林下灌
木以三桠绣线菊、黄栌、虎榛子等为主，草本以野古草、细叶薹草等为优势种类。乔木
密度为 1200～1500 株/hm²，优势树高 10～15m，蓄积量为 50～80 m³/hm²。主要采取
封禁措施，居民可参与护林管理工作获取部分收益。其林相模式图见图 6-13。

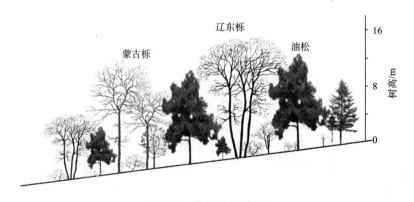

图 6-13　模式林相图（7）

8）椴树-油松-栎树混交林

适用立地类型：中山-阴坡-薄层土立地类型。

林相模式：目标林分为辽东栎、油松、椴树混交林，其他树种为枫树、蒙古栎等；
林下灌木以黄栌、胡枝子等为主，草本以大油芒、细叶薹草等为优势种类。乔木密度为

1300~1800 株/hm²，优势树高 15~20m，蓄积量为 80~120m³/hm²。主要采取封禁措施，禁止居民进入从事经营活动；在部分地区可适当进行适宜的人工抚育措施，以促进稳定目标林相结构的形成和发展。其林相模式图见图 6-14。

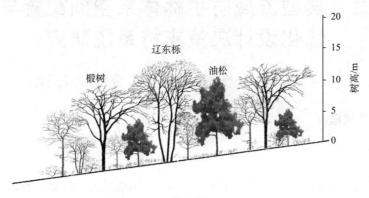

图 6-14　模式林相图（8）

9）阔叶混交林

适用立地类型：中低山沟谷立地类型。

林相模式：目标林分为阔叶混交林，主要组成树种为椴树、榆树、臭椿、枫树、蒙古栎、杨树等；林下灌木以荆条、酸枣等为主。乔木密度为 1200~1800 株/hm²，优势树高 18~25m，蓄积量为 90~150m³/hm²。主要采取人工抚育措施，促进林木生长，保留乡土树种。其林相模式图见图 6-15。

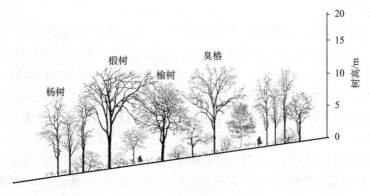

图 6-15　模式林相图（9）

与传统林相比本研究构建的健康持续经营模式林相特色明显：第一，它以当地的乡土树种，确保了森林的成活率和健康发展；第二，每一种林相模式都是针对具体的生境空间条件下不同的生态系统（森林群落）来构建的；第三，林相模式为森林结构优化提供了一个发展方向，明确地表达出了要实现的森林模式的状态；第四，从长期发展考虑具有比传统林更高的经济、生态与社会等综合效益。

第 7 章 典型流域防护林体系空间配置与结构优化设计决策支持系统研究

7.1 研究区域概况及本研究的必要性

7.1.1 研究区域概况

1. 海河流域概况

海河流域位于东经 112°～120°、北纬 35°～43°，东临渤海，南界黄河，西靠云中、太岳山、北依蒙古高原，地跨北京、天津、河北、山西、山东、河南、内蒙古及辽宁等省（自治区、直辖市），总流域面积为 31.8 万 km²，占全国总面积的 3.3%。海河流域水资源短缺，生态环境问题突出。研究区西北部燕山、太行山由东北至西南呈弧形分布，形成对东南部大平原特别是京津地区的天然保护屏障。该区域山区面积为 18.9 万 km²，占流域总面积的 60%，研究区内森林开发利用的历史悠久，绝大部分天然植被遭到破坏，原生植被已消失殆尽，仅在个别地区剩余部分次生植被，防护林的恢复和再建不仅对于维护该地区生态环境质量，而且对于保证该区域的水资源安全具有重要作用。

2. 泾河流域概况

泾河流域位于黄土高原中部，东经 106°14′～108°42′，北纬 34°46′～37°19′，泾河全长 483km，流域面积为 45 421km²，横跨宁夏、甘肃、陕西三省（自治区）部分地区，流域内地形西北高，东南低，总体地势是东、北、西三面向东南倾斜。流域北部有贺兰山、鄂尔多斯高原，南部为秦岭山脉，西临六盘山山脉，东抵子午岭山系，形成泾河集水区域的天然分水岭。流域内主要包括 5 个土壤侵蚀类型区，以黄土丘陵沟壑区面积最大，约为 18.78 km²，占流域总面积的 41.3%；黄土高原沟壑区次之，占总面积的 39.7%，其次为黄土丘陵区、土石山区和黄土阶地区。流域内水系较发达，集水面积大于 1000 km² 的主要支流有 13 条，大于 500 km² 的支流有 26 条，长 1～2 km 的冲刷沟系多达上万条。泾河及各级支流均深切于梁、塬、峁和黄土沟壑镶嵌的黄土地貌景观中，使得流域内地形支离破碎、沟壑纵横，成为黄土高原水土流失最严重的区域之一。

7.1.2 防护林配置与结构优化决策支持系统研究的必要性

我国防护林学经过长期的研究与实践，在基础理论及技术实践等方面积累了丰富的经验，为我国林业生态工程建设尤其是防护林工程建设提供了理论依据。但在生产实践中，针对具体流域中不同的立地条件，采用什么样的植被恢复措施需要大量的计算分析工作，从而在研究成果转向实际应用方面存在困难。具体表现在以下几方面：一是许多环境因素与植被特性并未真正纳入分析与评价的框架之中，更多的只是理论上的解释。二是缺乏对许多影响因子或生态效益的快速分析与评价的技术应用。大多数的评价依赖单一而费时的野外资料收集，造成综合性不强、效率不高的局面，不能形成一个综合的数据库平台。三是对目前的建模仿真、GIS 等技术在综合分析方面应用的程度不高。

　　该研究的目标，就是根据林业生态工程建设对防护林营造的技术需要及区域气候、土壤、立地等特点，选择黄土高原的泾河流域和海河流域为重点研究对象，开发基于生态水文过程模拟的具有空间显式功能的决策支持系统。通过智能决策系统，帮助防护林建造者、土地管理者、政策和规划制定者进行适宜的防护林类型、树种的空间配置决策，为我国北方防护林体系建设提供先进、可行的决策支持，为改善区域和流域生态环境及建立国土生态安全体系提供必需的技术保障。

7.2　区域防护林空间配置信息数据提取和分析技术

　　传统的森林样地调查需要开展大量的野外调查，需要借助大量的人力、物力、财力才能实现。现代 GIS、RS 及统计分析技术的发展为从空间上分析森林分布和生长信息以及二者之间的空间关系提供了强有力且省时的手段。人工神经网络、平均学习子空间方法、支持向量机等分类方法是最近发展起来的基于遥感图像多维分析、模糊识别等的遥感监督分类处理手段，可显著提高对植被的分类精度，这些技术的发展为在林业中分析防护林空间格局、动态变化提供了可能。

　　该研究开发的防护林空间配置信息分析技术就是希望利用这些最新的技术分析防护林的空间格局，挖掘防护林的生长信息和立地信息，结合地理加权回归分析防护林生长与立地的空间关系，为之后进行防护林空间配置与结构优化决策支持系统提供理论和数据支撑。

7.2.1　防护林空间配置信息数据的收集

　　根据研究需要，针对海河流域，主要完成了以下数据的收集：

　　在流域尺度上，主要收集了土地利用、DEM、径流资料、气象资料、土壤数据、MODIS 数据产品、TM/ETM（30m）、Google Earth Pro 获取的 QuickBird 图像等信息资料，构建了相关数据库。

　　在林分尺度上，主要收集了标准地资料、森林清查数据，包括太行山北段阜平等县的刺槐、油松、柞树等针叶、阔叶树种的空间分布和生长信息，以及海河流域北部围场的落叶松、油松等树种的空间分布和生长信息，构建了防护林类型、树种选择、配置模式、结构动态调控等信息库。

7.2.2　防护林的空间格局、时空演变分析技术

　　防护林的空间格局和时空演变信息是进行防护林空间配置优化的基础，即要进行防护林空间配置优化，首先要对所配置地区、流域的防护林系统进行分析。国内外的科学家及研究人员陆续发现和创造了一系列主流先进分类法（Chen et al.，1995；Defries and Chan，2000；Ozkan and Erbek，2003；Huang and Lees，2004）。其中，神经网络分类方法、支持向量机等方法，由于其不需要计算平均向量和协方差矩阵，对于高维数据的分类表现良好，因此日益受到关注。该研究立足海河流域，从中尺度进行了防护林空间分布格局和演变信息分析提取的有益探索。

对于海河流域森林时空分布、变化，主要选取有代表性的太行山北段及冀北燕山山地等，在不同尺度分析研究了的森林时空分布。按海河流域主要类型区，在翔实地面数据支持下，合理选取试验点，运用先进的自组织人工神经网络（SOM）、支持向量机（SVM）等遥感分类方法的最新发展来获取以下信息，为下一步的模型建立及验证提供有力支持。

1. 研究方法及分类算法

运用人工神经网络等分类方法处理分析 Landsat TM/ETM 等中尺度分辨率遥感数据，获取森林植被资源信息研究；区域森林植被信息的时空变化监测，主要以 ISODATA 等算法对研究区分类，运用分类后比较方法，对研究区的多年森林植被变化进行研究。

自组织神经网络（SOM）的优点是可以对多维数据进行平行高速处理，把多维数据进行降维，并且把多维数据映射到低维空间时能够在低维空间中保持多维数据信息的拓扑性质，且其具有抗噪声能力强的特点。适合处理当前多波段的遥感数据（Kohonen，1982）。

2. 应用情况

1）针叶林空间分布格局分析

（1）研究区概况。围场县位于河北省承德市最北部（图 7-1），东经 116°39′54″～118°20′52″，北纬 41°33′59″～42°38′49″，总面积为 9131 km²。围场高原，地势平坦，地表呈波状起伏，海拔均在 1200～2000m；坝下山地是阴山余脉、大兴安岭余脉和七老图山的交接地带。围场属于中温带向寒温带过渡的大陆性、季风性半干旱山地气候区。年内平均温度为−1.5～4.7℃。土壤主要是灰色森林土、栗钙土和山地棕壤土。

阜平、灵丘、涞源、易县等县位于太行山北段，东经 113°43′48″～ 115°38′34″，北纬 38°39′～39°41′24″，海拔为 200～2286m，总面积为 10 204km²，气候为大陆性季风气候，年均气温为 12.6℃，年均降水量为 432～790mm。境内主要为山区。

（2）所用研究数据。Landsat ETM 卫星影像包括：2001 年 5 月 19 日 Landsat ETM 数据，轨道号 123/30−31，1～5 和 7 波段，分辨率为 30m；2000 年 5 月 23 日 Landsat ETM 数据，轨道号 124/33，1～5 和 7 波段，分辨率为 30m。

辅助数据包括：研究区内行政区划图；1995 年、2000 年土地利用图；90m DEM 图；阜平县和围场县的 2000 年河北省森林普查资料，数据为 MapInfo 格式，包括样点和林分图斑数据，主要为落叶松、油松、刺槐。

（3）图像分类。

① 图像预处理。由于是对单景图像进行分类，因此所有图像都没有进行大气校正。每景图像都利用至少 28 个地面控制点做了几何精校正，投影坐标系统为 UTM，椭球

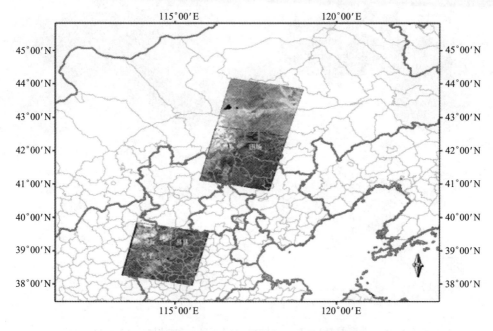

图 7-1　研究区位置及所用 Landsat ETM＋影像

体为 WGS-84，RMS 小于半个像元。围场的图像分别分布于轨道号为 123/30 和 123/31 的 Landsat ETM 影像上，因此对两景图像进行融合，然后再用围场的矢量图切割出用于分类的影像。阜平等县位于 124/33 影像上，用其矢量边界切割出最终分类的图像。

　　② 分类系统的建立及训练点的选取。分类系统和类别划分主要是依据 ETM 影像和当地地物实际分布情况。在阜平县和围场县的 2000 年森林普查数据辅助下，建立了分类系统，包括针叶林、灌木、农田、休闲地、居民地、草地、滩地、水体等。各个类别训练点的选取是把森林普查数据与卫星图像叠加，目视选取。在此基础上，从数字化的 Polygon，采用随机抽样方法选取训练点。通过缓冲区操作，去除距边缘 30～60m 的区域，使训练点从 Polygon 中心部分选取，从而保证了训练点的纯度。

　　③ 结果分析。阜平县和围场县主要树种为落叶松、油松、刺槐等。由于所选遥感图像的时间为 5 月中下旬，此时只有落叶松、油松等针叶林，而刺槐在图像上不明显。所以主要提取针叶林的分布信息。自组织神经网络（SOM）、支持向量机（SVM）、最大似然法（MLC）总分类精度分别为：围场县分别为 94.34%、93.70%、88.14%；阜平等县分别为 94.95%、92.97%、91.11%（表 7-1、表 7-2）。而且，在实际运行中，人工神经网络分类方法的运行速率明显比支持向量机快，因此自组织神经网络的分类效果优于后两者。图 7-2 和图 7-3 为三种方法的分类图，图 7-4 为分类结果与收集的林分图斑数据的叠加图。从分类结果图与河北省森林普查数据叠加结果来看，两者较吻合，有出入的主要是在树龄较小、遥感图像区分不出的地方，并且山阴影对分类也有一定的影响。

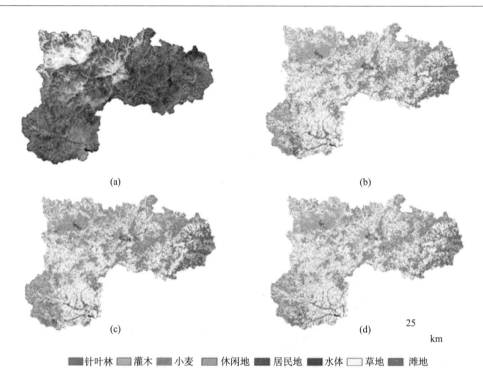

■针叶林 ■灌木 ■小麦 ■休闲地 ■居民地 ■水体 □草地 ■滩地

图 7-2　阜平等县 Landsat ETM＋影像（a）、自组织神经网络（b）、支持向量机（c）
和最大似然法（d）的分类结果图

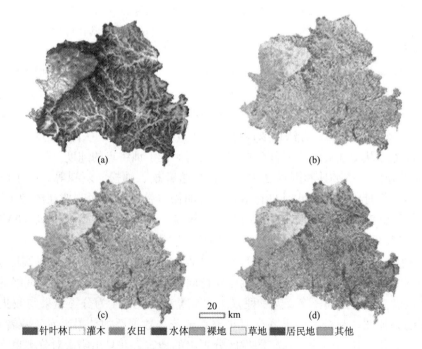

■针叶林 □灌木 ■农田 ■水体 ■裸地 □草地 ■居民地 ■其他

图 7-3　围场 Landsat ETM＋影像（a）、自组织神经网络（b）、支持向量机（c）
和最大似然法（d）的分类结果图

表 7-1 阜平等具分类结果精度评价

自组织神经网络		支持向量机		最大似然法	
生产者精度/%	用户精度/%	生产者精度/%	用户精度/%	生产者精度/%	用户精度/%
96.12	89.19	74.76	97.47	85.44	95.65
90.55	98.29	97.64	83.22	96.85	89.78
100.00	100.00	100.00	99.07	100.00	100.00
100.00	95.08	100.00	94.31	100.00	93.55
86.11	86.11	92.59	78.74	85.19	68.15
92.92	100.00	88.50	100.00	75.22	100.00
100.00	98.36	100.00	99.17	98.33	97.52
94.02	92.44	88.03	99.04	86.32	91.82
总精度	94.95	—	92.97	—	91.11
Kappa 系数	0.9423		0.9196		0.8983

表 7-2 围场分类结果精度评价

自组织神经网络		支持向量机		最大似然法	
生产者精度/%	用户精度/%	生产者精度/%	用户精度/%	生产者精度/%	用户精度/%
100.00	95.21	100.00	98.76	99.37	100.00
94.23	100.00	99.04	100.00	100.00	99.05
94.02	97.35	95.73	84.85	84.62	90.00
100.00	100.00	100.00	100.00	98.21	100.00
99.18	96.80	84.43	99.04	94.26	89.15
98.32	78.52	99.16	79.19	55.46	68.75
97.03	97.03	98.02	95.19	100.00	82.79
66.67	100.00	69.61	100.00	70.59	67.92
总精度	94.34	—	93.70	—	88.14
Kappa 系数	0.9350	—	0.9277	—	0.8641

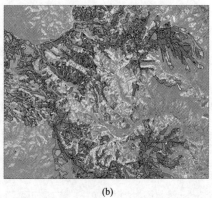

(a)   (b)

图 7-4 分类结果与林相图叠加验证

2）树种空间分布格局分析

研究区选在围场县北部地区（图 7-1 中所示位置），主要树种包括落叶松、桦树、油松、樟子松、云杉等，辅助数据主要有 DEM（90m），围场县 2000 年森林普查资料，数据为 MapInfo 格式，包括样点和林分图斑数据，主要为落叶松、油松、桦树等。

运用 SOM 分类方法对研究区林种进行了分类，分类图如图 7-5 所示，并随机选取了 1300 个验证点进行了精度分析。总的分类精度为 88.69%，Kappa 系数为 0.8775。从表 7-3 可以看出，在拟提取的树种中，落叶松的生产者精度为 98%，桦树、油松的生产者精度和用户精度都在 85.00% 以上，都达到了分类精度的要求。但是落叶松的用户精度仅为 74.81%，樟子松的生产者精度和用户精度分别为 85.00% 和 75.45%，云杉的生产者精度仅为 51.00%。分析其原因，主要是由针叶林树种间的误分造成的。对于落叶松，分别有 1 个点的桦树、9 个点的油松、10 个点的樟子松、11 个点的云杉被误分为落叶松，造成其用户精度下降。而樟子松和云杉之间错分，造成了相应的生产者精度和用户精度的低下。而整体来看，针叶和阔叶林树种间的混分很小，仅发生在桦树和油松之间，究其主要原因是 2001 年 5 月 19 日桦树在图像上与在阴面的油松有相似的光谱值，从而造成误分。

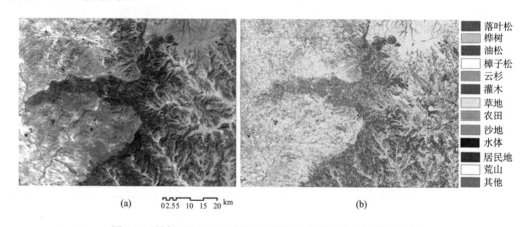

图 7-5　研究区 Landsat ETM＋图像及自组织神经网络分类图

表 7-3　围场北部林区自组织神经网络分类结果精度评价

类别	1	2	3	4	5	6	7	8	9	10	11	12	13	总和	用户精度/%
1	98	1	9	10	11	2	0	0	0	0	0	0	0	131	74.81
2	0	88	4	0	0	3	0	0	0	0	0	0	1	96	91.67
3	0	0	85	2	13	0	0	0	0	0	0	0	0	100	85.00
4	2	0	0	83	25	0	0	0	0	0	0	0	0	110	75.45
5	0	0	1	5	51	0	0	0	0	0	0	0	0	57	89.47
6	0	0	0	0	0	90	0	0	0	0	0	0	0	90	100.00
7	0	0	0	0	0	0	99	0	0	0	1	0	1	101	98.02

续表

类别	1	2	3	4	5	6	7	8	9	10	11	12	13	总和	用户精度/%
8	0	0	0	0	0	0	0	100	0	0	0	1	0	101	99.01
9	0	0	0	0	0	0	0	0	99	0	0	27	0	126	78.57
10	0	11	1	0	0	5	1	0	0	0	0	0	98	116	84.48
11	0	0	0	0	0	0	0	0	0	100	0	0	0	100	100.00
12	0	0	0	0	0	0	0	0	0	0	99	9	0	108	91.67
13	0	0	0	0	0	0	0	0	1	0	0	63	0	64	98.44
总和	100	100	100	100	100	100	100	100	100	100	100	100	100	1300	
生产者精度/%	98.00	88.00	85.00	83.00	51.00	90.00	99.00	100.00	99.00	100.00	99.00	63.00	98.00		
总精度/%	88.69														
Kappa 系数	0.8775														

3）防护林时空格局演变分析（1975～2007 年）

研究区选在围场县北部地区，主要辅助分类数据为 2000 年的森林调查数据以及 Google Earth Pro 获取的覆盖研究区的 QuickBird 高清晰度图片。利用 GE Pro 自带的图像导出功能，导出高清晰 JPG 图片（图 7-6），在 GIS 软件中进行配准、数字化，得到树种信息的最新资料。

图 7-6　Google Earth Pro 导出的覆盖研究区的 QuickBird 图片（2008 年 1 月 3 日，JPG 格式），
其配准后与研究区卫星影像（2007 年 10 月 3 日）叠加图

利用 1975 年 9 月 27 日 Landsat MSS 图像，以及 1991 年 8 月 20 日、2001 年 7 月 6 日和 2007 年 10 月 3 日的三期 Landsat TM/ETM 图像，主要采取 ISODATA 非监督分类法。为了保证分类质量，分类类别定为 50 类，并要求最大迭代次数 30 次。最后生成分类图，再运用已有的森林普查数据、GE Pro 上的 QuickBird 图片等各种信息，将各

个子类别归并为相应的分类类别；并采用 MASK 方法逐个去除已提取的信息，既避免重复，又保证完全归并；分类后处理中，大面积提取错误信息，进行重新归类，从而保证较高的分类精度。由于围场北部地区的森林主要为人工林，抚育区不断增加是该区森林变化的主要特点。1991～2007 年森林变化结果（图 7-7）是用 2001 年森林图叠加到 1991 年森林图、2007 年森林图叠加到 2001 年森林图上得到的。从图 7-7 中可以看出，从 1991 年到 2007 年该区的森林覆盖面积不断扩大，显示出当地林业健康良好发展，为防护林建设提供了很好的借鉴。

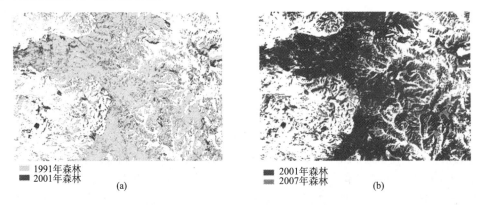

图 7-7　1991～2007 年围场北部森林增加情况

7.2.3　防护林生长与立地信息提取与分析技术

1. 技术流程

首先，根据自组织人工神经网络、平均学习子空间方法和支持向量机等算法对森林遥感数据进行分类，获得防护林各个树种的空间分布，再根据 MODIS 数据产品，得到树种的生长状况信息（如 LAI、NPP 等）；其次，借助于地理信息系统软件 ArcGIS，由 DEM 得到防护林各个树种对应位置的地貌信息，即立地条件的空间分布——海拔、坡度和坡向；然后，采用 DELPHI 编程技术，提取及分析各个树种在特定立地条件下的分布范围及长势信息；最后，借助于 Excel 中的绘图工具及 DELPHI 中的绘图函数，以柱状图、折线图和散点图的直观形式表现出防护林各个树种在不同海拔、坡向和坡度范围内的分布及其生长状况。

2. 技术应用

为了实现防护林的对位配置，选取了河北省阜平县作为样地，研究该地主要宜林树种在不同海拔、坡度、坡向上的分布及长势（以 LAI 为参考指标），为建立防护林决策支持系统提供科学依据。

需要的数据包括：遥感影像，即 MODIS 1km×1km 空间分辨率的 2001～2006 年叶面积指数产品；树种分布信息，基于 2.2 节中介绍的分类算法由遥感信息解译得到；电子数据，包括 DEM 及其衍生数据——坡度、坡向等。

遥感数据采用了 MODIS/Terra 的陆地产品（MOD15A2）。其空间分辨率为 1km×1km，时间分辨率为 8d。由于其属于 MODIS L4 陆地产品，根据 MODIS 数据的处理流程，已无需再对其进行几何校正、辐射校正和大气校正，所以首先用 MRT 软件对其影像进行拼接和重投影操作，然后用 ENVI 软件对影像进行栅格真值计算（其比例为 0.1），并按最大值合成法对逐年 LAI 值进行提取，以更好地消除云、大气、太阳高度角等的干扰，保证 LAI 反映的是该年最佳地表植被冠层状况。最后对 2001～2006 年 6 幅最大 LAI 影像取平均，得出多年平均最大叶面积指数分布图。该研究分析了阜平县主要的 7 个树种类型（刺槐、侧柏、鹅耳枥、桦树、落叶松、油松、柞树）在不同的海拔高度、坡向、坡度区间的分布百分比及相应区间内平均叶面积指数的变化趋势，图 7-8 是以刺槐为例说明防护林与立地条件的关系。

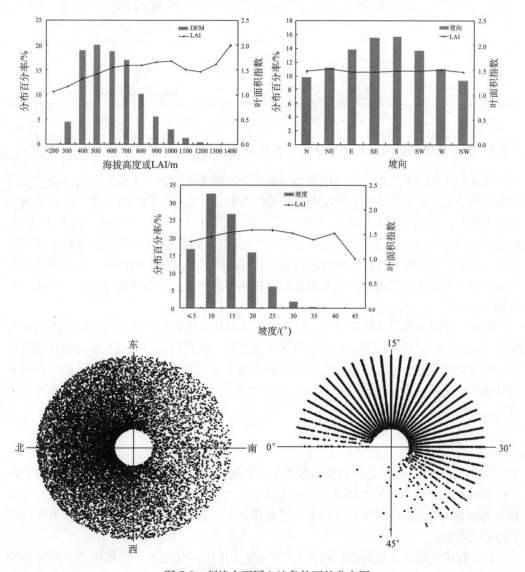

图 7-8 刺槐在不同立地条件下的分布图

由树种与立地的关系分布图，我们抽象出了以下树种与地形的关系作为树种分布的依据（表7-4）。需要指出的是，以下树种分布依据仅代表海河流域半干旱山区的植被与地形的关系，其他气候类型地区的树种与海拔之间的关系不能用表7-4决策。

表7-4 树种与地形决策关系

分类	海拔/m	叶面积指数	植　被
0	—	—	无植被
1	0～500	≥1	侧柏、刺槐
2	500～1000	1	草
3	500～1000	≥2	侧柏、刺槐、油松、鹅耳枥
4	1000～1500	1	草
5	1000～1500	2	油松、鹅耳枥、落叶松
6	1000～1500	3	油松、鹅耳枥、落叶松、柞树
7	1000～1500	≥4	油松、鹅耳枥、落叶松、柞树、桦树
8	1500～2000	2	落叶松
9	1500～2000	3	落叶松、柞树
10	1500～2000	≥4	落叶松、柞树、桦树

7.2.4 基于地理加权回归的防护林生长状况与气候立地因子关系分析技术

气候和立地因子是决定山区植被类型及其分布的主要因素。该研究拟通过结合空间化的气候因素，研究植被生长状况与其所处的气候、立地条件的相关关系，探讨不同气候与立地条件下植被生长的驱动力。为了研究复杂的空间参数变化或空间非平稳性，Brunsdon 等（1996）提出了简单而实用的空间变系数回归模型，被称为地理加权回归模型（GWR）。该模型允许在不同的地理空间有不同的空间关系的存在，因此其结果是区域性而非全域性的参数估计，从而就能够探测到空间数据的非平稳性（Fotheringham et al.，2002）。

因此，该研究引进 GWR 模型，结合遥感数据和气候数据，开展海河流域山区植被生产力研究，以遥感提取的叶面积指数为主要指标，探讨气候与立地条件对植被水热分布影响的物理机制，建立流域尺度植被叶面积指数与气候、立地及其影响下的水热因子的数量影响关系，为海河流域山区防护林体系优化配置决策支持系统提供重要的理论依据。

1. 创新点

（1）以 MODIS 提供的叶面积指数产品为植被长势指示因子，不仅解决了实验获取 LAI 费时费力、数据离散等问题，而且弥补了传统上利用遥感归一化植被指数（NDVI）作为植被指数造成的饱和问题，对低植被覆盖区土壤背景的影响没有处理，没有明确的物理意义等缺陷。

（2）利用气象站常规观测资料及 DEM，建立山区起伏地形下气候因子空间分布模型，计算了平均温度、降水量等气候因子的空间分布，并进一步利用插值到整个区域上影响植被耗水的气候和立地因子，采用 GIS 编程技术，计算了基于气候和立地的在空间上连续分布的参考蒸散。

（3）利用 GWR 模型建立叶面积指数和气候及立地因子的空间回归关系，解决了生态研究中普遍存在的空间异质性问题。该技术在国际上应用较少，该研究在这方面的研究结果发表在 *Plant Ecology* 上（Zhao et al.，2010）。

2. 技术流程

该研究首先利用遥感数据信息，采用最大值合成法，获取最大叶面积指数空间分布，再利用地面气象观测资料，对气象要素进行空间插值，并计算潜在蒸散等水分因子，然后结合地理加权回归模型，模拟气候、立地、水分对叶面积指数的空间影响关系，找出不同区域内植被生长状况的驱动因素（图 7-9）。

技术路线如下：

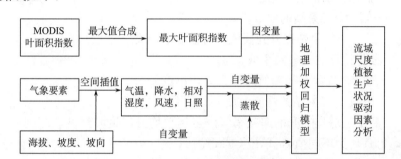

图 7-9 技术路线图

3. 技术应用

该研究主要是为华北地区山区防护林的空间配置提供理论基础，因此根据地形选取海河流域内海拔大于 100m 的山区作为研究对象，根据土地利用可知，该区域范围内绝大部分土地利用类型为林地和草地。

需要的数据包括：遥感影像，即 MODIS 1km×1km 空间分辨率的 2001～2006 年叶面积指数产品；气象数据，包括海河流域内即周边地区 40 个气象台站 2001～2006 年的气象资料；电子数据，包括海河流域 DEM、流域边界图及土地利用图。海河流域山区的最大叶面积指数按照 2.2.3 小节中介绍的方法计算得到，如图 7-10 所示。

气象数据主要包括温度、风速、相对湿度、降水量、日照时数等，首先把原始的日数据处理

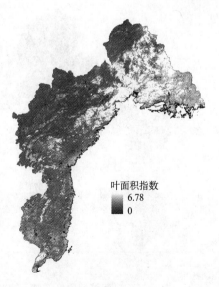

叶面积指数
6.78
0

图 7-10 海河流域山区 2001～2006 年平均最大叶面积指数分布图

成月数据，其中降水量求和，其他取平均值，然后分别选取最优的方法对各因子进行空间插值计算。

气温的空间插值一直是研究者所关心的研究课题。该研究提出了一种考虑高程变量的综合方法，把气温分解为结构化分量和随机分量，用气温随高程增加的递减率，借助于数字高程模型模拟结构化分量，再用普通的反距离权重插值法处理随机分量。公式如下：

$$T_s = \sum_{i=1}^{n} (W_i \cdot T_i) \tag{7-1}$$

$$W_i = \frac{1}{d_i^2} \tag{7-2}$$

$$T_i = T_{oi} - a \cdot (h_s - h_i) \tag{7-3}$$

式中：T_s——插值点的温度，单位℃；

W_i——第 i 个气象站的权重值；

T_i——第 i 个气象站提升到插值点海拔后的温度，单位℃；

n——参与计算的气象站个数；

d_i——第 i 个气象站与插值点的距离，单位 km；

T_{oi}——第 i 个气象站的观测温度，单位℃；

a——温度随海拔上升的递减率（按多年平均月温度和经度、纬度、海拔的相关关系求得，每月均为不同值），单位℃/km；

h_s——插值点的海拔，单位 km；

h_i——第 i 个气象站的海拔，单位 km。

然后对 12 个月的插值结果取平均值，结果如图 7-11 所示。

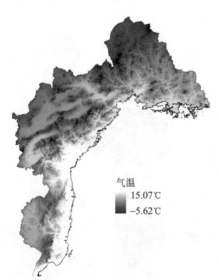
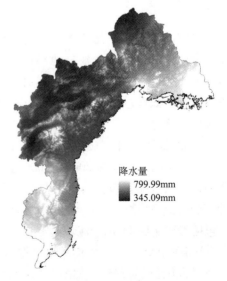

气温
15.07℃
-5.62℃

降水量
799.99mm
345.09mm

图 7-11　海河流域山区 2001～2006 年　　　　图 7-12　海河流域山区 2001～2006 年
　　　　平均气温分布图　　　　　　　　　　　　　平均降水量分布图

降水空间分布研究是根据气象和水文观测站点的资料采用某一方法用单点的降水资料推算其他点的降水。该研究先把降水量统计成年总值，然后按照综合法进行处理：首先利用二次多元线性回归模型反映降水因子在空间上的宏观变化规律，消除海拔高度对降水量空间分布的影响（选取的统计模型中的自变量为纬度、经度、海拔及其二次方），然后将统计模型在各个实测站点上的残差用反距离权重法在空间插值，消除统计模型局部的误差，最后进行空间叠加，形成各栅格单元降水因子的空间分布，如图 7-12 所示。

蒸散是地表水分循环中的一个重要环节，正确地估算蒸散量是了解区域水分状况的关键。参考作物蒸散发的定义为：参考蒸散发是一种假想的参考作物冠层的蒸腾和蒸发速率。假设作物高度为 0.12m，有固定的叶面阻力（70s/m）和反射率（0.23），非常类似于表面开阔、高度一致、生长旺盛、完全遮盖地面且供水条件充分的绿色草地的蒸腾和蒸发量。为了使计算公式统一化、标准化，联合国粮农组织出版的 FAO-56（1998年）一书中推荐用修正的 Penman-Monteith 公式作为计算参考蒸散 ET_0 的标准方法。

太阳辐射是参考蒸散计算中的关键参数，该研究在借鉴国内外已有的太阳辐射计算方法的基础上，利用数字高程模型数据，以 ArcGIS 为计算平台，采用 ArcObject 开发技术，按照以下方法得到太阳辐射空间分布：首先根据 DEM，提取坡度、坡向等数据，再由公式计算出日出日落时角，反推出当地的日出日落时间，然后根据各时角对应的太阳高度角、太阳方位角以及借助 DEM 提供的格网点高程，计算出某时角对应的格网点对计算点的遮蔽情况，从而得出该时刻的瞬时太阳辐射，最后给定时角步长，将日出日落时间划分为 N 个时段，分别计算每个时段的太阳辐射量，并加和累计。

根据以上得到的各个气象因子的空间分布，潜在蒸散的计算结果如图 7-13 所示。

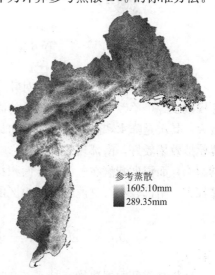

参考蒸散
1605.10mm
289.35mm

图 7-13　海河流域山区 2001～2006 年平均参考蒸散量分布图

该研究以海河流域山区 2001～2006 年最大叶面积指数为因变量，以相应空间范围的海拔、坡向等立地因子和温度、降水、参考蒸散等气候环境因子作为自变量，通过 GWR 方法，建立叶面积指数和立地气候因子之间的多元回归关系。

图 7-14 为 GWR 模拟叶面积指数受气候及立地因子影响程度的 R^2 及残差空间分布图。由图可见，北部燕山山区模拟效果较好，平均 R^2 可达 0.5 左右，局部地区可以达到 0.6 以上，而南部太行山区模拟效果较差，平均 R^2 为 0.3 左右，这可能是因为研究区北部有更好的水热条件，且叶面积指数有很好的梯度分布，更适合植被尤其是森林的生长，而南部尤其是低海拔地区由于温度较高，造成了较大的蒸散量，降水量也较少，所以叶面积指数除了少数高山地区以外，均为 1～3，出现了大量的小老树现象，植被生长状况较差。从残差分布图来看，90% 以上地区的残差在 ±1.0 范围以内，且叶面积指数越大的地区，残差相应较大，而残差值中正值明显多于负值，说明模拟结果比实际值偏小。

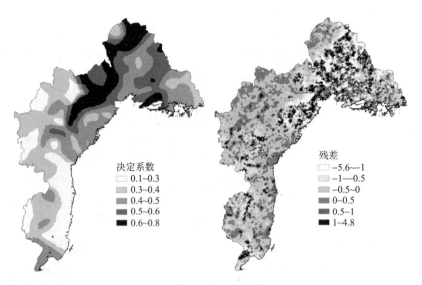

图 7-14　GWR 模拟结果的决定系数及残差空间分布图

为了进一步揭示各环境因子对叶面积指数的贡献大小，排除其他因子的干扰，我们还模拟了各个单因子对叶面积指数的影响。结果显示，海拔和温度对叶面积指数的贡献最大，其次是降水和潜在蒸散，坡向最差。从空间分布来看，每个模型均是在研究区北部模拟效果较好，南部较差。对于影响幅度来说，海拔、坡向、降水对叶面积指数是正的影响，而温度和潜在蒸散对叶面积指数是负的影响，斜率的绝对值在空间分布上是北部较大，南部较小。这说明北部山区的植被长势对环境因子的变化更敏感。

7.3　防护林空间配置决策支持系统研制

防护林空间配置决策支持系统的中心思想是根据一个地块的立地和土壤水分承载力，利用组件式地理信息系统技术，构建一个基于生态水文过程模拟的空间决策支持系统，选择合理的防护林类型，进行适宜树种决策。模型研发借鉴了最新的水分平衡的方法模拟了气候与植被之间的关系，并在此基础上加入了立地因子（坡度、坡向、海拔和土壤）对土壤水分的影响，将空间分辨率由区域尺度扩展到了小流域尺度和林分尺度，以叶面积指数为指标，来划分防护林类型，同时结合树种的空间格局、生长与立地的分析结果进行树种决策，与现有土地利用图进行叠加，对可以优化的地类进行造林决策。

7.3.1　系统结构设计及应用平台

1. 系统结构设计

模型以 ArcGIS 的空间分析功能为主体，输入空间数据，经过数据转化和栅格计算，得出空间分布图（图 7-15）。

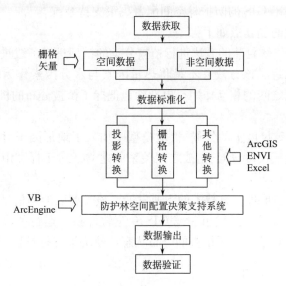

图 7-15　模型总体设计

数据库中可以存放的数据包括空间数据和非空间数据，其中空间数据包括 Shape-file 格式的点数据和栅格格式的数据。

2. 系统应用平台

1）系统应用硬件平台

系统应用的硬件平台为 Pentium4.0 以上高档微机，中央处理器主频为 2.0GHz 以上，内存为 1G 以上，10G 以上硬盘。

2）系统应用软件平台

系统应用的软件平台为 Windows XP 及以上操作系统，ESRI ArcGIS Desktop，ESRI ArcGIS Engine Runtime。

7.3.2　系统开发的理论基础

1. 决策支持系统研究

决策支持系统（decision support system，DSS）最早于 20 世纪 70 年代由 Gorry 和 Morton（1971）提出，当时称为人机决策系统或管理决策系统。它是一种以决策为目的的人机信息系统，广泛地应用于管理、经济、环境等部门。值得指出的是，决策支持系统并不解决问题，而是提出更合理的意见以供决策者做出更好的决定（Lexer，2005）。

目前很少有机理性模型将立地条件与土壤水分平衡联系起来，因此一个考虑到立地条件，并且基于生态水文过程机理的气候-植被模型的提出具有重要的意义，可以大大提高区域及小流域尺度模型的预测精度。

该研究借助地理信息系统技术和空间数据库的支持，以土壤水分平衡方法为中心，以最大叶面积指数为指标，加入地形对水分平衡的影响，利用组件式地理信息系统技术开发出一个独立的基于 GIS 的防护林空间配置决策支持系统。

该决策支持系统的创新点如下：

（1）对传统的以气候封装的方法进行植被分类的模型进行了改进，采用水平衡的方法作为模型的基础思想。该方法并不是将热量因素与水分因素作为两个独立的变量考虑，而是考虑了它们之间的相互作用，更准确地把握了植被分布的机理，提高了模型的预测精度。

（2）在传统的全球尺度上的气候-植被模型中加入了地形因子对小气候的影响，因此适用于区域及小流域尺度气候-植被之间关系的建立。对于提高山区植被分布的预测精度有很大的帮助。

（3）同时由于现在地理信息技术的飞速发展，该模型以地理信息系统为平台，采用组件式地理信息系统技术，开发出脱离 GIS 专业软件独立运行的决策支持系统，使计算结果空间化，更直观地表示了植被的分布状态，使决策支持过程变得更加简单。

2. 系统开发流程及原理

防护林空间配置决策支持系统借鉴 Stephenson 的水分平衡方法以及 MAPSS 模型的成功模拟思路，同时加入地形起伏对气象因子的影响作用，使用气象数据作为模型驱动因素，最大叶面积指数作为指示植被分类的依据，通过土壤水分预测不同类型植被的潜在分布范围。模型运行的时间尺度为月尺度，空间尺度为区域及小流域尺度。

模型的核心原理为土壤水分平衡：即水分与能量的相互作用是植被分布的主要因素。区域气候、小地形、土壤等因子主要是通过影响土壤水分含量的多少来影响植被分布的，因此一个区域种植什么样的树种，应该根据该地的气候、小地形、土壤物理化学性质等条件综合判断。结合现有的土地利用图，就可以得到切合政策导向的防护林空间配置决策。

图 7-16 描述了模型的基本思想，是模型实现的流程图。输入研究区 DEM 图和气象站点数据，从 DEM 图中提取地形因子，再将气象数据结合地形因子空间化到整个研究区。在每个栅格点中计算参考蒸散量。计算实际蒸散量时，根据当地的平均温度，选择温度带，再从物候库中选择该温度带中最大叶面积指数最高的一条物候曲线。从第一个月开始，计算每个月的实际参考蒸散量和土壤水分含量，如果该月的土壤水分达到了萎蔫点，则表明该地的土壤水分不能达到最好，则选择最大叶面积指数次高的物候曲线，从第一月重新计算。如果土壤水分高于萎蔫点，则下个月重复这个过程，直至结束，将该物候曲线的最大叶面积指数输出。根据最大叶面积指数的空间分布图进行树种决策。最后将决策出来的植被空间潜在分布图与现阶段的土地利用图进行叠加，得到在现有政策导向及人类活动影响下的防护林空间适宜性决策图。

1）气象因子的空间化

气象因子的空间化是模型运行的基础工作，参考蒸散、最大叶面积指数以及树种分布等各种决策均在气象因子的空间化的基础上进行。

（1）温度的空间插值。温度的计算采用考虑海拔的反向权重插值法。反向权重插值法是应用比较广泛且较为成熟的一种插值方法，加上对流层气温随温度上升而递减的物

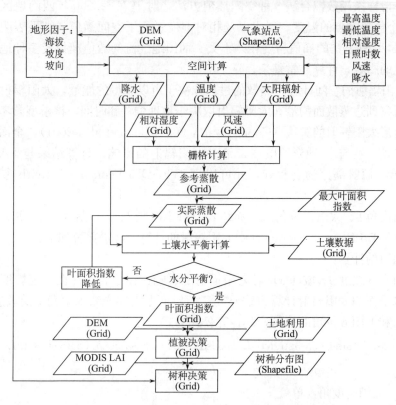

图 7-16　模型计算流程

理机制，将提高计算的准确性。其具体公式如下［其中，T_s 和 W_i 的计算公式见式（7-1）和式（7-2）］：

最高温度随海拔上升而下降的公式为

$$T_{\max} = T_{0\max} - a \cdot (h_s - h_0) \tag{7-4}$$

最低温度随海拔上升而下降的公式为

$$T_{\min} = T_{0\min} - b \cdot (h_s - h_0) \tag{7-5}$$

式中：$T_{\max}$——待求点的最高温度，单位℃；

$T_{\min}$——待求点的最低温度，单位℃；

$T_{0\max}$——气象站点的最高温度，单位℃；

$T_{0\min}$——气象站点的最低温度，单位℃；

h_s——待求点的海拔，单位 m；

h_0——气象站点的海拔，单位 m；

a——最高温度随海拔上升下降的速率，单位℃/m；

b——最低温度随海拔上升下降的速率，单位℃/m。

（2）相对湿度和风速的空间插值。相对湿度和风速的空间插值采用反距离权重法（inverse distance weight，IDW）。于飞等（2008）采用反距离权重法、普通克里格插值法、薄盘光滑样条函数拟合法 3 种空间插值方法，对 1971～2000 年西南地区复杂山地环境下 92 个气象站点的温度、降水以及相对湿度进行了空间插值。结果表明，对于相对湿度来说，3 种方法的插值精度相差不大。而山地气流的数值模拟受多种地形因素以及季节变化的影响，计算非常复杂。

（3）太阳辐射的空间计算。蒸散的过程取决于可以获得的能量，太阳辐射是蒸散的能量源。可以到达蒸散面的潜在太阳辐射取决于地理位置和时间。该模型参考了国内外一些复杂地形太阳辐射的算法（Coops et al.，2000；Tian et al.，2001），全面考虑了地形因素（坡度、坡向）、地形遮蔽和云量对太阳辐射的影响。计算结果与 FAO56 Penman-Monteith 辐射部分吻合较好，并可以用于 FAO56 Penman-Monteith 参考蒸散的计算。

太阳高度角 α、太阳方位角 α_s、赤纬 δ_s、日出时角 h_{sr}、日落时角 h_{ss} 等天文参数的计算参考 FAO56 Penman-Monteith 中太阳辐射的计算，改进部分如下：

直接辐射的计算：

地形因素（坡度 β、坡向 σ）对太阳辐射的影响：在地表，存在一定坡度与坡向的倾斜面与水平面的太阳辐射计算方法不同。倾斜面上太阳光线入射角 i 受坡度、坡向、太阳高度角和太阳方位角的控制，其计算公式为

$$\cos i = \sin\delta_s(\cos\sigma\sin\beta\cos L + \cos\beta\sin L) - \cos\delta_s\cos h_s(\cos\sigma\sin\beta\sin L$$
$$+ \cos\beta\cos L) - \cos\delta_s\sin h_s\sin\beta\sin\sigma \tag{7-6}$$

式中：α——太阳高度角，单位°；

α_s——太阳方位角，单位°；

L——地理纬度，单位°；

δ_s——赤纬，单位°；

h_s——时角，单位°。

晴天无云条件下的直接辐射大气透明度系数计算：

垂直于太阳方向的太阳直接辐射强度与它穿过大气层的路径和大气透明度有关。太阳直接辐射穿过的大气路径用大气量（M）表示。计算公式为

$$M_h = M_0 \times p_h/p_0 \tag{7-7}$$

式中：M_h——一定地形高度下的大气量，无量纲；

M_0——海平面上的大气量，无量纲，其计算公式为

$$M_0 = [1229 + (614\sin\alpha)^2]^{1/2} - 614\sin\alpha \tag{7-8}$$

p_h/p_0——大气压修正系数，计算公式为

$$p_h/p_0 = [(288 - 0.0065 \times h)/288]^{5.256} \tag{7-9}$$

式中：h——海拔，单位 m。

垂直到达地球表面上的太阳辐射计算公式为

$$I_b = I_0 \times \text{Trans}^{M_h}[\text{MJ}/(\text{m}^2 \cdot \text{d})] \tag{7-10}$$

式中：Trans——大气透明度系数，一般取值为 0.6。

到达地球表面任意坡面上的太阳直接辐射计算为

$$I_s = I_b \times \cos i \times \text{shade} \times \text{cloud} [\text{MJ}/(\text{m}^2 \cdot \text{d})] \tag{7-11}$$

得出坡面上散射辐射的计算公式：

$$I_d = I_0 \times (0.271 \times \text{Trans}^{M_h}) \times \sin\alpha [\text{MJ}/(\text{m}^2 \cdot \text{d})] \tag{7-12}$$

某一时刻的太阳潜在总辐射，即以上二者之和：

$$I_t = I_s + I_d [\text{MJ}/(\text{m}^2 \cdot \text{d})] \tag{7-13}$$

式中：I_t——太阳潜在总辐射，单位 $\text{MJ}/(\text{m}^2 \cdot \text{d})$。

将 I_t 代替 Penman-Monteith 公式中的净短波辐射，就可以得到山区的不同地形下的太阳辐射。

2）参考蒸散

研究表明，不论在湿润还是干旱半干旱地区，Penman-Monteith 公式都可以较准确地计算作物潜在蒸散量。为了解决模型中作物冠层气孔阻力估算的困难，FAO 定义了参考作物，高度为 0.12m，其表面阻抗为 70m/s，地表反射率为 0.23。参考作物高度统一，生长良好，水分供应充足，地表完全遮盖。

3）实际蒸散

对于陆面实际蒸散量的研究多年来一直是国内外地学、生物学界关心的焦点问题之一。防护林空间配置决策支持系统采用 MAPSS 的方法计算实际蒸散。在该方法中，土壤水势和叶面积指数的大小控制着实际蒸散量。

4）土壤参数计算

降雨中很大比例的水分通过渗透变成土壤储水，土壤的质地、结构、厚度、有机质等物理性质极大地影响着土壤的储水量。现代的水文过程模拟、分析非常依赖土壤水保持和转移特征的正确描述。

Saxton 等发表的质地方法可以计算土壤持水特征、饱和导水率，这种方法很大程度上是建立在 Rawls 等的数据和分析之上，已经成功应用在广泛的分析中。因此本模型采用由美国农业部开发的土壤水特性计算程序 SPAW 进行估算（Saxton et al.，1986）。

5）土壤水平衡

土壤水分平衡是指一定时间内、一定深度内水分的收支关系。其平衡关系如式（7-14）所示：

$$\Delta W = R + I \pm W - E - T - J - D \tag{7-14}$$

式中：ΔW——一段时期内的水分变化量，单位 mm；

R——降水量，单位 mm；

I——灌溉量，单位 mm；

W——原有水量，单位 mm；

E——土壤蒸发量，单位 mm；

T——作物蒸腾量，单位 mm；

J——地表径流量，单位 mm；

D——与底层水的交换量，单位 mm。

该模型考虑自然条件下的水分状况，因此土壤水分的收入只有降水；土壤整体看作一层，因此不存在垂直渗透或水平侧渗的现象；且不考虑地下水补给；由于太行山区母质为片麻岩，处于半风化状态，水分能渗入岩块内，加之岩层裂隙较多，透水性好，入渗强度大，加上地表植被的影响，坡面径流较小，因此该模型缺省坡面径流为零，所以土壤水分损失的途径只有蒸散。当有植被覆盖时，实际蒸散量与 LAI 有关，如果当月的土壤水分不能供植物生长，则实际蒸散量为零，土壤没有水分支出，土壤水分保留到下个月参与水分平衡计算。

因此该模型的水分平衡公式简化为

$$\Delta W = R \pm W - \mathrm{ET} \tag{7-15}$$

6）最大 LAI 与植被功能型的计算

系统引入了叶面积指数库的概念计算最大叶面积指数。

叶面积指数的大小不仅与当地的土壤水分条件相关，还与热量有关。因此，该研究引入了海河流域叶面积指数库，来调控实际蒸散量与叶面积指数的变化。将海河流域划分为若干温度带，同一个温度带中的植物有相同的发芽、生长、凋落时间，每个温度带中又包含若干条叶面积指数曲线，这些曲线指示了不同的水分条件，水分条件越好，最大叶面积指数值越高，水分条件越差，最大叶面积指数值越低。叶面积指数曲线从2001～2006 年海河流域 MODIS 叶面积指数产品中提取。计算时根据平均温度选择温度带，根据该温度带中最大叶面积指数最高的曲线，计算生长期的实际蒸散量，若当地的土壤含水量不能满足该叶面积指数曲线，再根据下一条叶面积指数曲线计算生长期的实际蒸散量，直到当地土壤水含量可以支持某个叶面积指数曲线为止。

得到最大叶面积指数分布之后，采用植被功能型（plant function type，PFT）的概念来决定植被类型的分布。MAPSS 模型中 PFT 与 LAI 之间的关系是：森林分布在LAI>3.75 的地区，乔木和灌木的混合林分布在 LAI 为 2～3.75 的地区，灌木林分布在 LAI<2.1 的地区；高草分布在 LAI 为 2～6 的地区，混合草分布在 LAI 为 1.15～2的地区，短草和沙漠分布在 LAI<1.15 的地区。结合 MAPSS 的分类标准和海河流域的实际情况，将海河流域的植被分为 3 种 PFT：乔木、灌木和草地。PFT 和 LAI 的对应关系为：当 LAI<1.5 时，PFT 是草地；当 1.5 ≤ LAI < 2.5，PFT 是灌木；当LAI≥2.5，PFT 是乔木。

7）树种分类

树种分类根据上面树种的生长及立地提取技术得出的结论，在结果图中进行应用。

7.3.3 系统的可视化开发

系统的可视化开发主要是方便模型系统与模型使用者之间的输入、输出、系统状态、问询和交流。主要包括以下内容：

（1）模型输入、输出项的可视化；

（2）模型运行状况、过程与错误信息的可视化；

（3）模型查询的可视化等；

（4）模型主要决策过程和结果的可视化。

系统可视化的编写语言使用 Visual Basic 6.0，引入 ArcEngine 组件和 OpenGL 类库，调用 ESRI 和 OpenGL 函数进行编写。

1. 主界面

模型使用时双击 .exe 可执行文件，首先出现欢迎界面，然后进入决策支持系统主界面，如图 7-17 所示。

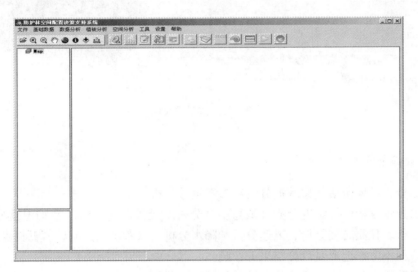

图 7-17　系统主界面

系统主界面包括菜单栏、工具条、地图窗口、Contents 窗口、鹰眼窗口、状态条。其中地图窗口位于工作区的右侧，用来显示数据和数据的表达（地图等）；Contents 窗口位于工作区的左侧上部，用来显示地图包含的内容、数据的显示顺序、数据表达的方式、数据的显示控制等；鹰眼窗口位于工作区的左下部，用来显示用户正在浏览的地图的位置；状态条位于系统总界面的下部，用来显示坐标信息。

2. 数据的输入输出

在菜单栏的文件下拉列表中，包含了地图文件的输入、输出选项。在输入、输出功能中，我们可以执行下面的功能：建立一个新的空白文档，打开地图文档，打开 Shapefile 格式的文件和 Raster 格式的文件；可以将 Excel 文件中的气象站点的数据转换成 Shapefile 格式的点数据，投影默认为是 UTM_WGS_1984_50N；还可以将地图文档在 Map 显示格式和 Layout 显示格式间互相切换；最后可以将地图文档输出成各种图形格式，如 JPG、BMP、PNG 等格式。

3. 数据库

数据库使用 Access 构建，库中可以存储空间数据和非空间数据。非空间数据主要包括气象数据，可以对气象站点和气象数据进行管理和 GIS 视图的转化。空间数据主要包括 DEM、土壤厚度数据、土壤质地数据和土地利用图。如图 7-18 所示。

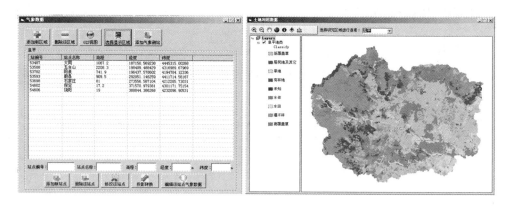

图 7-18　数据库模块

4. 数据分析

数据分析模块包括气象数据分析和参考蒸散分析。

气象数据分析包括温度分析（最高温度分析、最低温度分析、平均温度分析）、相对湿度分析、日照时数分析、风速分析和降水分析。只考虑站点与计算栅格点之间距离的远近，而不考虑地形对计算结果的影响。

参考蒸散量分析可以计算从起始日期到终止日期时间段内的月尺度的参考蒸散量。计算时因为考虑到山地地形对辐射的影响，所以也需要纬度、时间步长等天文项的输入。如图 7-19 所示。

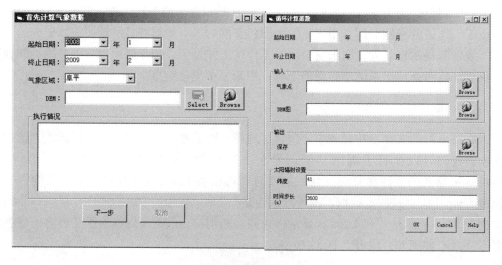

图 7-19　数据分析模块

5. 植被分析

植被分析是该模型的核心部分，包含了最大 LAI 分析和植被分类。如图 7-20 所示。

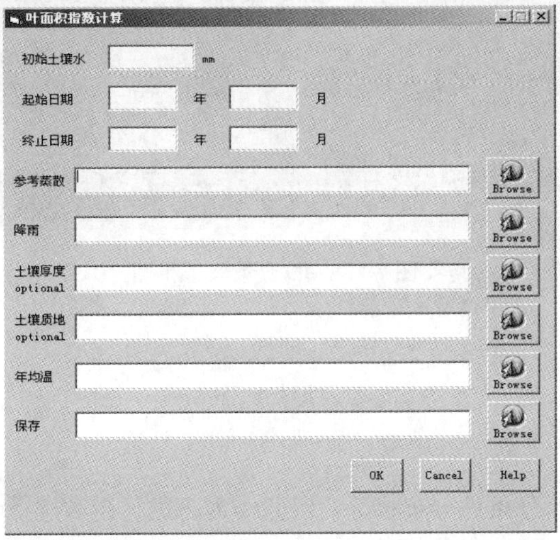

图 7-20　最大 LAI 计算模块

将计算好的 LAI 图与 DEM 图和现有的土地利用图进行叠加，得到区域尺度的防护林适宜性决策图。

6. 树形 3D 分析

三维树形模块是为了使树种配置更直观地显示，而模拟出树木的形状。不同的叶面积指数对应不同的种植密度，从而使树木的胸径、冠幅都有所不同。在决策文件生成的过程中，需要输入叶面积指数图和 DEM 图。由于要生成整个区域的三维场景图耗时过长，因此可以选择一小块区域进行三维场景的显示。如图 7-21 和图 7-22 所示。

图 7-21　三维决策生成窗体

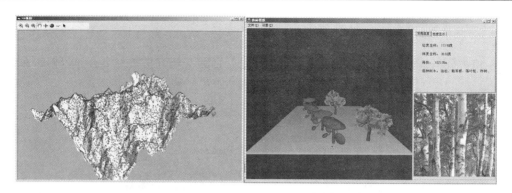

图 7-22　3D 决策效果视图

7.3.4　系统的应用

1. 研究区及数据准备

为了研究各地的水分条件分布状况，以此作为防护林树种选择的依据，该模型选取太行山中段的阜平县作为研究区域（图 7-23），分析其 LAI 分布状况，进行空间配置决策。

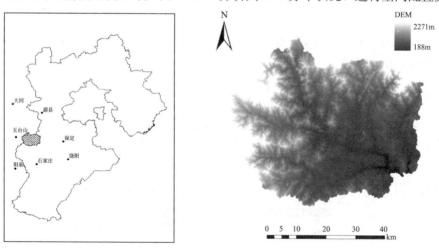

图 7-23　研究区地理位置

1) 研究区域自然环境

阜平为全山区县，海拔在 200～2286.2m，其中山场面积为 2185km²，占 88.2%。境内山峦起伏，沟谷纵横，地形复杂多样。地势由西北向东南倾斜。西部、西南部和北部边境地带海拔在 600～2000m，中部、东部海拔在 200～600m，为低山丘陵，河谷有梯田分布。

该县气候为大陆性季风气候，属暖温带半湿润地区，冬季寒冷、干燥、少雪，春季多干热风，夏季高温、高湿、降水集中，秋季秋高气爽。年均气温为 12.6℃，常年积温为 801.9℃。年均降水量为 550～790mm；无霜期为 140～190d，地方小气候特征明显。

2）模型数据准备

由于该模型是基于地理信息系统平台的决策支持系统，因此模型运行需要输入空间数据，包括该地区的 DEM、土壤厚度（Raster）、土壤质地（Raster）、土地利用（Raster）以及气象点数据。其中气象点数据应包含以下必需的字段（Field）：最高、最低气温，相对湿度，平均风速，平均日照时数，降水和该点的海拔高度。气象数据在计算时转化成具有空间信息的点数据（Shapefile），然后进行空间插值。同时还需要MODIS叶面积指数产品作为模型运行结果的验证数据（图 7-24）。

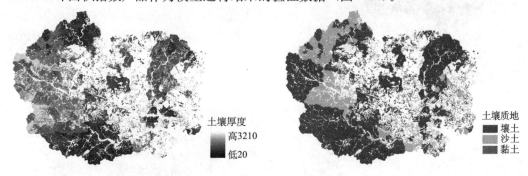

图 7-24　阜平县土壤图

该研究里使用的气象数据来自 7 个气象台站，分别是保定、饶阳、石家庄、蔚县、大同、五台山、阳泉。使用 1998～2007 年逐月平均数据。DEM 数据分辨率为 90m。气象数据来源于中国气象科学数据共享服务网。土壤数据来源于河北省林业局。MODIS叶面积指数产品来自于 NASA。空间数据均使用 WGS_UTM_1984_50N 投影。

2. 系统运行结果与分析

1）温度

最高温度和最低温度的空间分布情况应逐月进行计算。我们仅以阜平 1998～2007 年 7 月的平均最高温度和最低温度为例，演示温度计算结果。从温度的空间分布图中可以看出，温度的分布与海拔有很大关系，呈负相关关系。这与空气温度随海拔上升而下降的趋势是一致的（图 7-25）。

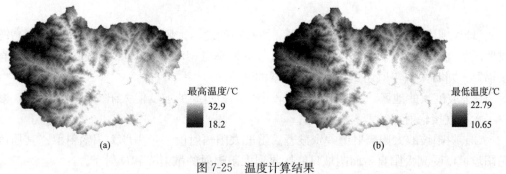

图 7-25　温度计算结果

（a）最高温度；（b）最低温度

太阳辐射
/[MJ/(m² · d)]
14.1872
6.591 29

图 7-26　太阳辐射分布图

2）太阳辐射

太阳辐射分布同样以阜平县 7 月的平均太阳辐射分布为例，单位是 MJ/(m² · d)（图 7-26）。地形对太阳辐射有很强烈的影响。为了进一步探讨太阳辐射与地形因子的关系，我们选取了一小块区域（其坐标为：最小 X 值，246 360.442 760；最大 Y 值，4 314 567.296 750；最大 X 值，257 487.711 834；最小 Y 值，4 305 284.566 167）以便更清楚地演示这些关系。

从图 7-27 中可以看出：

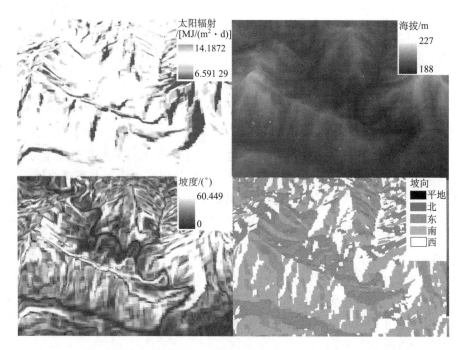

图 7-27　太阳辐射与地形对比图

（1）太阳辐射与海拔有正相关关系。海拔高的地区太阳辐射也相对较高，因为高海拔地区空气较为稀薄，污染较少，所以大气透射率也相对较高，可以通过更多的太阳直接辐射。同时太阳辐射还受其他地形因素的影响。

（2）坡度大的地区，太阳辐射相对较小。因为过高的坡度使太阳入射角度变小，减少了太阳直接辐射量。

（3）阴阳坡的太阳辐射值差别显著。阳坡太阳辐射值高于阴坡太阳辐射值。其原因是阳坡可以受到太阳直射而阴坡只能接收到太阳辐射的散射光和反射光。

3) 参考蒸散

图 7-28 是使用 1998～2007 年 10 年的月平均数据计算出的阜平县的年平均参考蒸散分布图。

图 7-28　阜平县的年平均参考蒸散分布图

地形因子对参考蒸散也有很大的影响。我们选取一小块区域（与太阳辐射选取的区域范围一致），来进行参考蒸散与地形因子的相关性分析（图 7-29）。

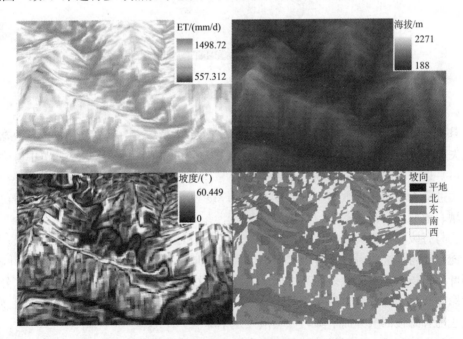

图 7-29　参考蒸散与地形对比图

由图 7-29 中可以看出：

（1）地形对参考蒸散的影响最大。高海拔地区的参考蒸散量低，低海拔地区的参考蒸散量相对较高。因为高海拔地区的空气温度较低海拔地区的空气温度低，空气温度影响了参考蒸散量的空间分布。

（2）坡度高的地区参考蒸散量低。与太阳辐射结论对比发现，坡度高的地区接受的太阳辐射值较低，因此参考蒸散量也较低。

（3）阳坡的参考蒸散量高于阴坡的参考蒸散量。同样也是由于阳坡接受的太阳辐射值高于阴坡接受的太阳辐射值，因此造成阴阳坡的参考蒸散量的差异。

4）最大叶面积指数

图 7-30 是 1998～2007 年 10 年的月平均数据计算出的阜平县的最大叶面积指数图。

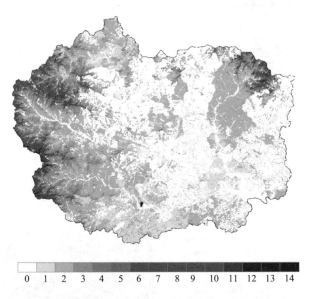

0　1　2　3　4　5　6　7　8　9　10　11　12　13　14

图 7-30　阜平县的最大叶面积指数分布图

阜平县最大叶面积指数低海拔地区的计算结果中零值较多，是由使用的土壤数据在此处缺失造成的。对叶面积指数的进一步分析将在空间分布和时间变化趋势两节中讨论到。

（1）最大叶面积指数空间分布趋势。

通过最大叶面积指数与土壤质地、土壤厚度和地形图的对比，发现最大叶面积指数与土壤、地形均有很大关系。

①与海拔有正相关关系。海拔较高的地区，最大叶面积指数较高，反之较低。其原因可能主要与植被的海拔垂直带谱有关，高海拔地区因为分布有森林，尤其是针叶林，因而叶面积指数较大。此外，高海拔区受人为干扰较小，植被保存较好。土壤水分含量也是影响叶面积指数分布的一个因素，海拔较高的地区土壤水分含量相对较高。此外，温度也随着海拔的上升而下降，使蒸散发速率降低。

②与土壤厚度也有正相关关系。在山区中，土壤厚度较大的地区，最大叶面积指数也相对较大。其原因是随着土壤厚度的增加，土壤水分储藏能力也随之增加，植物可以吸收到更多的水分供生长发育使用；同时由于土壤厚度的增加，植物的根系可以达到很大的深度，允许生长更高大的乔木树种，也在一定程度上提高了最大叶面积指数。

③与土壤质地有很大的相关性。从土壤质地图和最大叶面积指数图中可以看出，土壤质地为壤土的地区，最大叶面积指数相对较大，土壤质地为沙土的地区，其值相对较

小。根据土壤水动力学曲线，在相同的水压力下，壤土的可利用土壤水最多即水活度最高，而沙土可利用土壤水最少。

④ 最大叶面积指数图与坡度坡向图对比后，发现其与坡向关系明显。阳坡的叶面积指数相对于阴坡偏小，说明阳坡的植被长势不如阴坡的植被长势好，或者不如阴坡的植被分布密集。这主要是因为阳坡所接受的太阳辐射较多，导致蒸散量大，水分缺乏；而在阴坡由于接受的太阳辐射较少，蒸散量较小，水分较为充裕。这说明在海河流域，能量供应是充足的，而通常在水分供应不充足时，最大叶面积指数成为植被生长的限制性因子。坡度与叶面积指数相关性不明显。

（2）最大叶面积指数的时间变化趋势。

我们将叶面积指数逐年进行输出，分析叶面积指数长期变化的趋势和由气候年际变化而引起的波动。

我们在叶面积指数分布图中随机取了 20 个点，由图 7-31 可以看出，不管是在干旱地区还是在湿润地区，叶面积指数在较小范围内波动，说明叶面积指数已经达到平衡，系统输出的是平衡状态的叶面积指数。

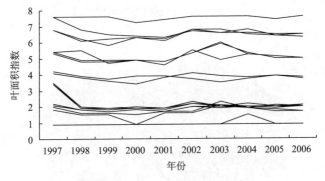

图 7-31　模型计算叶面积指数时间变化趋势

5）树种决策

树种决策使用表 7-3 中的树种与地形的关系进行决策，结果如图 7-32 所示。

6）植树造林区域决策

将树种决策图与现有土地利用图进行叠加，将不能进行种植、不宜种植以及无需重新植树的地区标记出来，剩下的就是可植树造林的区域。可植树造林的区域包括原来没有植被、现在可种植植被的区域，以及原来种植的植被不适宜、可以重新种植的区域（图 7-33）。

7）系统验证

模型的验证工作主要是通过对模型计算出的最大叶面积指数与 MODIS 提取的最大叶面积指数进行对比，来验证计算结果的精确性。我们认为自然植被的覆盖情况，尤其是山区的植被覆盖反映当地的气候条件。但是遥感影像较难获取，免费获取的遥感影像分辨率低，且需要进行专业的处理才可以转换成 LAI，不能满足一般用户的需求。地面气象观测数据廉价且不易缺失，观测时间序列长，DEM 图也容易获取，因此使用模型计算最大叶面积指数是一个简单易行的方法。

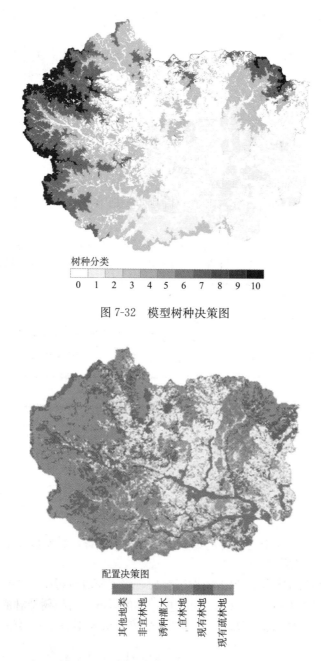

图 7-32　模型树种决策图

图 7-33　区域尺度防护林空间配置决策图

　　图 7-34 使用的 MODIS 遥感影像数据来源于 NASA，使用了 2002 年 7 月的影像。我们认为北半球 7 月的水热条件达到最好，因此 7 月的植被覆盖情况对应于自然状态下的最大叶面积指数。

　　通过图 7-34 模型计算的最大叶面积指数与 MODIS 遥感影像提取的叶面积指数比较结果可以看出：模型计算出的最大叶面积指数分布趋势与自然状态下叶面积指数分布趋

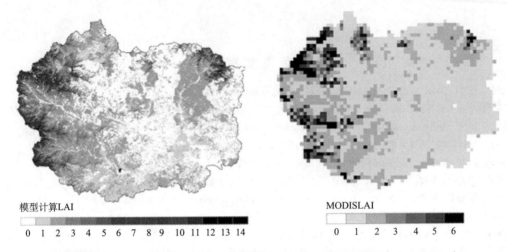

图 7-34　模型计算叶面积指数与 MODIS 叶面积指数对比

势一致，较为精确地反映了植被的分布趋势，说明了模型模拟的结果是可靠的。

8）结论

该研究进行了诸多气候-植被模型的模拟，认为气候与植被之间存在着很大的关系，其中最主要的关系是水分与能量的相互作用，因此应该以这种关系科学地指导植树造林活动。模型选取了土壤水分平衡方法作为核心思想，最大叶面积指数作为植被分布的指标，认为土壤的水分含量是与某个植被类型的最大叶面积指数相对应的，在没有大的干扰作用下，会长期较为稳定地保持平衡。同时加入了地形因子对立地水分平衡的影响，使之更适用小流域尺度的造林决策。通过防护林空间配置决策支持系统在河北省阜平县的应用，得出以下几点结论：

（1）防护林空间配置决策支持系统以生态机理为核心，又考虑了地形因子对生态水文过程的影响，在介于大尺度考虑生态机理的气候-植被模型和精细尺度统计性物种分布模型中进行了成功的探索。

（2）系统模拟的河北省阜平县的最大叶面积指数空间分布图与 MODIS 7 月（水热条件达到最优）叶面积指数空间分布趋势一致，证明了系统的合理性。

（3）根据模型计算结果来看，阜平县的乔木（LAI＝2.5）覆盖率占阜平县面积的20％，在合理范围内。因此，系统为解决森林覆盖率这个重要的指标提供了参考。

（4）叶面积指数与地形有很大的关系，海拔与叶面积指数有正相关关系，叶面积指数还随着气候的年际波动显示出波动性，证明了叶面积指数的气候敏感性。

（5）组件式地理信息系统技术为系统的开发提供了方便，使系统的二次开发更加便捷、紧凑和美观。

参 考 文 献

安慧君, 张韬. 2004. 异龄混交林结构量化分析. 北京: 中国环境科学出版社

包青, 郑学良, 刘万福, 等. 1996. 白桦林不同树种枝条生长曲线的幂函数式与密度. 吉林林业科技, (4): 27-28

包晓斌. 1996. 晋西昕水河流域生态经济型防护林体系配置模式. 防护林科技, 2: 34-37

包晓斌. 1997. 防护林体系建设研究的背景分析与发展趋势. 北京林业大学学报, 增刊1: 158-161

包晓斌. 1998. 流域生态经济型防护林体系建设模式及其应用研究. 生态科学, 17 (2): 74-79

毕华兴, 李笑吟, 李俊, 等. 2007. 黄土区基于土壤水平衡的林草覆被率研究. 林业科学, 43 (4): 17-23

蔡全才, 徐勤丰, 姜庆五, 等. 2005. 含区间数据 Gamma 分布的参数估计. 中国卫生统计, 22: 71-79

蔡文. 1994. 物元模型及其应用. 北京: 科学技术文献出版社

曹新孙. 1983. 农田防护林学. 北京: 中国林业出版社

曹新孙, 雷启迪, 姜凤岐. 1981. 防护林带最适疏透度和横断面形状的探讨. 中国科学院林业土壤所集刊, 9-20

陈东来, 秦淑英. 1994. 山杨天然林林分结构的研究. 河北农业大学学报, 17 (1): 36-43

陈建刚, 赵廷宁. 2001. 景观型防护林体系理论探讨及发展展望. 海南师范学院学报 (自然科学版), 14 (2): 81-83

陈俊华, 慕长龙, 陈秀明, 等. 2006. 基于物元分析的小流域土地利用结构调整及景观格局变化. 生态学报, 26 (7): 2093-2100

陈俊华, 慕长龙, 龚固堂, 等. 2010. 官司河流域防护林结构调整及景观格局变化. 山地学报, 28 (1): 85-95

陈林武, 王鹏, 余树全. 1999. 四川盆地生态经济型防护林体系分类探讨. 西南林学院学报, 19 (3): 151-155

陈全功, 张剑, 杨丽娜. 2007. 基于 GIS 的中国农牧交错带的计算和模拟. 兰州大学学报 (自然科学版), 43 (5): 24-28

陈志凡, 岳建华, 赵烨. 2004. 平谷山前土地利用模式重建及其生态环境影响评价. 海南师范学院学报 (自然科学版), 17 (3): 286-291

陈祖铭, 任守贤. 1994a. FCHM 结构与融雪模型——森林流域水文模型研究之一. 四川水力发电, 13 (1): 11-15, 96

陈祖铭, 任守贤. 1994b. 模型参数确定与计算实例——森林流域水文模型研究之三. 四川水力发电, 13 (3): 56-62

陈祖铭, 任守贤. 1994c. 枝叶截蓄与蒸散发模型及界面水分效应——森林流域水文模型研究之二. 四川水力发电, 13 (2): 21-27

程序. 1999. 农牧交错带研究中的现代生态学前沿问题. 资源科学, 21 (5): 1-8

程序. 2002. 中国北方农牧交错带生态系统的独特性及其治理开发的生态学原则. 应用生态学报, 13 (11): 1503-1506

戴晟懋, 郑巍, 董纯. 2000. 关于生态经济型防护林工程建设的思考. 防护林科技, 1: 52-53

党普兴, 侯晓巍, 惠刚盈. 2008. 区域森林资源质量综合评价指标体系和评价方法. 林业科学研究, 21 (1): 84-90

邓东周. 2009. 降雨量变化对科尔沁沙地东南部樟子松人工林主要生态过程的影响. 沈阳: 中国科学院沈阳应用生态研究所博士学位论文

刁鸣军. 1985. 放牧场疏林的营造形式及其效益浅析. 内蒙古林业科技, 1: 34-37, 50

杜亚军, 陈国先, 陈秀明, 等. 2003. 川渝 77 县长防林 (一期) 工程的综合效益评价与分析. 生态学, 22 (1): 69-72

段文标, 陈立新. 2002. 草牧场防护林营造技术的研究. 中国沙漠, 22 (3): 214-219

范志平, 高俊刚, 曾德慧, 等. 2010. 杨树防护林带三维结构模型及其参数求解. 中国科学: 地球科学, 40 (3): 327-340

范志平，曾德慧，姜凤岐. 2001. 农田防护林可持续集约经营模型的应用. 应用生态学报，12：811-814

傅伯杰，陈利顶，马克明，等. 2001. 景观生态学原理及应用. 北京：科学出版社

傅军. 1999. 关于建设生态经济型防护林体系. 安徽林业，(2)：2-9

高成德，田晓瑞. 2005. 北京密云水库集水区水源保护林最佳森林覆盖率研究. 林业实用技术，(8)：3-5

高成德，余新晓. 2000. 密云水库集水区（北京境内）水源保护林最优林种结构的研究. 林业科技通讯，(5)：530-531

高岗. 2009. 以水源涵养为目标的低功能人工林更新技术研究. 呼和浩特：内蒙古农业大学博士学位论文

高华端. 2002. 乌江流域岩溶宜林石质山地立地分类研究. 贵州大学学报，21 (4)：248-252

高甲荣，刘德高，吴家兵. 2000. 密云水库北庄示范区水源保护林林种配置研究. 水土保持学报，14 (1)：12-19

高俊刚. 2009. 农田防护林带三维结构及其空气动力学特征. 沈阳：中国科学院沈阳应用生态研究所硕士学位论文

高琼，董学军，梁宁. 1996. 基于土壤水分平衡的沙地草地最优植被覆盖率的研究. 生态学报，16 (1)：33-39

高人，周广柱. 2003. 辽宁东部山区几种主要森林植被类型土壤矿质层蓄水能力分析. 沈阳农业大学学报，(1)：31-34

高志义. 1997. 中国防护林工程和防护林学发展. 防护林科技，2：22-27

葛剑平. 1996. 森林生态学建模与仿真. 哈尔滨：东北林业大学出版社

谷扬. 2009. 章古台樟子松固沙林衰退成因及有效防治措施研究. 阜新：辽宁工程技术大学硕士学位论文

顾新庆，张金香，王振亮，等. 2005. 太行山片麻岩坡地生态经济林的配置技术及效益分析. 防护林科技，5：26-29

顾万春. 1993. 森林立地分类与评价的立地要素原理与方法. 北京：科学出版社：102-175

关德新，朱廷曜. 2000. 树冠结构参数及附近几场特征的风洞模拟研究. 应用生态学报，11：202-204

关君蔚. 1998. 防护林体系建设工程和中国的绿色革命. 防护林科技，(4)：6-9

官文轲. 2006. 和静县生态经济型防护林建设研究. 杨凌：西北农林科技大学博士学位论文

郭城峰. 2009. 敖汉旗小流域防护林与土壤性质格局耦合关系研究. 呼和浩特：内蒙古农业大学硕士学位论文

郭浩，王兵，马向前，等. 2008. 中国油松林生态服务功能评估. 中国科学C辑：生命科学，38 (6)：565-572

郭立群，郎南军，周洪昌，等. 1994a. 生态经济型防护林体系建设的理论和实践. 云南林业科技，3：2-9

郭立群，陈宏伟，方向京，等. 1994b. 头塘山地系统防护林体系空间配置. 云南林业科技，(3)：16-23

郭丽虹，李荷云. 2000. 桤木人工林分胸径与树高的威布尔分布拟合. 江西林业科技，(增刊)：26-27

郭连声，田有亮. 1994. 四种针叶幼树光合速率、蒸腾速率与土壤含水量的关系及其抗旱性研究. 应用生态学报，5 (1)：32-36

郭忠升. 1996. 水土保持林有效覆盖率及其确定方法的研究. 土壤侵蚀与水土保持学报，2 (3)：67-72

国家环境保护总局. 2006. 全国生态现状调查与评估. 北京：中国环境科学出版社

国家林业局. 2003. 全国林业生态建设与治理模式. 北京：中国林业出版社

韩茂莉. 1999. 辽金农业地理. 北京：社会科学文献出版社

韩蕊莲，梁宗锁，侯庆春，等. 1994. 黄土高原适生树种苗木的耗水特性. 应用生态学报，5 (2)：210-213

胡文力，亢新刚，董景林，等. 2003. 长白山过伐林区云冷杉针阔混交林林分结构的研究. 吉林林业科技，32 (3)：1-6

黄国胜，王雪军，孙玉军，等. 2005. 河北山区森林生态环境质量评价. 北京林业大学学报，27 (5)：76-80

惠刚盈，克劳斯·冯佳多. 2003. 森林空间结构量化分析方法. 北京：中国科学技术出版社

姜凤岐，朱教君，曾德慧，等. 2003. 防护林经营学. 北京：中国林业出版社

蒋丽娟. 2000. 国内外防护林研究综述. 湖南林业科技，27 (3)：21-27

焦树人. 1989. 章古台固沙林生态系统的结构与功能. 沈阳：辽宁科学技术出版社

金博文. 1997. 张掖地区生态经济型防护林体系优化配置模式选择. 甘肃林业科技，(3)：42-45

金小麒. 2001. 板桥河小流域防护林体系生态效益研究. 水土保持学报，15 (6)：80~83

金永焕，周莉，代力民，等. 2003. 延边地区天然赤松林幼树分枝特性研究. 沈阳农业大学学报，34 (4)：263-266

孔繁智. 1989. 乌兰敖都地区主要植被类型蒸发散量的测定及估算. 东北西部内蒙古东部防护林研究（第二集）. 哈

尔滨：东北林业大学出版社

雷孝章，王金锡，彭沛好，等. 1999. 中国生态林业工程效益评价指标体系. 自然资源学报，14（2）：175-182

李博，杨持，林鹏. 2000. 生态学. 北京：高等教育出版社

李成烈，苑增武，姜永范，等. 1991. 草牧场防护林营造技术和试验示范区建立的研究. 防护林科技，1：21-28

李德芳. 2002. 白银市兴电灌区生态经济型防护林体系建设的思路与对策. 防护林科技，53（4）：78-79

李哈滨，Franklin J F. 1988. 景观生态学——生态学领域里的新概念构架. 生态学进展，5（1）：23～33

李合昌，王宝洪，林凡华. 2007. 嫩江沙地草牧场防护林主要模式类型及效益比较分析. 防护林科技，4：127-128

李俊清，牛树奎. 2006. 森林生态学. 北京：高等教育出版社

李凯荣，赵晓光，吴定坤. 1998. 白鱼河流域生态经济型防护林体系建设及其效益评估. 陕西林业科技，2：14-19

李毅. 1994. 甘肃胡杨林分结构的研究. 干旱区资源与环境，8（3）：88-95

李运龙，叶金盛. 2007. 2005年广东省森林生态质量评价. 广东林业科技，23（4）：87-91

梁存柱，祝廷成，周道玮. 2008. 东北农牧交错区景观空间格局. 东北师范大学学报（自然科学版），40（4）：121-127

梁伟，白翠霞，孙保平. 2006. 黄土丘陵区退耕地土壤水分有效性及蓄水性能——以陕西省吴旗县柴沟流域为例. 水土保持通报，26（4）：38-40

林海明，张文霖. 2005. 主成分分析与因子分析详细的异同和SPSS软件. 统计研究，（3）：65-69

刘殿军. 2009. 赤峰市敖汉旗小流域防护林空间对位配置研究. 呼和浩特：内蒙古农业大学硕士学位论文

刘健，陈平留. 1996. 天然针阔混交林中马尾松的空间分布格局. 福建林学院学报，16（3）：274-277

刘启慎，赵北林，谭浩亮. 2000. 太行山石灰岩低山区水土保持防护林高效空间配置研究. 河南林业科技，7（2）：136-139

刘琼，欧名豪，彭晓英. 2005. 基于马尔可夫过程的区域土地利用结构预测研究——以江苏省昆山市为例. 南京农业大学学报，28（3）：107-112

刘霞，张光灿，郭春利. 2000. 中国防护林实践和理论的发展. 防护林科技，1：36-38

刘占德，刘增文. 1994. 沙棘柠条的生物量及立地因子分析. 西北农业学报，3（2）：92-96

吕勇，李际平，张晓蕾. 1999. 会同杉木人工林的树高分布模型. 中南林学院学报，19（1）：68-70

罗承平，薛纪瑜. 1995. 中国北方农牧交错带生态环境脆弱性及其成因分析. 干旱区资源与环境，9（1）：1-7

马克平. 1994a. 生物群落多样性的测度方法Ia多样性的测度方法（上）. 生物多样性，2（3）：162-168

马克平. 1994b. 生物群落多样性的测度方法Ia多样性的测度方法（下）. 生物多样性，2（4）：231-239

马钦彦. 1989. 中国油松生物量的研究. 北京林业大学学报，11（4）：1-16

马雪华. 1993. 森林水文学. 北京：中国林业出版社：178-180

孟宪宇. 1995. 测树学（第2版）. 北京：中国林业出版社

牛文元. 1989. 生态环境脆弱带ECOTONE的基础判定. 生态学报，9（2）：97-105

齐清. 2009. 泾河流域防护林体系空间配置与结构优化决策支持系统（FODSS）研究. 北京：北京师范大学博士学位论文

钱拴提，孙德祥，韩东锋，等. 2003. 秦岭山茱萸立地因子主分量分析及立地条件类型分类研究. 西北植物学报，23（6）：916-920

饶良懿，朱金兆. 2005. 防护林空间配置研究进展. 中国水土保持科学，3（2）：102-106

任勇，高志义. 1995. 中国生态经济型防护林体系发展的必然性. 北京林业大学学报，17（3）：86-92

任勇，陆守一，王久丽，等. 1996. 生态经济型防护林体系建设模式专家系统的研制开发. 林业科学，32（2）：134-139

沈泽昊，赵俊. 2007. 基于植物-地形关系的物种丰富度空间格局预测——GAMs途径的一种应用. 生态学报，27：953-963

宋西德，罗伟祥，侯琳. 1997. 黄土高原渭北生态经济型防护林体系永寿示范区建设技术及其生态经济效益. 防护林科技，3：20-22

孙长忠，黄宝龙，陈海滨. 1998. 黄土高原沟坡次生植被与土壤营养现状的关系. 林业科学研究，11（3）：330-341

孙儒泳，李博，诸葛阳，等. 1993. 普通生态学. 北京：高等教育出版社

孙伟中，赵士洞. 1997. 长白山北坡椴树阔叶红松林群落主要树种分布格局的研究. 应用生态学报，8（2）：
　　308-311

孙学凯，范志平，王红，等. 2008. 科尔沁沙地复叶槭等 3 个阔叶树种的光合特性及其水分利用效率. 干旱区资源与
　　环境，22（10）：188-194

唐政洪，蔡强国. 2002. 侵蚀产沙模型研究进展和 GIS 应用. 泥沙研究，5：59-66

田奇凡，阎海平，刘艳，等. 1994. 北京西山国家森林公园景观格局的初步研究. 北京林业大学学报，16（3）：
　　8-16

王伯荪，陆阳，张宏达. 1987. 香港岛黄桐森林群落分析. 植物生态学报，（4）：241-251

王迪海，唐德瑞. 1999. 小流域防护林对位配置优化模式研究. 内蒙古林学院学报，3（1）：1-10

王国梁，刘国彬，许明祥. 2001. 黄土丘陵取纸纺沟流域植被恢复的土壤养分效应. 水土保持通报，22（1）：1-5

王翾圣. 2009. 科尔沁沙地东南部地区主要造林树种耗水特性研究. 沈阳：辽宁大学硕士学位论文

王俊波，杨靖北，辛占良. 1995. 扶风示范区生态经济型防护林体系建设模式. 陕西林业科技，1：33-37

王礼先，王斌瑞，朱金兆，等. 2000. 林业生态工程学. 北京：中国林业出版社

王美红，孙根年，康国栋. 2008. 新疆植被覆盖与土地退化关系及空间分异研究. 农业系统科学与综合研究，
　　24（2）：181-190

王盛萍，张志强，唐寅，等. 2010. MIKE-SHE 与 MUSLE 耦合模拟小流域侵蚀产沙空间分布特征. 农业工程学报，
　　26（3）：92-98

王石英，蔡强国，吴淑安. 2004. 中国北方农牧交错区研究展望. 水土保持研究，11（4）：138-142

王万忠，焦菊英，郝小品. 1996. 中国降雨侵蚀力 R 值的计算与分布（Ⅱ）. 土壤侵蚀和水土保持学报，2（1）：29-39

王颖，魏国印，张志强，等. 2006. 7 种园林树种光合参数及水分利用效率的研究. 河北农业大学学报，29（6）：
　　44-48

温远光，刘世荣. 1995. 我国主要森林生态系统类型降水截留规律的数量分析. 林业科学，31（4）：289-298

邬建国. 2003. 景观生态学——格局、过程、尺度和等级. 北京：高等教育出版社

巫启新，夏焕柏，喻理飞. 1998. 云贵高原东部乌江流域生态经济型防护林体系建设技术研究. 贵州林业科技，
　　26（2）：1-20

吴秉礼，石建忠，谢忙义，等. 2003. 甘肃水土流失区防护效益森林覆盖率研究. 生态学报，23（6）：1125-1137

伍业钢，李哈滨. 1992. 景观生态学的理论发展. 北京：中国科技出版社

向开馥. 1991. 防护林学. 哈尔滨：东北林业大学出版社

肖笃宁. 1999. 景观生态学. 长沙：湖南科学技术出版社

谢高地，周海林，甄霖，等. 2005. 中国水资源对发展的承载能力研究. 资源科学，27（4）：2-7

熊野威. 1998. 对森林覆盖率概念的补充与完善. 技术经济，11：47-48

徐建华，吴发启. 2005. 黄土高原产流产沙机制及水土保持措施对水资源和泥沙影响的机理研究，郑州：黄河水利
　　出版社

徐宗学，和宛琳. 2005. 黄河流域近 40 年蒸发皿蒸发量变化趋势分析. 水文，25（6）：6-11

阎德仁. 1996. 对生态经济型防护林体系建设的探讨. 内蒙古林业科技，2：23-25

杨光，薛智德，梁一民. 2000. 陕北黄土丘陵区植被建设中的空间配置及其主要建造技术. 水土保持研究，7（2）：
　　136-139

杨湄，初禹，杨湘奎，等. 2005. 层次分析法（AHP）在三江平原地质环境质量评价中的应用. 地质通报，24（5）：
　　485-490

杨雨行，韩熙春. 1991. 陕西省吉县清水河流域森林动态变化对水沙影响的初报. 北京林业大学学报，13（2）：
　　59-67

杨玉波. 1988. 国内外防护林的现状与发展. 四川林业科技（4）：3-7

应叶青，吴家胜，戴文圣，等. 2004. 枪木苗期光合特性研究. 浙江林学院学报，21（4）：366-370

于飞，郑小波，谷晓平，等. 2008. 复杂山地环境下气候要素空间插值精度比较研究. 贵州气象，（3）：3-6

于贵瑞. 1991. 种植业系统分析与优化控制方法. 北京：农业出版社

于洪军, 张学丽, 徐贵军. 1999. 团块状阔叶树草牧场防护林营建技术试验. 防护林科技, 2：11-23

于志民, 王礼先. 1999. 水源涵养林效益研究. 北京：中国林业出版社

袁正科, 周刚. 1998. 黄塘小集水区生态经济型防护林林种布局研究. 生态学, 17 (6)：7-13

张富, 余新晓, 孙兰东. 2007. 小流域水土保持植物措施对位配置研究. 水土保持通报, 37 (3)：311-313

张汉雄, 邵明安, 张兴昌. 2004. 东北农牧交错带生态环境恢复与持续发展战略. 干旱区资源与环境, 18 (1)：129-134

张家城, 陈力, 郭泉水. 1999. 演替顶极阶段森林群落优势树种分布的变动趋势研究. 植物生态学报, 23 (3)：256-268

张健, 宫渊波, 陈林武. 1996. 最佳防护效益森林覆盖率定量探讨. 林业科学, 32 (4)：317-324

张金屯. 1998. 植物种群空间分布的点格局分析. 植物生态学报, 22 (4)：344-349

张军涛, 傅小锋. 2005. 东北农牧交错生态脆弱区可持续发展研究. 中国人口·资源与环境, 15 (5)：58-62

张新厚. 2010. 疏林草地木本植物空间格局及其对土壤和草本植被的影响. 沈阳：中国科学院沈阳应用生态研究所硕士学位论文

张志强, 王盛萍, 孙阁. 2006. 流域径流泥沙对多尺度植被变化响应研究进展. 生态学报, 26 (7)：2356-2364

章中, 王晓江, 赵文义, 等. 1994. 荒漠草原草牧场防护林营造及提高草场生产力的研究. 内蒙古林业科技, 3：1-9

赵哈林, 赵学勇, 张铜会, 等. 2002. 沙漠化过程中沙质旱作农田土壤环境的变化及其对生产力形成的影响. 水土保持学报, 16 (4)：1-4

赵哈林, 周瑞莲, 张铜会, 等. 2003. 我国北方农牧交错带的草地植被类型、特征及其生态问题. 中国草地, 25 (3)：1-8

赵惠勋, 周晓峰, 王义弘, 等. 2000. 森林质量评价标准和评价指标. 东北林业大学学报, 28 (5)：58-61

赵金荣, 孙立达, 朱金兆. 1994. 黄土高原水土保持灌木. 北京：中国林业出版社：233-313

赵琼, 曾德慧, 陈伏生, 等. 2004. 沙地樟子松人工林土壤磷库及其有效性初步研究. 生态学, 23 (5)：224-227

赵琼. 2007. 科尔沁沙地东南部固沙林土壤磷素研究. 沈阳：中国科学院沈阳应用生态研究所博士学位论文

赵宗哲. 1993. 农业防护林学. 北京：中国林业出版社：10-15

郑景明, 罗菊春. 2003. 长白山阔叶红松林结构多样性的初步研究. 生物多样性, 11 (4)：295-302

郑淑霞, 上官周平. 2006. 8 种阔叶树种叶片气体交换特征和叶绿素荧光特性比较. 生态学报, 26 (4)：1080-1087

郑元润. 1998. 大青沟森林植物群落主要木本植物种群分布格局及动态的研究. 植物学通报, 15 (6)：52-58

钟祥浩, 刘淑珍, 范建容. 2003a. 长江上游生态退化及其恢复与重建. 长江流域资源与环境, 12 (2)：157-162

钟祥浩, 李祥妹, 范建容. 2003b. 长江上游森林植被变化对削减洪减灾功能的影响. 自然灾害学报, 12 (3)：1-5

周锋利, 宋西德, 张永. 2005. 黄土高原沟壑区生态经济型防护林体系综合效益评价. 陕西林业科技, (3)：59-61

周刚. 2002. 湘中丘陵小集水区生态经济型防护林体系布局及其效益研究. 长沙：中南林学院硕士学位论文

周洪昌, 王庆华, 郭立群, 等. 1994. 金沙江流域防护林树种选择与配置. 云南林业科技, 3：24-30

朱教君, 姜凤岐, 松崎健, 等. 2002. 日本的防护林. 生态学, 21 (4)：76-80

朱教君, 曾德慧, 康宏樟, 等. 2005. 沙地樟子松人工林衰退机制. 北京：中国林业出版社

朱孝军, 姜凤岐, 范志平, 等. 2004. 黄土高原刺槐水土保持林防护成熟与更新研究. 生态学, 23 (5)：1-6

邹亚荣, 张增祥, 周全斌, 等. 2004. 农牧交错带土地利用的土壤侵蚀状况分析. 水土保持通报, 24 (5)：35-38

Allen R G, Pereira L S, Raes D, et al. 1998. FAO56：Crop Evapotranspiration — Guidelines for Computing Crop Water Requirements. FAO of UN, Rome, Italy

Austin M P, Meyers J A. 1996. Current approaches to modeling the environmental niche of eucalypts：implication for management of forest biodiversity. Forest Ecology and Management, 85：95-106

Begon M, Mortimer M, Thompson D J. 1996. Population Ecology. A Unified Study of Animals and Plants. London：Blackwell Science, 3 (6)：247

Behre C E. 1927. Form-class taper curves and volume tables and their application. J Agr Res, 35：673-744

Bosch J M, Hewlett J D. 1982. A review of catchment experiments to determine the effect of vegetation changes on water yield and evapotranspiration. Journal of Hydrology, 55: 3-23

Brandle J R, Hodges L, Zhou X H. 2004. Windbreaks in North American agricultural systems. Agroforest Syst, 61: 65-78

Brunsdon C, Fotheringham A S, Charlton M. 1996. Geographically weighted regression: a method for exploring spatial nonstationarity. Geographical Analysis, 28 (4): 281-298

Caborn J M. 1965. Shelterbelts and Windbreaks. London: Faber & Faber Ltd.

Chang K T. 2004. Geographic Information Systems. Beijing: Science Press

Chen J M, Rich P M, Gower S T, et al. 1997. Leaf area index of boreal forests: theory, techniques, and measurements. J Geophysl Res, 102 (D24): 29429-29443

Chen K S, Tzeng Y C, Chen C F, et al. 1995. Land-cover classification of multispectral imagery using a dynamic learning neural network. Photogrammetric Engineering and Remote Sensing, 61: 403-408

Cooper C F. 1961. Pattern in ponderosa pine forests. Ecology, 42: 493-499

Coops N, Waring R, Moncrieff J. 2000. Estimating mean monthly incident solar radiation on horizontal and inclined slopes from mean monthly temperatures extremes. International Journal of Biometeorology, 44 (4): 204-211

Dale M R T. 1999. Spatial Pattern Analysis in Plant Ecology. Cambridge: Cambridge University Press

Defries R S, Chan J C. 2000. Multiple criteria for evaluating machine learning algorithms for land cover classification from satellite data. Remote Sensing of Environment, 74: 503-515

Dwyer M J, Patton E G, Shaw R H. 1997. Turbulent kinetic energy budgets from a large-eddy simulation of airflow above and within a forest canopy. Boundary-Layer Meteorology, 84: 23-43

Eamus D. 1991. The interaction of rising CO_2 and temperature with water use efficiency. Plant, Cell and Environment, 14: 843-852

Fielding A, Bell J F. 1997. A review of methods for the assessment of prediction errors in conservation presence/absence models. Environmental Conservation, 24 (1): 38-49

Fohrer N, Haverkamp S, Eckhardt K, et al. 2001. Hydrologic response to land use changes on the catchment scale. Physics and Chemistry of the Earth, Part B: Hydrology, Oceans & Atmosphere, 26: 577-582

Foody G M, Boyd D S. 1999. Improving neural network performance on the classification of complex geographic datasets. Journal of Geographical System, (1): 23-35

Fotheringham A S, Brunsdon C, Charlton M. 2002. Geographical Weighted Regression: the Analysis of Spatially Relationships. Chichester: Wiley

Franklin J, Michaelsen J, Strahler A H. 1985. Spatial analysis of density dependent pattern in coniferous forest stands. Plant Ecology, 64: 29-36

Goossens C H, Berger A. 1986. Annual and seasonal climatic varations over the northern hemisphere and Europe during the last century. Ann Geophys, (4): 385-400

Gorry G, Morton M. 1971. A Framework for Management Information Systems. Massachusetts: Institute of Technology

Greig-Smith P. 1983. Quantitative Plant Ecology. London: Blackwell

Gross G. 1987. A numerical study of the air flow within and around a single tree. Bound-Lay Meteorol, 40: 311-327

Guisan A, Thomas C, Edwards J, et al. 2002. Generalized linear and generalized additive models in studies of species distributions: setting the scene. Ecological Modeling, 157: 89-100

Hanson W R, Tunstell G. 1962. Forest and water conservation: watershed management on the east slops of the Pocky Mountains in Alberta, Canada, Eighth British Common Wealth Forestry Conference. East Africa: 11-18

Heisler G M, de Walle D R. 1988. Effects of windbreak structure on wind flow. Agric Ecosyst Environ, 22-23: 41-69

Huang Z, Lees B G. 2004. Combining non-parametric models for multisource predictive forest mapping. Photogrammetric Engineering and Remote Sensing, 70: 415-425

Kendall M. G. 1975. Rank Correlation Methods. London: Charles Griffin

Khan B A. 1975. Watershed management in the northern areas (of Pakistan). Pakistan Journal of Forestry, 25 (1):

31-34

Kohonen T. 1982. Self-organized formation of topologically correct feature maps. Biological Cybernetics, 43: 59-69

Lee X. 1996. Turbulence spectra and eddy diffusivity over forests. Journal of Applied Meteorology, 35: 1307-1318

Lexer M, Brooks R. 2005. Decision support for multiple purpose forestry. Forest Ecology and Management, 207 (1-2): 1-3

Line D E, McLaughlin R A. 1998. Nonpoint source. Water Environment Research, 70 (4): 23-78

Manning A D, Fischer J, Lindenmayer D B. 2006. Scattered trees are keystone structures-implications for conservation. Biological Conservation, 132: 311-321

Marszaalek T. 1988. A point method for determining the multiple value of forestunits. Las-Polski, 19: 12-13

Mason P. 1995. Atmospheric boundary layer flows: their structure and measurement. Boundary-Layer Meteorology, 72: 213-214

McNaughton K G, Unsworth M H, Raupach M R. 1989. Micrometeorology of shelter belts and forest edges Phil. Trans. R. B, 324: 351-368

McNaughton K G. 1988. Effects of windbreaks on turbulent transport and microclimate. Agriculture, Ecosystems and Environment, 22: 17-39

McVicar T R, Li L T, van Niel T G, et al. 2007. Developing a decision support tool for China's re-vegetation program: simulating regional impacts of afforestation on average annual streamflow in the loess plateau. Forest Ecology and Management, 251: 65-81

Nakano H, Martini S L, Guillaumon J R, et al. 1982. Catchment management soil conservation and revegetation in Brazil. Silvieulfura em Sao Paulo, 16A: 1, 2, 3, mangref.

Nuberg I K, Evans D G. 1993. Alleyer copping and analog forests for soil conservation in the dry uplands of sri lanka. Agroforestry-Systems, 4 (3): 247-269

Olesen P O, Roulund H. 1971. The water displacement method: a fast and accurate method of determining the green volume of wood samples. For Tree Impr, 3: 3-23

Oliver C D, Larson B C. 1990. Forest Stand Dynamic. New York: McGraw-Hill

Ozkan C, Erbek F S. 2003. The comparison of activation functions for multispectral landsat TM image classification. Photogrammetric Engineering and Remote Sensing, 69: 1225-1234.

Peet R K, Christensen N L. 1987. Competition and tree death. BioScience, 37: 586-595

Raunkiaer C. 1934. Life Forms of Plants and Statistical Plant Geography. New York: Amo Press

Refsgaard J C. 1997. Parameterization, calibration, and validation of distributed hydrological models. Journal of Hydrology, 198: 69-97

Ripley B D. 1977. Modelling spatial patterns. Journal of the Royal Statistical Society. Series B (Methodological), 39: 172-212

Ripley B D. 2004. Spatial Statistics. New York: Wiley-Interscience

Saxton K, Rawls W, Romberger J, et al. 1986. Estimating generalized soil-water characteristics from texture. Soil Science Society of America Journal, 50 (4): 1031

Sneyers R. 1975. Sur la, hlanalyse statistique des series d'observations, Technical Note 143, WMO Geneva

Strand E K, Robinson A P, Bunting S C. 2007. Spatial patterns on the sagebrush steppe/Western juniper ecotone. Plant Ecology, 190: 159-173

Tian Y, Davies-Colley R, Gong P, et al. 2001. Estimating solar radiation on slopes of arbitrary aspect. Agricultural and Forest Meteorology, 109 (1): 67-74

Toriola D, Chareyre P, Buttler A. 1998. Distribution of primary forest plant species in a 19-year old secondary forest in French Guiana. Journal of Tropical Ecology, 14: 323-340

Turer M G, Gardner R H. 1991. Quantitative Methods in Landscape Ecology. New York: Springer-Verlag

van Genuchten M T. 1980. A closed-form equation for predicting the hydraulic conductivity of unsaturated soils. Soil

Sci Am J, 44: 892-898

Van Laar A, Akça A. 2007. Forest Mensuration. Dordrecht: Springer

Wang S P, Zhang Z Q, Sun G, et al. 2009. Detecting water yield variability due to the small proportional land use and land cover changes in a watershed on the loess plateau, China. Hydrological Process, 23: 3083-3092

Wilson J D. 1987. On the choice of a windbreak porosity profile. Bound-Lay Meteorol, 38: 37-49

Zhang Z Q, Wang S P, Sun G, et al. 2008. Evaluation of the distributed hydrologic model Mike She for application in a small watershed on the loess plateau, northwestern China. Journal of American Water Resources Association, 44 (5): 1108-1120

Zhao N, Yang Y H, Zhou X Y. 2010. Application of geographically weighted regression in estimating the effect of climate and site conditions on vegetation distribution in Haihe Catchment, China. Plant Ecology, 209: 349-359

Zhou X H, Brandle J R, Mize C W, et al. 2004. Three-dimensional aerodynamic structure of a tree shelterbelt: definition, characterization and working models. Agroforest Syst, 63: 133-147

Zhou X H, Brandle J R, Takle E S, et al. 2002. Estimation of the three-dimensional aerodynamic structure of a green ash shelterbelt. Agr Forest Meteorol, 111: 93-108

Zhou X H, Brandle J R, Takle E S, et al. 2008. Relationship of three-dimensional structure to shelterbelt function: a theoretical hypothesis. In: Batish D R, Kohli R K, Jose S, et al. Ecological Basis of Agroforestry. New York: CRC Press: 273-285